Somos uno

Bestseller

Sylvia Day
Somos uno
Serie Crossfire, 5

Traducción de María Jesús Asensio Tudela
y Jesús de la Torre Olid

ESPASA

PEFC Certificado

Este libro procede de
bosques gestionados
de forma sostenible

PEFC

PEFC/14-38-00305 www.pefc.es

Título original: *One with you*

Espasa, un sello editorial de Editorial Planeta, S. A.
Avda. Diagonal, 662-664, 08034 Barcelona (España)
www.espasa.com
www.planetadelibros.com

Adaptación de la cubierta: Booket / Área Editorial Grupo Planeta a partir de la idea original de Penguin Random House, UK
Imagen de la cubierta: iStock / Getty Images
Primera edición en Colección Booket: abril de 2016
Primera edición en esta presentación: septiembre de 2024

Depósito legal: B. 13.438-2024
ISBN: 978-84-670-7057-6
Impresión y encuadernación: Liberdúplex, S. L.
Printed in Spain - Impreso en España

Biografía

Sylvia Day es una aclamada escritora de novela romántica que ha encabezado el primer puesto en la lista de más vendidos de *The New York Times*. Autora de más de una veintena de novelas traducidas a más de cuarenta idiomas, firma la exitosa serie Crossfire, que incluye los títulos *No te escondo nada*, *Reflejada en ti*, *Atada a ti*, *Cautivada por ti* y *Somos uno*. Ha sido número uno en veintiocho países, con más de veinte millones de ejemplares vendidos en todo el mundo, y ha recibido numerosos galardones, entre los que destaca el National Readers' Choice Award, de Estados Unidos, que ha ganado en dos ocasiones.

Visita a la autora en www.sylviaday.com

Este libro está dedicado a Hilary Sares,
que ha estado conmigo desde la primera
hasta la última palabra de Crossfire.

1

Nueva York era la ciudad que jamás dormía. Ni siquiera le entraba sueño nunca. Mi edificio de apartamentos del Upper West Side tenía el nivel de insonorización que se esperaba en la casa de un multimillonario pero, aun así, el zumbido de la ciudad se filtraba en el interior: el acompasado ruido sordo de las ruedas sobre las trilladas calles, las protestas de los agotados frenos neumáticos y los incesantes bocinazos de los taxis.

Cuando salí del café de la esquina al siempre concurrido Broadway, el ajetreo de la ciudad me asaltó. ¿Cómo había vivido alguna vez sin el ruido de Manhattan?

¿Cómo había vivido sin él?

Gideon Cross.

Llevé las manos a su mentón y sentí cómo las acariciaba con su rostro. Esa muestra de vulnerabilidad y afecto me atravesó. Apenas unas horas antes, había creído que Gideon nunca cambiaría, que yo tendría que ceder demasiado si quería compartir mi vida con él. Ahora podía ver de frente su coraje y dudaba del mío.

¿Le había exigido más a él que a mí misma? Me avergonzaba la posibilidad de que lo hubiese obligado a cambiar mientras yo me había empeñado en seguir siendo la misma.

Se encontraba delante de mí, tan alto y tan fuerte. Vestido con vaqueros y camiseta y con una gorra que le tapaba la frente, era imposible reconocer al magnate mundial, pero su naturaleza irresistible no pasaba desapercibida a nadie que se cruzara con él. Por el rabillo del ojo pude ver cómo la gente de alrededor lo miraba una y, después, otra vez.

Aunque Gideon estuviese vestido con ropa informal o con su traje de tres piezas preferido, el poder de su cuerpo esbelto y musculoso era inconfundible. Su porte, la autoridad que desprendía con su impecable control, hacía imposible que se confundiera con el entorno.

La ciudad de Nueva York engullía todo lo que se adentraba en ella, pero Gideon la tenía bajo su control.

Y era mío. Pese a llevar mi anillo en el dedo, todavía había veces en las que me costaba creerlo.

Nunca sería un hombre sin más. Era la fiereza envuelta en elegancia, la perfección con trazos de desperfectos. Era el punto de conexión de mi mundo, un punto de conexión del mundo entero.

Sin embargo, acababa de demostrar que se doblegaría y cedería hasta lo imposible por estar conmigo, lo cual me proporcionaba de nuevo la seguridad de que yo era digna del dolor al que lo había obligado a enfrentarse.

A nuestro alrededor, las persianas de las tiendas de Broadway volvían a abrirse. El fluir del tráfico de la calle empezaba a volverse más denso a medida que los coches negros y los taxis amarillos pasaban a toda velocidad por la superficie irregular. Los vecinos iban llenando las aceras para sacar a sus perros a pasear o ir a correr a Central Park a primera hora de la mañana, aprovechando todo el tiempo que pudieran antes de que la jornada de trabajo se vengara de ellos. El Mercedes se detuvo junto al bordillo justo cuando nos acercamos. Al volante, la enorme silueta sombría de Raúl. Angus acercó el Bentley para colocarse detrás. Mi trayecto y el de Gideon nos llevaban a casas separadas. ¿Qué clase de matrimonio era ése?

Lo cierto es que el nuestro era así, aunque ninguno de

los dos quería que fuese de ese modo. Tuve que trazar una línea divisoria cuando Gideon se llevó a mi jefe de la agencia de publicidad para la que yo trabajaba.

Comprendía el deseo de mi marido de que empezara a trabajar para Cross Industries, pero que intentara obligarme a ello a mis espaldas... No podía permitirlo, no con alguien como Gideon. O estábamos juntos y juntos tomábamos también las decisiones, o estábamos demasiado alejados como para que nuestra relación pudiese funcionar.

Eché la cabeza atrás y levanté los ojos hacia su deslumbrante rostro. En él vi arrepentimiento y alivio. Y amor. Mucho amor.

Era de una belleza pasmosa. Sus ojos tenían el azul del mar Caribe, su pelo espeso y su lustrosa melena negra le acariciaban el cuello. Una mano fervorosa había esculpido cada plano y cada ángulo de su cara con tal perfección que te hipnotizaba y te dificultaba poder pensar con claridad. Me había cautivado su aspecto desde la primera vez que lo vi y, a veces, aún había momentos en que las neuronas se me freían. Gideon me deslumbraba.

No obstante, era el interior de ese hombre, su incesante energía y su poder, su aguda inteligencia y su carácter implacable, unidos a un corazón que podía ser muy tierno...

—Gracias. —Mis dedos acariciaron el oscuro surco de su frente y sentí un hormigueo como siempre que tocaba su piel—. Por llamarme. Por contarme lo de tu sueño. Por venir aquí a verme.

—Iría a donde fuera con tal de verte. —Esas palabras eran una promesa que pronunciaba con fervor y vehemencia.

Todos tenemos nuestros demonios. Los de Gideon estaban ocultos tras su férrea determinación cuando estaba despierto. Cuando dormía, lo atormentaban con violentas y atroces pesadillas que se había resistido a compartir conmigo. Teníamos muchas cosas en común, pero los abusos que sufrimos durante nuestra infancia eran un trauma compartido que nos unía tanto como nos separaba. Eso hacía que tuviera que luchar más por Gideon y por lo que teníamos. Nuestros violadores ya nos habían arrebatado demasiadas cosas.

—Eva... Tú eres la única fuerza de este mundo que puede obligarme a mantenerme alejado.

—Gracias también por eso —murmuré con el corazón encogido. Nuestra reciente separación había sido devastadora para ambos—. Sé que no te ha resultado fácil darme espacio, pero lo necesitábamos. Y sé que he sido dura contigo.

—Muy dura.

Sonreí al notar cierto tono de frialdad en sus palabras. Gideon no estaba acostumbrado a que le dijeran «no» cuando quería algo.

—Lo sé. Y has permitido que lo sea porque me amas.

Pero por más que él había odiado no poder verme, ahora estábamos juntos, porque esa privación lo enloquecía.

—Es más que amor. —Sus manos agarraron mis muñecas, apretándolas de la forma autoritaria que hacía que todo mi interior se rindiera.

Asentí. Ya no me daba miedo admitir que nos necesitábamos el uno al otro de una forma que muchos considerarían poco sana. Nosotros éramos así. Eso era lo que teníamos. Y era precioso.

—Iremos juntos a ver al doctor Petersen. —Dijo esas palabras con una firmeza inconfundible, pero sus ojos buscaban los míos como si lo estuviese preguntando.

—Eres muy mandón —me burlé con el deseo de que nos separáramos con una buena sensación. Esperanzados.

Apenas quedaban unas horas para nuestra terapia semanal con el doctor Lyle Petersen, y no podía ser más oportuna. Habíamos avanzado. Podíamos servirnos de un poco de ayuda para decidir cuáles deberían ser nuestros siguientes pasos a partir de ese momento.

Sus manos me rodearon la cintura.

—Y eso te encanta —replicó.

Extendí los brazos hacia el bajo de su camiseta y agarré el suave tejido.

—Me encantas tú.

—Eva. —Soltó su aliento tembloroso sobre mi cuello. Manhattan nos rodeaba, pero no podía interponerse entre nosotros. Cuando estábamos juntos, no había nada más.

De mí salió un leve sonido de deseo. Lo añoraba y lo ansiaba, y me estremecía de placer por volver a tenerlo apretándose contra mí. Lo olí con inhalaciones profundas mientras mis dedos se clavaban en los rígidos músculos de su espalda. Me invadió una sensación embriagadora. Sí, era adicta a él, a su corazón, a su alma y a su cuerpo, y llevaba varios días sin mi dosis, haciendo que me sintiera débil y desconcertada, incapaz de funcionar como era debido.

Él me envolvió, su cuerpo era mucho más grande y fuerte. Me sentía segura entre sus brazos, querida y protegida. Nada podía tocarme ni hacerme daño cuando me abrazaba. Quería que él tuviera la misma sensación de seguridad conmigo. Necesitaba que supiera que podía bajar la guardia, darse un respiro, y que yo podría protegernos a los dos.

Yo tenía que ser más fuerte. Más inteligente. Más medrosa. Teníamos enemigos y Gideon se estaba enfrentando a ellos a solas. Era protector por naturaleza. Ésa era una de las cualidades que más admiraba en él. Pero yo tenía que empezar a demostrar a los demás que podía ser una adversaria tan buena como mi marido.

Y lo que era más importante: tenía que demostrárselo a Gideon.

Me incliné sobre él y absorbí su calor. Su amor.

—Te veo a las cinco, campeón.

—Ni un minuto después —respondió con brusquedad.

No pude evitar reírme, enamorada de su tono severo.

—¿O qué?

Se apartó y me lanzó una mirada que hizo que se me encogieran los dedos de los pies.

—O iré a buscarte yo mismo.

Debería haber entrado sigilosamente al ático de mi padrastro pues, a esa hora, las seis de la mañana pasadas, era probable que pudiera sorprenderme volviendo. En lugar de ello, entré con paso firme, con la mente ocupada en los cambios que necesitaba realizar.

Tenía tiempo para darme una ducha rápida, pero decidí no hacerlo. Había pasado mucho tiempo sin que Gideon me tocara, demasiado tiempo sin que sus manos me acariciaran, sin que su cuerpo estuviera dentro del mío. No quería que desapareciera el recuerdo de su tacto. Sólo eso ya me daría la fuerza precisa para hacer lo que debía.

Se encendió una lámpara.

—Eva.

—Dios mío —respondí sobresaltada.

Me volví y vi a mi madre sentada en uno de los sofás de la sala de estar.

—¡Me has asustado! —protesté mientras me colocaba una mano sobre el corazón acelerado.

Se puso de pie. Su bata de satén, que le llegaba hasta los pies, resplandecía alrededor de sus piernas atléticas y levemente bronceadas. Yo era su única hija, pero parecíamos hermanas. Monica Tramell Barker Mitchell Stanton estaba obsesionada con mantenerse en forma. Era una esposa florero de profesión, su belleza juvenil era su mayor virtud.

—Antes de que digas nada, sí, tenemos que hablar de la boda —empecé a decir—. Pero lo cierto es que debo irme a trabajar y ponerme a empaquetar mis cosas para irme a casa esta noche...

—¿Estás teniendo una aventura?

Su brusca pregunta me sorprendió más que su emboscada.

—¿Qué? ¡No!

Suspiró aliviada y la tensión desapareció de sus hombros de forma visible.

—Gracias a Dios. ¿Me vas a contar qué narices está pasando? ¿Tan grave ha sido tu discusión con Gideon?

Grave. Por un momento, me había preocupado que lo nuestro hubiese terminado por las decisiones que él había tomado.

—Lo estamos arreglando. Sólo hemos pasado por un bache.

—¿Un bache por el que llevas días evitándolo? Así no se arreglan los problemas, Eva.

—Es una larga historia...

Se cruzó de brazos.

—No tengo ninguna prisa.

—Pero yo sí. Tengo que prepararme para irme a trabajar.

En su rostro apareció una expresión de dolor y, casi al instante, sentí remordimientos.

Durante un tiempo, yo había querido convertirme en una mujer como mi madre. Había pasado horas vistiéndome con su ropa, tropezándome con sus tacones, untándome la cara con sus cremas y sus maquillajes caros. Había tratado de imitar su voz susurrante y sus gestos sensuales, convencida de que ella era la mujer más hermosa y perfecta del mundo. Y su forma de tratar a los hombres, el modo en que la miraban y la atendían..., en fin, quería para mí ese toque mágico que ella tenía.

Al final, me había transformado en su viva imagen, a excepción de nuestro corte de pelo y el color de mis ojos.

Pero eso era sólo el exterior. Como mujeres, no podíamos ser más distintas y, por desgracia, yo había llegado a sentirme orgullosa de ello. Había dejado de acudir a ella en busca de consejo, salvo en lo referente a ropa y decoración.

Eso iba a cambiar. En ese mismo momento.

Había probado con muchas y diferentes estrategias para dirigir mi relación con Gideon, pero no le había pedido ayuda a la única persona que tenía cerca y que sabía lo que era estar casada con un hombre importante y poderoso.

—Necesito tu consejo, mamá.

Mis palabras quedaron flotando en el aire y, a continuación, vi cómo la comprensión agrandaba los ojos de mi madre con asombro. Un momento después, se volvía a sentar en el sofá como si las piernas no le respondieran. Su sorpresa había sido un fuerte golpe y, en ese instante, supe hasta qué punto la había excluido de mi vida.

Estaba sufriendo por dentro cuando me senté en el sofá que había enfrente del suyo. Había aprendido a ser cautelosa con las cosas que le contaba a mi madre y había hecho todo lo posible por ocultarle información que pudiera dar lugar a discusiones que terminaran volviéndome loca.

No siempre había sido así. Mi hermanastro Nathan había acabado con la cálida y fácil relación que yo mantenía con mi madre, como también había acabado con mi inocencia. Después de que mi madre se enterara de los abusos, había cambiado, y se había vuelto sobreprotectora hasta el punto de llegar a acosarme y asfixiarme. Ella estaba absolutamente segura de todo en la vida, excepto de mí. Conmigo se mostraba preocupada y entrometida y, a veces, casi rozaba la histeria. Con el paso de los años, yo me había obligado a eludir la verdad con demasiada frecuencia, ocultando secretos a todos los que quería sólo por mantener la tranquilidad.

—No sé cómo ser el tipo de esposa que Gideon necesita —confesé.

Echó los hombros hacia atrás y toda su compostura pasó a convertirse en indignación.

—¿Es que está teniendo una aventura?

—¡No! —Se me escapó una pequeña carcajada—. Nadie está teniendo ninguna aventura. Nosotros no nos haríamos algo así. No podríamos. Deja de preocuparte por eso.

Tuve que preguntarme si la reciente infidelidad de mi madre con mi padre era la verdadera fuente de esa preocupación. ¿Le remordía la conciencia? ¿Se estaba cuestionando su relación con Stanton? Yo no sabía qué pensar al respecto. Quería mucho a mi padre, pero también creía que mi padrastro era perfecto para mi madre en el sentido de lo que ella necesitaba de un marido.

—Eva...

—Gideon y yo nos casamos hace unas semanas a escondidas. —Dios, qué bien me sentí al soltarlo así.

Me miró con los ojos entornados y parpadeó una vez. Y dos.

—¿Qué?

—Aún no se lo he contado a papá —continué—. Pero lo voy a llamar hoy.

Sus ojos brillaron al inundarse de lágrimas.

—¿Cómo? Dios mío, Eva..., ¿cómo hemos llegado a estar tan distanciadas?

—No llores.

Me levanté y me acerqué a ella para sentarme a su lado. Extendí las manos hacia las suyas pero, en lugar de cogerlas, ella me abrazó con fuerza.

Yo aspiré aquel olor tan familiar y sentí la paz que únicamente se encuentra en los brazos de una madre. Aunque sólo duró un momento.

—No lo planeamos, mamá. Nos fuimos el fin de semana y Gideon me preguntó si quería hacerlo y se encargó de prepararlo todo... Fue espontáneo. Impulsivo.

Se apartó y pude ver su rostro surcado de lágrimas y sus ojos encendidos.

—¿Se ha casado contigo sin un acuerdo prenupcial?

Me reí. No pude evitarlo. Por supuesto, mi madre tenía que dirigir su atención a los asuntos económicos. Durante mucho tiempo, el dinero había sido la fuerza motora de su vida.

—Sí que existe un acuerdo prenupcial.

—¡Eva Lauren! ¿Has pedido que te lo revisen o también fue algo espontáneo?

—Lo leí palabra por palabra.

—¡Tú no eres abogada! Por Dios, Eva... ¡Te he educado para que seas más inteligente!

—Cualquier niño de seis años habría entendido el contenido —espeté, molesta por el que era el verdadero problema de mi matrimonio: en la relación entre Gideon y yo se entrometían demasiadas personas que nos impedían sacar tiempo para ocuparnos de los asuntos que de verdad teníamos que arreglar—. No te preocupes por el acuerdo.

—Deberías haberle pedido a Richard que lo leyera. No entiendo por qué no lo hiciste. Es una irresponsabilidad. De verdad que no...

—Lo leí, Monica.

Las dos nos volvimos al oír la voz de mi padrastro. Stanton entró en la habitación preparado para empezar la jornada, muy elegante con su traje azul marino y su corbata amarilla. Imaginé que Gideon se parecería mucho a él cuando cumpliera su edad: buena forma física, distinguido, como un buen macho alfa.

—¿Sí? —pregunté sorprendida.

—Cross me lo envió hace unas semanas. —Stanton se acercó a mi madre para coger su mano entre las suyas—. No podrían pedirse mejores condiciones.

—¡Siempre existen mejores condiciones, Richard! —respondió ella en tono brusco.

—Hay gratificaciones por acontecimientos como aniversarios y nacimiento de hijos, y ningún tipo de penalización para Eva, aparte de la terapia de pareja. La disolución daría lugar a una distribución más que equitativa de los bienes. Estuve tentado de preguntar si Cross les había pedido a sus abogados que lo revisaran. Imagino que se habrían opuesto enérgicamente.

Mi madre se quedó callada un momento mientras asimilaba aquello. A continuación, se puso en pie furiosa.

—Entonces ¿tú sabías que iban a casarse en secreto? ¿Lo sabías y no me dijiste nada?

—Por supuesto que no lo sabía. —La atrajo entre sus brazos y le habló con suavidad, como si fuese una niña—. Supuse que estaba anticipándose. Ya sabes que normalmente estos asuntos requieren meses de negociación. Aunque, en este caso, no había nada más que se pudiera pedir.

Yo me puse de pie a mi vez. Tenía que darme prisa si quería llegar a tiempo al trabajo. Ese día, más que ningún otro, no quería llegar tarde.

—¿Adónde vas? —preguntó mi madre apartándose de Stanton—. Aún no hemos acabado esta conversación. ¡No puedes soltar una bomba como ésa y después marcharte!

Me giré para mirarla mientras caminaba de espaldas.

—De verdad que tengo que prepararme. ¿Por qué no nos vemos para comer y seguimos hablando?

—No puedes...

—Corinne Giroux —la interrumpí.

Mi madre me miró con unos ojos como platos y, después, los entornó. Un nombre. No tuve que decir nada más. La ex de Gideon era un problema que no necesitaba de mayor explicación.

Eran pocas las personas que llegaban a Manhattan y no sentían una familiaridad instantánea. El perfil del horizonte de la ciudad había sido inmortalizado en muchísimas películas, dando lugar al amor que sentían por Nueva York desde sus residentes hasta gentes de todo el mundo.

Yo no era ninguna excepción.

Adoraba la elegancia de estilo *art déco* del edificio Chrysler. Podía localizar mi situación en la isla teniendo en cuenta dónde estaba el Empire State. Me asombraba la imponente altura de la Torre de la Libertad, que ahora dominaba la parte sur. Pero el edificio Crossfire era único en su especie. Lo pensé antes de enamorarme del hombre cuya clarividencia había llevado a su construcción.

Cuando Raúl acercó el coche a la acera, me maravillé al ver el inconfundible cristal azul zafiro que albergaba la forma de obelisco del Crossfire. Eché la cabeza atrás y mis ojos ascendieron por la reluciente torre hasta el punto más alto, el luminoso espacio donde se encontraba Cross Industries. Los peatones pasaban en tropel por mi lado, la acera llena de hombres y mujeres de negocios que se dirigían a sus trabajos con maletines y bolsos en una mano y sus vasos de café humeante en la otra.

Sentí a Gideon antes de verlo. Todo mi cuerpo vibró al verlo bajar del Bentley que se había detenido detrás del Mercedes. La atmósfera que me rodeaba se cargó de electricidad, la energía chisporroteante que siempre anunciaba la llegada de una tormenta.

Yo era de las pocas personas que sabían que era la inquietud del alma atormentada de Gideon lo que provocaba aquella tempestad.

Me giré hacia él y sonreí. No era ninguna coincidencia que llegáramos a la vez. Lo supe antes de ver la confirmación en sus ojos.

Llevaba un traje gris oscuro con una camisa blanca y una corbata de sarga plateada. Su cabello oscuro le rozaba la mandíbula y el cuello con la elegante y sensual caída de sus mechones negros. Seguía mirándome con aquella ferocidad sexual y ardiente que me había abrasado desde el principio, pero ahora había una ternura en sus brillantes ojos azules y una franqueza que significaban para mí más que cualquier otra cosa que pudiera darme.

Di un paso hacia él mientras se acercaba.

—Buenos días, señor oscuro y peligroso.

Sus labios se curvaron con ironía. La sonrisa iluminó sus ojos aún más.

—Buenos días, esposa mía.

Extendí la mano hacia él y me sentí cómoda cuando Gideon la buscó a medio camino y la agarró con fuerza.

—Se lo he contado esta mañana a mi madre..., lo de que nos hemos casado.

Me miró con el ceño fruncido y, a continuación, su sonrisa se llenó de un placer victorioso.

—Qué bien.

Me reí de su clara actitud dominante y le di un suave empujón en el hombro. Gideon se movió con la velocidad de un rayo y me acercó a él para besarme en la comisura de mis labios sonrientes.

Su alegría era contagiosa. Sentí cómo estallaba dentro de mí, iluminando todos los lugares que habían quedado a oscuras durante los últimos días.

—Llamaré a mi padre durante el primer descanso para contárselo.

Se puso serio.

—¿Por qué ahora y no antes?

Hablaba en tono suave, bajando la voz en busca de intimidad. La muchedumbre que se dirigía a su trabajo seguía pasando por nuestro lado sin prestarnos apenas atención. Aun así, vacilé al responder, pues me sentía demasiado expuesta.

Entonces, la verdad se volvió más fácil que nunca. Había ocultado demasiadas cosas a la gente que quería, unas menos importantes y otras más, tratando de dejar las cosas como estaban a la vez que esperaba y necesitaba que cambiaran.

—Tenía miedo —le dije.

Él se acercó más a mí mientras me miraba con intensidad.

—Y ¿ya no?

—No.

—Esta noche me dirás el porqué.

Asentí.

—Te lo diré.

Colocó su mano por detrás de mi nuca, agarrándola de forma posesiva y tierna a la vez. Su expresión era impasible, sin revelar nada, pero sus ojos, esos ojos tan azules, estaban llenos de emoción.

—Lo conseguiremos, cielo.

El amor se deslizó cálidamente por mi interior como un trago de buen vino.

—Por supuesto.

Resultaba extraño cruzar las puertas de Waters Field & Leaman mientras contaba mentalmente los días que tardaría en poder decir que trabajaba para aquella prestigiosa agencia de publicidad. Megumi Kaba me saludó con la mano desde su puesto en la recepción a la vez que se golpeaba los auriculares para hacerme saber que estaba atendiendo una llamada y que no podía hablar. Le devolví el saludo y me dirigí hacia mi mesa con paso decidido. Tenía muchas cosas que hacer, poner en marcha un nuevo comienzo.

Pero lo primero era lo primero. Dejé mi bolso y el monedero en el cajón de abajo, me senté en mi silla y, después, me dispuse a visitar la página web de mi florista habitual. Sabía lo que quería: dos docenas de rosas blancas en un jarrón de cristal rojo oscuro.

Blanco para la pureza. Para la amistad. Para el amor eterno. También era la bandera de la rendición. Había establecido unas líneas de combate al forzar una separación entre Gideon y yo y, al final, había vencido. Pero no quería entrar en guerra con mi marido.

Ni siquiera traté de elaborar una nota inteligente para las flores, cosa que habría hecho en el pasado. Me limité a escribir la verdad.

Eres un milagro, señor Cross.
Te llevo en mi corazón y te quiero mucho.
La señora Cross

La página web me llevó hasta la finalización del pedido. Pulsé el botón de envío y me tomé un momento para imaginar lo que Gideon pensaría de mi regalo. Esperaba verlo algún día recibiendo flores de mi parte. ¿Sonreía cuando Scott, su secretario, se las llevaba? ¿Interrumpía la reunión que estuviese dirigiendo para leer mis notas? ¿O esperaba a alguno de los pocos respiros que había en su agenda para tener un poco de intimidad?

Sonreí al pensar en las distintas posibilidades. Me encantaba hacerle regalos a Gideon.

Y pronto tendría más tiempo para escogerlos.

—¿Te vas? —Mark Garrity levantó sus ojos incrédulos desde mi carta de dimisión para mirar los míos.

Sentí un nudo en el estómago al ver la expresión en el rostro de mi jefe.

—Sí. Siento no haber avisado con más tiempo.

—¿Mañana es tu último día? —Apoyó la espalda en su sillón. Sus ojos eran de un color chocolate, algo más claros que su piel, y denotaban tanta sorpresa como consternación—. ¿Por qué, Eva?

Suspiré y me incliné hacia adelante para apoyar los codos en las rodillas. Una vez más, opté por la verdad.

—Sé que es poco profesional irme así, pero tengo que volver a establecer mis prioridades y, ahora mismo, no puedo dedicarle a esto toda mi atención, Mark. Lo siento.

—Yo... —Dejó escapar un suspiro y se pasó una mano por sus oscuros y apretados rizos—. En fin, no sé qué decir.

—¿Que me vas a perdonar y que no me lo vas a echar en cara? —Solté una carcajada carente de humor—. Es pedir mucho, lo sé.

Él trató de mirarme con una sonrisa burlona.

—No quiero perderte, Eva. Ya lo sabes. No sé si alguna vez te he dicho de verdad lo mucho que has aportado. Has hecho que yo pueda trabajar mejor.

—Gracias, Mark. Te lo agradezco.

Dios, aquello era más difícil de lo que había pensado, pese a que sabía que era la mejor y la única decisión que podía tomar.

Mis ojos pasaron de mi atractivo jefe a las vistas que tenía detrás. Como encargado de administración, tenía un despacho pequeño y sus ventanas estaban bloqueadas por el edificio que había al otro lado de la calle, pero seguía siendo tan típicamente neoyorquino como el enorme despacho de Gideon Cross en la planta superior por encima de nosotros.

En muchos sentidos, aquella división de plantas reflejaba el modo en que yo trataba de definir mi relación con Gideon. Sabía quién era él. Sabía lo que era: un hombre único en su especie. Me encantaba ese rasgo de él y no quería que cambiara. Sólo quería llegar hasta su nivel por méritos propios. Lo que no había pensado era que, obcecándome en no aceptar que nuestro matrimonio había cambiado los planes, estaba arrastrándolo a que él bajara al mío.

No me conocerían por haberme ganado mi ascenso

hasta lo más alto en mi campo. Para algunos, yo siempre me habría casado para conseguir el éxito, iba a tener que aceptarlo.

—Y ¿qué vas a hacer ahora? —preguntó Mark.

—Sinceramente, aún lo estoy pensando. Sólo sé que no puedo quedarme.

Mi matrimonio iba a suponer mucha presión antes de que ésta se rompiera, y yo había permitido que llegara hasta un límite muy peligroso al tratar de dejar un poco de distancia. Al tratar de ponerme yo antes.

Gideon Cross era tan profundo y enorme como el océano, y yo había temido ahogarme en él desde la primera vez que lo vi. Ya no podía seguir teniendo miedo. No después de darme cuenta de que a lo que más temía era a perderlo.

Sin embargo, en un intento de mantenerme neutral, había sido empujada de un lado a otro. Y, como aquello me había enfadado tanto, no me había parado un instante a pensar que, si quería tener el control, debía hacerme con él.

—¿Es por lo de la cuenta de LanCorp? —preguntó Mark.

—En parte. —Me alisé la falda estrecha, imaginando que me sacudía el resentimiento que aún me quedaba por el hecho de que Gideon hubiese contratado a Mark. El elemento catalizador había sido que LanCorp llegase a Waters Field & Leaman con una exigencia específica para Mark y, por tanto, para mí. Una maniobra que Gideon había visto sospechosa. La estafa piramidal de Geoffrey Cross había diezmado la fortuna de la familia Landon y, aunque tanto Ryan Landon como Gideon habían vuelto a construir lo que sus padres habían perdido, Landon aún ansiaba una venganza—. Pero, sobre todo, por motivos personales.

Se incorporó, apoyó los codos sobre la mesa y se inclinó hacia mí.

—No es asunto mío y no pienso fisgonear, pero ya sabes que Steven, Shawna y yo estamos contigo si nos necesitas. Te queremos.

Su sinceridad hizo que los ojos se me llenaran de lágrimas. Yo les había cogido mucho cariño a su prometido, Steven Ellison, y a la hermana de Steven, Shawna, durante los meses que llevaba viviendo en Nueva York, y se habían convertido en una parte de la red de nuevas amistades que me había creado en mi nueva vida. Pasara lo que pasase no quería perderles.

—Lo sé. —Sonreí a pesar de mi tristeza—. Te prometo que, si os necesito, os llamaré. Pero todo va a ser para mejor. Para todos.

Mark se relajó y me devolvió la sonrisa.

—Steven va a flipar. Quizá sería mejor que se lo dijeras tú.

Pensar en el corpulento y simpático contratista hizo que desapareciera toda mi tristeza. Steven me echaría la bronca por dejar plantado a su pareja, pero lo hacía de buen corazón.

—Ah, vamos —respondí burlona—. No serías capaz de obligarme a eso, ¿no? Ya está resultando bastante difícil.

—Yo no me opongo a que lo sea aún más.

Me reí. Sí, echaría de menos a Mark y también mi trabajo. Mucho.

Cuando llegó el momento de mi primer descanso, todavía era temprano en Oceanside, California, así que le envié un mensaje a mi padre en lugar de llamarlo:

Avísame cuando te despiertes, ¿vale? Tengo que contarte una cosa. Y, como sabía que, por ser policía además de padre, Victor Reyes se iba a preocupar, añadí: No es nada malo. Sólo una noticia.

Apenas había dejado el teléfono en la encimera de la sala de descanso para ponerme una taza de café cuando empezó a sonar. El atractivo rostro de mi padre iluminó la pantalla, mostrando en su foto los ojos grises que yo había heredado de él.

De repente, me sentí hecha un manojo de nervios. Cuando cogí el teléfono, la mano me temblaba. Quería mucho a mis progenitores, pero siempre había creído que mi padre sentía las cosas de una forma más profunda que mi madre. Y, mientras ella nunca dudaba en dejar claro cómo podía solucionar mis defectos, él no parecía notar que tuviese ninguno. Sólo pensar en decepcionarlo o hacerle daño me parecía una crueldad.

—Hola, papá. ¿Cómo estás?

—Eso te iba a preguntar, cariño. Yo estoy como siempre, ¿y tú? ¿Qué ha pasado?

Me acerqué a la mesa más cercana y me senté para poder tranquilizarme.

—Te he dicho que no pasaba nada malo y, aun así, pareces preocupado. ¿Te he despertado?

—Es mi deber preocuparme —respondió con un cálido tono divertido en su voz profunda—. Y me estaba preparando para salir a correr antes de empezar la jornada, así que no, no me has despertado. Dime qué noticia es ésa.

—Eh... —Me quedé muda y tragué saliva—. Dios, esto resulta más difícil de lo que creía. Le había dicho a Gideon que era mamá la que me preocupaba, que a ti te parecería bien. Y, aquí estoy, tratando de...

—Eva.

Respiré hondo.

—Gideon y yo nos hemos casado a escondidas.

El teléfono se quedó en un inquietante silencio.

—¿Papá?

—¿Cuándo? —Su voz rasgada me hundió.

—Hace un par de semanas.

—¿Antes de que vinieses a verme?

Me aclaré la garganta.

—Sí.

Silencio.

Dios mío. Aquello era de lo más cruel. Apenas hacía unas semanas que le había contado lo de la violación de Nathan y casi lo había matado. Y, ahora, esto...

—Papá, me estás asustando. Estábamos en aquella isla y todo era precioso, muy bonito. En el hotel en el que nos alojábamos se celebran bodas continuamente, facilitan mucho las cosas, como en Las Vegas. Tienen a un oficiante que se encarga de los permisos. Simplemente, fue el momento ideal, ya sabes. La oportunidad perfecta. —La voz se me quebró—. Papá, por favor, di algo.

—Yo... No sé qué decir.

Una lágrima abrasadora se deslizó por mi cara. Mamá había preferido el dinero antes que el amor, y Gideon era un claro ejemplo del tipo de hombre al que ella habría elegido en lugar de a mi padre. Yo sabía que aquello había supuesto un golpe que mi padre había tenido que superar, y ahora nos encontrábamos con este obstáculo.

—Pero vamos a seguir con la boda —le dije—. Queremos que nuestros amigos y nuestras familias estén con nosotros cuando pronunciemos nuestros votos.

—Eso era lo que esperaba, Eva. —Soltó un gruñido—. ¡Maldita sea, me siento como si Cross acabara de arrebatarme algo! Se supone que tengo que entregarte yo, me había hecho a esa idea. Y ¿él sale corriendo sin más y se casa contigo? Y ¿no me lo dijiste? ¿Estuviste aquí, en mi casa, y no me lo contaste? Eso me duele, Eva. Me duele.

No hubo forma de contener las lágrimas después de eso. Llegaron como un torrente abrasador, empañándome la visión y cerrándome la garganta.

Me sobresalté cuando la puerta de la sala de descanso se abrió y entró Will Granger.

—Es probable que esté aquí —dijo mi compañero—. Y aquí está...

Se interrumpió al ver mi cara, y de sus ojos desapareció la sonrisa tras sus gafas rectangulares.

Un brazo con una manga oscura apareció y lo apartó a un lado.

Gideon. Estaba en la puerta. Sus ojos se clavaron en mí y se volvieron fríos como el hielo. De repente, era como un ángel vengador, y su elegante traje oscuro le hacía parecer serio y peligroso, con su expresión endurecida tras una hermosa máscara.

Pestañeé mientras mi cerebro trataba de adivinar por qué estaba allí. Antes de conseguirlo, él ya se encontraba delante de mí con mi teléfono en la mano. Bajó la mirada hacia la pantalla antes de acercárselo al oído.

—Victor. —El nombre de mi padre sonó como una advertencia—. Parece que has hecho que Eva se sienta mal, así que ahora vas a hablar conmigo.

Will salió y cerró la puerta.

A pesar del tono afilado de las palabras de Gideon, sus dedos me acariciaron la mejilla con una suavidad infinita. Sus ojos me miraban, y su color azul lleno de una rabia heladora casi me hizo estremecer.

Joder. Gideon estaba enfadado. Y mi padre también. Lo oí gritar desde mi silla.

Agarré la muñeca de Gideon y negué con la cabeza, sintiendo de repente pánico porque los dos hombres a los que más quería pudieran terminar disgustándose e incluso odiándose.

—No pasa nada —susurré—. No pasa nada.

Cuando volvió a hablar de nuevo con mi padre, la voz de Gideon sonó firme y controlada, y eso sólo consiguió asustarme aún más.

—Tienes derecho a estar enfadado y a sentirte herido, lo reconozco. Pero no voy a permitir que mi mujer sufra por esto. Está claro que, al no tener hijos, no puedo imaginarme lo que se siente.

Traté de escuchar, con la esperanza de que la reducción del volumen de su voz significara que mi padre se estaba tranquilizando en lugar de alterarse más.

De repente, Gideon se puso tenso y apartó la mano de mí.

—No, a mí no me gustaría que mi hermana se escapara para casarse en secreto. Dicho lo cual, no es con ella con quien yo lo pagaría.

Compuse un gesto de dolor. Mi padre y mi marido tenían eso en común: ambos se mostraban increíblemente protectores con las personas a las que querían.

—Estaré dispuesto en cualquier momento, Victor. Iré a verte, si es lo que quieres. Cuando me casé con tu hija, acepté responsabilizarme por completo de ella y de su felicidad. Si hay que enfrentarse a alguna consecuencia, no me costará nada hacerlo.

Los ojos de Gideon se entornaron mientras escuchaba. A continuación, se sentó enfrente de mí, dejó el teléfono sobre la mesa y conectó el altavoz.

La voz de mi padre inundó la sala.

—¿Eva?

Cogí aire temblorosa y apreté la mano que Gideon había extendido hacia mí.

—Sí, estoy aquí, papá.

—Cariño. —Respiró hondo también—. No te enfades, ¿vale? Es sólo que necesito asimilar esto. No me lo esperaba y tengo que poner en orden mis pensamientos. ¿Podemos hablar esta noche, cuando salga de mi turno?

—Sí, claro.

—Bien. —Hizo una pausa.

—Te quiero, papá. —El sonido de mi llanto atravesó mi voz y Gideon acercó su silla apresando mis piernas con las suyas.

Era increíble notar la fuerza que yo hacía salir de él. Era un alivio poder contar con él. Aquello era distinto del apoyo de Cary. Mi mejor amigo era una caja de resonancia, un animador, un bromista. Gideon era un escudo protector.

Y yo tenía que ser lo suficientemente fuerte como para admitir cuándo necesitaba uno.

—Yo también te quiero, pequeña —dijo mi padre con un deje de dolor y pena que se me clavó en el corazón—. Luego te llamo.

—Vale, yo... —¿Qué más podía decir? No tenía ni idea de cómo arreglar aquello—. Adiós.

Gideon puso fin a la llamada y, a continuación, tomó mi mano con la suya. Tenía los ojos clavados en mí, y el hielo se derritió para convertirse en ternura.

—No tienes de qué avergonzarte, Eva. ¿Está claro?

Asentí.

—No lo hago.

Me cogió la cara entre las manos y me limpió las lágrimas con los pulgares.

—No soporto verte llorar, cielo.

Me obligué a contener la pena que aún sentía para esconderla en un rincón donde después pudiera encargarme de ella.

—¿Por qué estás aquí? ¿Cómo lo sabías?

—He venido a darte las gracias por las flores —murmuró.

—Ah. ¿Te gustan? —Conseguí componer una sonrisa—. Quería que pensaras en mí.

—Todo el tiempo. A cada minuto. —Me agarró de la cintura y me arrastró hacia él.

—Podrías haberte limitado a enviar una nota.

—Sí. —Una especie de sonrisa hizo que el corazón se me disparara—. Pero entonces no podría hacer esto.

Gideon me llevó a su regazo y me besó intensamente.

¿Seguimos viéndonos en casa esta noche?, decía el mensaje de Cary mientras yo esperaba en el ascensor para bajar al vestíbulo a mediodía. Mi madre estaba ya esperándome allí, y yo estaba tratando de poner orden en mis pensamientos. Teníamos que hablar de muchas cosas.

Dios, cómo deseaba que ella pudiese ayudarme a enfrentarme a todo aquello.

Ése es el plan —respondí a mi querido y, a veces, fastidioso compañero de piso mientras entraba en el ascensor—. Aunque tengo una cita después del trabajo y, luego, cena con Gideon. Quizá llegue tarde.

¿Una cena? Tienes que ponerme al día.

Sonreí.

Por supuesto.

Me ha llamado Trey.

Solté un resoplido al leer el mensaje, como si hubiese estado conteniendo la respiración. Supongo que, en cierto modo, había sido así.

No podía culpar al intermitente novio de Cary por haberse retirado cuando se enteró de que la chica con la que Cary se acostaba se había quedado embarazada. A Trey ya le había costado lidiar con la bisexualidad de Cary y, ahora, ese bebé implicaba que siempre habría una tercera persona en su relación.

No me cabía duda de que Cary debería haberse comprometido antes con Trey en lugar de mantener sus puertas abiertas, pero comprendía el miedo que se ocultaba tras sus actos. Conocía demasiado bien las ideas que le cruzan a uno por la mente cuando se ha pasado por lo que Cary y yo habíamos sufrido, más aún cuando te ves ante una persona increíble que te ama.

Si fue demasiado bueno para ser verdad, ¿cómo podría haber sido real?

Yo también comprendía a Trey y, si se había rendido, respetaba su decisión. Sin embargo, era lo mejor que le había ocurrido a Cary en mucho tiempo. Me iba a dar mucha lástima que no consiguiesen salir adelante.

¿Qué te ha dicho?

Te lo cuento cuando nos veamos.

Cary, no seas cruel.

Tardó en responder, no lo hizo hasta que yo ya estaba pasando por los torniquetes de salida.

Ya, y eso lo dices precisamente tú.

Me entristecí, porque no había forma de tomar aquello como una buena noticia. Me aparté para dejar que otras personas me adelantaran. Le respondí:

Te quiero mucho, Cary Taylor.

Yo también te quiero, preciosa.

—¡Eva!

Mi madre cruzó el espacio que nos separaba con sus delicadas sandalias de tacón, una mujer en la que era imposible no reparar en medio de la multitud de gente que entraba y salía del edificio Crossfire a la hora del almuerzo. Por su pequeña estatura, Monica Stanton podría haberse perdido en medio de aquel océano de trajes, pero llamaba demasiado la atención como para que eso pudiera ocurrir.

Carisma. Sensualidad. Fragilidad. Aquélla era una mezcla explosiva que había convertido a Marilyn Monroe en una estrella, y también podía decirse lo mismo de mi madre. Vestida con un mono azul marino sin mangas, Monica Stanton parecía más joven de lo que era, y más segura de lo que yo sabía que se sentía. Las panteras de Cartier que le colgaban del cuello y de la muñeca informaban a cualquiera que la viera de que se trataba de una mujer cara.

Vino directa a mí y me estrechó en un abrazo que me cogió por sorpresa.

—Mamá.

—¿Estás bien? —Se apartó para mirarme a la cara.

—¿Qué? Sí, ¿por qué?

—Me ha llamado tu padre.

—Ah. —La miré con cautela—. No se ha tomado bien la noticia.

—No. —Entrelazó su brazo con el mío y nos dirigimos a la puerta—. Pero lo superará. No estaba preparado para dejarte marchar.

—Porque le recuerdo a ti.

Para mi padre, mi madre había sido la que se había marchado. Aún la amaba, incluso después de más de dos décadas separados.

—Tonterías, Eva. Nos parecemos, pero tú eres mucho más interesante.

Eso me hizo soltar una carcajada.

—Gideon dice que soy interesante.

Ella me miró con una amplia sonrisa, lo que hizo que el hombre que pasaba por su lado tropezara.

—Por supuesto. Conoce bien a las mujeres. Por muy guapa que seas, hace falta algo más que belleza para conseguir que se case contigo.

Me detuve junto a la puerta giratoria para dejar que mi madre saliera antes. Una ráfaga de calor húmedo me golpeó cuando salí con ella a la acera e hizo que al instante mi piel se empañara con el sudor. A veces dudaba que pudiera acostumbrarme a aquella humedad, pero consideraba que ése sería uno de los precios que tendría que pagar por vivir en la ciudad a la que tanto amaba. La primavera había sido preciosa, y sabía que el otoño también lo sería, la época perfecta del año para renovar mis votos con el hombre que era el dueño de mi corazón y de mi alma.

Estaba dando gracias a Dios por el aire acondicionado cuando vi al jefe de seguridad de Stanton esperando junto al coche negro en el bordillo.

Benjamin Clancy me saludó con un asentimiento relajado y confiado. Su forma de comportarse era tan profesional como siempre, aunque sentía tal gratitud hacia él que me costó trabajo no abrazarlo y darle un beso.

Gideon había matado a Nathan para protegerme. Clancy se había asegurado de que Gideon no tuviera que pagar nunca por ello.

—Hola —le dije mientras veía mi sonrisa reflejada en sus gafas de aviador con cristales de espejo.

—Eva. Me alegra verte.

—Yo estaba pensando lo mismo de ti.

No respondió con una amplia sonrisa. No era propio de él. Pero, aun así, la noté.

Mi madre entró primero y, después, subí junto a ella al asiento de atrás. Antes incluso de que Clancy rodeara el coche por detrás, ella se giró para mirarme y cogerme la mano.

—No te preocupes por tu padre. Tiene ese pronto tan propio de los latinos, pero se le pasa enseguida. Lo único que quiere es asegurarse de que eres feliz.

Apreté sus dedos con suavidad.

—Lo sé. Pero lo que de verdad deseo es que papá y Gideon se lleven bien.

—Son dos hombres muy testarudos, cariño. De vez en cuando, van a chocar.

Tenía razón. Yo soñaba con que los dos se llevaran como lo hacen los hombres, que charlaran sobre deporte o coches, que bromearan a la vez que se daban en la espalda las palmadas que normalmente acompañaban a ese tipo de cosas. Pero tenía que enfrentarme a la realidad, fuera cual fuese el resultado.

—Tienes razón —reconocí—. Ambos son adultos. Lo solucionarán. —O eso esperaba.

—Por supuesto que lo harán.

Con un suspiro, miré por la ventanilla.

—Creo que he encontrado una solución para lo de Corinne Giroux.

Hubo una pausa.

—Eva, tienes que quitarte a esa mujer de la cabeza. Al pensar en ella le estás dando un poder que no se merece.

—Permitimos que se convirtiera en un problema siendo tan reservados.

Volví a mirar a mi madre.

—El mundo tiene un apetito voraz por todo lo de Gideon. Es guapo, rico, atractivo y brillante. La gente quiere saberlo todo sobre él, pero ha mantenido su privacidad hasta tal extremo que apenas saben nada. Eso le ha dado pie a Corinne para escribir su biografía sobre la época en la que estuvo con él.

Me miró con recelo.

—¿Qué estás pensando?

Busqué en mi bolso y saqué una pequeña tableta.

—Necesitamos más cosas así.

Giré la pantalla para mostrarle la imagen de Gideon y de mí que habían tomado unas horas antes mientras estábamos delante del Crossfire. El modo en que me agarraba por la nuca denotaba tanta ternura como posesión, mientras que el modo en que yo inclinaba la cabeza hacia él reflejaba amor y adoración. El estómago se me revolvió al ver que un momento tan íntimo era mostrado ante la mirada lujuriosa de todo el mundo, pero tenía que superarlo. Tenía que ofrecerles más.

—Gideon y yo tenemos que dejar de ocultarnos —continué—. Nos tienen que ver. Pasamos demasiado tiempo encerrados. La gente quiere que este *playboy* multimillonario se convierta por fin en el príncipe azul. Quieren cuentos de hadas, mamá, y finales felices. Necesito darle a la gente la historia que desea y, al hacerlo, conseguiré que Corinne y su libro parezcan algo patético.

Ella echó los hombros hacia atrás.

—Es una idea terrible.

—No. No lo es.

—¡Es terrible, Eva! No se vende una intimidad que tanto ha costado conseguir a cambio de nada. Si alimentas esa hambre de la gente, no lograrás sino hacerla más grande.

¡Por el amor de Dios, no querrás convertirte en un personaje de las revistas!

Apreté la mandíbula.

—No voy a hacerlo así.

—¿Por qué quieres arriesgarte? —Levantó la voz y se volvió más estridente—. ¿Por Corinne Giroux? ¡Su libro saldrá y desaparecerá en un abrir y cerrar de ojos, pero tú nunca podrás deshacerte de la atención de los demás una vez que los invites a ello!

—No te comprendo. ¡No existe el modo de estar casada con Gideon sin ser el centro de atención! Más me vale tomar el control y ser yo misma la que prepare el terreno.

—¡Existe una diferencia entre ser famoso y convertirte en titular de las revistas!

Solté un leve gruñido.

—Creo que te estás poniendo demasiado melodramática.

Ella negó con la cabeza.

—Te lo advierto: ésa no es la forma de arreglar esta situación. ¿Lo has hablado con Gideon? No me lo imagino aceptando algo así.

Me quedé mirándola, claramente sorprendida ante su reacción. Había creído que estaría de acuerdo, teniendo en cuenta lo que pensaba sobre lo que era un buen casamiento y los privilegios que eso ofrecía.

Fue entonces cuando vi el miedo en su boca apretada y sus ojos nublados.

—Mamá. —Suavicé la voz mientras me reprochaba no haberme dado cuenta antes—. Ya no tenemos que seguir preocupándonos por Nathan.

Ella me miró con igual intensidad.

—No —respondió, aunque sin mostrar un ápice de tranquilidad—. Pero ver que todo lo que haces, que todo lo que dices o decides es diseccionado para diversión del público puede convertirse en una pesadilla.

—¡No voy a permitir que nadie en el mundo dicte cómo deben percibirse mi matrimonio ni mi persona! —Estaba harta de sentirme una víctima. Quería ser yo la que pasara a la ofensiva.

—Eva, no vas a...

—Pues dame una alternativa que no sea la de quedarme sentada sin hacer nada y mirando para otro lado, mamá. —Aparté los ojos de ella—. No vamos a ponernos de acuerdo y no voy a cambiar de idea a menos que haya un plan distinto sobre la mesa.

Ella dejó escapar un gemido de frustración y, a continuación, se quedó callada.

Flexioné los dedos con el deseo de enviarle un mensaje a Gideon para desahogarme. Una vez me había dicho que se me daría muy bien la gestión de las crisis. Me había sugerido que dedicara mi talento a Cross Industries.

¿Por qué no empezar con algo mucho más íntimo e importante?

2

—¿Más flores? —preguntó Arash Madani con voz cansina al entrar en mi despacho por la doble puerta acristalada.

Mi abogado se acercó a donde estaban las rosas blancas de Eva, que decoraban la zona de los sofás. Las había colocado sobre la mesita para que quedaran en mi campo de visión. De esa forma, lograba apartar mi atención de las bandas de cotizaciones en Bolsa que aparecían en la pared de pantallas planas que quedaba detrás.

La tarjeta que acompañaba a las flores estaba sobre el cristal ahumado de mi mesa, y yo le daba vueltas entre los dedos mientras volvía a leer por enésima vez lo que decía.

Arash sacó una rosa y se la acercó a la nariz.

—¿Cuál es el secreto para conseguir que te manden cosas así?

Apoyé la espalda en el asiento mientras, de forma inconsciente, me fijaba en que su corbata de tonos esmeraldas hacía juego con los decantadores adornados con piedras preciosas que estaban sobre la barra. Hasta su llegada, esos recipientes de colores brillantes y el jarrón rojo de Eva habían sido las únicas notas de color entre toda la monocromía de mi amplio despacho.

—Tener a la mujer adecuada —respondí.

Arash volvió a dejar la flor en su jarrón.

—Adelante, Cross, sigue restregándomelo.

—Prefiero regodearme en silencio. ¿Tienes algo para mí?

Se acercó a mi mesa con una sonrisa que indicaba que le gustaba su trabajo, aunque nunca me había cabido duda de ello. Tenía un instinto de cazador casi tan desarrollado como el mío.

—El acuerdo de Morgan está saliendo bien. —Se ajustó sus pantalones hechos a medida y se sentó en una de las dos sillas que había frente a mi escritorio. Su estilo era ligeramente más ostentoso que el mío, pero no había nada que criticar al respecto—. Ya hemos limado los asuntos más importantes. Aún quedan por definir algunas cláusulas, pero estaremos listos para empezar la semana que viene.

—Estupendo.

—Eres hombre de pocas palabras. ¿Quieres que nos reunamos este fin de semana? —preguntó en un tono despreocupado.

Negué con la cabeza.

—Es probable que Eva quiera salir. Si es así, intentaré que se olvide del tema.

Arash se rio.

—Debo decirte que esperaba que sentaras la cabeza en algún momento. Todos lo hacemos, tarde o temprano. Pero pensé que antes me avisarías.

—Y lo he hecho.

No era del todo cierto. Nunca había esperado compartir mi vida con nadie. Nunca había negado que mi pasado ensombrecía mi presente, pero no me había parecido necesario compartir esa historia con nadie antes de Eva. Ya no podía cambiarse nada, así que, ¿por qué volver a hablar de ello?

Me puse de pie y me acerqué a uno de los dos ventanales que enmarcaban mi despacho para admirar la ciudad que se extendía con su esplendor urbano detrás del cristal.

Antes de conocer la existencia de Eva, me había dado

miedo incluso soñar con hallar a esa única persona en el mundo que aceptaría y amaría cada aspecto de mi ser.

¿Cómo era posible que la hubiera encontrado allí, en Manhattan, en el mismo edificio que yo había construido a pesar de los buenos consejos y del enorme riesgo? Demasiado caro, decían. E innecesario. Pero yo necesitaba que el apellido Cross fuese recordado y que se hablara de él de otro modo. Mi padre había arrastrado nuestro apellido por el barro. Yo lo había llevado a las alturas de la ciudad más importante del mundo.

—No habías dado muestra alguna de que te disponías a hacerlo —dijo Arash a mis espaldas—. Si no recuerdo mal, seguiste a dos mujeres cuando fuimos al club Cinco de Mayo y, pocas semanas después, me dices que redacte un descabellado contrato prenupcial.

Observé la ciudad, dedicando un breve momento a apreciar la vista de pájaro que me brindaba la altura y la situación de mi oficina en el edificio Crossfire.

—¿Alguna vez has visto que retrase la firma de un acuerdo?

—Una cosa es ampliar tu cartera de valores y otra iniciar una nueva vida de la noche a la mañana —dijo Arash riendo entre dientes—. Y entonces ¿qué planes tienes? ¿Estrenar la nueva casa de la playa?

—Una idea excelente.

Llevarme a mi esposa a los Outer Banks era mi objetivo. Tenerla toda para mí había sido como estar en el paraíso. Cuando me encontraba a solas con ella era el hombre más feliz del mundo. Ella me reactivaba, me hacía imaginar una vida en la que nunca antes había pensado.

Yo había construido mi imperio con mi pasado en mente. Ahora, gracias a ella, continuaría construyéndolo para nuestro futuro.

El teléfono de mi escritorio se iluminó. Era Scott, por la línea uno. Pulsé el botón y su voz surgió por el altavoz.

—Corinne Giroux está en recepción. Dice que sólo necesita unos minutos para dejarle una cosa. Quiere dárselo en persona porque es algo privado.

—Claro que sí —intervino Arash—. Puede que sean más flores.

—No es la mujer adecuada —le dije fulminándolo con la mirada.

—Ojalá todas mis mujeres no adecuadas se pareciesen a Corinne.

—Mantén esa idea en mente mientras vas a la recepción a recoger lo que sea que haya traído.

Me miró sorprendido.

—¿En serio? ¡Uf!

—Si quiere hablar, puede hacerlo con mi abogado.

Arash se puso de pie y se dirigió a la puerta.

—Entendido, jefe.

Eché un vistazo al reloj. Las cinco menos cuarto.

—Estoy seguro de que ya lo has oído, Scott, pero para que te quede claro: Madani se encargará.

—Sí, señor Cross.

A través de la pared de cristal que separaba mi despacho del resto de la planta, vi cómo Arash desaparecía por la esquina en dirección a la recepción y, de inmediato, borré de mi mente ese asunto. Eva estaría conmigo poco después, la única cosa que de verdad había estado esperando desde el comienzo de la jornada.

Pero, por supuesto, no iba a resultar tan fácil.

Un destello carmesí por el rabillo del ojo unos segundos después hizo que volviera a mirar hacia afuera para ver a Corinne caminando hacia mi despacho con Arash pisándole los talones. Levantó el mentón cuando nuestros ojos se cruzaron. Su sonrisa tensa se amplió, y pasó de ser una mujer hermosa a otra deslumbrante. Pude admirarla como a cualquier otra cosa salvo a Eva. De manera objetiva, desapasionada.

Como hombre felizmente casado, era muy consciente del terrible error que habría cometido al casarme con Corinne. Por desgracia para todos nosotros, ella se negaba a verlo así.

Me puse de pie y rodeé la mesa. La mirada que lancé tanto a Arash como a Scott los previno de que no hicieran nada más. Si Corinne quería hablar conmigo en persona, le iba a proporcionar la oportunidad de hacer lo correcto.

Ella entró en mi despacho con unos tacones de aguja rojos. El vestido sin tirantes que llevaba era del mismo color que sus zapatos y dejaba a la vista sus largas piernas y su piel pálida. Llevaba el pelo suelto y su negra melena se deslizaba alrededor de sus hombros desnudos. Era el polo opuesto de mi esposa y la viva imagen de cualquier otra mujer que había pasado por mi vida.

—Gideon. Seguro que puedes dedicar unos minutos a una vieja amiga.

Me apoyé en mi mesa y me crucé de brazos.

—Además de ofrecerte la cortesía de no llamar a seguridad... Que sea rápido, Corinne.

Sonrió, pero sus ojos, de color azul verdoso, estaban tristes.

Llevaba una pequeña caja roja bajo el brazo. Cuando se acercó, me la ofreció.

—¿Qué es esto? —pregunté sin cogerla.

—Son las fotos que van a aparecer en el libro.

Enarqué las cejas. Me descrucé de brazos y acepté la caja por pura curiosidad. No había pasado mucho tiempo desde que habíamos estado juntos, pero apenas recordaba los detalles. Lo que me quedaba eran impresiones, los momentos más importantes y el arrepentimiento. Yo era muy joven y peligrosamente inconsciente.

Corinne dejó el bolso sobre mi mesa, moviéndose de tal modo que su brazo acarició el mío. Por cautela, extendí una mano y pulsé el botón para activar la opacidad de la pared de cristal.

Si ella quería espectáculo, yo me aseguraría de que no contara con público.

Quité la tapa y vi una fotografía de Corinne y yo abrazados delante de una hoguera. Su cabeza estaba apoyada en mi hombro y tenía la cara inclinada hacia arriba para que yo pudiera besarle los labios.

Aquel recuerdo me asaltó de inmediato. Habíamos ido de excursión a la casa de un amigo en los Hamptons. Hacía mucho frío y el otoño daba paso al invierno.

En la imagen parecíamos felices y enamorados y, en cierto modo, supongo que lo estábamos. Sin embargo, yo no había aceptado la invitación de quedarnos a pasar la noche, a pesar de la clara decepción de Corinne. Con mis pesadillas, no podía dormir a su lado. Y tampoco podía follar con Corinne, aunque sabía que era eso lo que ella quería, porque la habitación de hotel que yo tenía reservada para tal fin estaba a kilómetros de distancia.

Cuántos obstáculos. Cuántas mentiras y evasivas.

Respiré hondo y dejé el pasado atrás.

—Eva y yo nos casamos el mes pasado —dije.

Se puso tensa.

Dejé la caja sobre el escritorio y cogí mi teléfono móvil para mostrarle la fotografía que aparecía en mi pantalla: Eva y yo compartiendo el beso que sellaba nuestros votos.

Corinne volvió la cabeza para no mirar. A continuación, cogió la caja, pasó las fotos de más arriba y sacó una de los dos en la playa.

Yo estaba de pie, con el agua por la cintura. Corinne estaba abrazada a mí por delante, con las piernas rodeando mi cintura, los brazos sobre mis hombros y las manos entre mi pelo. Tenía la cabeza echada hacia atrás y se reía, la imagen irradiaba su felicidad. Yo la agarraba con fuerza, con la cabeza vuelta hacia ella. Había gratitud y asombro, cariño. Cualquiera que viera aquello pensaría que se trataba de amor.

Y ése era el objetivo de Corinne. Yo negaba haber amado nunca a nadie antes que a Eva, y ésa era la pura verdad. Corinne estaba decidida a demostrarme que me equivocaba de la forma más pública posible.

Inclinándose en mi dirección, miró la foto y, después, a mí. Su expectación era obvia, como si una prodigiosa epifanía fuese a golpearme. Empezó a juguetear con su collar y me di cuenta de que había sido un regalo mío, un pequeño corazón de oro con una sencilla cadena.

Joder. Yo ni siquiera recordaba que nos hubiésemos hecho aquella maldita fotografía ni dónde nos encontrábamos en ese momento. Y no me importaba.

—¿Qué esperas demostrar con estas fotos, Corinne? Estuvimos saliendo. Cortamos. Tú te casaste y ahora lo he hecho yo. No queda nada.

—Entonces ¿por qué te enfadas tanto? No pareces indiferente, Gideon.

—No. Estoy molesto. Lo único que consigues con esto es que aprecie más lo que tengo con Eva. Y saber que esto la va a hacer sufrir no hace que mire el pasado con cariño. Éste es nuestro último adiós, Corinne. —La miré a los ojos para asegurarme de que era consciente de mi decisión—. Si vuelves aquí otra vez, los de seguridad no te dejarán pasar.

—No voy a volver. Tendrás que...

Scott llamó y cogí el teléfono.

—¿Sí?

—Ha venido a buscarlo la señorita Tramell.

Volví a inclinarme sobre la mesa y pulsé el botón que abría las puertas. Un momento después entró Eva.

¿Llegaría alguna vez el día en que la viera y no sintiera que la tierra se movía bajo mis pies?

Ella se detuvo en seco, dándome el placer de poder disfrutar de su visión. Eva era rubia natural, con unos mechones claros que enmarcaban su delicado rostro y acentuaban el gris tormentoso de unos ojos que yo podría pasarme horas mirando. Como siempre hacía. Era de pequeña estatura pero de curvas peligrosas. Un cuerpo de una deliciosa suavidad al que poder rodear en la cama.

Podría pensar que era de una belleza angelical, de no ser por la lujuriosa sensualidad que siempre me hacía pensar en puro sexo, ansiarlo.

Sin querer, mi mente quedó invadida por el recuerdo de su olor y la sensación de tenerla en mis manos. Su risa ronca, que me daba felicidad, y su ardiente mal genio, que hacía que me tambaleara, eran recuerdos viscerales. En mi interior, todo se despertó, una oleada de energía y sensibilidad que no sentía en ningún otro momento que no estuviese con ella.

Corinne fue la primera en hablar.

—Hola, Eva.

Yo me puse en tensión. El deseo de proteger y salvaguardar lo más valioso de mi vida anuló cualquier otra consideración.

Me incorporé, volví a meter la foto en la caja y me acerqué a mi esposa. Al contrario que Corinne, iba vestida de forma recatada, con una falda negra de raya diplomática y una blusa de seda sin mangas que resplandecía como una perla. La oleada de calor que sentí fue la única prueba que necesitaba para decidir cuál de las dos mujeres era la más atractiva.

Eva. Ahora y siempre.

El impulso que sentí me hizo cruzar la habitación con pasos largos y rápidos.

«Cielo.»

No pronuncié la palabra en voz alta, no quería que Corinne la oyera, pero pude notar que Eva la oía. Extendí la mano hacia la suya y sentí un hormigueo de profundo reconocimiento que me hizo apretarla.

Ella se movió para mirar por detrás de mí y ver a aquella mujer que no suponía ninguna rivalidad.

—Corinne.

No me volví para mirarla.

—Tengo que irme —dijo Corinne a mi espalda—. Esas copias son para ti, Gideon.

Incapaz de apartar mis ojos de Eva, respondí:

—Llévatelas. No las quiero.

—Deberías verlas todas —contestó mientras se acercaba.

—¿Por qué? —Exasperado, miré a Corinne cuando se detuvo junto a nosotros—. Si tengo algún interés en verlas, siempre podré mirar en tu libro.

Su sonrisa se tensó.

—Adiós, Eva. Gideon.

Mientras ella salía, di otro paso hacia mi esposa, poniendo fin a la corta distancia que quedaba entre nosotros. Le agarré la otra mano y me incliné hacia ella para aspirar el olor de su perfume. La tranquilidad invadió mi cuerpo.

—Qué bien que hayas venido. —Susurré esas palabras contra su frente, pues necesitaba toda la conexión posible—. Te echo mucho de menos.

Eva cerró los ojos y se recostó en mí con un suspiro.

Al notar que aún estaba tensa, le apreté las manos.

—¿Estás bien?

—Sí, estoy bien. Sólo que no esperaba verla aquí.

—Ni yo. —Aunque no me gustaba, menos aún me gustaba pensar en aquellas fotos.

Regresé a mi mesa, volví a poner la tapa sobre la caja y la lancé a la papelera.

—He dejado mi trabajo —dijo ella—. Mañana es mi último día.

Yo deseaba que ella llegara a esa decisión: el que creía que era el mejor paso y el más seguro que ella debía tomar. Pero sabía que debía de haberle resultado muy difícil tomarla. A Eva le encantaba su empleo y la gente con la que trabajaba.

Consciente de que podía leer mis pensamientos, mantuve un tono neutral:

—¿Ah, sí?

—Sí.

Me quedé mirándola.

—Entonces ¿qué vas a hacer ahora?

—Tengo que planear una boda.

—Ah —sonreí. Tras haber pasado unos días temiendo que lo pensara mejor y decidiera dejar nuestro matrimonio, fue un alivio ver que no era así—. Me alegra saberlo.

Le hice una señal doblando el dedo índice para que se acercara.

—Acércate tú también —respondió con cierto desafío en la mirada.

¿Cómo podía resistirme? Nos juntamos en medio de la habitación.

Ésa era la razón por la que íbamos a superar aquello y cualquier otro obstáculo con que nos topáramos: siempre podríamos encontrarnos a mitad de camino.

Ella no sería nunca la esposa dócil que mi amigo Arnoldo Ricci había deseado para mí. Eva era demasiado independiente, demasiado feroz. La franja divisoria de sus celos tenía una anchura de un kilómetro. Era exigente y terca, y me desafiaba sólo con la intención de volverme loco.

Y toda esa fricción funcionaba de un modo que nunca había servido con ninguna otra mujer, porque Eva estaba hecha para mí. Creía en ello como en ninguna otra cosa.

—¿Es esto lo que quieres? —le pregunté en voz baja, buscando en su rostro la respuesta.

—Tú eres lo que quiero. El resto no es más que logística.

De repente, la boca se me secó y el corazón empezó a palpitarme a toda velocidad. Cuando levantó una mano para echarme el pelo hacia atrás, le agarré la muñeca y apreté su palma contra mi mejilla, cerrando los ojos mientras asimilaba su tacto.

La semana anterior se desvaneció. Los días que habíamos pasado separados, las horas de silencio, el miedo abrumador. Ella llevaba todo el día demostrándome que estaba lista para seguir adelante, que yo había tomado la decisión correcta al hablar con el doctor Petersen. Al hablar con ella.

No sólo no se había ido, sino que quería más. Y ¿ella me decía que yo era un milagro?

Eva suspiró. Sentí cómo desaparecía lo que le quedaba de tensión. Permanecimos allí de pie, conectando de nuevo el uno con el otro, absorbiendo la fuerza que necesitábamos. Me estremecí hasta lo más hondo al saber que yo pudiera darle un poco de paz.

Y ¿qué me había dado ella?

Todo.

La forma en que se iluminó la cara de Angus cuando Eva salió del edificio Crossfire me conmovió de un modo que jamás podría explicarlo. Angus McLeod era callado por naturaleza y por su formación. Rara vez mostraba emoción alguna, pero con Eva hacía una excepción.

O quizá era que no podía evitarlo. Bien sabía Dios que yo no podía.

—Angus. —Eva lo miró con su luminosa y abierta sonrisa—. Hoy estás especialmente guapo.

Vi cómo aquel hombre al que yo quería como a un padre se tocaba la visera de su gorra de chófer y le devolvía la sonrisa con un divertido atisbo de vergüenza.

Tras el suicidio de mi padre, toda mi vida cambió. Durante los desagradables años posteriores, mi único punto de estabilidad había sido Angus, un hombre contratado como conductor y guardaespaldas que terminó siendo mi cuerda salvavidas. En un tiempo en el que yo me sentía solo y traicionado, cuando incluso mi propia madre se negaba a creer que había sufrido repetidas violaciones por parte del terapeuta que se suponía que debía ayudarme, Angus había sido mi ancla. Nunca dudó de mí. Y, cuando me independicé, él se vino conmigo.

—No echemos esto a perder, amigo —dijo Angus cuando las elegantes y tonificadas piernas de mi mujer se deslizaron en el interior del asiento trasero del Bentley.

Retorcí mi boca con expresión de arrepentimiento.

—Gracias por el voto de confianza.

Entré con Eva mientras Angus rodeaba el coche para dirigirse al asiento del conductor. Coloqué la mano en su pierna y esperé a que ella me mirara.

—Quiero llevarte a la casa de la playa este fin de semana.

Contuvo la respiración un momento y, después, la soltó con fuerza.

—Mi madre nos ha invitado a Westport. Stanton le ha pedido a su sobrino Martin que venga y también a su novia, Lacey. Es la compañera de piso de Megumi, no sé si la recuerdas. Por supuesto, Cary también va a estar. En fin, he dicho que iríamos.

Luchando contra la decepción, consideré mis opciones.

—Quiero que hagamos algo de vida familiar —continuó—. Además, mi madre desea que hablemos de un plan que he elaborado.

La escuché mientras me contaba la conversación que había tenido durante el almuerzo con Monica.

Eva se quedó observando mi cara al terminar.

—Ha dicho que a ti no te gustaría la idea, pero tú ya has utilizado antes a los paparazzi, cuando me agarraste en la calle y me besaste hasta hacerme perder el sentido. Querías que saliera esa fotografía.

—Sí, pero la oportunidad se presentó sola. No la busqué yo. Tu madre tiene razón: existe una diferencia.

Su labio inferior se curvó hacia abajo y yo consideré mi estrategia. Quería que se involucrara y participara de forma activa. Para eso hacía falta valor y aceptación, nada de obstáculos.

—Pero tú también la tienes, cielo —añadí—. Si existe un público para el libro de Corinne, hay un hueco en el mercado que habrá que llenar, y deberíamos dirigirnos a él.

La sonrisa con la que me miró fue mi recompensa.

—Se me ha ocurrido que podríamos pedirle a Cary que nos haga unas fotografías espontáneas este fin de semana —dijo—. De algunos momentos que sean más personales e informales que las fotos de alfombra roja. Podemos vender las que más nos gusten a los medios de comunicación y donar las ganancias a Crossroads.

La fundación benéfica que yo había creado ya tenía buena financiación, pero entendí que recaudar dinero era una ventaja complementaria del plan de Eva para mitigar el impacto del libro de chismorreos de Corinne. Como sentía remordimientos por el sufrimiento que esa situación iba a causar a mi esposa, estaba dispuesto a apoyarla en todo lo que necesitara, aunque eso no quería decir que renunciara a luchar por un fin de semana a solas con ella.

—Podríamos ir un día —sugerí, dando comienzo a la negociación llevándola al extremo opuesto, lo cual me daba espacio para hacer sacrificios—. Podríamos pasar del viernes por la noche al domingo por la mañana en Carolina del Norte y, después, el domingo en Westport.

—¿Ir en un día desde Carolina del Norte hasta Connecticut y luego a Manhattan? ¿Estás loco?

—Entonces, desde el viernes por la noche hasta el sábado por la noche.

—No podemos estar solos sin más, Gideon —respondió ella en tono suave mientras apoyaba su mano sobre la mía—. Tenemos que seguir el consejo del doctor Petersen durante una temporada. Creo que debemos continuar saliendo un tiempo, viéndonos en público, buscando el modo de resolver los problemas sin utilizar el sexo como apoyo.

Me quedé mirándola.

—No estás diciendo que no podemos tener sexo...

—Sólo hasta que nos hayamos casado. No voy a...

—Eva, ya estamos casados. No puedes pedirme que aparte las manos de ti.

—Te lo estoy pidiendo.

—No.

Su expresión se endureció.

—No puedes decirme que no.

—Tú tampoco puedes negarte —repliqué a la vez que mi corazón empezaba a acelerarse. Las manos se me humedecieron y un atisbo de pánico comenzó a invadirme—. Tú me deseas tanto como yo a ti.

Me acarició la cara.

—A veces, creo que yo te deseo más, y eso me gusta. Pero el doctor Petersen tiene razón. Hemos ido muy rápido y hemos pasado por todos los baches a ciento cincuenta kilómetros por hora. Creo que podemos contar con este pequeño período de tiempo para aminorar la marcha. Sólo unas cuantas semanas, hasta la boda.

—¿Unas cuantas semanas? Por Dios, Eva. —Me aparté y me pasé la mano por el pelo. Luego volví la cabeza para mirar por la ventanilla.

Mi mente iba a toda velocidad. ¿Qué significaba eso? ¿Por qué me lo pedía?

¿Cómo iba a quitarle esa idea de la cabeza, joder?

Noté cómo ella se deslizaba para acercarse y, a continuación, se acurrucó contra mi cuerpo.

Bajó la voz hasta convertirla en un susurro.

—¿No fuiste tú el que habló de las ventajas de la demora de la gratificación?

La fulminé con la mirada.

—Y ¿qué ventajas nos ha traído eso?

Esa noche había sido uno de los mayores errores que yo había cometido en nuestra relación. La velada había empezado fuerte y, después, la inesperada aparición de Corinne lo había embarullado todo, provocando una de las peores discusiones que Eva y yo habíamos tenido nunca, una discusión que se volvió más colérica por la ardiente tensión sexual que yo había avivado de forma deliberada y que no quise satisfacer.

—En aquel entonces éramos personas diferentes —respondió ella, mirándome fijamente con la claridad de sus ojos grises—. Tú no eres el mismo hombre que me ignoró durante aquella cena.

—No te ignoré.

—Y yo no soy la misma mujer —continuó—. Sí, ver hoy a Corinne me ha puesto un poco nerviosa, pero sé que no es una amenaza. Sé que te has comprometido. Que nos hemos comprometido. Y es por eso por lo que podemos hacer esto.

Mis piernas se abrieron a la vez que yo me estiraba.

—No quiero.

—Yo tampoco. Pero creo que es una buena idea. —Su boca se suavizó con una sonrisa—. Es anticuado y romántico esperar hasta la noche de bodas. Piensa en el sexo tan excitante que disfrutaremos cuando llegue ese momento.

—Eva, no necesitamos que nuestra vida sexual sea más excitante.

—Lo que necesitamos es hacerlo por diversión, no porque nos sirva para seguir estando juntos.

—Son las dos cosas, y eso no tiene nada de malo. —Eva podría haberme pedido que no comiera, cosa que yo habría estado más dispuesto a hacer, si me hubiese dado a elegir.

—Gideon, tenemos algo increíble. Merece la pena el esfuerzo para ser más sólidos en todos los aspectos.

Negué con la cabeza. Me cabreaba sentir esa ansiedad. Era una pérdida de control y no podía actuar así con ella. No era lo que Eva necesitaba.

Me incliné hacia adelante y acerqué los labios a su oído.

—Cielo, si no echas de menos tener mi polla dentro de ti, debo dar un paso hacia adelante, no hacia atrás.

Su estremecimiento hizo que yo sonriera por dentro. Aun así, me respondió con un susurro:

—Por favor, inténtalo. Por mí.

—Joder. —Volví a dejarme caer sobre el asiento. Por mucho que deseara decirle que no, no podía. Ni siquiera en eso—. Maldita sea.

—No te enfades. No te lo pediría si no creyera que es importante que lo intentemos. Y va a ser muy poco tiempo.

—Eva, cinco minutos sería poco tiempo. Estás hablando de semanas.

—Cariño... —dijo con una leve risa—. Estás de morros. Qué encantador. —Se echó hacia adelante y apretó sus labios contra mi mejilla—. Y es de lo más halagador. Gracias.

Entorné los ojos.

—No lo estoy aceptando para ponértelo más fácil.

Pasó los dedos por mi corbata.

—Por supuesto que no. Intentaremos hacer que sea divertido, un desafío. A ver quién se rinde primero.

—Yo —murmuré—. No cuento con ningún incentivo para ganar.

—¿Qué te parece que sea yo? Envuelta con un lazo, sin nada más, como regalo de cumpleaños.

Fruncí el ceño. No había nada que pudiera hacer de aquello algo más apetitoso. Aunque la idea de verla salir de una tarta, desnuda, no podía ser mejor.

—¿Qué tiene que ver mi cumpleaños con esto?

Eva me deslumbró con su sonrisa, con lo que no consiguió sino hacer que la deseara más aún. Era luz y calidez en todo momento, pero cuando estaba debajo de mí, retorciéndose de placer y pidiéndome entre gemidos que le diera más fuerte y más adentro...

—Será ese día cuando nos casemos.

Tardé un momento en que mi cerebro, confundido por el deseo, asimilara aquello.

—No lo sabía.

—Yo tampoco. Hasta hoy. Durante mi último descanso he mirado en internet para tratar de buscar si había algo en septiembre u octubre que debiera tener en cuenta para poner una fecha. Ya que nos vamos a casar en la playa, no queremos que haga demasiado frío, así que tendrá que ser este mes o el que viene.

—Gracias a Dios que se acerca el invierno —refunfuñé.

—Qué malo... El caso es que tengo una alerta de Google con tus noticias...

—¿Sigues teniéndola?

—... y había una publicación sobre nosotros en una página de admiradoras. Había un...

—¿Una página de admiradoras?

—Sí. Hay páginas y blogs enteros dedicados a ti. Cómo vistes, con quién sales, los eventos a los que asistes...

—Dios mío.

—El que he visitado tiene todos tus datos: altura, peso, color de ojos, fecha de nacimiento..., todo. Para ser sincera, me ha asustado un poco que una completa desconocida conociera detalles sobre ti que yo no sabía, lo cual es un motivo más por el que creo que tenemos que salir juntos y hablar más...

—Puedo darte esos datos mientras follamos. Problema resuelto.

Su sonrisa era encantadora.

—Muy gracioso. A lo que iba. Celebrar nuestra boda en tu cumpleaños es una buena idea, ¿no crees? Así no olvidarás nunca nuestro aniversario.

—Nuestro aniversario de bodas es el 11 de agosto —le recordé en tono seco.

—Tendremos dos para celebrar. —Me pasó una mano por el pelo y el pulso se me aceleró—. O, mejor aún, estaremos de celebración desde una fecha hasta la otra.

Del 11 de agosto al 22 de septiembre. Un mes y medio. Esa idea me pareció casi suficiente para que las siguientes semanas se me hicieran soportables.

—Eva. Gideon. —El doctor Lyle Petersen se puso de pie y nos sonrió cuando entramos en su consulta. Era un hombre alto, por lo que bajó la mirada hasta una cierta distancia para ver que teníamos las manos entrelazadas—. Ambos tenéis buen aspecto.

—Yo me siento bien —dijo Eva en tono fuerte y seguro.

Yo no dije nada y extendí mi mano para estrechar la de él.

Aquel buen doctor conocía cosas sobre mí que esperaba que nunca contara a nadie. Debido a eso, no me sentía del todo cómodo con él, a pesar de la mezcla de colores relajantes y los confortables muebles que componían su despacho. El mismo doctor Petersen era un hombre que se sentía cómodo consigo mismo, relajado. Su cabello gris y bien peinado suavizaba mucho su apariencia, aunque eso no podía distraer la atención de lo incisivo y perspicaz que era.

Resultaba difícil confiar en alguien que conocía tantos de mis puntos débiles, pero me enfrentaba a ello lo mejor que podía porque no me quedaba otra alternativa. El terapeuta tenía un papel fundamental en mi matrimonio.

Eva y yo tomamos asiento en el sofá mientras el doctor Petersen se acomodaba en su habitual sillón de orejas.

Dejó su tableta y su bolígrafo en el brazo y nos observó con sus ojos azul oscuro que denotaban inteligencia.

—Gideon —empezó a decir—, cuéntame qué ha pasado desde que te vi el martes.

Yo apoyé la espalda en mi asiento y fui directo al grano.

—Eva está decidida a seguir su recomendación de abstenerse de sexo hasta que nos casemos de forma pública.

Ella estalló en una pequeña y ronca carcajada. Se inclinó sobre mí y estrechó mi brazo.

—¿Ha notado el tono acusatorio? —le preguntó al médico—. Es culpa suya que Gideon no vaya a disfrutar del sexo durante un par de semanas.

—Son más de dos semanas —protesté yo.

—Pero menos de tres —replicó ella. A continuación, le sonrió al doctor Petersen—. Debería haber sabido que sería de eso de lo que hablaría primero.

—¿Con qué querías empezar tú, Eva? —preguntó él.

—Gideon me ha contado su pesadilla de anoche. —Me miró de reojo—. Ha sido un paso enorme. La verdad es que para nosotros supone un verdadero punto de inflexión.

No cabía duda del amor que había en su mirada al hablar, como también gratitud y esperanza. Se me hizo un nudo en la garganta al ver eso. Hablar con ella sobre la jodida mierda que había en mi cabeza era lo más difícil que había hecho nunca. Incluso contarle al doctor Petersen lo de Hugh había resultado más fácil. Sin embargo, había merecido la pena sólo por contemplar esa mirada en su rostro.

Las cosas más feas que teníamos uno y otro nos habían acercado. Era una locura, pero también resultaba maravilloso. Me llevé su mano a mi regazo y la cogí entre las mías. Sentí el mismo amor, gratitud y esperanza que ella.

El doctor Petersen tomó su tableta.

—Son bastantes revelaciones por tu parte esta semana, Gideon. ¿Qué es lo que las ha desatado?

—Ya lo sabe.

—Eva dejó de verte.

—Y de hablarme.

Miró a Eva.

—¿Es porque Gideon se llevó a tu jefe de la agencia para la que trabajas?

—Ése fue el catalizador —asintió ella—. Pero habíamos llegado a un límite. Algo tenía que pasar. No podíamos seguir dando vueltas y teniendo las mismas discusiones.

—Así que te apartaste. Eso podría considerarse como chantaje emocional. ¿Era ésa tu intención?

Eva apretó los labios mientras pensaba la respuesta.

—Yo lo llamaría desesperación.

—¿Por qué?

—Porque Gideon estaba poniendo límites a nuestra relación, y yo no podía imaginarme vivir con esas trabas el resto de mi vida.

El doctor Petersen hizo algunas anotaciones.

—Gideon, ¿qué opinas del modo en que Eva afrontó esa situación?

Tardé un momento en responder.

—Me sentí como si estuviese atrapado en un túnel del tiempo, pero cien veces peor.

Me observó.

—Recuerdo la primera vez que viniste a verme. Eva y tú llevabais un par de días sin hablaros.

—Él se distanció de mí —intervino ella.

—Ella se fue —repuse yo.

De nuevo, se había tratado de una noche en la que no nos habíamos abierto de verdad el uno al otro. Eva me habló de los ataques de Nathan para hacerme ver la fuente de lo que inconscientemente nos había unido. Después, tuve una pesadilla sobre mis propias violaciones y ella me había obligado a hablar de ello.

Sin embargo, no pude hacerlo, y me dejó.

—¡Fue él quien me apartó por medio de una nota del trabajo! ¿Quién hace esas cosas?

—Yo no te aparté —la corregí—. Te reté para que volvieras. Tú te alejas cuando las cosas no...

—Eso sí es chantaje emocional. —Eva soltó mi mano y se movió para mirarme—. Rompiste conmigo con el propósito de hacer que aceptara tu situación. ¿Que no me gusta cómo van las cosas? Pues me apartas hasta que ya no puedo seguir soportándolo.

—¿No acabas de hacerme tú lo mismo? —Apreté la mandíbula—. Y da la impresión de que a ti te parece bien. Si yo no cambio, tú no cedes.

Aquello me mató. Ella había demostrado muchas veces que podía irse sin mirar atrás, mientras que yo no podía respirar sin ella. Aquello suponía una falta de equilibrio fundamental en nuestra relación que le proporcionaba a ella una posición ventajosa en todo.

—Pareces resentido, Gideon —intervino el doctor Petersen.

—Y ¿yo no? —Eva se cruzó de brazos.

Negué con la cabeza.

—No es resentimiento. Es frustración. Yo no puedo alejarme, pero ella sí.

—¡Eso no es justo! No es verdad. Con la única ventaja que cuento es con hacer que me eches de menos. Intento hablarlo contigo pero, al final, haces lo que quieres. No me cuentas las cosas, no me consultas.

—Me estoy esforzando.

—Es ahora cuando lo estás haciendo, pero tuve que alejarme para obligarte a ello. Sé sincero, Gideon. Aparecí y te diste cuenta de que tenías un vacío en tu vida que yo podía llenar. Y quisiste ponerme allí y dejar el resto de tu vida tal cual estaba.

—Lo que yo quería era que tú nos permitieras... ser nosotros. Simplemente disfrutar el uno del otro durante un tiempo.

—¡Mi derecho a decidir, a decir sí o no, es muy importante para mí, joder! ¡No eres quién para quitarme eso ni para cabrearte si no me gusta!

—Dios. —Una dosis de realidad. Sentí como si me hubiesen dado un puñetazo en el estómago. Teniendo en cuenta el historial de ella, haberle hecho sentir, aunque sólo fuera por un momento, que yo le había arrebatado su derecho a decidir fue un golpe cruel—. Eva...

Sabía qué era lo que necesitaba. Lo había reconocido desde el principio. Le había dado una palabra de seguridad que yo había respetado en todo momento, en público y en privado. Ella pronunciaba esa palabra y yo paraba. Se la recordaba a menudo, me aseguraba de que siempre sabía que la decisión de parar o continuar era completamente suya.

Pero no había conseguido esa conexión en lo referente a su trabajo. No había excusas.

Me volví para mirarla.

—Cielo, no pretendía hacer que te sintieras sin ninguna autoridad. Nunca querría eso. Jamás. Yo no lo había pensado así. Yo... Lo siento.

Las palabras no eran suficiente. Nunca lo habían sido. Eva quería convertirme en su nuevo comienzo, en su casilla de salida. ¿Cómo podía serlo si estaba actuando como los demás gilipollas de su pasado?

Me observó con esos ojos que veían todo lo que yo había preferido mantener oculto. Por una vez, di gracias de que pudiera hacerlo.

Su gesto combativo se relajó. Su mirada se suavizó y se llenó de amor.

—Quizá no haya sabido explicarme bien.

Me quedé allí sentado, incapaz de expresar lo que me daba vueltas por la mente. Cuando hablamos de ser un equipo y compartir nuestra carga, no lo había relacionado con el hecho de que ella necesitara tener el poder de estar de acuerdo o no. Creí que podría protegerla de los problemas a los que nos enfrentábamos haciendo que fueran más livianos para ella. Eva se lo merecía.

Me dio un golpe en el hombro.

—¿No te sentiste bien, aunque fuera un poco, cuando anoche me hablaste de tu sueño?

—No lo sé. —Dejé escapar el aire con fuerza—. Sólo sé que tú estás contenta conmigo porque lo hice. Si eso es lo que necesitas, lo haré.

Ella se hundió en los cojines del sofá con los labios temblorosos. Miró al doctor Petersen.

—Y ahora me siento culpable.

Silencio. Yo no sabía qué decir. El terapeuta se limitó a esperar con esa paciencia suya tan exasperante.

Eva cogió aire con agitación.

—Creía que, si él probaba a hacer lo que yo decía, vería que todo podría ir mucho mejor entre nosotros. Pero si lo único que hago es empujarlo hacia un rincón..., si lo estoy chantajeando... —Una lágrima se deslizó por su rostro hiriéndome como un cuchillo—. Quizá tenemos ideas diferentes de lo que debería ser nuestro matrimonio. ¿Y si siempre es así?

—Eva. —La rodeé con los brazos y la acerqué, agradecido cuando ella se echó sobre mí y apoyó la cabeza en mi hombro. No fue una rendición, sino más bien una tregua momentánea. Suficiente.

—Ésa es una pregunta importante —dijo el doctor Petersen—. Vamos a explorarla. ¿Qué pasa si el nivel de apertura que quieres por parte de Gideon no es algo con lo que él se sienta cómodo?

—No lo sé. —Se limpió las lágrimas—. No sé dónde nos deja eso.

Toda la esperanza que Eva albergaba cuando había entrado en aquella consulta había desaparecido. Le acaricié el pelo mientras trataba de pensar en algo que decir para que todo volviera a estar como cuando habíamos llegado. Estaba perdido.

—Has dejado tu trabajo por mí pese a que no querías —le dije—. Yo te hablé de mi sueño, aunque no quería hacerlo. ¿No es así como funciona esto? ¿Concesiones por parte de los dos?

—¿Has dejado tu trabajo, Eva? —preguntó el doctor Petersen—. ¿Por qué?

Ella se acurrucó a mi lado.

—Estaba empezando a ser más un problema que otra cosa. Además, Gideon tiene razón. Él cede un poco, así que me parece justo ceder un poco yo también.

—Yo no diría que lo que cada uno de vosotros ha cedido es *poco*. Y ambos habéis decidido comenzar nuestra sesión con otros asuntos, lo que indica que ninguno de los dos se siente del todo cómodo con su sacrificio. —El psiquiatra apoyó la espalda en su asiento y dejó la tableta en su regazo—. ¿Alguno de los dos se ha preguntado por qué tenéis tanta prisa?

Ambos nos quedamos mirándolo.

Él sonrió.

—Los dos me miráis con extrañeza, así que lo tomaré como un *no*. Como pareja, tenéis muchos puntos fuertes. Quizá no os lo contéis todo, pero os comunicáis y estáis actuando de forma muy fructífera. Hay un poco de rabia y frustración, pero lo expresáis y dais validez a los sentimientos del otro.

Eva se incorporó.

—¿Pero?

—Ambos estáis también imponiendo vuestras condiciones personales y manipulando al otro para llevarlas a cabo. Lo que me preocupa es que sean problemas y cambios que se presentarán de forma natural y se resolverán con el tiempo, pero ninguno de los dos quiere esperar. Ambos dirigís vuestra relación de manera acelerada. Sólo han pasado tres meses desde que os conocisteis. En ese punto, la mayoría de las parejas están decidiendo dar un carácter exclusivo a su relación, pero vosotros dos lleváis casados casi un mes.

Noté cómo mis hombros se tensaban.

—¿Qué sentido tiene posponer lo inevitable?

—Si es inevitable, ¿para qué acelerarlo? —respondió él con una mirada amable—. Pero ésa no es la cuestión. Ambos estáis poniendo en peligro vuestro matrimonio al obligar al otro a actuar antes de estar preparado. Cada uno tiene una forma de enfrentarse a las situaciones adversas. Gideon, tú disocias, tal y como has hecho con tu familia. Eva, tú te culpas porque tu relación no funciona y empiezas a trastocar tus propias necesidades, tal y como has demostrado con tus anteriores relaciones de pareja autodestructivas. Si continuáis conduciéndoos el uno al otro a situaciones en las que os sintáis amenazados, vais a terminar provocando uno de esos mecanismos de autodefensa.

A la vez que mi pulso empezaba a acelerarse, noté cómo Eva se ponía en tensión. Ella me había dicho lo mismo antes, pero supe que oírlo de boca de un psiquiatra confirmaba su preocupación. La atraje hacia mí, aspirando su olor para tranquilizarla. El odio que sentía por Hugh y Nathan en ese momento era feroz. Los dos estaban muertos y enterrados, pero seguían jodiéndonos la vida.

—No vamos a permitir que nos ganen —susurró Eva.

La besé en la cabeza con una enorme sensación de agradecimiento por tenerla. Sus pensamientos eran como los míos, y me invadió la sensación de que aquello era maravilloso.

Ella echó la cabeza hacia atrás y sus dedos acariciaron mi mentón mientras me miraba con sus dulces y tiernos ojos grises.

—No puedo resistirme a ti, ya lo sabes. Me duele demasiado mantenerme alejada. Sólo porque tú cruces antes la línea de batalla no significa que yo me esté esforzando menos. Sólo quiere decir que soy más cabezota.

—No quiero pelearme contigo.

—Pues no lo hagamos —respondió ella—. Hoy hemos dado comienzo a algo nuevo. Tú has hablado, yo he dejado mi trabajo. Aferrémonos a eso durante un tiempo para ver hasta dónde nos lleva.

—Eso sí puedo hacerlo.

En un principio había pensado llevar a Eva a algún lugar tranquilo y discreto para cenar pero, en vez de eso, opté por el hotel Crosby Street. El restaurante era concurrido y el establecimiento era conocido por tener paparazzi en los alrededores. Yo no estaba preparado para llegar a extremos pero, tal y como habíamos hablado con el doctor Petersen, estaba dispuesto a que nos encontráramos a medio camino. Buscaríamos nuestro punto intermedio.

—Qué bonito —dijo ella mientras seguíamos a la recepcionista hasta nuestros asientos y Eva miraba las paredes de color azul claro y la tenue iluminación de las lámparas del techo.

Cuando llegamos a nuestra mesa, observé el lugar mientras apartaba la silla para que ella se sentara. Eva llamaba la atención, como siempre. Era una belleza en todos los sentidos, pero su sensualidad era algo que había que presenciar de primera mano. Estaba en su forma de moverse, en cómo actuaba, en la curva de su sonrisa.

Y era mía. La mirada que dirigí al resto de los comensales lo dejaba claro.

Me senté enfrente de ella y admiré el modo en que la luz de la vela de la mesa embellecía su piel y su cabello dorados. El brillo de sus labios invitaba a besos largos e intensos, al igual que sus ojos. Nadie me había contemplado nunca como ella, con absoluta aceptación y comprensión mezclada con amor y deseo.

Podría decirle cualquier cosa y ella me creería. Era un regalo sencillo, pero único y precioso. Sólo mi silencio podría alejarla, nunca la verdad.

—Cielo. —La agarré de la mano—. Voy a preguntártelo una última vez. ¿Estás segura de que quieres dejar tu trabajo? ¿No me lo vas a echar en cara dentro de veinte años? No hay nada que no podamos arreglar o deshacer. Sólo basta con que tú lo digas.

—Dentro de veinte años puede que seas tú el que trabajes para mí, campeón. —Su risa ronca flotó en el aire y provocó mi ansia de ella—. No te preocupes, ¿de acuerdo? Lo cierto es que ha sido una especie de alivio. Ya tengo muchas cosas que hacer: preparar maletas, mudanza, planear la boda. Cuando todo eso quede atrás, pensaré en qué hacer.

La conocía bien. Si hubiese tenido dudas, yo me habría percatado. Lo que sí vi, en lugar de eso, fue algo distinto. Algo nuevo.

Había fuego en su interior.

No podía apartar los ojos de ella, ni siquiera mientras pedía el vino.

Después de que el camarero se alejara, me eché hacia atrás para disfrutar del sencillo placer de mirar a mi preciosa esposa.

Eva se humedeció los labios con un provocador movimiento de la lengua y se inclinó hacia adelante.

—Estás terriblemente bueno.

—¿Lo estoy ahora? —pregunté retorciendo la boca.

Su pantorrilla rozó la mía.

—Eres, de lejos, el hombre más atractivo del lugar, y eso hace que esto resulte divertido. Me gusta presumir.

Yo solté un suspiro exagerado.

—Sigues queriéndome sólo por mi cuerpo.

—Por supuesto. ¿A quién le importa el dinero? Tienes activos mejores.

Atrapé su pierna entre mis tobillos.

—Como mi mujer. Es el bien más valioso que poseo.

Eva levantó las cejas con expresión divertida.

—La posees, ¿no?

Le sonrió al camarero cuando volvió con nuestra botella. Mientras nos servía, ella subió el pie para provocarme, con los ojos entornados y ardientes. Acerqué la copa hacia ella, vi cómo daba vueltas al oscuro vino tinto, se lo llevaba a la nariz y, después, le daba un sorbo. El gemido de placer que soltó al aprobar mi elección hizo que me invadiera una oleada de calor, lo cual era su intención, desde luego. La lenta caricia de mi pierna me estaba volviendo loco. Se me fue poniendo dura por segundos, y eso que ya estaba en su plenitud debido a los días de ayuno.

Yo no sabía que el sexo podía saciar una sed más profunda hasta que conocí a Eva.

Di un sorbo a mi copa recién servida y aguardé a que el camarero se retirara.

—¿Has cambiado de idea en cuanto a lo de esperar? —pregunté.

—No. Sólo hago que la cosa siga siendo interesante.

—Donde las dan las toman —le advertí.

—Cuento con ello —sonrió ella.

3

—¿Qué hacemos ahora? —le pregunté a Gideon mientras me acompañaba al vestíbulo de mi edificio de apartamentos.

El Upper West Side era mi casa..., por ahora. El ático de Gideon estaba en el Upper East. La enorme extensión verde de Central Park nos separaba, una de las pocas cosas que había entre los dos que podía atravesarse con facilidad.

Saludé con la mano a Chad, uno de los encargados del turno de noche en la recepción. Él me devolvió la sonrisa y saludó cortésmente a Gideon con un movimiento de la cabeza.

—Voy a subir contigo —contestó Gideon, apretando ligeramente la mano contra la parte inferior de mi espalda.

Fui muy sensible a su caricia. Transmitía posesión y control sin ningún esfuerzo, y me puso muy caliente. Y eso no hacía sino ponerme más difícil mi negativa a hacer nada cuando llegáramos al ascensor.

—Tenemos que despedirnos aquí, campeón —repuse.

—Eva...

—Yo no tengo esa fuerza de voluntad —confesé, sintiendo el ímpetu de su ansia. Él siempre había sabido atraerme con la fuerza de su deseo. Ésa era una de las cosas que me encantaban de él, una de las razones por las que sabía que estábamos hechos el uno para el otro. La conexión que teníamos me llegaba al alma—. Tú y yo con una cama cerca no es una buena idea.

Gideon bajó la mirada hacia mí con una sonrisa burlona que me pareció de lo más sensual.

—Cuento con ello.

—En lugar de eso, inicia la cuenta atrás... para nuestra boda. Es lo que yo hago. Minuto a minuto. —Y estaba resultando insoportable.

Mi conexión física con Gideon era tan esencial para mí como la emocional. Lo amaba. Me encantaba tocarlo, tranquilizarlo, darle lo que necesitaba. Mi derecho a seguir haciéndolo lo significaba todo para mí.

Lo agarré del brazo y apreté con suavidad el músculo que tenía bajo la manga.

—Yo también te echo de menos.

—No tienes por qué.

Lo aparté a un lado y bajé la voz.

—Tú decides el momento y la forma —murmuré repitiendo el principio básico de nuestra vida sexual—. Y una parte de mí quiere que digas «ese momento es ahora mismo». Sin embargo, hay algo que deseo más que eso. Te llamaré luego, después de hablar un poco con Cary, para decirte qué es.

Su sonrisa se desvaneció y su mirada se volvió ansiosa.

—Puedes ir a la puerta de al lado y decírmelo ahora.

Negué con la cabeza. Cuando Nathan había supuesto una amenaza, Gideon se había instalado en el apartamento que estaba justo al lado del mío para vigilarme y asegurarse de que estaba a salvo, aunque yo no lo sabía. Podía hacer ese tipo de cosas porque era el propietario del edificio, uno de los muchos que tenía en la ciudad.

—Tienes que irte a tu ático, Gideon —respondí—. Tranquilízate y disfruta del hermoso lugar que pronto vamos a compartir.

—No es lo mismo si no te tengo allí. Me parece vacío.

Eso me llegó al alma. Antes de aparecer yo, Gideon había organizado su vida para poder estar solo en todos los aspectos. Intercalaba el trabajo con salidas ocasionales mientras evitaba a su familia. Yo había cambiado eso, y no quería que se arrepintiera.

—Ahora tienes la oportunidad de deshacerte de todas las cosas que no quieres que me encuentre cuando me mude contigo —bromeé, aún con la intención de mantener un tono ligero.

—Ya conoces todos mis secretos.

—Mañana estaremos juntos en Westport.

—Para mañana queda mucho.

Me puse de puntillas y lo besé en el mentón.

—Vas a pasar durmiendo parte de ese tiempo y trabajando durante el resto. —A continuación, susurré—: Podemos enviarnos mensajes eróticos. Ya verás lo creativa que puedo ponerme.

—Prefiero el original a las reproducciones.

Bajé la voz hasta convertirla en un ronroneo:

—Entonces, vídeos. Con sonido.

Giró la cabeza y me atrapó los labios, tomando mi boca con un largo e intenso beso.

—Esto es amor —murmuró—. Me parece bien.

—Lo sé. —Sonreí y me aparté para pulsar el botón del ascensor—. Tú también puedes enviarme fotos picantes, ¿sabes?

Entornó los ojos.

—Cielo, si quieres fotos mías, tendrás que hacérmelas tú.

Entré en el ascensor y le apunté con el dedo índice.

—Aguafiestas.

Las puertas empezaron a cerrarse. Tuve que agarrarme al pasamanos para no lanzarme de nuevo contra él. La felicidad aparecía bajo muchas formas. La mía era Gideon.

—Échame de menos —me ordenó.

Yo le lancé un beso.

—Siempre.

Cuando abrí la puerta de mi apartamento, me sorprendieron dos cosas a la vez: el olor a algo cocinado recientemente y la música de Sam Smith.

Tuve la sensación de estar en mi hogar. Pero, de repente, me invadió la tristeza de que no lo sería por mucho tiempo. No es que dudara del futuro que había aceptado cuando me casé con Gideon, porque no era así. Me emocionaba la idea de vivir con él, de ser su esposa en privado y en público, de compartir mis días —y mis noches— con él. Aun así, el cambio se hace más difícil cuando eres feliz con la versión de tu vida anterior a ese cambio.

—¡Cariño, estoy en casa! —grité mientras dejaba el bolso en los taburetes de madera de teca que había junto a la barra de la cocina. Mi madre había decorado todo el apartamento con un estilo entre moderno y tradicional. Probablemente yo no habría optado por ninguna de sus elecciones, pero me gustaba el resultado.

—Estoy aquí, mofletitos —dijo Cary llamándome desde el otro lado del espacio abierto, donde estaba tumbado sobre el sofá de nuestra sala de estar con unas bermudas muy ajustadas y sin camiseta. Era esbelto y estaba bronceado, con unos abdominales tan hermosamente definidos como los de Gideon. Incluso cuando no trabajaba, tenía el aspecto del atractivísimo modelo que era—. ¿Qué tal la cena?

—Bien. —Me acerqué a él a la vez que me quitaba de una patada los tacones. Pensé que debía disfrutar de hacer eso mientras pudiera. No me imaginaba dejando mis zapatos tirados por el ático de Gideon. Supuse que eso debía de volverlo un poco loco. Y, como estaba segura de que había otras cosas con las que quería volverlo loco, probablemente era mejor escoger con cuidado mis vicios—. ¿Qué tal la tuya? Huele a comida cocinada.

—Pizza. Hecha en parte en casa. Tat tenía antojo.

—Y ¿quién no tiene antojo de pizza? —dije a la vez que

me dejaba caer sin ninguna elegancia sobre el sofá—. ¿Sigue aquí?

—No. —Apartó la vista de la televisión para mirarme con unos serios ojos verdes—. Se ha ido muy enfadada. Le he dicho que no íbamos a vivir juntos.

—Ah.

Para ser sincera, no me gustaba Tatiana Cherlin. Al igual que Cary, era una modelo de éxito, aunque aún no había logrado el nivel de reconocimiento de él.

Cary la había conocido durante un trabajo. Su relación puramente sexual cambió de forma drástica cuando supo que estaba embarazada. Por desgracia, Tat lo supo alrededor de la misma fecha en la que Cary había conocido a un tipo estupendo con el que quería mantener una relación.

—Gran decisión —añadí.

—Pero no estoy seguro de que sea la correcta. —Se pasó una mano por su preciosa cara—. Si Trey no estuviese en mi vida, haría lo que es debido con Tat.

—Y ¿quién dice que no lo estés haciendo? Ser un buen padre no significa que tengáis que vivir juntos. Mira mi madre y mi padre.

—Joder —se quejó—. Siento como si estuviese anteponiendo mi vida a la de mi hijo, Eva. ¿En qué me convierte eso si no es en un cabrón egoísta?

—No la estás apartando. Sé que vas a estar al lado de ella y del bebé, sólo que no de esa forma. —Extendí la mano y enrosqué un mechón de su pelo color chocolate alrededor de mi dedo. Mi mejor amigo había sufrido mucho a lo largo de su vida. El modo retorcido en el que había conocido el sexo y el amor le había dejado mucho bagaje y malos hábitos—. Y ¿Trey va a seguir contigo?

—No se ha decidido.

—¿Te ha llamado él?

Cary negó con la cabeza.

—No. Me derrumbé y lo llamé antes de que él se olvidara del todo de mí.

Le di un pequeño empujón.

—Como si eso pudiera pasar alguna vez. Cary Taylor, tú eres absolutamente inolvidable.

—Ja. —Se estirazó con un suspiro—. No parecía muy contento de oírme. Me ha dicho que sigue dándoles vueltas a algunas cosas en su cabeza.

—Lo que significa que está pensando en ti.

—Sí, pensando que ha esquivado una bala —murmuró Cary—. Ha dicho que lo nuestro nunca iba a funcionar si vivía con Tat, pero cuando le he contado que iba a arreglar eso, me ha dicho que con ello sólo iba a hacer que se sintiera como un gilipollas que se ha metido en medio. Es una situación sin salida pero, de todos modos, se lo he contado todo a Tat porque tengo que intentarlo.

—Es una situación difícil. —Yo no podía imaginar qué haría si me pasara a mí—. Simplemente, intenta tomar las mejores decisiones posibles. Tienes derecho a ser feliz. Eso es lo mejor para todos los que te rodean, incluido el bebé.

—Si es que hay bebé... —Cerró los ojos—. Tat dice que no piensa encargarse de esto sola. Si no voy a estar ahí, no quiere seguir adelante.

—¿No es un poco tarde para que diga algo así? —No pude ocultar la rabia en mi voz. Tatiana era una manipuladora. Era imposible no mirar al futuro y ver que eso supondría una fuente de desgracias para un niño inocente.

—Ni siquiera puedo pensar en ello, Eva. Pierdo los papeles. Todo esto es una mierda. —Soltó una carcajada carente de humor—. Y pensar que hubo un tiempo en que creía que era fácil tratar con ella. Nunca le importó que yo fuese bisexual ni que me acostara con otros. A una parte de mí le gusta que ahora me quiera lo suficiente como para pretender tenerme en exclusiva, pero no puedo evitar sentir lo que siento por Trey.

Apartó su mirada afligida. Me destrozaba verlo tan mal.

—Quizá debería hablar yo con ella —me ofrecí.

Él echó la cabeza hacia atrás para mirarme.

—¿De qué se supone que va a servir eso? Vosotras dos no os lleváis bien.

—No soy admiradora suya —admití—, pero puedo hacer algo. Una charla de mujer a mujer, si se hace bien, puede servir. La verdad es que no va a empeorar las cosas, ¿no? —Vacilé antes de decir nada más. Mis intenciones eran buenas, pero parecían propias de una ingenua.

Soltó un bufido.

—Siempre pueden ir a peor.

—Vaya forma de ver el lado bueno de la vida —lo reprendí—. ¿Sabe Trey que has hablado con Tatiana para que no se venga a vivir contigo?

—Le he enviado un mensaje. No me ha respondido. Pero lo cierto es que no esperaba que lo hiciera.

—Dale algo más de tiempo.

—Eva, en el fondo, él desearía que yo fuera del todo gay. En su mente, ser bisexual significa que puedo acostarme con todo el mundo. No entiende que simplemente porque me sienta atraído por hombres y por mujeres eso no signifique que no puedo ser una persona fiel. O quizá es que no quiere entenderlo.

Yo dejé escapar el aire de mis pulmones.

—Creo que yo tampoco fui de ayuda en ese aspecto. Él me habló de ello una vez y no supe explicarme bien.

Aquello me había corroído durante un tiempo. Tenía que ponerme en contacto con Trey y dejarle las cosas claras. Cary estaba en el hospital recuperándose de un fuerte asalto cuando Trey quiso hablar conmigo. Mi mente no se hallaba en su mejor momento en aquella época.

—Tú no puedes estar arreglándome la vida constantemente, preciosa. —Se puso boca abajo y me miró—. Pero te quiero mucho sólo por el hecho de que lo intentes.

—Eres parte de mí. —Traté de buscar las palabras adecuadas—. Necesito que estés bien, Cary.

—Estoy intentándolo. —Se apartó el pelo de la cara—. Este fin de semana en Westport quiero pensar en la posibilidad de que Trey pueda quedarse fuera. Debo ser realista.

—Tú sé realista, yo mantendré la esperanza.

—Pues que te diviertas. —Se sentó y apoyó los codos sobre las rodillas dejando caer la cabeza—. Y eso me lleva de nuevo a Tatiana. Supongo que lo tengo claro: no podemos estar juntos. Con bebé o sin él, no funcionaría para ella ni para mí.

—Eso lo respeto.

Me costó no decir nada más. Siempre le daría a mi mejor amigo el apoyo y el consuelo que necesitara, pero ahora tenía que aprender unas cuantas lecciones difíciles. Trey, Tatiana y Cary estaban sufriendo —con un bebé de camino— por culpa de las decisiones de Cary. Él alejaba con sus acciones a los que lo querían, el hecho de que permanecieran a su lado suponía un reto. Enfrentarse a las consecuencias quizá lo hiciera cambiar para mejor.

Su sonrisa era irónica, y uno de sus hermosos ojos verdes asomaba entre su largo flequillo.

—No puedo elegir entre ellos basándome en lo que pueda obtener para mí. Es un rollo pero, oye, en algún momento tendré que madurar.

—¿No nos pasa lo mismo a todos? —Lo miré con una sonrisa de ánimo—. Hoy he dejado mi trabajo.

Asimilar lo que había hecho me parecía cada vez más fácil, y lo dije en voz alta.

—¿En serio?

Levanté la vista al techo antes de contestar.

—En serio.

Cary soltó un silbido.

—¿Quieres que saque el bourbon y unas copas de chupito?

—¡Puf! Ya sabes que no soporto el bourbon. Y lo cierto es que un buen champán sería más apropiado para mi dimisión.

—¿De verdad? ¿Quieres que lo celebremos?

—No necesito ahogar ninguna pena, eso te lo aseguro. —Extendí los brazos por encima de la cabeza para deshacerme de la tensión—. Aunque llevo pensando en ese tema todo el día.

—¿Y?

—Estoy bien. Quizá si Mark se hubiera tomado la noticia de otro modo lo habría pensado mejor, pero él también se va, y lleva allí mucho más tiempo que los tres meses que he estado yo. No tendría sentido que yo me sintiese peor que él por irme.

—Preciosa, las cosas no deben tener sentido para que sean verdad. —Cogió el mando a distancia y bajó el volumen.

—Tienes razón, pero conocí a Gideon a la vez que empezaba a trabajar en Waters Field & Leaman. En términos prácticos, no hay comparación posible entre un trabajo en el que has estado tres meses y un marido con el que vas a pasar el resto de tu vida.

Él me lanzó una mirada fulminante.

—Has pasado de la sensatez a la practicidad. Esto va cada vez peor.

—Cierra el pico.

Cary nunca permitía que me escapara con una explicación fácil. Como normalmente se me daba bien engañarme a mí misma, su política de no andarse con rodeos era un espejo en el que necesitaba verme.

Mi sonrisa se desvaneció.

—Quiero más.

—¿Más qué?

—Más de todo. —Volví a mirarlo—. Gideon tiene una presencia, ¿sabes? Cuando entra en una habitación, todo el mundo levanta la cabeza para prestarle atención. Yo quiero eso.

—Con eso te has casado. De hecho, has conseguido el apellido y la cuenta corriente.

Me incorporé en mi asiento.

—Lo quiero porque me lo he ganado, Cary. Geoffrey Cross dejó atrás a muchas personas que quieren desquitarse con su hijo. Y Gideon se ha creado sus propios enemigos, como los Lucas.

—¿Quiénes?

Arrugué la nariz.

—La cabra loca de Anne Lucas y el enfermo de su marido. —Entonces, lo recordé—. ¡Dios mío, Cary! No te lo he contado. La pelirroja con la que estuviste tonteando en aquella cena de hace unas semanas..., ésa era Anne Lucas.

—¿De qué narices me hablas?

—¿Recuerdas cuando te pedí que buscaras algo sobre el doctor Terrence Lucas? Anne es su mujer.

La confusión de Cary era evidente.

No podía contar que Terrence Lucas había examinado a Gideon cuando era niño y había mentido sobre los síntomas de trauma sexual que había descubierto. Lo había hecho para así proteger a su cuñado, Hugh, y que no lo acusaran. Yo jamás podría entender cómo había podido hacer algo semejante, por mucho que amara a su esposa. En cuanto a Anne, Gideon se había acostado con ella para vengarse de su marido, pero el parecido físico de ella con su hermano había conducido a Gideon a una depravación sexual que lo atormentaba. Había castigado a Anne por los pecados cometidos por su hermano, y tanto él mismo como ella habían quedado tocados.

Eso nos dejaba a Gideon y a mí con dos enemigos muy crueles contra los que luchar.

Le conté hasta donde pude:

—Los Lucas tienen un pasado retorcido con Gideon en

el que yo no puedo entrar, pero no es ninguna coincidencia que vosotros dos terminarais juntos esa noche. Ella lo había planeado así.

—¿Por qué?

—Porque está loca, y sabía que a mí me haría polvo.

—¿Por qué diablos iba a importarte a ti con quién me enrollara?

—Cary, a mí siempre me importa. —En ese instante oí mi móvil. Por la canción *Hanging by a moment*, que sonaba como tono de llamada, supe que era mi marido quien telefoneaba. Me levanté—. Pero en este caso era por las intenciones que había detrás. No fuiste una simple aventura al azar. Ella fue a por ti en concreto porque eres mi mejor amigo.

—No entiendo qué se puede conseguir con eso.

—Era para hacerle la peineta a Gideon. Atraer su atención es lo que más desea.

Cary enarcó una ceja.

—Todo eso me parece de locos, pero bueno. Me la he vuelto a encontrar no hace mucho.

—¿Qué? ¿Cuándo?

—Quizá la semana pasada. —Se encogió de hombros—. Acababa de terminar una sesión de fotos y mi coche me esperaba en la puerta. Ella salía de una cafetería con una amiga. Fue una completa coincidencia.

Negué con la cabeza. Mi teléfono dejó de sonar.

—Ni hablar. ¿Te dijo algo?

—Claro. Más o menos, flirteó un poco, cosa que no me sorprendió, teniendo en cuenta la última vez que nos vimos. Yo le paré los pies y le dije que estaba empezando una relación. A ella le pareció bien. Me deseó suerte y volvió a darme las gracias por el rato tan bueno que habíamos pasado. Luego se fue calle abajo. Fin de la historia.

El móvil empezó a sonar otra vez.

—Si vuelves a encontrártela, date media vuelta y llámame, ¿vale?

—Vaaale, pero no me has contado lo suficiente como para que todo esto tenga sentido.

—Deja que hable con Gideon. —Fui corriendo a por mi teléfono y respondí—. Hola.

—¿Estabas en la ducha? —me preguntó él ronroneando—. ¿Estás desnuda y mojada, cielo?

—Dios mío. Espera un momento. —Me puse el teléfono sobre el hombro y volví con Cary—. ¿Llevaba una peluca cuando la viste?

Cary me miró sorprendido.

—¿Cómo narices voy a saberlo?

—¿Llevaba el pelo largo como cuando la conociste?

—Sí. Igual.

Asentí con gesto serio. Anne llevaba el pelo rapado y yo nunca había visto ninguna imagen de ella de otra forma. Se había puesto una peluca cuando fue detrás de Cary en la cena, con lo que consiguió confundirme a mí y ocultarse de Gideon.

Quizá era su nueva forma de arreglarse.

O puede que fuera otra señal de que albergaba un plan especial en cuanto a Cary.

Me puse el teléfono en la oreja de nuevo.

—Necesito que vuelvas aquí, Gideon. Y tráete a Angus.

Algo en mi tono de voz debió de revelar mi preocupación, porque Gideon apareció tanto con Angus como con Raúl. Abrí la puerta y los vi a los tres en el rellano; mi marido, al frente y en el centro, y los dos guardaespaldas flanqueándolo. Decir que la mirada de los tres hombres era intensa habría sido un eufemismo.

Gideon se había aflojado la corbata y desabotonado el cuello y el chaleco pero, por lo demás, iba vestido igual que cuando nos habíamos separado poco antes. Ese ligero desaliño le daba un aspecto de lo más sensual, y provocó un hormigueo de excitación en mis venas. Era una tentación, una incitación a que terminara de quitarle aquella ropa cara y elegante para poder ver al hombre fuerte y primario que había debajo. Por muy bueno que estuviese Gideon con la ropa puesta, no había nada como verlo completamente desnudo.

Mis ojos se quedaron mirando los de Gideon y me delataron. Enarcó una sensual ceja hacia arriba y la comisura de su boca se curvó con gesto divertido.

—Hola a ti también —bromeó como respuesta a mi acalorada mirada.

Los dos hombres que estaban detrás contrastaban con él con sus trajes negros hechos a medida, aunque escuetos, con sus camisas blancas y sus pulcras corbatas negras perfectamente anudadas.

La verdad es que nunca antes había sido consciente de lo superfluos que parecían Angus y Raúl cuando estaban al lado de Gideon, un hombre que claramente podría encargarse de un enfrentamiento mano a mano sin ningún tipo de ayuda.

Raúl tenía el rostro serio, como era habitual en él. Angus también tenía una expresión estoica, pero por la mirada maliciosa que me dirigió supe que se había percatado de mi forma pícara de mirar a su jefe.

Eso hizo que me sonrojara.

Di un paso atrás para apartarlos de la puerta y dejarlos pasar. Angus y Raúl entraron en la sala de estar, donde esperaba Cary. Gideon aguardó detrás conmigo mientras yo cerraba la puerta.

—Me has lanzado esa mirada, cielo, pero querías que trajera a Angus. Explícate.

Eso me hizo reír, era justo lo que necesitaba para romper la tensión.

—¿Cómo iba a evitar venir si parecía que te estabas desnudando cuando me has llamado?

—Puedo terminar de hacerlo aquí.

—Que sepas que quizá tenga que quemar toda tu ropa tras la boda. Deberías ir siempre desnudo.

—Eso haría de lo más interesantes las reuniones de trabajo.

—Eh..., en ese caso, mejor no. Por aquello de sólo para mis ojos. —Me recosté contra la puerta y respiré hondo—. Anne se puso en contacto con Cary después de aquella cena.

De los ojos de Gideon desaparecieron toda la calidez y la diversión, sustituidas por una frialdad que avisaba de que algo malo podría venir después.

Se dispuso a entrar en la sala de estar. Yo me apresuré para ponerme a su altura y entrelacé mi mano con la suya para recordarle que estábamos juntos en eso. Sabía que era una idea que tardaría en asimilar. Gideon había estado solo durante mucho tiempo, lidiando con sus propias batallas y con las de las personas a las que quería.

Se sentó sobre la mesa de centro y miró a Cary.

—Cuéntame lo que le has dicho a Eva.

Gideon parecía listo como para ir a Wall Street, mientras que Cary tenía aspecto de estar a punto de echarse una siesta, pero eso no pareció impactarle a mi marido en absoluto.

Cary volvió a contarlo todo, dirigiendo ocasionales miradas a Angus y Raúl, que estaban al lado.

—Y eso es todo —terminó—. No os ofendáis, chicos, pero parecéis demasiado músculo para una pelirroja que pesará como mucho cincuenta y cuatro kilos estando empapada de agua.

Yo le habría echado a Anne unos cincuenta y nueve, pero eso no venía al caso.

—Más vale prevenir —dije.

Cary me fulminó con la mirada.

—Y ¿qué puede hacerme? En serio. ¿Por qué os ponéis todos tan nerviosos?

Gideon se removió inquieto.

—Nosotros tuvimos una... aventura. Aunque ésa no es la palabra exacta. No fue nada bonito.

—Te la follaste —dijo Cary con brusquedad—. Eso ya me lo había imaginado.

—Le hizo daño —expliqué acercándome para colocar la mano sobre el hombro de Gideon.

Apoyaba a mi marido aunque no aprobara lo que había hecho. Y, a decir verdad, la parte de mí que estaba obsesionada por Gideon sentía pena por Anne. Las veces en las que creía haber perdido a Gideon para siempre, yo misma me había vuelto un poco loca.

Ella representaba un peligro que yo nunca podría suponer, y ese peligro lo dirigía a personas a las que yo quería.

—No se está tomando bien el hecho de que él esté conmigo —expliqué.

—¿Qué? ¿Estamos hablando de algo así como lo de *Atracción fatal*?

—Bueno, ella es psiquiatra, así que sería más adecuado hablar de una mezcla de *Atracción fatal* e *Instinto básico.* Es como un maratón de Michael Douglas en una sola mujer.

—No te burles, Eva —dijo Gideon en tono serio.

—¿Quién se está burlando? —repliqué—. Cary la ha visto con la peluca larga que se puso para la cena. Se me ocurre que ella quería que él la reconociera para que pudieran hablar.

—Así que está loca —espetó Cary—. Y ¿qué queréis que haga? ¿Contároslo si la vuelvo a ver?

—Quiero que lleves protección —repuse.

Gideon asintió.

—Estoy de acuerdo.

—Vaya. —Cary se rascó la barba incipiente de su mentón—. Chicos, os lo estáis tomando a la tremenda.

—Tú ya tienes bastante —le recordé—. Si tiene algún plan, tú no tienes por qué sufrirlo.

Retorció los labios con expresión irónica.

—Eso es verdad.

—Nosotros nos encargaremos —intervino Angus.

Raúl asintió y, a continuación, los dos hombres fueron abajo. Gideon esperó.

Cary nos miró a uno y a otro y, después, se puso de pie.

—No creo que ya me necesitéis ninguno de los dos, así que me voy a la cama. Te veo por la mañana —me dijo antes de salir por el pasillo en dirección a su dormitorio.

—¿Estás preocupado? —le pregunté a Gideon cuando nos quedamos solos.

—Tú sí. Con eso basta.

Me senté en el sofá justo enfrente de él.

—No es preocupación, sino más bien curiosidad. ¿Qué cree que puede conseguir a través de Cary?

Gideon resopló con aire de cansancio.

—Es una lianta, Eva. Eso es todo.

—Yo no opino lo mismo. Los comentarios que me hizo en la cena eran muy claros. Me advertía que me alejara de ti. Como si yo no te conociera y no te quisiera si no lo hacía.

Apretó la mandíbula y supe que había tocado una fibra sensible. Lo cierto es que nunca me había contado de qué habían hablado cuando había ido a su despacho. Era posible que Anne le hubiese dicho algo parecido aquella vez.

—Hablaré con ella —anuncié.

Gideon me clavó sus fríos ojos azules.

—No vas a hacer tal cosa.

Solté una leve carcajada. Pobre marido mío..., tan acostumbrado a que su palabra se cumpliera para, después, decidir casarse con una mujer como yo.

—Sé que hemos recorrido mucho durante el curso de nuestra relación, pero hubo un momento entremedias en el que hablamos de funcionar como un equipo.

—Y estoy dispuesto a que sea así —dijo en tono suave—. Pero Anne no es el lugar por donde hay que empezar. No se puede razonar con alguien que es del todo irracional.

—Yo no quiero razonar con ella, campeón. Tiene como objetivo a mis amigos y cree que soy tu punto débil. Debe saber que no estoy indefensa y que al enfrentarse a ti se está enfrentando a los dos.

—Ella es problema mío. Yo me encargaré.

—Si tú tienes un problema, Gideon, es mi problema también. La operación *Gideva* está ya en marcha. El hecho de que yo no actúe no hace sino empeorar esta situación con Anne. —Me incliné hacia adelante—. En su mente, o bien yo sé lo que está pasando pero soy demasiado débil como para hacer algo, o tú me lo estás ocultando todo, lo que implica que soy demasiado débil como para enfrentarme a ello. Cualquiera que sea el caso, me estás convirtiendo en su objetivo, y no es eso lo que quieres.

—Tú no sabes qué es lo que le pasa por la mente —respondió él en tono serio.

—Es un poco retorcida, eso está claro. Pero es una mujer. Confía en mí. Debe saber que tengo uñas y dientes y que estoy dispuesta a hacer uso de ellos.

Gideon entornó los ojos.

—Y ¿qué le dirías?

Un pequeño destello de triunfo hizo que contuviera una sonrisa.

—Sinceramente, creo que bastará tan sólo con aparecer en algún sitio por sorpresa. Una emboscada, por así decirlo. Eso la hará flaquear. ¿Se pondrá a la defensiva o atacará? Sabremos más según sea su reacción. Y lo necesitamos.

Gideon negó con la cabeza.

—No me gusta.

—Ya sabía que no te gustaría. —Extendí las piernas entre las suyas—. Pero sabes que tengo razón. No es mi estrategia lo que te fastidia, Gideon. Es más bien que tu pasado no termina de desaparecer y no quieres que yo lo vea.

—Desaparecerá, Eva. Deja que yo me encargue.

—Tienes que ser más analítico con esto. Yo pertenezco a tu equipo, igual que Angus y Raúl. Aunque está claro que no soy tu empleada y, desde luego, tampoco dependo de ti. Soy tu mejor mitad. Ya no se trata solamente de Gideon Cross. Ni siquiera de Gideon Cross y de su esposa. Somos Gideon y Eva Cross, y tienes que permitir que yo me ponga a la altura.

Se echó hacia adelante mirándome con ojos ardientes e intensos.

—Yo no tengo que demostrar nada a nadie.

—¿En serio? Porque a mí sí me parece que tengo que demostrarte algo a ti. Si no crees que soy lo suficientemente fuerte...

—Eva. —Puso las manos por detrás de mis rodillas y me acercó a él—. Eres la mujer más fuerte que conozco.

Pronunció esas palabras, pero pude ver que no las creía de verdad. No de la forma en que los dos necesitábamos que las creyera. Me veía como a una superviviente, no como a una guerrera.

—Así pues, deja de preocuparte —repliqué—. Y permíteme que haga lo que tengo que hacer.

—No estoy de acuerdo con que tengas que hacer algo.

—Vale, pues entonces, tendrás que aceptar que no estás de acuerdo.

Me incliné sobre él, pasé los brazos por sus anchos hombros y apreté mis labios sobre la comisura de su boca seria.

—Cielo...

—Quiero dejar claro que no estaba pidiéndote permiso, Gideon. Te estoy diciendo lo que voy a hacer. Puedes colaborar o quedarte a un lado. Tú eliges.

Soltó un bufido de frustración.

—Y ¿dónde queda ese mutuo acuerdo que siempre me estás exigiendo?

Me aparté y lo miré de reojo.

—Ese acuerdo mutuo está en dejar que en esta ocasión yo lo intente a mi manera. Si no funciona, la próxima vez lo haremos a la tuya.

—Gracias.

—No seas así. Nos sentaremos juntos para preparar la logística del momento y el lugar. Vamos a necesitar que Raúl investigue sus movimientos habituales. Por definición, las emboscadas son inesperadas, y la nuestra debe darse en un lugar donde ella se sienta segura y cómoda. Vamos a seguir su ejemplo.

Gideon respiró hondo. Prácticamente pude leer sus pensamientos, su mente ágil tratando de buscar el modo de conseguir el resultado que él deseaba.

Así que lo distraje.

—¿Te acuerdas de esta mañana, cuando dije que te explicaría por qué había decidido contarles a mis padres que nos habíamos casado?

Su atención cambió al instante y su mirada se volvió cautelosa y alerta.

—Claro.

—Sé que necesitaste mucho valor para hablarle al doctor Petersen de Hugh. Sobre todo, si tenemos en cuenta lo que opinas de los psiquiatras. —No obstante, ¿quién podía culparlo de esa desconfianza? Hugh había llegado a la vida de Gideon bajo el disfraz de una ayuda terapéutica y se había convertido en su violador—. Me inspiraste para ser igual de valiente.

Su precioso rostro se ablandó y se llenó de ternura.

—Hoy he escuchado esa canción —murmuró, recordándome aquella vez en la que le había cantado ese himno de Sara Bareilles que se titulaba *Brave.* *

---

* En español, «valiente». *(N. de los T.)*

Sonreí.

—Tú necesitabas que se lo contara —añadió en voz baja. Pronunció esas palabras como una declaración pero, en realidad, se trataba de una pregunta.

—Sí —dije.

Es más, Gideon lo necesitaba. Los abusos sexuales eran un asunto íntimo y personal pero, en cierto modo, debíamos sacarlos fuera. No se trataba de un secreto sucio y vergonzoso que hubiese que ocultar dentro de una caja. Era una verdad desagradable, y las verdades —por naturaleza— tienen que ser aireadas.

—Y tú necesitas enfrentarte a Anne —repuso.

Lo miré sorprendida.

—La verdad es que no estaba llevando la conversación de nuevo hacia ese punto, pero sí, lo necesito.

Esta vez, Gideon asintió.

—De acuerdo. Vamos a prepararlo.

Me permití hacer una imaginaria señal de victoria. Un punto a favor de *Gideva*.

—También has dicho que hay una cosa que te gusta más que el sexo conmigo —me recordó en tono frío. Por su mirada supe que me estaba provocando.

—Bueno, yo no lo diría exactamente con esas palabras. —Le pasé los dedos por el pelo—. Follar contigo es literalmente mi actividad favorita. De todas.

Sonrió con suficiencia.

—¿Pero?

—Vas a creer que soy tonta.

—Aun así, sigo pensando que estás muy buena.

Lo besé por aquello.

—En el instituto, la mayoría de las chicas a las que conocía tenían novios. Ya sabes cómo es eso: hormonas ardientes e historias de amor épicas.

—Eso me han contado —respondió con ironía.

Las palabras se me agolparon en la garganta. Había

sido una estúpida al olvidar cómo debía de haber sido para Gideon. Él no había tenido pareja hasta que conoció a Corinne en la universidad. Había sufrido demasiado por los abusos de Hugh como para disfrutar de la habitual angustia del amor de adolescentes a la que me estaba refiriendo.

—Cielo...

Me maldije en silencio.

—Olvídalo. Es muy aburrido.

—Sabes que eso no te va a funcionar.

—Y ¿sólo por esta vez?

—No.

—Por favor.

Negó con la cabeza.

—Escúpelo.

Arrugué la nariz.

—Está bien. Los adolescentes se pasan horas hablando por teléfono por las noches porque tienen colegio y padres y no pueden estar juntos. Se pasan toda la noche charlando con sus novios sobre cualquier cosa. Yo nunca tuve eso. Nunca... —Contuve mi vergüenza—. Nunca tuve un chico así.

No necesité contarle más. Gideon sabía cómo me había sentido. Cómo el sexo había sido mi forma retorcida de sentirme amada. Los tipos con los que follaba nunca me habían llamado. Ni antes ni después.

—En fin —concluí con la voz entrecortada—. Se me había ocurrido la idea de que podríamos tener algo así por ahora... mientras esperamos. Llamadas nocturnas en las que hablaríamos únicamente por escuchar la voz del otro.

Se me quedó mirando.

—En mi imaginación sonaba mejor —murmuré.

Gideon se quedó en silencio durante un largo rato. A continuación, me besó. Intensamente.

Yo seguía tambaleándome cuando él se apartó y habló con una voz que, más bien, pareció un ronco susurro.

—Yo seré ese chico, Eva.

La garganta se me cerró.

—Cada peldaño, cielo. Cada ritual de iniciación. Todo. —Me limpió la lágrima que empezaba a brotarme por el rabillo del ojo—. Y tú serás para mí esa chica.

—Dios. —Solté una carcajada llorosa—. Te quiero mucho.

Él sonrió.

—Ahora me voy a casa, porque eso es lo que quieres. Y vas a llamarme y a decírmelo otra vez, porque eso es lo que yo quiero.

—Trato hecho.

Me desperté al día siguiente antes de que sonara la alarma. Tumbada en la cama durante unos minutos, dejé que mi cerebro se despertara todo lo que me fuera posible sin café. Me obligué a concentrarme en el hecho de que ése era el comienzo de mi último día en el trabajo.

Sorprendentemente, me sentí más que bien ante aquello. Estaba impaciente. Había llegado el momento de hacer un cambio radical.

Y, ahora, la verdadera gran pregunta: ¿qué ponerme?

Salí de la cama y fui al vestidor. Tras mirar casi todo, me decidí por un vestido de tubo color esmeralda que tenía un cuello y un bajo asimétrico. Mostraba algo más de pierna de lo que normalmente consideraba adecuado para el trabajo, pero ¿por qué terminar igual que había empezado? ¿Por qué no aprovechar la oportunidad para iniciar una transición del pasado al futuro?

Hoy era el fin de Eva Tramell. El lunes, Eva Cross haría su debut. Me la imaginé. Bajita y rubia, junto a su esposo alto y moreno, pero tan peligrosa como él en un aspecto muy similar.

O puede que no. Quizá resaltando las diferencias, los lados opuestos de la misma espada afilada.

Tras echar un último vistazo a mi espejo de pie, entré en el baño y me maquillé.

Poco después, Cary asomó la cabeza y soltó un silbido.

—Qué guapa, cariño.

—Gracias. —Dejé la barra de labios en su repisa—. ¿Puedo pedirte que me ayudes a hacerme un moño?

Entró vestido tan sólo con unos calzoncillos, con un aspecto no muy distinto del de los carteles publicitarios en los que aparecía en las cabinas de teléfono y en los autobuses de toda la ciudad.

—Traducción: que te lo haga yo. Por supuesto.

Mi mejor amigo se puso manos a la obra, cepillándome el pelo con pericia y retorciéndolo hasta formar un elegante moño.

—Lo de anoche fue bastante intenso —dijo tras sacarse la última horquilla de la boca—. Con la sala de estar llena de trajes negros.

Lo miré a los ojos a través del espejo.

—Tres trajes.

—Dos trajes y Gideon —respondió—. Él puede llenar una habitación con su sola presencia.

No pude rebatirlo.

Cary puso su sonrisa más luminosa.

—Si alguien se entera de que tengo seguridad privada, van a pensar que soy más importante de lo que creían o que tengo un concepto demasiado exagerado de mi celebridad. Aunque ambas cosas son ciertas.

Me puse de pie y de puntillas para besarlo en el mentón.

—Ni siquiera te darás cuenta de que están ahí. Serán de lo más sigilosos.

—Te apuesto a que los veo.

—Cinco dólares —respondí pasando por su lado para coger un par de zapatos de tacón del dormitorio.

—¿Qué? Y ¿por qué no cinco de los grandes, señora Cross?

—¡Ja! —Cogí mi teléfono de la cama cuando sonó con un mensaje entrante—. Gideon está subiendo.

—¿Por qué no ha pasado la noche aquí?

Respondí sin mirarlo mientras me apresuraba hacia la entrada.

—Estamos de abstinencia hasta la boda.

—Joder, ¿estás de broma? —Los largos pasos de Cary casi me atraparon, pese a que él andaba despacio y yo a toda prisa. Me cogió los zapatos de la mano para que yo pudiera alcanzar de la barra de la cocina el termo con café que me iba a llevar para el camino—. Yo creía que el período de luna de miel duraba más tiempo. ¿No se acuestan las mujeres con sus maridos durante al menos unos cuantos años antes de que los rechacen?

—¡Cierra el pico, Cary! —Cogí el bolso y abrí la puerta.

Gideon estaba al otro lado llave en mano, dispuesto a abrir.

—Cielo.

Cary extendió el brazo por detrás de mí y abrió más la puerta.

—Lo siento por ti, tío. Les pones un anillo y..., ¡pum!, se les cierran las piernas.

—¡Cary! —exclamé fulminándolo con la mirada—. Voy a darte un puñetazo.

—Y ¿quién va a prepararte el bolso de viaje si lo haces?

Me conocía demasiado bien.

—No te preocupes, preciosa. Tendré listo tu equipaje y el mío. —Miró a Gideon—. Me temo que a ti no puedo ayudarte. Espera a verla con ese biquini azul de La Perla que voy a meter. A ver si tienes pelotas de ponerte a la altura.

—Yo también te voy a dar un puñetazo —dijo Gideon con voz cansina—. Tus hematomas sí que harán juego con ella.

Cary me dio un suave empujón hacia afuera y cerró la puerta de golpe.

Era casi mediodía cuando Mark asomó por mi cubículo y me miró con su sonrisa.

—¿Lista para nuestro último almuerzo en el trabajo?

Me llevé una mano al corazón.

—Me acabas de matar.

—Estaré encantado de devolverte tu dimisión.

Negué con la cabeza, me puse de pie y paseé la mirada por mi mesa de trabajo. No había guardado aún mis pocos objetos personales. Esperaba que, cuando se acercaran las cinco de la tarde, pudiera sentir que había llegado el final. Pero, por ahora, no estaba preparada del todo para dejar de sentirme dueña de mi mesa y del sueño que antes había representado.

—Tendremos más almuerzos. —Saqué el bolso del cajón y fui con él hacia los ascensores—. No voy a dejar que te me escapes tan fácilmente.

Cuando llegamos a la recepción, iba a hacerle una señal a Megumi para avisarle de que estábamos listos, pero ella ya había tenido su descanso para el almuerzo y estaba ocupada con los teléfonos.

Echaría de menos verla a ella, a Will y a Mark cada día. Ellos representaban mi propio trocito de Nueva York, una parte de mi vida que solamente me pertenecía a mí. Ése era otro de los aspectos que temía abandonar al dejar mi trabajo, mi círculo personal de amigos.

Sin embargo, me esforzaría por mantenerlo, por supuesto. Sacaría tiempo para llamarlos y hacer planes juntos, pero era consciente de lo que solía pasar. Llevaba ya varios meses sin ponerme en contacto con mi gente de San Diego. Y mi vida no se parecería en nada a la de mis amigos. Nuestros objetivos, nuestros sueños y nuestros retos serían muy distintos.

En el ascensor en el que entramos Mark y yo sólo había unas cuantas personas, pero el espacio se llenó rápidamente a medida que iba parando. Tomé nota para pedirle a Gideon una de esas llaves mágicas de su ascensor, que le permitía subir o bajar directamente sin interrupciones. Al fin y al cabo, seguiría yendo al Crossfire, sólo que a otra planta.

—Y ¿tú, qué? —pregunté mientras nos íbamos apretando para dejar sitio a los demás—. ¿Has decidido si te quedas o te vas?

Mark asintió y se metió las manos en los bolsillos del pantalón.

—Voy a seguir tu ejemplo.

Por su expresión, estuve segura de que se mantenía firme en su decisión.

—Eso es estupendo, Mark. Enhorabuena.

—Gracias.

Salimos a la planta baja y pasamos por los torniquetes de seguridad.

—Steven y yo lo hemos hablado —continuó mientras cruzábamos el suelo de mármol de vetas doradas del vestíbulo—. Contratarte supuso un gran paso para mí. Fue la señal de que mi carrera profesional progresaba en la dirección correcta.

—Que no te quepa duda de ello.

Sonrió.

—Perderte es también otra señal. Ha llegado el momento de avanzar.

Mark me hizo un gesto para que yo pasara primero por la puerta giratoria. Sentí el calor del sol antes de terminar la rotación que me llevaba a la calle. El clima del otoño aún quedaba lejos. Estaba deseando que llegara el cambio de estación. Pensé que tenía que haber un cambio exterior que se adecuara al que estaba sucediendo en mi interior.

Miré la elegante limusina negra que estaba aparcada junto al bordillo y, después, me giré para observar a mi jefe cuando salió a la acera.

—¿Adónde vamos?

Mark me miró divertido antes de ir a buscar un taxi libre en medio de la oleada de aquel mar de coches.

—Es una sorpresa.

Me froté las manos.

—¡Bien!

—Señorita Tramell.

Me volví al oír mi nombre y vi a Angus al lado de la limusina. Vestido con su habitual traje negro y su tradicional gorra de chófer, tenía un aspecto elegante, pero combinado con tanta perfección que sólo un buen observador podría sospechar de su pasado en los servicios secretos internacionales.

Siempre me asombraba pensar en su historia. Era propia de James Bond. Estaba segura de que yo la había idealizado demasiado, pero también me confortaba ser consciente de ella. Gideon estaba en las mejores manos.

—Hola —lo saludé permitiéndome un tono cariñoso en la voz.

No podía evitar sentir por él una especial gratitud. Su pasado junto a Gideon venía desde varios años atrás y yo nunca llegaría a conocer todos los detalles, pero sabía que él había sido el único apoyo que Gideon había tenido en su vida después de lo de Hugh. Además, Angus había sido la única persona de nuestra vida que había sido testigo de nuestro matrimonio en secreto. La expresión de su rostro cuando habló con Gideon después y las lágrimas que brotaron de sus ojos denotaban un vínculo irrompible.

Sus ojos azul claro me miraron relucientes cuando abrió la puerta de la limusina.

—¿Adónde quieren ir?

Mark me miró sorprendido.

—¿Es por esto por lo que me dejas? Vaya. No puedo competir con ello.

—No tienes por qué hacerlo. —Me detuve antes de entrar en el asiento de atrás y miré a Angus—. Mark no quiere que sepa adónde vamos, así que subiré e intentaré no oírlo.

El chófer se tocó la visera de la gorra dando a entender que lo había comprendido.

Poco después, salimos.

Mark se acomodó en el asiento enfrente de mí mientras observaba el interior.

—¡Vaya! He alquilado limusinas otras veces, pero no eran así.

—Gideon tiene un gusto estupendo. —No importaba el estilo. Moderno y contemporáneo como su despacho o clásico y antiguo como su ático. Mi marido sabía cómo mostrar su riqueza con clase.

Mark me sonrió mirándome.

—Eres una mujer afortunada, amiga.

—Lo soy —asentí—. Todo esto es increíble, claro —dije moviendo la mano—, pero él es ya un partido sólo por su personalidad. Es realmente un hombre estupendo.

—Sé lo que es tener a alguien así.

—Sí. Por supuesto que lo sabes. ¿Qué tal van los planes de la boda?

Mark dejó escapar un gemido.

—Steven me está matando. ¿Quiero azul o violeta? ¿Rosas o lirios? ¿Satén o seda? ¿Mañana o tarde? He intentado decirle que puede hacer lo que quiera. Yo sólo deseo que esté él. Pero me ha echado la bronca. Dice que más vale que me ocupe de esto porque no voy a tener la oportunidad de casarme otra vez. Lo único que puedo hacer yo al respecto es dar gracias a Dios por ello.

Me reí.

—Y ¿qué tal tú? —preguntó.

—Estoy poniéndome a ello. En medio de este mundo de locos lleno de millones de personas, hemos conseguido encontrarnos. Como diría Cary, deberíamos celebrarlo.

Hablamos del primer baile y de la disposición de los

asientos mientras Angus nos llevaba entre el tráfico que siempre parecía obstruir el centro de la ciudad. Miré por la ventanilla por detrás de Mark y vi que un taxi se detenía en el semáforo a nuestro lado. La pasajera del asiento de atrás tenía un teléfono entre el hombro y la oreja y movía los labios a mil por hora mientras sus manos pasaban frenéticamente las páginas de un cuaderno. Tras ella, en la esquina, el vendedor de un puesto de perritos calientes atendía con rapidez a la cola de cinco personas que tenía esperando.

Cuando por fin llegamos, salí a la acera y supe dónde estábamos.

—¡Anda!

Oculto bajo el nivel de la calle estaba el restaurante mexicano en el que ya habíamos estado antes. Y daba la casualidad de que entre sus trabajadores había una camarera a la que yo le tenía mucho cariño.

Mark se rio.

—Has dicho que te ibas tan de repente que Shawna no ha tenido tiempo de pedirse el día libre.

—¡Jo, tío! —Sentí un nudo en el pecho. Empezaba a ser consciente de un final para el que no estaba preparada.

—Vamos.

Me agarró del hombro y me llevó adentro, donde enseguida vi una fiesta en la que había un grupo de rostros conocidos y globos de polietileno en los que se leía: «BIEN HECHO», «MUCHA SUERTE» y «ENHORABUENA».

—¡Hala!

Megumi y Will estaban sentados con Steven a una mesa preparada para seis. Shawna estaba de pie, detrás de la silla de su hermano, con su pelo rojo imposible de pasar por alto.

—¡Eva! —gritaron al unísono, llamando la atención de todos los presentes en la sala.

—Dios mío —susurré con el corazón desgarrado. De

pronto, me invadieron la tristeza y las dudas al enfrentarme con aquello a lo que estaba renunciando, aunque sólo fuera en un aspecto—. ¡Chicos, no vais a conseguir desharceros de mí!

—Desde luego que no. —Shawna se acercó para darme un abrazo, rodeándome con sus delgados y fuertes brazos—. ¡Tenemos que preparar una despedida de soltera!

—¡Eso! —Megumi me envolvió con un abrazo en el momento en que Shawna se apartó.

—Quizá podríamos saltarnos esa tradición —intervino una voz cálida y profunda a mi espalda.

Me di la vuelta sorprendida y vi a Gideon. Estaba junto a Mark, con una única rosa roja y perfecta en la mano.

Mark compuso una gran sonrisa.

—Nos ha llamado antes para saber si íbamos a hacer algo y ha dicho que quería venir.

Yo sonreí entre lágrimas. No iba a perder a mis amigos e iba a conseguir mucho más. Gideon estaba siempre a mi lado cuando lo necesitaba, incluso antes de darme cuenta de que era una parte esencial que me faltaba.

—Te reto a que pruebes la salsa Diablo —lo desafié extendiendo la mano para coger mi rosa.

Sus labios se curvaron ligeramente en una leve sonrisa, la que me desarmaba; a mí y también a todas las mujeres que había en la sala, como no pude evitar notar. Aun así, la mirada en sus ojos, la comprensión y el apoyo por lo que yo estaba sintiendo eran exclusivamente para mí.

—Es tu fiesta, cielo.

4

La casa de dos plantas que se extendía junto a la costa resplandecía con la calidez dorada que salía de cada ventana. Las luces incrustadas por el tortuoso camino de entrada relucían como una cama de estrellas en medio del crepúsculo, mientras que los arbustos de hortensias, del tamaño de pequeños coches, estallaban con sus pétalos alrededor de los bordes del ancho césped.

—¿No te parece bonito? —dijo Eva dándome la espalda y arrodillándose sobre el asiento de cuero negro para mirar por la ventanilla.

—Impresionante —respondí, aunque me estaba refiriendo a ella. Vibraba de la emoción y disfrutaba como una niña.

Me aferré a aquella visión, pues necesitaba comprenderla y conocer sus motivos. Su felicidad era esencial para mí. Era el manantial de mi propia felicidad, el peso que equilibraba mi balanza y que me mantenía en pie.

Me miró por encima del hombro mientras Angus detenía la limusina junto a los escalones de entrada.

—¿Me estás mirando el trasero?

Bajé la vista hasta su culo, tan perfectamente envuelto por los pantalones cortos que se había puesto después del trabajo.

—Ahora que lo mencionas...

Se dejó caer en el asiento con un resoplido de risa.

—No tienes remedio, ¿lo sabes?

—Sí, ya sabía que no tendría cura la primera vez que me besaste.

—Estoy bastante segura de que fuiste tú quien me besó a mí.

Yo contuve una sonrisa.

—¿Fue así como ocurrió?

Entornó los ojos.

—Más te vale que estés de broma. Ese momento debería estar grabado a fuego en tu mente.

Extendí la mano para pasarla por su muslo desnudo.

—¿Está grabado en la tuya? —murmuré encantado ante la idea.

—Oídme —nos interrumpió Cary quitándose los auriculares—, no olvidéis que estoy sentado aquí.

El compañero de piso de Eva había estado en silencio, viendo en su tableta una película durante el trayecto de casi dos horas a través del tráfico de la tarde, pero en ningún momento había podido olvidarme de que estaba allí. Cary Taylor era una pieza fundamental en la vida de mi esposa y yo lo aceptaba, si bien no me gustaba. Aunque pensaba que él quería a Eva, también creía que tomaba malas decisiones que la ponían en situaciones difíciles e incluso suponían un riesgo.

Angus abrió la puerta. Eva salió y subió los escalones antes de que yo apartara mi tableta. Monica abrió la puerta de entrada justo cuando su hija llegó al rellano.

Sorprendido por el entusiasmo de mi mujer, teniendo en cuenta lo poco que aguantaba a su madre la mayor parte de las veces, me quedé mirándola con curiosidad.

Cary se reía mientras recogía sus cosas y las metía dentro de un pequeño bolso.

—No hace falta más que olfatear un poco.

—¿Perdona?

—Monica prepara unas galletas realmente buenas recubiertas de crema de cacahuete. Eva se está asegurando de guardarse algunas antes de que yo entre y me las coma todas.

Tomé nota de que debía hacerme con la receta y miré a mi espalda hacia las dos mujeres que estaban en el porche, sorprendiéndolas en el momento en que se intercambiaban besos al aire antes de que ambas se volvieran para mirarme. En ese momento, con Monica vestida con unos pantalones que le llegaban al tobillo y una blusa informal, el parecido entre ellas era sorprendente.

Cary salió y subió los escalones de dos en dos para lanzarse directamente a los brazos abiertos de Monica y levantarla del suelo. La risa de ambos se oyó a través del atardecer.

Oí que Angus me hablaba desde su posición junto a la puerta abierta.

—No puede pasarse el fin de semana dentro de la limusina, amigo.

Animado, dejé la tableta en el asiento y salí.

Él me sonrió.

—Le va a venir bien estar con la familia.

Durante años, Angus había sido lo único que yo tenía. Y había sido suficiente.

—¡Vamos, perezoso! —Eva volvió conmigo y me agarró de la mano para arrastrarme por los escalones con ella.

—Gideon. —Monica me saludó con una amplia y cálida sonrisa.

—Hola, Monica. —Extendí la mano y, en lugar de estrechármela, me sorprendió con un fuerte abrazo.

—Te diría que me llamaras «mamá» —dijo, echándose hacia atrás—, pero creo que me sentiría vieja.

La sensación de incomodidad se transformó en un hormigueo que me recorrió la espalda. Me quedé pasmado al comprobar que había cometido un gran error de cálculo.

Mi matrimonio con Eva la hacía mía. Pero también hacía que yo fuera de ella y me vinculaba con sus seres queridos de un modo muy personal.

Monica y yo nos conocíamos desde hacía algún tiempo. Nuestros caminos se habían cruzado debido a las distintas organizaciones benéficas que ambos apoyábamos. Habíamos establecido unos particulares parámetros para nuestras interacciones, los de los protocolos de cualquier asociación.

De repente, todo aquello saltó por los aires.

Miré a Angus confuso. Al parecer, mi apuro le estaba divirtiendo, a juzgar por el guiño que me hizo mientras me abandonaba a mi suerte. Rodeó la parte de atrás del coche para saludar a Benjamin Clancy, que esperaba junto a la puerta del conductor de la limusina.

—La cochera está allí —dijo Monica señalando hacia el edificio de dos plantas que había al otro lado del camino y que era una pequeña réplica de la casa principal—. Clancy se asegurará de acomodar a tu conductor y de traer tus maletas.

Eva me agarró de la mano y me condujo al interior. Las suposiciones de Cary eran ciertas, y de inmediato me asaltó el olor de la mantecosa vainilla. No eran velas, sino galletas. Aquel aroma hogareño y reconfortante hizo que deseara dar media vuelta y quedarme fuera.

No estaba preparado. Había ido como invitado, como acompañante de Eva. Ser el yerno, un verdadero miembro de la familia, era una posibilidad que no había previsto.

—Me encanta esta casa —dijo Eva conduciéndome por el pasaje abovedado que daba a la sala de estar.

Vi lo que me esperaba. Una lujosa casa de playa con asientos de fundas blancas y adornos marítimos.

—¿No te encanta el suelo de madera de color café? —me preguntó—. Yo habría optado por roble blanqueado, pero es demasiado previsible, ¿verdad? Y los colores verde, naranja y amarillo en lugar del azul habitual. Hacen que me den ganas de volverme loca cuando regresemos a la casa de los Outer Banks.

Eva no tenía ni idea de lo mucho que yo deseaba volver allí en ese momento. Al menos, allí dispondría de más de un segundo de privacidad antes de tener que enfrentarme a una casa llena de parientes nuevos.

La lujosa zona de estar daba directamente a la cocina abierta, donde Stanton, Martin, Lacey y Cary estaban alrededor de una gran isla con asientos para seis. Todo aquel espacio compartía las vistas del agua que proporcionaba una fila de paneles deslizantes de cristal que daban a una enorme terraza.

—¡Oye! —protestó Eva—. ¡Más os vale que me dejéis alguna galleta!

Stanton sonrió y se acercó a nosotros. Vestido con vaqueros y una camiseta tipo polo, tenía el aspecto de una versión más joven del hombre al que yo había conocido por nuestros negocios en Nueva York. Se había deshecho de su aspecto de empresario a la vez que de su traje, y sentí como si estuviera ante un desconocido.

—Eva. —Stanton la besó en la mejilla y, después, me miró—. Gideon.

Acostumbrado a que se dirigiese a mí por mi apellido, no estaba listo para el abrazo que vino después.

—Enhorabuena —añadió mientras me daba una fuerte palmada en la espalda antes de soltarme.

Iba a estallar. ¿Dónde había quedado la evolución natural, el cambio gradual de colega de negocios a amigo? ¿Y, después, el paso desde la amistad a la familia?

Pensé de repente en Victor. Él había entendido lo que suponía mi matrimonio antes que yo.

Mientras permanecía en tensión, Stanton le sonrió a mi esposa.

—Creo que tu madre te ha guardado algunas galletas en el calientaplatos.

—¡Sí! —Eva se internó en la cocina, dejándome con su padrastro.

Mi padrastro político.

La seguí con la mirada. Al hacerlo, vi el saludo que me dedicaba con la mano Martin Stanton y yo respondí con un movimiento de la cabeza. Si intentaba darme un abrazo, iba a recibir un puñetazo en la cara.

Una vez le había dicho que podía contar con que nos viéramos en reuniones familiares. Ahora me parecía surrealista que estuviese ocurriendo de verdad. Como si me estuvieran gastando una broma.

Las fuertes carcajadas de Eva cruzaron la habitación hasta llegar a mí y llamar mi atención. Extendía la mano izquierda hacia la rubia que estaba junto a Martin, mostrándole el anillo que yo le había regalado cuando la hice mi esposa.

Monica vino con Stanton y conmigo para ocupar su lugar al lado de su marido. La belleza juvenil de ella lo hacía más viejo, llamando la atención de la blancura de su pelo y las arrugas que le surcaban la cara. Sin embargo, era evidente que a Stanton no le importaban las décadas que lo separaban de su esposa. Se iluminó al verla y sus ojos azul claro se llenaron de cariño.

Yo traté de decir algo adecuado.

—Tenéis una casa muy bonita —fue lo que al final se me ocurrió.

—No tenía tan buen aspecto antes de que Monica se ocupara de ella. —Stanton pasó el brazo alrededor de la esbelta cintura de su mujer—. Lo mismo se puede decir de mí.

—Richard —lo reprendió Monica sacudiendo la cabeza—. ¿Quieres que te la enseñe, Gideon?

—Antes vamos a ofrecerle una copa a este hombre —sugirió Stanton mirándome—. Ha estado mucho tiempo en el coche.

—¿Vino? —sugirió ella.

—Quizá un whisky —repuso Stanton.

—Un whisky sería estupendo —contesté, avergonzado porque mi desasosiego era al parecer bastante obvio.

Me encontraba fuera de mi ambiente, algo a lo que debería estar acostumbrado desde que conocí a Eva, pero ella había sido una especie de ancla, aunque había hecho que me tambaleara. Siempre que pudiera agarrarme a ella, podía enfrentarme a cualquier tormenta. O eso creía.

Busqué a mi mujer. Me volví y sentí una oleada de alivio al ver que venía hacia mí con una energía en su caminar que hacía que su coleta se balanceara.

—Prueba esto —me ordenó a la vez que levantaba una galleta hacia mis labios.

Abrí la boca, pero cerré los dientes una décima de segundo antes para morderle deliberadamente los dedos.

—¡Ay! —se quejó, pero el mordisco tuvo el intencionado efecto de que centrara su atención en mí.

Su ceño fruncido desapareció a la vez que la luz de sus ojos se atenuó al darse cuenta. Me vio y comprendió lo que estaba ocurriendo en mi interior.

—¿Quieres que salgamos? —preguntó con un murmullo.

—Dentro de un momento. —Moví el mentón hacia el mueble bar de la sala de estar, donde Stanton me estaba sirviendo una copa. También la agarré de la muñeca para que no se separara de mí.

Me exasperaba apartarla del grupo. No quería ser uno de esos hombres que asfixian a las mujeres que los aman. Pero necesitaba tiempo para acostumbrarme a todo aquello. La habitual distancia que yo mantenía con los demás, incluido Cary, no sería bien vista con Monica y Stanton. No después de ver la alegría que sentía Eva al estar con aquellos a los que consideraba su familia.

La familia suponía para ella un lugar seguro. Estaba más relajada y tranquila de lo que la había visto nunca. Para mí, las reuniones como ésa activaban las alertas.

Me obligué a tranquilizarme cuando Stanton regresó con nuestras copas, pero no bajé la guardia del todo.

Martin se acercó para presentar a su novia y los dos nos dieron la enhorabuena. Aquello fue como era de esperar, cosa que me relajó un poco, aunque no tanto como el whisky doble que me despaché de un trago.

—Voy a enseñarle la playa —dijo Eva mientras me cogía el vaso vacío, lo dejaba en un extremo de la mesa y nos dirigíamos a las puertas de cristal.

Hacía más calor fuera que en el interior de la casa. El verano de ese año iba a durar hasta el último momento. Una fuerte brisa salada nos envolvió y me echó el pelo sobre la cara.

Fuimos hasta el borde del rompeolas con su mano agarrada a la mía.

—¿Qué pasa? —me preguntó mirándome. La preocupación en su tono me puso el vello de punta.

—¿Sabías que ésta iba a ser una especie de celebración familiar porque nos hemos casado?

Ella se echó hacia atrás al notar mi tono enérgico.

—No pensaba que sería así. Y mamá no me había dicho que fuera a serlo, pero supongo que tiene su lógica.

—Para mí, no. —Le di la espalda y empecé a caminar contra el viento, dejando que me apartara el pelo de mi acalorado rostro.

—¡Gideon! —Eva se apresuró a seguirme—. ¿Por qué te has enfadado?

Me volví.

—¡No me esperaba esto!

—¿Qué?

—Esta tontería de integrarme en la familia.

Frunció el ceño.

—Bueno, te dije que se lo había contado...

—Eso no debería cambiar nada.

—Eh... Y entonces ¿para qué decírselo? Tú querías que lo supieran, Gideon. —Se quedó mirándome cuando vio que yo no decía nada—. ¿Qué creías que iba a pasar?

—Yo nunca había esperado casarme, Eva. Así que perdona si no había pensado en ello.

—Vale. —Levantó las dos manos en señal de rendición—. Estoy confundida.

Y yo no sabía cómo aclararle las cosas.

—No puedo... No estoy preparado para esto.

—¿Preparado para qué?

Levanté una mano impaciente en dirección a la casa.

—Para eso.

—¿Puedes ser más específico? —preguntó ella con cautela.

—Yo... No.

—¿Me he perdido algo? —Su voz tenía cierto tono de rabia—. ¿Qué te han dicho, Gideon?

Tardé un momento en darme cuenta de que en realidad estaba saliendo en mi defensa. Eso no hizo más que provocarme.

—He venido aquí para estar contigo. Pero resulta que tú estás pasando el tiempo con tu familia...

—Son también tu familia.

—Yo no lo he pedido.

Vi cómo su rostro cambiaba al ir comprendiéndolo. Cuando asomó la pena, apreté los puños a ambos lados de mi cuerpo.

—No me mires así, Eva.

—No sé qué decir. Dime qué es lo que necesitas.

Solté un fuerte resoplido.

—Más alcohol.

En su boca se dibujó una sonrisa.

—Estoy segura de que no vas a ser el primer novio que

siente la necesidad de beber cuando está con la familia política.

—¿Podemos dejar de llamarlos así, por favor?

Su leve sonrisa se desvaneció.

—¿Qué cambiaría eso? Puedes llamarlos señor y señora Stanton, pero...

—No soy yo quien está confuso acerca de si pinto algo aquí.

—Yo no estoy segura de opinar lo mismo —replicó ella apretando los labios.

—Hace dos días me habrían estrechado la mano y me habrían llamado Cross. ¡Ahora, todo son abrazos, «llámame mamá» y sonrisas que esperan algo a cambio!

—Para ser exactos, lo que ella te ha dicho es que no la llames «mamá», pero lo pillo. Eres hijo suyo por haberte casado conmigo y eso te da miedo. Aun así, ¿tan terrible es que se alegren de ello? ¿Preferirías que actuaran como mi padre?

—Sí. —Yo sabía cómo manejar mi rabia y mi decepción.

Eva dio un paso atrás. Sus ojos parecían oscuros y grandes bajo la luz de la luna menguante.

—No —me retracté a la vez que me pasaba una mano por el pelo. No sabía cómo llevar el hecho de haberla decepcionado—. Maldita sea, no lo sé.

Se quedó mirándome durante un largo rato. Aparté la vista hacia el agua.

—Gideon —dijo cerrando el espacio que había dejado entre los dos—. De verdad, lo entiendo. Mi madre se ha casado tres veces. Cada vez aparecía una repentina figura paternal que yo...

—Yo tengo un padrastro —la interrumpí bruscamente—. No es lo mismo. A nadie le importa si le gustas a tu padrastro.

—¿Es eso lo que pasa? —Se acercó a mí y me abrazó con fuerza—. Tú les gustas ya.

La atraje hacia mí.

—Joder, no me conocen.

—Lo harán. Y les vas a encantar. Eres el sueño de cualquier padre.

—No digas tonterías, Eva.

Ella se apartó de mí y estalló.

—¿Sabes qué? Si no querías tener familia política, deberías haberte casado con una huérfana.

Luego se dirigió de regreso a la casa.

—Vuelve aquí —espeté.

Eva levantó el dedo corazón hacia mí sin mirar atrás.

La alcancé dando tres pasos, la agarré del brazo y le di la vuelta.

—No hemos terminado.

—Yo sí. —Se puso de puntillas para llegar hasta mi cara, aunque tuvo que inclinar la cabeza hacia atrás para lanzarme su mirada asesina—. Fuiste tú quien quiso casarse. Si te estás arrepintiendo, es cosa tuya.

—¡No conviertas esto en un problema! —La rabia hacía que me hirviera la sangre y aumentaba mi frustración.

—¡Siento mucho que no te dieras cuenta de que el compromiso venía acompañado de algo más que de un oportuno pedazo de carne!

—Que oportunamente no está disponible... —contesté sintiendo cómo se tensaba el músculo de mi mandíbula.

—Que te den.

—Estupenda idea.

Eva ya estaba tumbada boca arriba en la arena antes de que pudiera darse cuenta de qué era lo que la había golpeado. La atrapé con mi cuerpo, apretando con fuerza y con mi boca sobre la suya para que cerrara el pico. Ella se arqueó, forcejeó y yo la agarré de la coleta para que se quedara quieta.

Clavó los dientes en mi labio inferior y me aparté maldiciendo.

—¿Estás burlándote de mí ahora? —Enredó sus piernas con las mías y me sorprendí estando debajo de ella, mirando su preciosa y furiosa cara—. Exactamente por esto es por lo que no nos estamos acostando, campeón. El sexo es tu solución para salir de todo.

—Tienes que recompensarme para que me merezca la pena —me mofé con ganas de pelea.

—Yo soy la recompensa, imbécil. —Me apretó los hombros hacia abajo—. Lamento que sientas que te he tendido una emboscada. Lamento de verdad que ser recibido con los brazos abiertos te haga perder la maldita cabeza. Pero vas a tener que acostumbrarte porque todo forma parte del paquete que has adquirido conmigo.

Lo supe. Supe que tenía que hacer que funcionara, porque quería tenerla a ella. Mi amor por ella me tenía atrapado. Me llevaba hasta rincones de los que no podía salir. Me obligaba a tener una familia cuando a mí me había ido muy bien sin ninguna.

—No quiero esto —dije con firmeza.

Eva se quedó inmóvil. Se incorporó sobre sus rodillas y sus muslos me apresaron la cadera.

—Piensa bien lo que dices —me advirtió.

—No sé cómo interpretar este rol, Eva.

—Dios. —Su enfado salió en forma de suspiro—. Simplemente sé tú mismo.

—Soy lo último que quieren para su hija.

—¿De verdad piensas eso? —Se quedó mirándome—. Sí. Dios mío, Gideon...

Le agarré las piernas para que no pudiera moverse. No podía dejarme ahora. Pasara lo que pasase, no iba a permitir que me dejara.

—Muy bien. —En sus ojos había una mirada calculadora que me hizo recelar—. Pues sé tú mismo. Si descubren el hombre tan terrible que eres, te va a gustar más de todos modos, ¿no es así?

—Deja los juegos psicológicos para los psiquiatras, Eva.

—Sólo estoy respondiendo a lo que tú me ofreces, campeón.

Un silbido atrajo entonces nuestras miradas hacia Martin, Lacey y Cary, que bajaban a la arena desde el borde de la terraza de pizarra.

—Os comportáis como verdaderos recién casados —gritó Lacey, tan lejos que apenas se la podía oír. Se reía mientras trataba de mantener el equilibrio en la arena al tiempo que derramaba el contenido de su copa de vino.

Eva volvió a mirarme.

—¿Quieres que discutamos delante de ellos?

Respiré hondo y solté el aire.

—No.

—Te quiero.

—Dios. —Cerré los ojos.

Sólo era un maldito fin de semana. Un par de días. Quizá podríamos marcharnos el domingo temprano.

Sus labios acariciaron los míos.

—Podemos con esto —dijo—. Inténtalo.

¿Qué otra opción tenía?

—Si empiezas a volverte loco —añadió—, piensa en algo terriblemente malicioso que te gustaría hacerme la noche de nuestra boda como revancha.

Apreté los dedos contra su piel. No me avergonzaba admitir que el sexo con mi mujer —aunque sólo fuera pensar en el sexo con mi mujer— tenía prioridad por encima de casi todo lo demás.

—Incluso puedes escribirme mensajes con tus viles planes —sugirió—. Así también me harás sufrir.

—Ten el teléfono a mano.

—Eres malvado. —Se inclinó y apretó sus labios contra los míos en un rápido y dulce beso—. Es muy fácil quererte, Gideon. Incluso cuando te pones imposible. Algún día lo verás.

No hice caso de su comentario. Lo importante era que la veía a ella, allí mismo, conmigo, aun después de que yo lo hubiera fastidiado todo.

La cena fue sencilla: ensalada y espaguetis. Monica cocinó y sirvió, y Eva estaba resplandeciente. El vino fluía con libertad, abriendo y vaciando una botella tras otra. Todos estaban relajados. Se reían. Incluso yo.

La presencia de Lacey fue un buen amortiguador. Era la más reciente adquisición del grupo y atrajo la mayor parte de la atención. Eso me dio un poco de respiro. Y, a medida que pasaba el tiempo, Eva se fue sonrojando y sus ojos empezaron a brillar por el alcohol. Fue acercando cada vez más su silla a la mía hasta que se apretó contra mí, su cuerpo suave y cálido.

Por debajo de la mesa, sus manos y sus pies estaban ocupados tocándome con asiduidad. La voz se le volvió más ronca y la risa más sana. Eva me había confesado una vez que el alcohol la ponía cachonda pero, de todos modos, yo conocía los síntomas.

Eran casi las dos de la mañana cuando un bostezo de Lacey hizo que todos los demás pensaran en poner fin a la velada. Monica vino con nosotros hacia la escalera.

—Vuestras cosas están ya en vuestro cuarto —dijo refiriéndose tanto a Eva como a mí—. A ver si nos levantamos tarde y podemos hacer un *brunch*.

—Eh... —Mi mujer frunció el ceño.

Yo la agarré del codo. Estaba claro que Eva no había tenido en cuenta que compartiríamos habitación y cama, pero esa certeza no había desaparecido del todo de su mente.

—Gracias, Monica. Nos vemos luego —dije.

Ella se rio y cogió mi cara entre las manos para darme un beso en la mejilla.

—Estoy muy contenta, Gideon. Eres lo que Eva necesita.

Conseguí responder con una sonrisa, consciente de que sus sentimientos serían otros si supiera lo peligroso que era que su hija compartiera cama con un hombre cuyas violentas pesadillas suponían una seria amenaza de que le hiciera daño.

Eva y yo empezamos a subir.

—Gideon...

—¿Adónde vamos? —la interrumpí.

Ella me miró de reojo.

—Arriba del todo.

La habitación de Eva estaba en la planta superior, ocupando lo que probablemente había sido antes un gran desván. El tejado a dos aguas de poca pendiente hacía que el techo tuviera una altura cómoda, y ofrecía una vista impresionante del estrecho de Long Island durante el día.

La enorme cama estaba situada en medio de la estancia, enfrente del ventanal. Su cabecero de metal hacía de división, con un sofá colocado contra el respaldo que proporcionaba una pequeña zona de estar. El baño que había dentro de la habitación ocupaba el otro lado del espacio.

Eva me miró.

—¿Cómo lo vamos a hacer?

—Deja que sea yo quien se preocupe de eso.

Estaba acostumbrado a que el hecho de compartir una cama con mi mujer supusiera una preocupación. Era algo que pasaba a diario. De entre todas las cosas que ponían en peligro nuestra relación, mi parasomnia sexual atípica, tal y como la había llamado el doctor Petersen, ocupaba el primer lugar en la lista. No podía defenderme de mi jodida mente cuando estaba durmiendo. Las noches más difíciles, me convertía en un peligro físico para la persona a la que más quería.

Eva se cruzó de brazos.

—En cierto modo, creo que no estás tan comprometido como yo en lo de esperar hasta la boda.

Me quedé mirándola y me di cuenta de que estábamos pensando en cosas completamente distintas.

—Yo dormiré en el sofá —declaré.

—Vas a follarme en el sofá, querrás decir. Tú...

—Te follaré ahí si tengo la oportunidad —dije en tono seco—. Pero no pienso dormir contigo.

Ella abrió la boca para responder y, a continuación, la cerró cuando lo comprendió.

—Ah.

Todo su gesto cambió. El desafío que había en sus ojos y en su voz pasó a una leve cautela. Me destrozaba ver aquello, saber que yo podía ser la fuente de cualquier infelicidad que hubiese en su vida.

Aun así, era demasiado egoísta como para apartarme. Un día, su familia se daría cuenta y me odiarían por ello.

Exasperado, busqué mi bolsa de lona y la encontré en lo alto de un maletero. Fui a por ella, pues necesitaba hacer algo que no fuera ver la desilusión y el arrepentimiento de Eva.

—No quiero que duermas en el sofá —dijo a mi espalda.

—No tenía pensado dormir.

Cogí mi bolsa de aseo y me dirigí al baño. Las luces se encendieron nada más entrar y mostraron un lavabo y una bañera. Abrí los grifos de la ducha de suelo flotante y me quité la camisa.

La puerta se abrió entonces y entró Eva. La miré y mi mano se detuvo en la cremallera de mis pantalones.

Su ardiente mirada recorrió todo mi cuerpo, sin perderse nada, acariciándolo todo. Respiró hondo.

—Tenemos que hablar —dijo.

Yo me sentía excitado por su admiración y furioso por mis limitaciones. Hablar era lo último que deseaba hacer.

—Acuéstate, Eva.

—No hasta que suelte lo que tengo que decirte.

—Voy a darme una ducha.

—Muy bien. —Se quitó la camiseta por encima de la cabeza. Todo lo que se agitaba en mi interior se unió en una sola necesidad imperiosa.

Me enderecé y cada músculo se me puso en tensión.

Ella se llevó las manos a la espalda para desabrocharse el sujetador.

La polla se me puso completamente dura cuando sus tetas firmes y exuberantes quedaron a la vista. Yo nunca me había fijado tanto en los pechos hasta que apareció Eva. Ahora...

Dios, hacía que perdiera la cabeza.

—Hablar no es lo que vamos a hacer si te quitas la ropa —le advertí mientras mi polla palpitaba.

—Vas a escucharme, campeón. Ya sea aquí o en la ducha. Tú eliges.

—Ésta no es la mejor noche para ponerme a prueba.

Dejó caer sus pantalones cortos.

Los míos se abrieron y cayeron al suelo antes de que ella se quitara el triángulo sedoso que llevaba como ropa interior.

A pesar de la creciente humedad que llenaba de vapor la estancia, los pezones se le pusieron duros hasta quedarse de punta. Sus ojos bajaron hasta mi polla. Como si imaginara que la estaba saboreando, su lengua se deslizó por su labio inferior.

Mi ansia de ella subió por mi pecho hasta convertirse casi en un gruñido. Eva se estremeció al oírlo. Quería tocarla. Recorrer todo su cuerpo con mis manos y mi boca.

En lugar de ello, dejé que ella mirara el mío.

Su respiración se aceleró. Ver el efecto que provocaba en ella era absoluta e inconfundiblemente erótico. Lo que sentía cuando ella me contemplaba me conmovía.

Eva se quedó junto a la puerta. El vapor salía por encima de la ducha y avanzaba por el borde del espejo humedeciendo mi piel. Sus ojos bajaron hasta mi cuello.

—No he sido del todo sincera contigo, Gideon.

Apreté los puños como un acto reflejo. No podía decirme eso sin que mi atención cambiara.

—¿A qué te refieres?

—Ahora mismo, cuando estábamos en el dormitorio. He podido notar que te distanciabas y he sentido pánico.

Se quedó en silencio durante unos largos segundos. Yo aguardé, conteniendo mi deseo con una honda respiración.

—Lo de esperar hasta la boda no es sólo por el consejo del doctor Petersen ni por el modo en que solucionas nuestras discusiones. —Tragó saliva—. Es por mí también. Ya sabes lo que me ha pasado..., te lo conté. El sexo ha sido para mí algo retorcido durante mucho tiempo.

Cambió su apoyo de un pie a otro y bajó la cabeza avergonzada. Me revolvía las tripas ver aquello. Entonces, pensé que yo había estado demasiado concentrado en mis propias reacciones ante lo que había sucedido la semana anterior, sin pensar en lo que mi mujer estaba sufriendo.

—También era así para mí —le recordé con brusquedad—. Pero nunca ha sido de esa forma entre nosotros.

Me miró fijamente a los ojos.

—No. Nunca —repuso.

Mis puños se relajaron.

—Pero eso no significa que en mi cabeza no pueda seguir retorciendo las cosas —continuó—. Has entrado en el baño y mi primer pensamiento ha sido que debía follar contigo. Que, si lo hacíamos, todo se arreglaría. Tú no seguirías enfadado y yo recuperaría tu amor otra vez.

—Siempre lo has tenido. Siempre lo tendrás.

—Lo sé. —Y, por su expresión, supe que así era—. Pero eso no acalla la voz que hay dentro de mi cabeza y que me dice que me estoy arriesgando demasiado. Que voy a perderte si no me acuesto contigo. Que eres demasiado sexual como para estar tanto tiempo sin sexo.

—Dios. —¿Cuántas veces y de cuántas maneras distintas podía yo fastidiarlo todo?—. Las cosas que te he dicho en la playa... Soy un gilipollas, Eva.

—A veces. —Sonrió—. También eres lo mejor que me ha pasado nunca. Esa voz lleva años jodiéndome, pero ya no tiene el mismo efecto. Por ti. Tú me has hecho más fuerte.

—Eva... —Me faltaban las palabras.

—Quiero que pienses en esto. Ni en tus pesadillas, ni en mis padres ni en nada más. Eres exactamente lo que necesito, tal como eres, y te quiero mucho.

Me acerqué a ella.

—Aun así, quiero esperar —añadió en voz baja, pese a que sus ojos delataban el efecto que yo producía en ella.

Me agarró la muñeca cuando extendí la mano en su dirección con sus ojos en los míos.

—Deja que sea yo la que te acaricie.

Aspiré el aire con dificultad.

—No puedo aceptar eso.

Sonrió.

—Sí que puedes. Eres más fuerte que yo, Gideon. Tienes más autocontrol. Más fuerza de voluntad.

Levantó la otra mano para acariciarme el pecho. Yo la agarré y la apreté contra mi piel.

—¿Es eso lo que quieres que te demuestre? ¿Mi autocontrol?

—Lo estás haciendo bien. —Besó mi corazón acelerado—. Soy yo la que tiene que resolver las cosas.

Su tono de voz era suave, casi un susurro. Yo rabiaba por dentro, ardiendo de deseo y amor, y ella estaba tratando de tranquilizarme. Casi me reí ante lo imposible que eso iba a resultar.

A continuación, dio un paso hacia mí y su cuerpo afelpado se amoldó sobre el mío, abrazándome tan fuerte que no quedó ningún espacio entre los dos.

La apreté contra mí y bajé mi cabeza hacia la suya. No supe hasta ese momento lo mucho que había necesitado sentirla así. Tierna y tolerante, desnuda en todos los aspectos.

Ella apoyó la mejilla sobre mi pecho.

—Te quiero mucho —musitó—. ¿Puedes sentirlo?

Aquello me abrumaba. Su amor por mí, mi amor por ella. Cada vez que Eva pronunciaba aquellas palabras, me llegaban como puñetazos.

—Una vez me dijiste que hay un instante mientras estamos haciendo el amor en el que yo me abro y tú también y estamos juntos —susurró—. Quiero ofrecerte eso en todo momento, Gideon.

Su sugerencia de que había algo que faltaba en lo que ambos teníamos me puso en tensión.

—¿Importa de verdad cómo y cuándo lo sintamos?

—Quizá no estés de acuerdo —dijo echando la cabeza hacia atrás—. No voy a decirte lo contrario. Pero si te encuentras al otro lado del mundo cuando necesites mi consuelo, quiero saber que podré ofrecértelo.

—Tú estarás conmigo —murmuré con frustración.

—No siempre. —Apoyó la palma de la mano en mi pecho—. Habrá ocasiones en las que tengas que estar en dos lugares al mismo tiempo. Al final, terminarás confiando en mí para que ocupe tu lugar.

Me quedé observándola para tratar de encontrar alguna grieta en su determinación. Lo que vi fue decisión. No acababa de entender qué era lo que esperaba conseguir, pero yo no iba a interponerme en su camino. Si iba a cambiar o a evolucionar, yo necesitaba ser parte de ese proceso si deseaba mantenerla conmigo.

—Bésame. —La palabra salió de mi boca como una pequeña orden, pero ella debió de notar el deseo que había detrás.

Me ofreció su boca y yo la tomé con fuerza, demasiada, por la violencia y el ansia de mi deseo. La levanté del suelo queriendo que me rodeara con las piernas, que se abriera a mí para que yo pudiera penetrarla.

No lo hizo. Se quedó colgada allí, con sus manos acariciándome el pelo y su cuerpo tembloroso por el mismo deseo insaciable que yo sentía. El movimiento de su lengua contra la mía me estaba volviendo loco, provocándome con el recuerdo de aquella lengua recorriendo el resto de mi cuerpo.

Traté de separarme cuando todo mi interior me incitaba a apretarme con más fuerza.

—Necesito estar dentro de ti —dije con voz ronca, disgustado por tener que decir en voz alta lo que era tan obvio. ¿Por qué tener que suplicar?

—Ya lo estás. —Acarició mi mejilla con la suya—. Yo también te deseo. Ahora mismo estoy muy húmeda por tu culpa. Siento un vacío que me duele.

—Eva... Dios. —El sudor me bajaba por la espalda—. Deja que entre en ti.

Sus labios rozaron los míos. Sus dedos se metieron entre mi pelo.

—Deja que te ame de otro modo.

¿Podría soportar aquello? Joder, tenía que hacerlo. Había jurado darle todo lo que necesitara, ser el principio y el fin para ella.

La dejé en el suelo y fui a la ducha para cerrar los grifos. Después, me dirigí hacia la bañera, tapé el desagüe y comencé a llenarla.

—¿Te has enfadado? —preguntó en un tono tan bajo que apenas podía oírla por encima del agua corriendo.

La miré, vi cómo cruzaba los brazos por encima del pecho y mostraba su vulnerabilidad.

Le dije la verdad:

—Te quiero.

El labio inferior de Eva tembló y, después, se cruzó para convertirse en una hermosa sonrisa que me cortó la respiración.

Una vez le había dicho que la aceptaría de cualquier modo que pudiera tenerla. Eso era ahora aún más cierto de lo que lo había sido entonces.

—Ven aquí, cielo.

Dejó caer los brazos y se acercó.

El movimiento de la cama me despertó. Parpadeé y vi que la luz del sol inundaba la habitación. Conseguí ver la cara de Eva, envuelta en un halo de luminosidad y brillo, con una ancha sonrisa.

—Buenos días, dormilón —dijo.

Volví a recordar lo que había sucedido por la noche. El largo baño con las manos jabonosas de mi mujer por mi pelo y mi piel. Su voz mientras hablábamos de la boda. Su risa sensual cuando le hacía cosquillas en la cama. Sus suspiros y sus gemidos mientras nos besábamos hasta que tuvimos los labios doloridos e hinchados, haciéndonos parecer unos adolescentes que no estaban preparados para llegar hasta el final.

No voy a mentir. El sexo podría haber puesto las cosas en otro nivel, pero esa noche había sido igual de memorable. Estaba a la misma altura de otras noches sin dormir que habíamos compartido.

Entonces, recordé dónde estaba y qué implicaba.

—He dormido en la cama —dije. Ser consciente de ello me cayó como un jarro de agua fría.

—Sí —respondió ella con un pequeño salto de felicidad—. Así es.

Haber hecho eso había sido de lo más irresponsable. Ni siquiera me había tomado la medicina que me habían recetado para reducir el riesgo.

—No me mires así —me reprendió, agachándose para besarme entre las cejas—. Has dormido como un lirón. ¿Cuándo fue la última vez que dormiste así de bien?

Me incorporé.

—Ésa no es la cuestión, y lo sabes.

—Escucha, campeón. Ya tenemos bastantes cosas por las que estresarnos. No necesitamos preocuparnos por las que van bien. —Se puso de pie—. Si quieres enfadarte por algo, hazlo con Cary por haber metido esto en la maleta.

Se quitó la bata corta y blanca que llevaba para mostrar el diminuto biquini azul oscuro que envolvía lo poco que conseguía tapar.

—Dios mío. —Toda la sangre de mi cuerpo se me fue directamente a la polla, que se movió por debajo de la sábana con agradecida efusividad.

Eva rio y bajó los ojos hacia el lugar donde mi erección elevaba el lujoso algodón.

—Te ha gustado.

Levantó los brazos y se giró para presumir del corte brasileño de la parte inferior del biquini. El culo de mi mujer era tan voluptuoso como sus tetas. Sabía que ella lo consideraba demasiado abultado, pero yo no podía estar más en desacuerdo. Yo no había sido muy dado a apreciar los atributos femeninos demasiado generosos, pero Eva me había hecho cambiar al respecto, como en tantas otras cosas.

No tenía ni idea de cuál era el material del que estaba hecho el biquini, pero no tenía costuras y se abrazaba a su piel con tanta perfección que parecía pintado. Las finas tiras en su cuello, cintura y espalda hicieron que se me ocurriera atarla y tomar de ella todo lo que quisiera.

—Ven aquí —le ordené extendiendo los brazos en su dirección.

Eva se movió sin dejarse alcanzar. Retiré las sábanas y me puse de pie.

—Calma, muchacho —se burló mientras rodeaba el sofá.

Me agarré la polla con el puño, acariciándomela con fuerza desde abajo hasta la punta mientras la acechaba por la zona de estar.

—Eso no te va a funcionar.

Sus ojos resplandecían con la risa.

—Eva...

Cogió algo de detrás de la silla y corrió hacia la puerta.

—¡Te veo abajo!

Embestí para agarrarla, pero se escabulló y me vi frente a la puerta cerrada.

—Maldita sea.

Me lavé los dientes, me puse un bañador y una camiseta y bajé tras ella. Fui el último en hacer su aparición, y vi que el resto del grupo estaba ya sentado en la isla de la cocina, comiendo con apetito. Con un rápido vistazo al reloj de pared, comprobé que era casi mediodía.

Busqué a Eva y la encontré sentada en la terraza hablando por teléfono. Se había cubierto con un vestido blanco sin tirantes. Vi que Monica y Lacey iban vestidas de forma parecida, con trajes de baño parcialmente ocultos por ropa muy ligera. Al igual que yo, Cary, Stanton y Martin llevaban bañadores y camisetas.

—Siempre llama a su padre los sábados —dijo Cary al ver que yo la miraba.

Me quedé observando a mi esposa durante un largo rato, buscando alguna señal de preocupación. Ya no sonreía, pero no parecía enfadada.

—Aquí tienes, Gideon. —Monica colocó un plato de gofres y beicon delante de mí—. ¿Quieres café? ¿O quizá una mimosa?

Volví a mirar a Eva antes de responder.

—Un café sería estupendo. Solo, gracias.

Monica se acercó a la cafetera que estaba en la encimera. Fui con ella.

Me sonrió con sus labios pintados del mismo rosa que los tirantes de su traje de baño.

—¿Has dormido bien?

—Como un tronco. —Y era verdad, aunque había sido por pura suerte. Toda la casa podría haberse despertado con una pelea entre Eva y yo, ella tratando de zafarse de mí mientras en mis sueños yo imaginaba que era otra persona.

Miré hacia atrás para ver a Cary y observé que él me miraba serio. Él había visto lo que podía pasar. No se fiaba de que yo estuviese con Eva más de lo que yo me fiaba de mí mismo.

Saqué otra taza del armario al que Monica trataba de llegar.

—Yo me lo sirvo —le dije.

—Ni hablar.

No discutí. Dejé que me sirviera el café y, seguidamente, otro para mi mujer. Después de añadir la cantidad de leche que le gustaba a Eva, agarré las dos tazas con una mano. Luego cogí el plato que Monica me había servido y me dirigí a la terraza.

Eva levantó la mirada hacia mí a la vez que yo lo dejaba todo en la mesa que había junto a ella y me sentaba al otro lado. Se había dejado el pelo suelto. Los bucles le ondeaban alrededor de la cara lavada mientras la brisa los revolvía. Me encantaba verla así, sencilla y natural. Allí y en ese momento, ella era mi paraíso en la Tierra.

«Gracias», articuló con los labios antes de coger un trozo de beicon. Lo masticó con rapidez mientras Victor le hablaba de algo que yo no podía oír.

—Al final, me voy a centrar en Crossroads, la fundación benéfica de Gideon —anunció ella—. Espero poder hacer muchas cosas ahí. Y he estado pensando en volver a estudiar.

La miré sorprendido.

—Me gustaría convertirme en asesora de Gideon —continuó mirándome a los ojos—. Por supuesto, a él le ha ido bastante bien sin mí y tiene un estupendo equipo de consejeros, pero me gustaría que pudiera hablar del trabajo conmigo y que, al menos, yo pudiera entender lo que dice.

Me llevé una mano al pecho: «Yo te enseñaré».

Me lanzó un beso.

—Mientras tanto, voy a estar de lo más ocupada tratando de organizar una boda en menos de tres semanas. ¡Ni siquiera hemos elegido las invitaciones! Sé que para parte de la familia va a resultar difícil sacar tiempo. ¿Podrías enviarles un correo electrónico mientras tanto? Sólo para que la noticia empiece a rodar.

Eva mordió el beicon mientras su padre hablaba.

—No lo hemos hablado —contestó tras tragar rápidamente—. Pero no tengo pensado invitarlos. Perdieron su derecho a formar parte de mi vida cuando repudiaron a mamá. Y tampoco es que hayan tratado de ponerse en contacto conmigo, así que no creo que les importe de todos modos.

Miré hacia la extensión de arena y el mar que había detrás. Yo tampoco estaba interesado en conocer a los abuelos maternos de Eva. Habían rechazado a Monica por quedarse embarazada de ella sin estar casada. Más valía que cualquiera que considerara un desatino la existencia de mi mujer no se cruzara en mi camino.

Escuché la parte de Eva de la conversación durante unos minutos más y, después, se despidió. Cuando dejó el teléfono en la mesa, lanzó un fuerte suspiro que parecía de alivio.

—¿Todo bien? —pregunté mientras la miraba.

—Sí. Hoy está mejor. —Miró al interior de la casa—. ¿No has querido comer con la familia?

—¿Estoy siendo poco sociable?

Me sonrió con ironía.

—Totalmente. Pero no puedo echártelo en cara.

La observé con extrañeza.

—Me he dado cuenta de que no he incluido a tu madre en la planificación de la boda —se explicó.

—No tienes por qué hacerlo —le respondí acomodándome más en el sillón para ocultar la rigidez de mi espalda.

Ella apretó los labios. Cogió otro trozo de beicon y me lo dio. Amor verdadero.

—Eva. —Esperé hasta que me miró—. Es tu día. No te sientas obligada a hacer nada aparte de pasártelo bien, y de disfrutar del sexo conmigo, cosa que también debería ir incluida en el apartado de pasártelo bien.

Eso hizo que volviera a sonreír.

—Va a ser maravilloso de todos modos.

—¿Pero? —repuse, pronunciando en voz alta lo que había dejado sin decir.

—No sé. —Se recogió el pelo por detrás de la oreja y se encogió de hombros—. Pensar en los padres de mi madre me ha hecho pensar en los abuelos. Y tu madre va a ser la abuela de nuestros hijos. No quiero que resulte incómodo.

Se me pusieron los nervios de punta. La idea de ver a mi madre con un niño al que yo hubiera dado vida junto a Eva hacía que me invadiera un remolino de emociones al que no podía enfrentarme ahora.

—Ocupémonos de eso cuando llegue el momento —contesté.

—¿No es nuestra boda por donde debemos empezar?

—A ti no te gusta mi madre —repuse—. No finjas que sí por el bien de unos hijos que aún no existen.

Eva se arqueó hacia atrás ligeramente. Me guiñó un ojo y, a continuación, cogió su café.

—¿Has probado los gofres?

Aun a sabiendas de que no era propio de mi mujer desviar las conversaciones, dejé que lo hiciera. Si íbamos a adentrarnos en el tema de mi madre, podríamos hacerlo más tarde.

Dejó la taza y cortó un trozo de gofre con los dedos. Lo levantó hacia mí. Yo lo tomé como lo que era: una ofrenda de paz.

A continuación, me puse de pie, la cogí de la mano y la saqué a la playa para dar un paseo y aclararme la mente.

—De nada.

Giré la cabeza y vi que Cary me sonreía desde su posición tumbado en la arena a pocos metros.

—Sé que me agradeces que haya metido en la maleta ese biquini —se explicó mientras señalaba con el mentón en dirección a Eva, que estaba en el agua cubierta hasta las piernas.

Tenía el pelo mojado y apartado de la cara. Unas grandes gafas de aviador le protegían los ojos del sol mientras lanzaba un frisbi a Martin y Lacey.

—¿La ayudaste tú a elegirlo? —preguntó Monica sonriendo desde detrás con un elegante sombrero de ala ancha.

La había visto untándole crema solar a Eva por todo el cuerpo, una tarea que me habría gustado realizar a mí, pero no había querido forzar la situación. A veces, Monica cuidaba de Eva como si siguiera siendo una niña. Y, mientras mi mujer me miraba poniendo los ojos en blanco, yo veía que disfrutaba con aquellas atenciones. Era una relación muy distinta de la que yo tenía con mi madre.

No podía decir que mi madre no me quisiera porque sí que lo hacía. A su modo, dentro de unos límites. Por otra parte, el amor de Monica no tenía barreras, algo que a Eva a veces la agobiaba.

¿Quién podía decir qué era mejor o peor? ¿Que te quisieran demasiado o demasiado poco?

Dios sabía que yo amaba a Eva más allá de toda lógica.

Una repentina brisa marina me sacó de mis pensamientos. Monica se agarraba el sombrero mientras Cari giraba la cabeza hacia ella.

—Fui yo —contestó Cary poniéndose boca abajo—. Estaba buscando bañadores de una pieza y tuve que intervenir. Ese biquini estaba hecho para ella.

Sí. Desde luego que sí. Yo tenía los brazos cruzados sobre mis piernas dobladas para poder disfrutar de su visión. Estaba mojada y casi desnuda y yo me sentía caliente por ella.

Como si hubiese notado que hablábamos de ella, Eva me hizo una señal con el dedo para que acudiera a su lado. Yo asentí, pero esperé un momento antes de levantarme de mi sitio en la arena.

El frescor del agua hizo que contuviera la respiración, pero un momento después lo agradecí, cuando ella se lanzó hacia mí y se apretó contra mi cuerpo. Sus piernas envolvieron mi cintura y su boca sonriente se frunció con un beso ardiente contra mis labios.

—No estás aburrido, ¿verdad? —preguntó.

Después, se retorció de tal forma que los dos caímos al agua. Sentí cómo colocaba la mano sobre mi polla y la apretaba con suavidad. Se apartó cuando salí a tomar aire y se rio mientras se quitaba las gafas de sol y trataba de salir corriendo hacia la playa.

La agarré de la cintura e hice que los dos cayéramos, con mi espalda absorbiendo el golpe sobre la arena. Su chillido de sorpresa fue mi recompensa, al igual que la sensación de su cuerpo frío y suave retorciéndose sobre el mío.

Me giré y la apresé contra el suelo. El pelo me caía por la cara y goteaba sobre la suya. Me sacó la lengua.

—La de cosas que te haría si no hubiera público delante —le dije.

—Estamos recién casados. Puedes besarme.

Levanté la vista y vi que todos nos miraban.

También vi a Ben Clancy y a Angus acercándose a una casa situada dos parcelas más allá. Incluso desde aquella distancia, el reflejo de la luz sobre la terraza delató la presencia de la lente de una cámara.

Quise incorporarme, pero las piernas de Eva se enredaron con las mías y me lo impidió.

—Demuéstrame con un beso lo mucho que me quieres, campeón —me desafió—. ¿A que no te atreves?

Recordé haberle dicho yo esas palabras y cómo ella me había besado hasta dejarme sin respiración.

Bajé la cabeza y sellé mi boca con la suya.

5

Estaba más adormilada que profundamente dormida cuando oí que se abría la puerta del dormitorio. Tras pasar un fin de semana en la playa, los sonidos del enérgico Manhattan que se filtraban en el apartamento me relajaban a la vez que me excitaban. Aún me quedaba mucho antes de poder considerarme una neoyorquina, pero la ciudad me parecía ya mi hogar.

—¡Arriba, preciosa! —gritó Cary. Un momento después, dio un salto sobre mi cama y estuvo a punto de tirarme al suelo.

Me senté y me aparté el pelo de la cara. Acto seguido, le di un empujón.

—Estaba durmiendo, por si no lo has notado.

—Son las nueve pasadas, perezosa —anunció arrastrando las palabras y tumbándose boca abajo con los talones levantados—. Sé que ya no trabajas, pero ¿no tienes una tonelada de cosas que hacer?

Mientras me despertaba iba pensando en todo lo que había en mi lista de deberes. Eran tantas cosas que resultaba abrumador.

—Sí.

—Qué entusiasmo.

—Necesito café para eso. Y ¿tú? —Lo miré y vi que iba vestido con unos pantalones verde oliva con bolsillos y una camiseta de cuello de pico—. ¿Qué tienes hoy en tu agenda?

—Se supone que debo descansar para desfilar mañana. Por ahora, soy todo tuyo.

Eché las manos hacia atrás, levanté las almohadas y las lancé contra él.

—Tengo que llamar a la organizadora de la boda, al diseñador de interiores y ponerme con lo de las invitaciones.

—También necesitas un vestido.

—Lo sé. —Arrugué la nariz—. Pero eso no estaba en mi lista de hoy.

—¿Estás de broma? Aunque te compres un vestido *prêt-à-porter*, cosa que ambos sabemos que no puedes hacer, si necesita algún arreglo de cualquier tipo, no te va a dar tiempo, señorita tetas grandes y culo voluptuoso.

Cary tenía razón. Me había dado cuenta de que debía buscar un vestido a medida después de que el domingo hubiesen salido las fotos de Gideon y yo besándonos en la playa por todo internet. El número de publicaciones de «Copia este estilo» en diferentes blogs con mi ropa de baño me dejó pasmada.

Como el biquini que llevaba ya no se vendía, los precios de los usados en las páginas de reventa eran asombrosos.

—No sé qué hacer, Cary —admití—. No es que tenga precisamente el teléfono de ningún diseñador.

—Por suerte para ti, es la Fashion Week.

Eso hizo que me despertara y que mi mente empezara a dar vueltas.

—No jodas. ¿Cómo no me había dado cuenta?

—La mayor parte del tiempo te has estado regodeando en la pena —me recordó en tono agrio—. Sabes que tu madre asistirá a algunos desfiles, se codeará con mucha gente y gastará miles de dólares. Ve con ella.

Me froté los ojos para despertarme.

—Me da miedo hablar con ella después de cómo se puso ayer.

Cary compuso una mueca.

—Sí, sufrió una verdadera crisis en toda regla.

—Te juro que sólo hablamos acerca de que ella quería convertir mi boda en una operación publicitaria y ahora está actuando como si toda la prensa fuera una pesadilla.

—Bueno, para ser justos, se refería específicamente a las revistas del corazón.

—¿Existe otro tipo de prensa hoy en día? —Suspiré y supe que debía tener otra conversación con mi madre. No iba a ser divertido—. No sé por qué se enfada tanto. Yo jamás habría conseguido que Gideon y yo tuviéramos una fotografía mejor aunque lo hubiese intentado. Es perfecta para hacer que Corinne Giroux parezca una desesperada.

—Es verdad. —Su sonrisa se desvaneció—. Y, sinceramente, me alegra ver que Gideon está tan enamorado de ti. Ha pasado la mayor parte del fin de semana como si le hubiesen metido un palo por el culo. Ya había empezado a creer que se estaba enfriando.

—Demasiado tarde para eso. —Mantenía un tono de voz ligero, pero me había destrozado ver lo incómodo que Gideon se sentía ante cualquier muestra de cariño. La amistad parecía ser la conexión más cercana que podía tolerar aparte de nuestro matrimonio—. No era nada personal, Cary. ¿Recuerdas cómo se comportó en la fiesta de Vidal Records en la casa de sus padres?

—Vagamente. —Se encogió de hombros—. De todos modos, no es problema mío. ¿Quieres que me ponga en contacto con algunos amigos para ver si podemos hacer que se corra la voz mientras nos pavoneamos de lo nuestro esta semana? Tu biquini ha arrasado en internet. No me imagino a ningún diseñador que no quiera aprovechar la oportunidad de diseñarte el vestido de novia.

Solté un gemido. Sería estupendo impresionar a Gideon con un vestido glamuroso confeccionado sólo para mí.

—No sé. Sería un fastidio que se empezara a hablar de lo rápido que está pasando todo. No quiero ningún circo mediático. Ya es bastante malo que ni siquiera podamos salir el fin de semana de la ciudad sin que nos siga algún fotógrafo repulsivo.

—Eva, tienes que hacer algo.

—No le he dicho a mamá lo de la fecha del 22 de septiembre —confesé con una mueca de dolor.

—Ponte manos a la obra. Ya.

—Lo sé.

—Preciosa, podrás tener a la mejor organizadora de bodas del mundo, pero tu madre es la única mujer que puede sacar adelante una boda épica, una boda digna de Eva, en cuestión de días —dijo mientras se apartaba el pelo de la cara.

—¡No nos ponemos de acuerdo en el estilo!

Cary se levantó de la cama.

—Odio tener que decirlo, pero tu madre sabe qué es lo mejor. Decoró esta casa y te compra la ropa. Su estilo es tu estilo.

Lo fulminé con la mirada.

—A ella le gusta ir de compras más que a mí.

—Desde luego, mofletitos. —Me lanzó un beso—. Voy a prepararte una taza de café.

Me aparté las mantas y salí de la cama. Mi mejor amigo tenía razón. Más o menos. Pero yo combinaba la ropa a mi gusto.

Cogí el teléfono de la mesilla de noche para llamar a mi madre cuando el rostro de Gideon iluminó la pantalla.

—Hola —respondí.

—¿Qué tal llevas la mañana?

Sentí un cosquilleo al oír su tono entrecortado y casi profesional. La mente de mi marido estaba en su trabajo, pero seguía pensando en mí.

—Acabo de levantarme de la cama, así que no te lo puedo decir aún. ¿Qué tal la tuya? ¿Has terminado de comprar todo Manhattan?

—No del todo. Tengo que dejar algo para la competencia. Si no, ¿qué tendría de divertido?

—Te encanta tener tus retos. —Fui al baño y mis ojos se pasearon por la bañera antes de detenerse en la ducha. El simple pensamiento de mi marido desnudo y mojado me puso caliente—. ¿Qué crees que habría pasado si no me hubiese resistido a ti? ¿Y si llego a meterme en la cama contigo cuando me lo pediste?

—Me habrías vuelto loco, cosa que hiciste en realidad. Era inevitable. Almuerza conmigo.

Sonreí.

—Se supone que debo organizar una boda.

—Tomaré eso como un «sí». Es una comida de negocios, pero te gustará.

Me miré en el espejo y vi mi pelo completamente enmarañado y mi cara llena de pliegues de la almohada.

—¿A qué hora?

—A las doce. Raúl te estará esperando abajo poco antes.

—Debería ser responsable y decirte que no.

—Pero no lo vas a hacer. Te echo de menos.

La respiración se me entrecortó. Dijo aquello en tono despreocupado, como suelen decir los hombres cosas como «Ya te llamaré». Pero Gideon no era del tipo de hombres que dicen cosas que no sienten.

Aun así, ansiaba sentir la emoción por detrás de sus palabras.

—Estás demasiado ocupado como para echarme de menos.

—No es lo mismo —respondió. Hizo una pausa—. No me parece bien no poder tenerte aquí, en el Crossfire.

Me alegró que no pudiera verme sonreír. Había en su voz un rastro de perplejidad. Gideon no tenía por qué notar ninguna diferencia porque yo no estuviese trabajando unas plantas por debajo de su despacho, donde no podía verme. Pero lo cierto es que la había.

—¿Qué llevas puesto? —le pregunté.

—Ropa.

—Obvio. ¿Un traje de tres piezas?

—¿Los hay de otro tipo?

No para él.

—¿De qué color?

—Negro. ¿Por qué?

—Me excita pensarlo. —Y era verdad, pero no era ésa la razón por la que lo preguntaba—. ¿Qué color de corbata?

—Blanca.

—¿Camisa?

—También blanca.

Cerré los ojos y me lo imaginé. Recordaba esa combinación.

—Raya diplomática —dije.

Llevaba un traje de raya diplomática para tener un aspecto profesional con esa camisa y esa corbata.

—Sí, Eva. —Bajó la voz—. No tengo ni idea de por qué esta conversación me está excitando, pero es así.

—Porque sabes que te estoy imaginando, tan oscuro, peligroso y atractivo. Sabes cuánto me excita mirarte, aunque sólo sea en mis recuerdos.

—Nos vemos aquí. Pronto. Ven ahora.

Me reí.

—Lo bueno se hace esperar, señor Cross. Ya voy bastante justa de tiempo.

—Eva...

—Te quiero.

Colgué y me miré en el espejo. Con la imagen de Gideon aún en mi mente, vi que ese aspecto desaliñado y adormilado que me devolvía la mirada era del todo insuficiente. Mi apariencia cambió cuando pensaba que Gideon me había dejado por Corinne. Al resultado le había llamado «la nueva Eva». Desde entonces, el pelo me había crecido más allá de la altura de los hombros y, con ello, también mis reflejos.

—¿Estás decente? —gritó Cary desde el dormitorio.

—Sí. —Lo miré cuando entró en el baño con mi café en la mano—. Cambio de planes —dije.

—¿Qué? —Se apoyó en el lavabo y se cruzó de brazos.

—Yo voy a meterme en la ducha. Tú vas a buscarme una peluquería fabulosa que pueda atenderme dentro de treinta minutos.

—Vale.

—Luego voy a ir a comer y tú vas a hacer unas cuantas llamadas de mi parte. A cambio, te llevaré a cenar esta noche. Elige tú el sitio.

—Conozco esa mirada tuya —dijo—. Tienes una misión.

—Exacto.

—Me duché rápidamente, puesto que no tenía que lavarme el pelo. Después, fui corriendo a mi vestidor tras haber aprovechado el tiempo que había pasado en el baño para pensar en lo que quería ponerme. Tardé un poco en encontrar el vestido adecuado. De color blanco luminoso, con sujetador incorporado y una falda tulipán ajustada, se acomodaba perfectamente a mi pecho y a mis muslos. El color y el tejido de algodón le daban un aspecto informal, mientras que la forma era a la vez elegante y sensual.

Tardé un poco más en encontrar el par de zapatos apropiado. Estuve pensando un largo rato en ponerme unos de color carne pero, al final, me decanté por un par de sandalias de tacón y cordones de color aguamarina que hacían juego con los ojos de Gideon. Tenía un bolso de mano a conjunto y unos pendientes de ópalo que tenían el mismo tono azul luminoso.

Lo coloqué todo sobre la cama para asegurarme de que quedaba bien y me aparté con mi albornoz para observarlo.

—Muy bonito —dijo Cary al aparecer detrás de mí.

—Yo compré esos zapatos —le recordé—. Y el bolso y las joyas.

Se rio y me pasó un brazo por encima de los hombros.

—Sí, sí. Tu peluquero ha llegado. He dicho al portero que lo deje subir.

—¿En serio?

—No te veo entrando en una vieja peluquería sin que se monte una escena. Tendrás que buscarte a alguien de confianza para que te peine previa cita y en privado. Mientras tanto, Mario puede hacerte un estupendo corte de pelo.

—¿Y el color?

—¿El color? —Dejó caer el brazo y me miró—. ¿Qué estás pensando?

Lo agarré de la mano y me dispuse a salir de la habitación.

—Ven conmigo, muchacho.

Mario era todo energía y llevaba un elegante corte de rizos con las puntas de color púrpura. Más bajito que yo, y musculoso, colocó sus cosas en el baño mientras charlaba con Cary acerca de gente a la que ambos conocían, pronunciando nombres que, a veces, yo recordaba.

—Una rubia natural —dijo con entusiasmo nada más colocar las manos sobre mi pelo—. Cariño, eres de una especie extraña.

—Ponme más rubia —le pedí.

Dio un paso atrás y se acarició la perilla pensativo.

—¿Cuánto más?

—¿Cuál es el opuesto al negro?

Cary soltó un silbido.

Mario removió mi pelo con los dedos.

—Ya tienes reflejos de color platino.

—Démosle un tono más. Quiero mantener el largo, pero hagamos algo provocador. Más capas. Con puntas por los bordes. Quizá un flequillo que me encuadre los ojos. —Me incorporé en mi asiento—. Soy lo suficientemente atrevida, atractiva e inteligente como para poder presumir.

El peluquero miró a Cary.

—Me gusta esta chica.

Mi mejor amigo se cruzó de brazos y asintió.

—A mí también.

Me aparté del espejo para mirar el efecto completo. Me encantaba lo que había hecho Mario con mi pelo, con las puntas hacia afuera y distintas capas cayéndome sobre los hombros y la cara. Me había aclarado mucho la parte de arriba y el cabello que rodeaba la cara, dando así un aspecto más luminoso, sin cambiar el dorado oscuro de la parte de abajo. Después, me había cardado las raíces para darme un volumen sensual.

Mi bronceado del fin de semana hacía que el pelo pareciese más claro. Me había vuelto un poco loca al decantarme por un maquillaje de ojos ahumados, utilizando tonos grises y negros que conjuntaran con el gris de mi iris. Para compensarlo, había mantenido el resto más neutro, incluidos los labios, en color carne. Cuando yuxtapuse mi reflejo con la imagen de Gideon que tenía en mi mente, vi el resultado que estaba buscando.

Mi esposo era la encarnación de lo que suponía ser alto, oscuro y hermoso, con su cabello negro como la tinta e igual de lustroso. Solía vestir de colores oscuros con bastante frecuencia, lo que hacía que la atención se centrara en los planos cincelados de su rostro y en el llamativo color de sus ojos. Yo había logrado ser el opuesto complementario. El yang de su yin.

¡Guau! Me gustaba mi aspecto.

—¡Vaya! Impresionante. —Cary me examinó con admiración cuando salí a toda prisa a la sala de estar—. ¿A qué clase de almuerzo vas?

Miré el teléfono, maldiciendo en silencio al ver que habían pasado diez minutos desde que Raúl había llamado diciendo que estaba abajo esperando.

—No lo sé —repuse—. Algo relacionado con el trabajo, según me ha dicho Gideon.

—Pues vas a ser una acompañante espectacular.

—Gracias.

Sin embargo, quería más que eso. Quería ser un arma del arsenal de Gideon. Aunque me lo había ganado, disfrutaba con el desafío. Si podía ayudar en algo, lo que fuera, con la conversación de hoy, me sentiría feliz. Aunque, si me veía superada, al menos, podría hacer que se sintiera orgulloso de que lo vieran conmigo.

—Para cuando llegue la boda, irá arrastrando las pelotas de tanta abstinencia —dijo mi amigo a mi espalda—. No se puede encender tantas veces la mecha antes de que tenga que explotar.

—Qué bruto, Cary. —Abrí la puerta del apartamento—. Te enviaré un mensaje con los números del diseñador y de la organizadora de la boda. Y estaré de vuelta dentro de un par de horas.

Tuve suerte de entrar en el ascensor sin tener que esperar. Cuando llegué a la acera y Raúl salió de su asiento del Mercedes, supe que no me había equivocado cuando me miró. Mantuvo su gesto profesional, pero intuí que le gustaba lo que veía.

—Siento haberme retrasado —le dije cuando me abrió la puerta de atrás—. No estaba lista cuando me has enviado el mensaje.

Hubo un atisbo de sonrisa en su rostro serio.

—No creo que a él le importe.

Durante el trayecto, le envié a Cary por mensaje los números de teléfono de Blaire Ash, el diseñador de interiores que se estaba ocupando de la remodelación del ático, y de Kristin Washington, la organizadora de bodas, y le pedí que concertara unas reuniones con ellos. Cuando hube terminado y miré por la ventanilla, me di cuenta de que no nos dirigíamos al Crossfire.

Cuando llegamos al Tableau One, no me sentí del todo sorprendida. Aquel popular restaurante era un negocio que compartían Gideon y su amigo Arnoldo Ricci. Arnoldo era un desconocido cuando Gideon lo descubrió en Italia. Ahora era un famoso chef.

Raúl se detuvo junto al aparcacoches y yo me eché hacia adelante en mi asiento.

—¿Puedes hacerme un favor mientras comemos?

Él giró la cabeza para mirarme.

—¿Puedes enterarte de dónde está Anne Lucas ahora mismo? Hoy es un día tan bueno como cualquier otro para que la ponga nerviosa. —Iba vestida para impresionar. No estaba de más sacarle a ello todo el provecho posible.

—Está bien —respondió con cautela—. Tendré que hablarlo con el señor Cross.

Casi me eché atrás. Entonces, recordé que Raúl trabajaba prácticamente para mí también. Si quería avanzar en mi lucha, ¿no era lo mejor empezar por casa?

—No, soy yo la que tiene que hacerlo. Y se lo voy a decir. Búscala. Yo me encargo del resto.

—De acuerdo. —Seguía pareciendo reacio—. ¿Está preparada? Van a hacerle fotografías en cuanto la vean. —Señaló con la cabeza y miré hacia la media docena de fotógrafos que había en la puerta.

—Vaya. —Respiré hondo—. Bueno, vamos allá.

Raúl salió del coche y lo rodeó para abrirme la puerta.

En el momento en que me puse de pie, los flashes de las cámaras iluminaron lo que ya era un día claro. Mantuve la mirada al frente y me apresuré a entrar en el restaurante.

El lugar estaba lleno de gente y del ruido de la multitud de conversaciones que allí tenían lugar. Pese a eso, localicé a Gideon casi de inmediato. Él también me vio. Lo que fuera que estuviera diciendo cuando llegué quedó interrumpido entre sus labios.

La recepcionista me dijo algo, pero yo no la oí. Estaba demasiado concentrada en Gideon, cuyo imponente rostro me hizo perder la respiración, como siempre, pero no me daba ninguna pista de lo que podía estar pensando.

Apartó su silla y se puso de pie con una enorme elegancia. Los cuatro hombres que estaban sentados con él miraron en mi dirección y se levantaron también. Había dos mujeres con ellos, las cuales se giraron en sus asientos para contemplarme.

Recordé que tenía que sonreír y me dispuse a caminar hacia la gran mesa redonda que estaba situada casi en el centro de la sala, andando cautelosa por el suelo de madera e intentando no hacer caso de las miradas que cosechaba manteniendo la atención sobre los oscuros ojos de Gideon.

La mano me temblaba ligeramente cuando la extendí hacia su brazo.

—Siento llegar tarde —me disculpé.

Él deslizó un brazo alrededor de mi cuerpo y acarició mi sien con los labios. Sus dedos se clavaron en mi cintura con una presión casi dolorosa, y me aparté.

Él me observó con una intensidad tan ardiente y un amor tan salvaje que el pulso se me paró. Sentí una oleada de placer. Conocía esa mirada, y supe que le había provocado una agitación que estaba tratando de procesar. Me gustó saber que aún podía causarle algo así. Aquello hizo que tratara de esforzarme todo lo posible por buscar el vestido apropiado para recorrer el pasillo en la boda.

Miré a todos los que estaban en la mesa.

—Hola.

Gideon apartó sus ojos de mi cara.

—Es un placer presentarles a mi esposa, Eva.

Lo miré sorprendida. Todo el mundo creía que solamente estábamos comprometidos. Ignoraba que Gideon estuviera dando a conocer que ya estábamos casados.

El fervor de su mirada se convirtió en cálida diversión.

—Éstos son los miembros del consejo de la Fundación Crossroads.

Mi sorpresa se tornó en amor y gratitud con tanta rapidez que me tambaleé. Gideon me agarró, como siempre hacía en todos los aspectos. En un momento en el que existía la probabilidad de que yo me sintiera un poco a la deriva, él me estaba ofreciendo algo más.

Me los presentó a todos y, a continuación, retiró mi silla para que me sentara. El almuerzo transcurrió en medio de un remolino de excelente comida y conversación intensa. Me alegró saber que mi idea de añadir la existencia de Crossroads a la biografía de Gideon en su web había hecho aumentar las visitas a la página de la fundación, y que las correcciones que yo había sugerido del sitio de internet de Crossroads habían acrecentado las solicitudes de ayuda.

Me encantó que Gideon se sentara tan cerca de mí y me sujetara la mano por debajo de la mesa.

Cuando pidieron mi participación, yo negué con la cabeza.

—No estoy cualificada para ofrecer nada de valor en ese aspecto. Ustedes están haciendo un trabajo increíble.

Cindy Bello, la directora ejecutiva, me miró con una gran sonrisa.

—Gracias, Eva.

—Me gustaría asistir a las reuniones de la junta como observadora para ponerme al día. Si no puedo colaborar con ideas, espero encontrar otro modo de echar una mano.

—Ahora que lo menciona, muchos de nuestros receptores quieren reconocer la ayuda de Crossroads y mostrar su agradecimiento —dijo Lynn Feng, vicepresidenta de operaciones—. Celebran almuerzos y cenas que también sirven para recaudar fondos. Les encantaría que Gideon asistiera en nombre de la fundación, pero su agenda lo impide la mayor parte de las veces.

Me incliné un momento hacia el hombro de Gideon.

—¿Quiere que yo le insista un poco más? —propuse.

—Lo cierto es que Gideon ha sugerido que usted podría encargarse de ello —respondió ella con una sonrisa—. Lo que le estoy diciendo es que usted represente a la fundación con su persona.

La miré parpadeando.

—Estará de broma.

—En absoluto.

Miré a Gideon. Él inclinó la cabeza a modo de asentimiento.

Traté de hacerme a la idea.

—Yo sirvo muy poco como premio de consolación.

—Eva. —Gideon expresó con esa única palabra su enorme desacuerdo.

—No estoy siendo modesta —argumenté—. ¿Por qué iba a querer escuchar nadie lo que yo pueda decir? Tú eres un experto y un orador brillante y maravilloso. Podría escucharte dando un discurso todos los días. Tu nombre vende. Ofrecerme a mí en tu lugar simplemente crearía una obligación. Eso no serviría de nada.

—¿Has terminado? —preguntó en tono tierno.

Lo miré entornando los ojos.

—Piensa en esas personas a las que has ayudado en tu vida. —«Como a mí.» Eso no lo dijo, pero no tenía por qué hacerlo—. Si te pones a ello, podrías lanzar un mensaje poderoso.

—Si se me permite añadir algo —interrumpió Lynn—, cuando Gideon no puede acudir vamos alguno de nosotros en su lugar. —Señaló al resto de los miembros del consejo—. La asistencia de un miembro de la familia Cross sería maravilloso. Nadie se sentiría decepcionado.

«La familia Cross.» Eso me entrecortó la respiración. No sabía si Geoffrey Cross había dejado atrás a otros miembros de la familia. Lo que resultaba indiscutible era que Gideon era el recuerdo más visible de su tristemente célebre padre.

Mi marido no recordaba al hombre que había sido conocido por ser un defraudador y un cobarde. Lo que sí recordaba era al padre al que había querido y que lo había criado. Gideon se había esforzado y había conseguido mucho impulsado por la necesidad de cambiar lo que la gente asociaba con el apellido Cross.

Ahora yo también compartía ese apellido. Algún día tendríamos hijos que lo llevarían también. Yo tenía la misma responsabilidad que Gideon de hacer de ese nombre algo de lo que nuestros hijos se sintieran orgullosos.

Lo miré.

Él me sostuvo la mirada.

—Estar en dos lugares al mismo tiempo —murmuró.

Sentí que el corazón se me encogía dentro del pecho. Aquello era más de lo que yo había esperado, y antes de lo que imaginaba. Gideon había acudido directo a algo personal, algo íntimo y que formaba parte esencial de su persona. Algo que para mí también significaba muchísimo y a lo que yo podría poner mi propio sello.

Él había librado la guerra de limpiar la mancha de su apellido a solas, lo mismo que había tenido que hacer con todas sus demás batallas. El hecho de que confiara en mí para acompañarlo en eso era, por encima de todo, una declaración de amor tan maravillosa como el anillo que llevaba en mi dedo.

Apreté su mano. Traté de demostrarle, con tan sólo una mirada, lo conmovida que me sentía. Él levantó nuestras manos juntas hacia sus labios y con la mirada me respondió lo mismo: «Te quiero».

El camarero llegó para retirar nuestros platos.

—Ya hablaremos de ello —dijo Gideon en voz alta. A continuación, se dirigió a los demás—. Siento interrumpir esto, pero tengo una reunión esta tarde. Podría tener la generosidad de dejar a Eva con vosotros, pero no lo haré.

Hubo sonrisas y carcajadas alrededor de la mesa.

Luego me miró.

—¿Estás lista?

—Dame un momento —murmuré deseando tener la oportunidad de besarlo como quería.

Por el brillo de sus ojos, sospeché que sabía exactamente en qué estaba pensando.

Lynn y Cindy se habían puesto de pie y me acompañaron al baño de señoras.

Mientras cruzábamos el restaurante, busqué a Arnoldo, pero no lo vi. No me sorprendió, teniendo en cuenta sus compromisos con el canal de cocina y sus otras apariciones. Por mucho que yo deseara arreglar aquella relación, sabía que con el tiempo pasaría. Al final, Arnoldo vería lo mucho que yo amaba a mi marido, que protegerlo y serlo todo para él se habían convertido en el centro de mi vida.

Gideon y yo nos desafiábamos el uno al otro, nos impulsábamos para cambiar y crecer. A veces nos hacíamos sufrir para conseguir algo o para dejar clara nuestra postura, cosa que preocupaba al doctor Petersen pero que, de algún modo, a nosotros nos funcionaba. Podíamos perdonarlo todo salvo la traición.

Era inevitable que los demás, sobre todo, los más cercanos, nos miraran desde fuera y se preguntaran cómo y por qué funcionaba lo nuestro, y si debería ser así. No podían entender —y no los culpaba por ello, porque yo misma apenas empezaba a comprenderlo— que nos exigíamos mucho más a nosotros mismos de lo que jamás exigiríamos al otro. Porque queríamos convertirnos en la mejor versión de nosotros mismos, ser lo suficientemente fuertes como para ser lo que el otro necesitaba.

Fui al baño y, después, me lavé las manos, dedicando un momento a mirarme en el espejo al terminar y ahuecarme el pelo. No estaba segura de cómo lo había conseguido Mario, pero me había hecho un corte que adquiría más cuerpo cuanto más lo tocaba.

Vi la sonrisa de Cindy en el espejo y me sentí algo avergonzada. Después, ella sacó una barra de labios roja y me tranquilicé.

—Eva, casi no te había reconocido. Me encanta lo que te has hecho en el pelo.

A través del espejo, busqué a la persona que me hablaba. Durante una décima de segundo pensé que se trataba de Corinne y el corazón se me aceleró. Después, localicé su rostro.

—Hola. —Me volví para saludar a la esposa de Ryan Landon.

Cuando conocí a Angela, ella llevaba el pelo recogido en un elaborado moño que disimulaba el largo de su cabello. Con él suelto, su larga melena negra formaba una cortina lisa que le llegaba a la mitad de la espalda. Era alta y esbelta, y sus ojos, de un desvaído gris azulado. Su cara era más alargada que la de Corinne, y sus facciones algo menos perfectas, pero seguía siendo un bombón.

Sus ojos me examinaron de arriba abajo con tanta despreocupación que no estuve segura de que fuera eso lo que hacía. Un buen truco. Yo no lo dominaba. Me di cuenta de que iba a someterme al continuo escrutinio no sólo de los medios de comunicación al ocupar mi puesto entre la nueva élite de la ciudad. No estaba preparada. La formación y las normas de mi madre para presentarme en sociedad no iban a servirme, eso estaba más que claro.

Angela sonrió y ocupó el lavabo que había a mi lado.

—Me alegro de verte —dijo.

—Yo también. —Ahora que conocía la venganza de Landon contra Gideon, estaba alerta, pero ya no iba a intentar conseguir la cuenta de su marido. Éramos iguales. Bueno, casi. Mi marido era más joven, más rico y más atractivo. Y ella lo sabía.

Cindy y Lynn terminaron y se dirigieron a la salida. Yo les seguí el paso.

—Me estaba preguntando... —dijo Angela.

Me detuve y la miré con curiosidad. Las otras chicas salieron para darnos privacidad.

—¿Vas a asistir al desfile de Grey Isles de esta semana? Tu buen amigo, el que vive contigo, es el rostro de su última campaña, ¿verdad?

Me costó, pero mantuve el rostro levantado. ¿Por qué me lo preguntaba? ¿Adónde quería llegar? No estaba segura de por qué su expresión era limpia e inocente, sin ningún atisbo de astucia. Quizá yo estuviese buscando algún motivo oculto que, en realidad, no existía. O simplemente no tenía la destreza que necesitaba para entrar en su juego igual de bien que lo hacía ella.

Porque estaba claro que me estaba prestando su atención, no sólo a mi relación con Gideon, sino a todas mis relaciones. Estaba haciendo caso de las habladurías. ¿Por qué?

—No tengo pensado asistir a ninguno de los desfiles de la Fashion Week —contesté con cautela.

Su sonrisa desapareció, pero sus ojos se iluminaron poniéndome más nerviosa.

—Es una pena. Había pensado que podríamos ir juntas.

Aún no podía imaginar qué pretendía, y eso me estaba

volviendo loca. Me había parecido bastante simpática cuando la conocí pero, después, se había quedado callada y había dejado que su marido y el resto del equipo de LanCorp hablaran. ¿Iba a ser tan descarada como para decir que su marido sentía odio por el mío? Ni ella ni Landon me habían dado muestra alguna de ninguna animosidad contra Gideon. Pero, una vez más, no era algo que fuera a surgir durante una propuesta para salir juntas.

¿O quizá es que ella no sabía nada? Puede que el deseo de venganza de Landon fuese algo que guardaba en secreto.

—Esta vez no —dije.

Dejé abierta aquella puerta deliberadamente porque quizá pudiera servirme. Ella podía ser tan ajena e inofensiva como parecía, o quizá era más astuta. En cualquier caso, no pensaba entablar amistad con alguien cuyo marido deseaba hacer daño a Gideon. Pero eso de que había que mantener a los enemigos cerca era un proverbio por algún motivo.

Se secó las manos rápidamente y recorrió conmigo el resto del camino hasta la salida.

—Quizá en otra ocasión.

Tras la relativa tranquilidad del baño, el restaurante resultaba bullicioso y ruidoso, lleno de los sonidos de las voces y el tintineo de los cubiertos por encima de la música de fondo.

Acabábamos de salir al pasillo que daba al salón principal cuando Ryan Landon emergió de su reservado y apareció delante de nosotras. Lo cierto es que no había ninguna mesa mala en aquel restaurante, pero la de Landon no era la mejor. ¿Sabía Gideon que él estaba comiendo en Tableau One? No me sorprendería. Al fin y al cabo, mi marido me había seguido la pista a través de una tarjeta de crédito que yo había utilizado en una de sus discotecas.

Landon era alto, aunque no tanto como Gideon. Un

metro ochenta, quizá, con abundante pelo castaño y unos ojos de color ámbar. Era fuerte y atractivo, de sonrisa relajada y carcajada fácil. A mí me había parecido encantador y atento con su esposa cuando lo conocí.

—Eva —me saludó mirando brevemente detrás de mí, donde estaba su mujer—. Qué agradable sorpresa.

—Hola, Ryan. —Deseé haber podido ver la mirada que cruzaron. Si estaban confabulando contra mí, necesitaba saberlo.

—Justo estuve hablando de ti ayer. Me he enterado de que te has ido de Waters Field & Leaman.

El cosquilleo de alerta que me había asaltado en el baño se intensificó. No estaba preparada para entrar en esos peligrosos juegos de sociedad. Gideon sabía enfrentarse a cualquiera —demonios, era el rey del campo de juego—, pero yo no. Necesité esforzarme mucho para no mirar y ver si nos estaba observando.

—Ya lo echo de menos pero, de todos modos, Gideon y yo estamos muy unidos a Mark —dije improvisando.

—Sí, hemos oído cosas estupendas de él.

—Sabe bien lo que hace. Fue mientras Mark estaba trabajando en la campaña de Vodka Kingsman cuando conocí a Gideon.

Landon me miró sorprendido.

—Jamás lo habría imaginado.

Sonreí.

—Estás en muy buenas manos. Mark es el mejor. Estaría más triste por mi marcha si no supiera que vamos a volver a trabajar con él.

Él se recompuso visiblemente.

—Bueno, hemos decidido que nuestro equipo de LanCorp se ocupe de ello. La verdad es que creen que pueden hacerlo de maravilla y, como los contraté para eso, he pensado que mejor dejaba que lo hicieran.

—Ah. Pues estoy deseando ver qué se les ocurre. —Di

un paso para alejarme—. Ha sido estupendo veros de nuevo. Disfrutad del almuerzo.

Me dijeron adiós y yo me giré hacia mi mesa y vi que Gideon estaba sumido en una seria conversación con los miembros del consejo. Pensé que no era consciente de que me estaba acercando, pero se puso de pie cuando llegué junto a la mesa sin mirarme.

Nos despedimos y salimos del restaurante, con la mano de Gideon en la parte inferior de mi espalda. Me encantaba que me tocara ahí, con su presión constante y firme. Con posesión.

Angus esperaba en la acera con el Bentley. También los fotógrafos, que aprovecharon la oportunidad para hacernos bastantes fotografías. Fue un alivio subir al asiento de atrás y fundirnos con el tráfico.

—Eva.

El timbre áspero de la voz de Gideon me puso la carne de gallina. Lo miré y vi el fuego de sus ojos. A continuación, colocó las manos sobre mi cara y sus labios se inclinaron hacia los míos. Yo ahogué un grito, sorprendida ante su repentina ansia. Introdujo su lengua en lo más profundo de mi boca, provocando la necesidad que tenía de él y que siempre me hacía hervir la sangre.

—Estás preciosa —dijo introduciendo las manos entre mi pelo—. Siempre estás cambiando. Nunca sé a quién voy a tener delante de un día para otro.

Me reí, me eché sobre él y le devolví el beso con todas mis fuerzas. Adoraba sentir su boca, sus sensuales líneas suavizadas tras su habitual dureza cuando se rendía ante mí, volviéndolo aún más guapo.

—Tengo que mantenerte en ascuas, campeón.

Gideon me subió a su regazo y sus manos se deslizaron por todo mi cuerpo.

—Te deseo —dijo.

—Es lo que espero —susurré, recorriendo su labio inferior con la punta de mi lengua—. Vas a estar conmigo de por vida.

—No es suficiente. —Inclinó la cabeza y volvió a besarme, con la mano en mi nuca e inmovilizándome mientras me daba fuertes y rápidos lametones, como si me follara. Sentí la caricia de su lengua por todas partes.

Me solté al pensar en Angus.

—Gideon.

—Vamos al ático —susurró con una voz tan tentadora como la del diablo. Su polla se había puesto dura bajo mis nalgas, provocándome con la promesa de un sexo, un pecado y un placer demasiado grandes como para poder soportarlo.

—Tienes una reunión —respondí jadeante.

—A la mierda la reunión.

Solté otra carcajada y lo abracé, apretando la nariz contra su cuello para inhalar su aroma. Olía de maravilla, como siempre. Gideon no se echaba colonia. Era el simple olor limpio y primario de su piel y un leve atisbo de su gel preferido.

—Me encanta cómo hueles —le dije en voz baja, acariciándolo con la nariz. Era cálido, y su cuerpo era sensual y duro, lleno de vida, energía y poder—. Hay algo en tu olor. Toca algo dentro de mí. Es una de esas cosas por las que sé que eres mío.

Soltó un gruñido.

—Joder, qué dura se me ha puesto —dijo con los labios pegados a mi oreja. Me mordió el lóbulo, castigándome por su deseo con un pequeño mordisco de dolor.

—Y yo estoy muy húmeda —respondí con un susurro—. Hoy me has hecho muy feliz.

Su pecho se ensanchó con una respiración irregular mientras me pasaba las manos arriba y abajo por la espalda.

—Qué bien.

Me aparté y vi cómo se recomponía. Rara vez perdía el control. Había sido emocionante ver que yo podía provocarle aquello. Aún más, saber que había estado a punto de perderlo desde que aparecí y no había mostrado indicio alguno de ello ante los demás. Su control era para mí de lo más provocador.

Mis dedos acariciaron su impresionante rostro.

—Gracias. No es suficiente por lo que hoy me has dado, pero gracias.

Cerró los ojos y acercó la frente hacia mí.

—De nada.

—Me alegra que te ha gustado mi pelo.

—Me gusta que te sientas segura y atractiva.

Rocé mi nariz con la suya. Mi amor por él me inundaba de tal forma que no quedaba espacio para nada más.

—¿Y si necesitara el cabello color púrpura para sentirme así?

Él se rio.

—En ese caso, me follaría a una esposa con el pelo púrpura. —Colocó la mano sobre mi corazón y aprovechó la oportunidad para apretarme el pecho—. Mientras el interior siga igual, el resto no es más que envoltorio.

Pensé en decirle que se estaba acercando peligrosamente al romanticismo, pero decidí callármelo.

—¿Has visto a los Landon? —le pregunté.

—Han estado hablando contigo —respondió apartándose.

Entorné los ojos.

—Sabías que estarían allí, ¿verdad?

—No ha sido ninguna sorpresa.

—Se te da muy bien ser desconfiado —me quejé—. Todos los hombres lo sois. Yo no he podido adivinar si Angela Landon se estaba burlando de mí cuando me ha pedido que asistiera con ella al desfile de Grey Isles en la Fashion Week o si hablaba en serio.

—Quizá un poco de las dos cosas. ¿Qué le has dicho?

—Que no voy a ir. —Lo besé y, a continuación, volví a mi asiento. Él se resistió, pero me dejó—. Corinne habría sabido cómo enfrentarse a ella. —Suspiré—. Probablemente, Magdalene también. Y, desde luego, mi madre.

—Lo has hecho bien. Y ¿qué tal Landon?

—¿Qué condiciones has acordado con Mark? —pregunté apretando los labios.

Gideon me miró con extrañeza.

—¿Qué has hecho?

—Les he mencionado que tenemos una fuerte relación con Mark porque tú y yo nos conocimos cuando trabajaste con él. Les he dicho que estamos deseando trabajar con él en el futuro.

—Quieres saber si Landon le va a ofrecer un trabajo a Mark.

—Siento curiosidad por ver hasta dónde está dispuesto a llegar Landon, sí. No me preocupa Mark. Es leal y, aunque no conoce todos los detalles, sí sabe que LanCorp ha sido parte de la causa por la que me he ido. Además, tiene cierta conexión con el mandamás de Cross Industries. No sería más que un simple obrero en LanCorp. No es estúpido.

Gideon apoyó la espalda en su asiento. Si no lo conociera tan bien, podría haber pensado que simplemente se estaba poniendo cómodo.

—Y quieres saber si te fui sincero en cuanto a los motivos de Landon.

—No. —Coloqué la mano sobre su pierna y noté la tensión en ella. Sus dos padres lo habían decepcionado. Yo sabía que había una parte en Gideon que siempre esperaba que todo el mundo hiciera lo mismo—. Te creo. Te creí cuando me lo contaste. Tu palabra es la única prueba que necesito.

Se me quedó mirando largo rato y, después, me apretó la mano.

—Gracias.

—Pero ¿puede ser que sintieras la necesidad de demostrármelo? —pregunté con suavidad—. Te enteras de que Landon tiene una reserva. Quieres presentarme al consejo de Crossroads. Celebrando la reunión en el Tableau One consigues matar dos pájaros de un tiro si yo me encuentro allí con Landon. Aunque tenía que darse la casualidad de que eso pasara.

—No si él estaba sentado junto a los baños.

—Puede que yo no hubiese ido al baño.

Gideon me miró.

—No era algo inevitable —argumenté.

—Eres una mujer —respondió él, como si con eso ya se respondiera.

Entorné los ojos.

—A veces me dan ganas de darte una bofetada —repuse.

—No puedo evitar tener razón.

—Te estás desviando del tema.

Se puso serio por un momento.

—Me dejaste por culpa de él. Necesitaba que volvieras a verlo después de aquello.

—Eso no es del todo cierto, pero vale. Entiendo qué quieres decir. —Con cierta frustración, me aparté mi nuevo flequillo de la cara—. Aunque, aun así, no he sabido qué pensar de ellos. Él es algo más fácil de descifrar que su mujer, pero a los dos se les da muy bien aparentar sinceridad. Y son un equipo.

—Tú y yo somos un equipo.

—Estamos cerca de serlo. Yo tengo que aprender a mantenerme fuerte.

—Yo no tengo queja.

Sonreí.

—No la he fastidiado. Pero eso no es lo mismo que hacer un buen trabajo.

Pasó sus dedos por mi mejilla.

—No me habría importado que la fastidiaras, aunque estoy seguro de que tu definición de eso es muy diferente de la mía. No me importaría que tuvieras el pelo verde, púrpura o del color que eligieras, aunque debo decir que me gustas rubia. Eres tú lo que quiero.

Giré la cabeza y le besé la palma de la mano.

—Angela se parece a Corinne.

Él soltó una carcajada de sorpresa.

—No se parecen.

—¡Dios, desde luego que sí! O sea, no como hermanas gemelas ni nada de eso. Pero sí en el pelo y el tipo de cuerpo.

Gideon negó con la cabeza.

—No.

—¿Crees que Landon buscó a alguien parecido a tu mujer ideal?

—Lo que creo es que tu imaginación corre más que tú. —Colocó los dedos sobre mis labios cuando yo estaba a punto de decir algo más—. Y, si no, se equivocó. Así que lo que dices es discutible.

Lo miré con una mueca. Sentí que el bolso vibraba junto a mi pierna. Lo cogí y saqué mi teléfono.

Tenía un mensaje de Raúl:

Está en su trabajo.

Miré a Gideon y vi que me estaba observando.

—Le he pedido a Raúl que le siguiera la pista a Anne hoy —lo informé.

Él murmuró algo.

—Eres de lo más testaruda —espetó.

—Como has dicho antes, me siento segura y atractiva. —Le lancé un beso al aire—. Hoy es un buen día para pasarme a saludar.

Gideon levantó los ojos hacia el espejo retrovisor. Angus hizo lo mismo y algo pasó entre los dos. Después, mi marido giró sus ojos azul brillante hacia mí.

—Harás lo que diga Angus. Si a él no le parece una buena idea cuando llegue el momento, te echarás atrás. ¿Entendido?

Tardé un poco en responder porque había esperado más reticencia por su parte.

—Vale.

—Y esta noche vienes a cenar al ático.

—¿Cuándo se ha convertido esto en una negociación?

Él se limitó a mirarme con expresión implacable y decidida.

—Le he dicho a Cary que lo llevaría a cenar, campeón —expliqué—. Hoy ha estado haciendo varias llamadas por mí mientras yo he estado contigo. Puedes acompañarnos si quieres.

—No, gracias. Vente después.

—¿Te comportarás?

En sus ojos brilló un destello de malicia.

—Sólo si tú te comportas.

Pensé que si Gideon podía hacer bromas sobre aquello, íbamos por buen camino.

—Trato hecho.

Nos detuvimos delante del Crossfire y él se incorporó, disponiéndose a salir. Mientras Angus rodeaba el coche para abrir la puerta, me acerqué a mi marido para ofrecerle mi boca. Gideon colocó las manos en mis mejillas y me besó con labios firmes y dominantes. Al contrario que el beso que me había derretido cuando salimos del restaurante, éste fue más tierno. Y más largo.

Yo estaba sin respiración cuando se apartó.

Se quedó mirándome un momento y, después, compuso un gesto de satisfacción.

—Llámame al móvil en cuanto hayas terminado.

—¿Y si estás...?

—Llámame.

—De acuerdo.

Gideon salió del asiento de atrás del Bentley y entró en el Crossfire.

Yo me quedé mirándolo hasta que dejé de verlo y recordé el día que nos conocimos. Yo estaba en el vestíbulo y él había vuelto a por mí. Mantuve esa idea en la cabeza sabiendo que no tenía sentido sentirme sola ahora, pero nunca me resultaba fácil verlo marchar. Ése era uno de mis defectos que tenía que superar.

Ya te echo de menos, le escribí por mensaje.

Su respuesta fue rápida: Me alegro, cielo.

Me estaba riendo cuando Angus se puso al volante. Me miró por el espejo retrovisor.

—¿Adónde?

—A donde sea que trabaje Anne Lucas.

—Puede que aún le queden varias horas en el trabajo.

—Ya lo imaginaba. Tengo que ocuparme de algunas cosas mientras espero. Si las termino todas, lo intentaremos en otro momento.

—Entendido. —Puso en marcha el Bentley y salimos.

Llamé a Cary.

—Hola —contestó—. ¿Qué tal la comida?

—Ha estado bien.

Lo puse al corriente de todo.

—Cuánto ajetreo —dijo cuando terminé—. No puedo decir que entienda todo ese asunto de Landon, pero tampoco entiendo muchas cosas de las que le pasan a tu hombre. ¿Existe alguien que no esté enfadado con él?

—Yo.

—Vale. Pero tú te acuestas con él.

—Cary, te voy a matar. Lo juro.

Su risa sonó al otro lado del teléfono.

—Me he puesto en contacto con Blaire. Dice que puede reunirse contigo en el ático mañana, si lo deseas. Envíale un mensaje con una franja horaria para ver qué puede hacer.

—Estupendo. ¿Y Kristin?

—A eso iba, preciosa. Hoy está todo el día en la oficina, así que puedes llamarla en cualquier momento. O envíale un correo electrónico, si te resulta más fácil. Está ansiosa por hablar contigo.

—La llamaré. ¿Has pensado ya adónde vamos a ir a cenar?

—Me apetece asiático. Chino, japonés, tailandés..., no sé, algo así.

—Vale, pues a un asiático. —Recosté la cabeza contra el asiento—. Gracias, Cary.

—Encantado de ayudarte. ¿Cuándo vienes a casa?

—Aún no estoy segura. Tengo que hacer otra cosa y, después, iré para allá.

—Luego te veo.

Puse fin a la llamada mientras Angus se acercaba a la acera.

—Su consulta está al otro lado de la calle —me dijo mientras yo dirigía mi atención al edificio que tenía enfrente. Tenía varias plantas y un pequeño y pulcro vestíbulo visible a través de las puertas de cristal.

Lo observé durante un breve momento y me imaginé a Anne dentro con un paciente, alguien que estaba desnudando sus secretos más íntimos sin saber con quién estaba hablando en realidad. Así es como funciona siempre. El terapeuta en el que confiábamos lo sabía todo sobre nosotros, mientras que Gideon y yo solamente sabíamos lo que podíamos adivinar por las fotografías que había sobre su mesa y las titulaciones que colgaban de las paredes de su consulta.

Revisé mis contactos, encontré el número de Kristin y llamé a su oficina. Su ayudante me la pasó enseguida.

—Hola, Eva. Te tenía en mi lista de llamadas pendientes, pero tu amigo se me ha adelantado. La verdad es que llevo varios días intentando hablar contigo.

—Lo sé, y lo siento —repuse.

—No hay problema. He visto las fotografías de Cross y tú en la playa. No te culpo por no haberme devuelto la llamada. Pero tenemos que reunirnos y repasar los detalles.

—La fecha es el 22 de septiembre.

Hubo una pausa.

—Vale. ¡Uf!

Hice una mueca, pues sabía que estaba pidiendo demasiado con muy poca antelación, y que iba a costar mucho tenerlo todo preparado a tiempo.

—He decidido que mi madre tenía razón en cuanto a los colores blanco, crema y dorado, así que vayamos por ahí. Me gustaría que hubiera pequeños detalles en rojo. Por ejemplo, yo llevaré un ramo neutro, pero mis joyas serán de rubí.

—Ah. Déjame pensar. ¿Quizá unos faldones de rojo damasco bajo los manteles? O bajoplatos de cristal de Murano con vajilla de vidrio. Pensaré en algunas opciones. —Soltó un suspiro—. Necesito ver el sitio.

—Puedo organizar un vuelo. ¿Cuándo puedes ir?

—Cuanto antes —se apresuró a responder Kristin—. Tengo un compromiso mañana por la tarde, pero por la mañana podría ser.

—Lo averiguaré y te enviaré la información.

—Estaré pendiente. Eva, ¿tienes vestido?

—Eh..., no.

Se rio. Cuando volvió a hablar, la tensión que había notado antes había desaparecido.

—Entiendo que quieras darte prisa con un hombre como el tuyo, pero con más tiempo nos aseguraríamos de que todo saliera bien y de que tuvierais un día perfecto.

—Va a ser perfecto aunque algo salga mal —repuse. Me acaricié la parte posterior del anillo con el dedo pulgar y me reconfortó tenerlo en mi mano—. Es el cumpleaños de Gideon.

—¡Vaya! Muy bien. Lo conseguiremos.

Sonreí.

—Gracias. Hablamos luego.

Colgué y miré hacia el edificio que estaba al otro lado de la calle. La puerta de al lado era una pequeña cafetería. Me acercaría a comprar un café y llamaría al diseñador.

Le envié un mensaje a Gideon.

¿Con quién debo hablar para ir con la organizadora de la boda en avión a la casa de los Outer Banks mañana por la mañana?

Se me hacía un poco raro hacer esa pregunta. ¿Quién habría pensado que tendría aviones privados a mi disposición? No estaba segura de poder acostumbrarme nunca a utilizarlos.

Esperé su respuesta durante un minuto. Como no llegaba, llamé a Blaire Ash.

—Hola, Blaire —lo saludé cuando respondió—. Soy Eva Tramell, la prometida de Gideon Cross.

—Eva. Por supuesto que sé quién eres. —Su voz era cálida y agradable—. Me alegra oírte.

—Me gustaría hablar contigo sobre algunos de los detalles del diseño. Cary me ha dicho que podemos reunirnos mañana.

—Claro. ¿A qué hora te viene bien?

Tras pensar en el viaje a los Outer Banks con Kristin, respondí:

—¿Te parece que sea por la tarde? ¿Digamos, sobre las seis?

Gideon estaría con el doctor Petersen, al menos, hasta las siete. Después, tendría que ir a casa. Eso me proporcionaba tiempo suficiente para cambiar algunas cosas de nuestros planes de diseño.

—Me parece bien —confirmó Blaire—. ¿Nos vemos en el ático?

—Sí, allí nos vemos. Gracias. Adiós.

En cuanto puse fin a la llamada, mi teléfono vibró. Miré la pantalla y vi la respuesta de Gideon:

Scott se encarga de organizarlo.

Me mordí el labio y me sentí mal por no haber acudido antes a Scott.

La próxima vez le preguntaré a él. ¡Gracias! ☺

Respiré hondo mientras pensaba que debía ponerme en contacto con Elizabeth, la madre de Gideon.

En el asiento delantero, sonó el teléfono de Angus. Lo levantó y, después, me miró.

—Está bajando en el ascensor.

—¡Ah! —exclamé.

De la sorpresa pasé al desconcierto. ¿Cómo lo había sabido? Volví a mirar el edificio. ¿Era también propiedad de Gideon, igual que lo era el edificio en el que trabajaba su marido?

—Aquí tiene, jovencita. —Angus extendió la mano hacia el asiento de atrás y me entregó un pequeño disco negro del tamaño de una moneda y tres veces más grueso—. Tiene adhesivo por un lado. Pégueselo al tirante de su vestido.

Metí el teléfono en el bolso y cogí el disco. Me quedé mirándolo.

—¿Qué es? ¿Un micrófono?

—O lo lleva o voy con usted. —Me miró con una sonrisa de disculpa—. No es usted la que debe preocuparse, sino ella.

Como no tenía nada que ocultar, me metí el micrófono en el sujetador y salí del coche cuando Angus me abrió la puerta. Me agarró del brazo con firmeza y, a continuación, me llevó hasta el otro lado de la calle.

Me guiñó un ojo antes de marcharse hacia la cafetería.

De repente me quedé sola en la acera, invadida por un endiablado ataque de nervios. Desapareció un segundo después, cuando Anne salió del vestíbulo. Ataviada con un vestido cruzado con dibujo de leopardo y unos Louboutin negros, tenía un aspecto fiero y vibrante con su pelo rojo de punta.

Me metí el bolso bajo el brazo y me dirigí hacia ella.

—¡Qué casualidad! —le dije al acercarme.

Ella me miró con la mano levantada para llamar a un taxi. Por un momento, su felino rostro quedó sin expresión y, después, me reconoció. Su sorpresa había merecido la pena. Dejó caer el brazo.

Yo volví a mirarla de arriba abajo.

—Deberías tirar esa peluca que te has estado poniendo para ver a Cary. El pelo corto te sienta mejor.

Anne se recompuso enseguida.

—Eva, estás muy guapa. Gideon debe de estar puliéndote bien.

—Sí, me da cera. Cada vez que tiene la oportunidad. —Eso atrajo su atención—. De hecho, no se cansa. No le queda nada para ti, así que te aconsejo que te busques a otro por el que volverte loca.

Su expresión se endureció. Me di cuenta de que nunca antes había visto odio de verdad. Incluso en medio del calor del verano neoyorquino, sentí un escalofrío.

—Qué confundida estás. —Dio un paso adelante—. Probablemente se esté follando a otra en este mismo momento. Así es él, y eso es lo que siempre hace.

—Tú no tienes ni idea de cómo es él. —Odiaba tener que levantar la cabeza para mirarla—. No tengo nada de que preocuparme con él. Sin embargo, tú sí deberías preocuparte por mí. Porque si vuelves a acercarte a él o a Cary, vas a tener que vértelas conmigo. No voy a ser nada simpática.

Di media vuelta dispuesta a alejarme. Ya había hecho lo que había ido a hacer.

—Es un monstruo —gritó—. ¿Te ha contado que lleva en terapia desde que era niño?

Eso me detuvo. Me volví para mirarla.

Sonrió.

—Está mal desde que nació. Está enfermo y es retorcido de una forma que aún no has visto. Cree que puede ocultártelo, su muchachita guapa, que está viviendo un cuento de hadas. La bella y la bestia a la vista de todos. Una inteligente cortina de humo, pero no durará. No puede ocultar durante mucho tiempo su verdadera naturaleza.

Dios mío, ¿Anne sabía lo de Hugh?

¿Cómo podía saber que Gideon era víctima de las perversiones de su hermano y haberse acostado con él al mismo tiempo? Me revolvía el estómago pensarlo, y sentí el sabor de la bilis en la garganta.

Su risa cayó sobre mí como fragmentos de cristal.

—Gideon es despiadado y cruel hasta la médula —continuó—. Te destrozará hasta dejarte. Si es que no te mata antes...

La espalda se me puso en tensión y cerré los puños. Estaba tan enfadada que temblaba mientras contenía las ganas de darle un puñetazo en su petulante y asquerosa cara.

—¿Con quién te crees que se casan los monstruos, zorra estúpida? —Volví a aproximarme—. ¿Con niñitas frágiles o con otros monstruos?

Acerqué mi cara a la suya.

—Tienes razón con lo del cuento de hadas —le espeté—. Pero Gideon es la bella. Yo soy la bestia.

6

«¿Crees que Gideon da miedo? Espera a que yo caiga sobre ti.»

Me quedé sentado inmóvil durante largo rato. La voz de Eva resonaba en mis oídos mientras la grabación llegaba a su fin. Levanté la vista desde la mesa hasta los ojos de Angus.

—Dios mío.

Habíamos buscado cualquier expediente mío que Hugh pudiera guardar. No encontramos ninguno y supusimos que no había guardado nada. Tenía sentido. ¿Para qué documentar tus crímenes?

—Volveré a buscar —dijo Angus en voz baja—. En su casa y en su consulta. Y en la de su marido. En todas partes. Los encontraré.

Asentí y me aparté de la mesa. Respiré hondo y contuve las náuseas. No había nada que hacer salvo esperar.

Me acerqué a la ventana más próxima y miré hacia el edificio donde estaban las oficinas de LanCorp.

—Eva ha sabido enfrentarse a ella —dijo Angus detrás de mí—. Ha hecho que Anne sienta la ira de Dios. Lo he visto en su rostro.

Yo no había querido ver el vídeo de la grabación de la cámara de seguridad porque prefería escuchar el audio de su encuentro, pero había sido suficiente. Conocía a mi esposa, su voz y su tono. Conocía su carácter. Y sabía que nada la hacía saltar tan rápido ni con tanta ferocidad como cuando salía en mi defensa.

Durante el poco tiempo que llevábamos juntos, Eva había tenido enfrentamientos directos con Corinne en su casa, con mi madre en múltiples ocasiones, con Terrence Lucas en su consulta y, ahora, con su mujer en la de ella. Sabía que mi esposa sentía que tenía que hacerlo. Y por eso me había obligado a mí mismo a mantenerme al margen y dejarla actuar.

Yo no necesitaba que me defendieran. Podía apañármelas muy bien solo, como siempre había hecho. Pero me gustaba saber que ya no seguía solo. Y, más aún, ser consciente de que ella podía parecer una loca y dar miedo.

—Es una leona —dije mirándolo—. Yo mismo tengo algún bonito recuerdo de sus arañazos.

La tensión y la dureza de los hombros de Angus se relajaron ligeramente.

—Se mantendrá a su lado.

—¿Si mi pasado sale a la luz? Sí, lo hará.

Al pronunciar esas palabras fui consciente de la verdad que había en ellas. Se habían presentado ocasiones en nuestra relación en las que no había estado seguro de aferrarme a Eva. Amaba a mi mujer y no me cabía duda de que ella me quería con la misma intensidad pero, por muy perfecta que fuera para mí, tenía sus defectos. Dudaba de sí misma con demasiada frecuencia. A veces, ella creía que no era lo suficientemente fuerte como para enfrentarse a ciertas situaciones. Y, cuando pensaba que su independencia y su serenidad se veían amenazadas, huía para protegerse.

Dirigí la vista hacia la fotografía de ella que había sobre mi mesa. Las cosas habían cambiado recientemente. Me había llevado hasta el límite, alejándome de lo único sin lo que yo no podía vivir: ella. Me había bajado de ese filo con renuencia, obligado a hacerlo para poder recuperarla. El resultado: Eva ya no miraba nuestro matrimonio como una cosa suya y mía, sino de los dos. Mi animadversión inicial había desaparecido. Pasara lo que pasase, volvería a hacer lo mismo por tenerla a mi lado. Pero ahora lo haría sin necesidad de verme empujado a ello.

—Le encanta saber que puedo cuidar de ella, mantenerla a salvo —dije, sobre todo para mí mismo—. Pero, si lo perdiera todo, ella seguiría conmigo. Es a mí a quien quiere, por muy jodido que esté.

El dinero, la imagen pública..., nada de eso era importante para ella.

—Usted no está jodido, amigo. Es demasiado guapa para desgracia de usted. —Angus torció la boca con ironía—. Usted ha tomado decisiones dudosas en lo concerniente a las chicas, pero ¿quién no? Es difícil negarse cuando uno tiene ganas y ellas se levantan la falda.

Riéndome con sus comentarios tan directos, aparté de mi mente a Anne Lucas. Preocuparse no iba a servir de nada. Angus haría aquello que tan bien se le daba. Yo me centraría en mi mujer y en nuestra vida tal cual era ahora.

—¿Dónde está Eva? —le pregunté.

—Raúl la está llevando al estudio de Parker Smith de Brooklyn.

Asentí, comprendiendo que ella necesitaba liberar tensiones.

—Gracias, Angus.

Se fue y yo volví a mi mesa para recuperar el ritmo del día. Había cambiado una docena de cosas para poder incorporar en mi agenda el almuerzo de Crossroads y Eva, y ahora tenía que ponerme al día.

Mi móvil vibró sobre el cristal ahumado de mi escritorio. Lo miré con la esperanza de ver la cara de Eva en la pantalla, pero me encontré con la de mi hermana Ireland. Sentí una momentánea punzada de incomodidad que ya me era familiar, algo muy parecido al pánico, justo antes de responder.

Yo no entendía qué tenía de bueno para Eva estar en la

vida de mi hermana adolescente, pero ella consideraba que, por algún motivo, era importante. Así que hice el esfuerzo por mi mujer.

—Ireland, ¿a qué debo el placer?

—Gideon. —Hablaba con dificultad, con la voz empañada en lágrimas.

Me puse en tensión de inmediato. Primero, con una oleada de ira que me erizó la espalda.

—¿Qué ha pasado?

—He lle-llegado del colegio y papá me estaba esperando. Se van a divorciar.

Rodeé la mesa y me dejé caer en la silla. La rabia desapareció.

Antes de poder decir nada, ella continuó.

—¡No lo entiendo! —lloriqueaba—. Hace un par de semanas todo iba bien. Después empezaron a discutir todo el rato y papá se fue a un hotel. ¡Ha pasado algo pero ninguno de los dos quiere decirme qué es! Mamá no deja de llorar. Papá no llora, pero tiene los ojos rojos siempre que lo veo.

Sentí otro nudo en el estómago. La respiración se me aceleró.

Chris lo sabía. Lo de Hugh y yo. Lo de las mentiras de Terrence Lucas para proteger el delito de su cuñado. Lo de la negativa de mi madre a creerme, a luchar por mí, a salvarme.

—Ireland...

—¿Crees que él tiene alguna aventura? Es él quien está provocando todo esto. Mamá dice que está confundido. Que va a volver. Pero yo no lo creo. Actúa como si ya hubiese tomado una decisión. ¿Puedes hablar con él?

Apreté el teléfono con fuerza.

—¿Para decirle qué?

«Hola, Chris. Siento que me violaran y que tu mujer no supiera cómo enfrentarse a ello. Qué pena lo del divorcio.

¿No hay forma de que puedas perdonarla para que viváis felices por siempre jamás?»

El simple hecho de pensar que Chris siguiera con su vida, con su mujer, como si nada hubiese ocurrido, me llenaba de rabia. Había alguien que lo sabía. Alguien a quien le importaba. Alguien que no podía aguantar aquello más que yo mismo. No iba a pretender que aquella situación cambiara aunque pudiera.

En mi interior, algo pequeño y frío disfrutaba con la idea. Por fin.

—¡Tiene que haber alguna solución, Gideon! La gente no pasa de estar locamente enamorada a pedir el divorcio en menos de un mes.

Dios mío. Me froté la nuca, donde empezó a desatarse un fuerte dolor de cabeza.

—Quizá si van a terapia... —sugerí.

Una fuerte carcajada llena de tristeza me quemó la garganta en silencio. Un terapeuta había dado comienzo a todo aquello. Era de lo más irónico por mi parte proponer que acudieran a otro para solucionar las cosas.

Ireland se sorbía la nariz.

—Mamá me ha dicho que papá lo había sugerido, pero ella no quiere.

Aquella triste carcajada se me escapó en ese momento. ¿Qué diría el doctor Petersen si pudiera ver el interior de la mente de ella? ¿La compadecería? ¿Sentiría asco? ¿Rabia? Quizá el doctor no sintiera nada en absoluto. Yo no me diferenciaba de otros niños que habían sufrido abusos, y ella no era distinta de otras mujeres débiles y egoístas.

—Lo siento, Ireland. —Lo sentía más de lo que jamás podría decirle. ¿Qué pensaría de mí si supiera que todo aquello era culpa mía? Quizá me odiaría también, como nuestro hermano Christopher.

Ese pensamiento se me incrustó en el pecho como un tornillo.

Christopher no me soportaba, pero quería a Ireland y había apostado por la relación entre los padres de los dos. Yo era un extraño. Siempre lo había sido.

—¿Has hablado con Christopher? —le pregunté.

—Está tan destrozado como mamá. O sea, yo estoy fatal, pero ellos dos... Nunca los había visto tan mal.

Volví a ponerme de pie, demasiado inquieto como para permanecer sentado. «¿Qué debería hacer, Eva? ¿Qué puedo decir? ¿Por qué no estás aquí cuando te necesito?»

—Tu padre no tiene ninguna aventura —dije con la intención de proporcionarle el mayor consuelo posible—. No es de ésos.

—Entonces ¿por qué pide el divorcio?

Exhalé con fuerza.

—¿Por qué pone fin todo el mundo a su matrimonio? Porque no funciona.

—Después de todos estos años, ¿él decide que no es feliz y ya está? ¿Se rinde?

—Sugirió lo de la terapia y ella se ha negado.

—Entonces ¿es culpa de ella que, de repente, él tenga un problema?

La voz era la de Ireland, pero las palabras eran de mi madre.

—Si vas a intentar buscar un culpable, yo no te voy a ayudar —repuse.

—No te importa si siguen juntos. Probablemente piensas que es una estupidez que esté tan enfadada a mi edad.

—Eso no es verdad. Tienes todo el derecho a sentirte mal.

Miré hacia la puerta de mi despacho cuando Scott apareció al otro lado. Le hice una señal con la cabeza cuando se tocó el reloj. Volvió a su mesa.

—¡Entonces ayúdalos a arreglarlo, Gideon!

—Dios mío. No sé por qué crees que yo voy a poder hacer nada.

Ireland empezó a llorar otra vez.

Maldije en silencio, pues no me gustaba oírla sufrir tanto sabiendo que yo era en parte el causante de aquello.

—Cariño...

—¿Puedes, por lo menos, intentar razonar con ellos?

Cerré los ojos. Yo era el maldito problema y eso hacía que me resultara imposible ser parte de la solución. Pero no podía decirlo.

—Los llamaré —le aseguré.

—Gracias. —Volvió a sorberse la nariz—. Te quiero.

Un pequeño sonido escapó de mi garganta y el golpe de sus palabras me hizo tambalearme. Colgó antes de que pudiera recuperar la voz y me dejó con la sensación de haber perdido una oportunidad.

Dejé el teléfono sobre la mesa y contuve las ganas de lanzarlo al otro lado de la habitación.

Scott abrió entonces la puerta y asomó la cabeza.

—Lo están esperando todos en la sala de juntas.

—Ya voy.

—Además, el señor Vidal ha pedido que lo llame cuando pueda.

Asentí con la cabeza, pero maldije en silencio al oír el nombre de mi padrastro.

—Lo llamaré.

Eran casi las nueve de la noche cuando Raúl me envió un mensaje para decirme que Eva estaba subiendo al ático. Salí del despacho de mi casa y fui a encontrarme con ella en el rellano, mirándola sorprendido cuando la vi con una enorme caja entre las manos. Raúl estaba detrás de ella con un bolso de viaje.

Eva me sonrió al verme mientras yo le quitaba la caja de las manos.

—He traído algunas cosas para invadir tu espacio.

—Invádelo todo —le dije, cautivado por la brillante y traviesa luz que había en sus ojos grises.

Raúl depositó el bolso de viaje en el suelo de la sala de estar y, a continuación, salió en silencio para dejarnos solos. Yo seguí a Eva con los ojos, admirando sus vaqueros oscuros que se ajustaban a cada curva y la blusa suelta de seda que llevaba metida por dentro de ellos. Llevaba zapatos planos, cosa que la hacía casi treinta centímetros más bajita que yo estando descalzo. El pelo le caía por los hombros, alrededor de la cara, que llevaba lavada, sin maquillar.

Lanzó su bolso sobre el sillón orejero más cercano a la puerta. Mientras se quitaba los zapatos con un puntapié junto a la mesa de centro, me miró, recorriendo con sus ojos mi pecho desnudo y los pantalones negros de mi pijama de seda.

—Habías dicho que te portarías bien, campeón.

—Bueno, teniendo en cuenta que aún no te he besado, creo que me estoy portando muy bien. —Fui hasta la mesa del comedor para dejar la caja. Miré en su interior y vi una serie de fotografías enmarcadas envueltas en plástico de burbujas—. ¿Qué tal la cena?

—Deliciosa. Ojalá Tatiana no estuviese embarazada. Pero creo que eso está haciendo que Cary lo piense bien y esté madurando un poco. Eso es bueno.

Yo sabía muy bien que debía reservarme mi opinión, así que asentí.

—¿Quieres que abra una botella de vino?

Su sonrisa iluminó la habitación.

—Estupenda idea.

Cuando volví a la sala de estar momentos después, vi la chimenea decorada con varias fotografías. El montaje que yo le había regalado para que lo tuviera en su trabajo estaba ahora allí, exhibiendo imágenes de los dos juntos. También había fotografías de Cary, Monica, Stanton, Victor e Ireland.

Y una fotografía enmarcada de mi padre y yo en la playa de hacía mucho tiempo, una foto que yo había compartido con ella cuando firmamos el contrato de compra de la casa de la playa en los Outer Banks.

Di un sorbo a mi copa mientras asimilaba aquel cambio. No había ningún otro objeto personal en la sala principal, así que la transformación era fuerte. Eva había elegido, además, marcos de mosaico de cristal de colores brillantes que centelleaban y llamaban la atención.

—¿Tus alertas de conservación de la soltería han saltado ya? —bromeó mientras cogía la copa que le ofrecí.

La miré divertido.

—Es demasiado tarde para espantarme.

—¿Estás seguro? No he hecho más que empezar.

—Es cuestión de tiempo.

—De acuerdo —dijo encogiéndose de hombros. Después, dio un sorbo al pinot noir que yo había elegido—. Estaba dispuesta a hacerte una mamada para tranquilizarte si empezabas a ponerte nervioso.

Mi polla se endureció a medida que crecía.

—Ahora que lo mencionas, he sentido cierto sudor frío...

Una bola de pelos salió entonces de debajo de la mesa de centro, dándome tal susto que casi derramé el vino tinto sobre la alfombra de Aubusson que tenía bajo los pies.

—¿Qué narices es eso?

La bolita se agitó y se convirtió en un cachorro no más grande que el tamaño de mis zapatos. Fue dando traspiés hacia mí con sus patas temblorosas. Era casi todo negro y marrón y tenía el vientre blanco. Tenía unas orejas enormes que se movían alrededor de su dulce cara llena de alegría y excitación.

—Es tuyo —dijo mi mujer en tono divertido—. ¿No es adorable?

Mudo, vi cómo el diminuto perro llegaba hasta mí y empezaba a lamerme los dedos de los pies.

—Oh, le has gustado. —Eva dejó la copa sobre la mesita y se puso de rodillas a la vez que extendía la mano para acariciar la suave cabeza del cachorro.

Confundido, miré a mi alrededor y vi lo que antes no había llamado mi atención. El bolso que Raúl llevaba tenía una malla de ventilación en lo alto y a los lados.

—¡Dios mío, deberías verte la cara! —Eva se rio, recogió al perro del suelo y se incorporó. Me quitó la copa y puso entre mis manos al cachorro.

Cogí a la inquieta bola de pelo porque no tuve otra opción y eché la cabeza hacia atrás cuando empezó a lamerme la cara sin parar.

—No puedo tener un perro —dije.

—Claro que puedes.

—No quiero un perro.

—Sí que lo quieres.

—Eva..., no.

Se llevó mi vino al sofá y se sentó con las piernas cruzadas bajo su cuerpo.

—Así, el ático no parecerá tan vacío cuando me mude.

Yo me quedé mirándola.

—No necesito un perro. Necesito a mi mujer.

—Ahora tendrás las dos cosas. —Bebió de mi copa y se lamió los labios—. ¿Cómo lo vas a llamar?

—No puedo tener un perro —repetí.

Ella me miró con serenidad.

—Es un regalo de aniversario de tu esposa, tienes que quedártelo.

—¿Aniversario?

—Llevamos casados un mes. —Apoyó la espalda en el sofá y me lanzó una mirada de lo más sensual—. Estaba pensando que podríamos ir a la casa de la playa a celebrarlo.

Yo agarré mejor al perro, que no paraba de moverse.

—¿Celebrarlo, cómo?

—Como quieras.

Se me puso dura al instante, algo que ella notó.

Su mirada se oscureció y acarició mi erección sobre el bulto de mis pantalones.

—Me muero, Gideon —susurró con los labios y las mejillas sonrojadas de repente—. Quería esperar, pero no puedo. Te necesito. Y es nuestro aniversario. Si no podemos hacer el amor un día así estando solamente tú, yo y lo que los dos tenemos, sin ninguna mentira, no podremos hacer el amor nunca. Y no creo que eso sea verdad.

Me quedé mirándola.

Ella sonrió con gesto irónico.

—Si es que eso tiene algún sentido.

El cachorro me lamía la mandíbula frenéticamente y yo apenas lo noté, pues mi atención estaba toda en mi esposa. No dejaba de sorprenderme, en todos los aspectos.

—*Lucky* —dije de pronto.

—¿Qué?

—Así se llamará. *Lucky*.

Eva se rio.

—Eres un demonio, campeón.

Cuando Eva se fue a casa, yo tenía nuevas jaulas para perro en mi dormitorio y en mi despacho, y unos bonitos cuencos para agua y comida en la cocina. En mi despensa había pienso para cachorros en un contenedor hermético de plástico, y unas afelpadas camitas ocuparon su espacio en cada habitación del ático. Había incluso una zona de hierba artificial que supuestamente *Lucky* utilizaría para orinar (eso, cuando no se aliviaba sobre mis caras alfombras, como había hecho no hacía mucho rato).

Todos aquellos objetos, incluidos accesorios, juguetes y limpiadores enzimáticos para la orina, habían estado esperando en el rellano, en la puerta del ascensor, por lo que supe que mi mujer había reclutado a Raúl y a Angus para su plan de endilgarme una mascota.

Me quedé mirando al cachorro, que estaba a mis pies, observándome con ojos tiernos y oscuros llenos de algo muy parecido a la adoración.

«¿Qué narices se supone que tengo que hacer con un perro?»

La cola de *Lucky* se movía con tanta fuerza que el lomo se le agitaba a la vez de un lado a otro.

Cuando le hice a Eva la misma pregunta, ella me explicó su plan: *Lucky* iría conmigo al trabajo y, después, Angus lo dejaría en una guardería para perros —¿quién sabía que existían ese tipo de cosas?— y lo recogería a tiempo de volver conmigo a casa.

La verdadera respuesta estaba escrita en la nota que me había dejado sobre la almohada.

Mi querido hombre oscuro y peligroso:

Los perros son estupendos jueces del carácter. Estoy segura de que este adorable beagle que ahora es tuyo te va a adorar casi tanto como yo porque verá lo que yo veo en ti: un enorme instinto protector, atención y lealtad. Eres un macho alfa de los pies a la cabeza, así que te obedecerá cuando yo no lo haga. (¡Estoy segura de que eso lo vas a agradecer!) Con el tiempo, te acostumbrarás a que él te quiera de manera incondicional, al igual que yo y las demás personas que hay en tu vida.

Tuya para siempre,

La señora X

Levantándose sobre sus patas traseras, *Lucky* me daba golpecitos en la espinilla a la vez que soltaba suaves gemidos.

—Eres una cosita muy exigente, ¿no? —Lo cogí y le permití los inevitables lametones en la cara. Olía ligeramente al perfume de Eva, así que me lo acerqué a la nariz.

Tener un perro nunca había estado en mi lista de deseos. Pero tampoco lo había estado tener una mujer y eso era lo mejor que me había pasado nunca.

Aparté a *Lucky* y lo miré con atención. Eva le había puesto un collar rojo con una placa de metal grabada en la que se leía: «FELIZ ANIVERSARIO». Al lado llevaba la fecha de nuestra boda, para que no me deshiciera de él.

—Estamos condenados a estar juntos —le dije. Y eso hizo que soltara un ladrido y se removiera con más fuerza—. Tú lo vas a lamentar más que yo.

Sentado solo en mi dormitorio, puedo oír los gritos de mi madre. Papá le suplica y, después, ella le responde a gritos. Encienden la televisión antes de cerrar la puerta de golpe, pero el volumen no está lo suficientemente alto como para que no se oiga su discusión.

Últimamente, se pelean a todas horas.

Cojo el mando de mi coche teledirigido preferido y lo empujo contra la pared una y otra vez. No sirve de nada.

Mamá y papá se quieren. Se miran durante un largo rato, sonrientes, como si se olvidaran de todo lo que los rodea. Se hacen muchas caricias. Se cogen de las manos. Se besan. Se besan mucho. Resulta repugnante, pero es mejor que los gritos y los llantos de las últimas dos semanas. Incluso papá, que siempre está sonriendo y riéndose a carcajadas, ha estado triste. Tiene los ojos enrojecidos todo el tiempo y no se ha afeitado desde hace días.

Me da miedo que se separen como les pasó a los padres de mi amigo Kevin.

El sol va escondiéndose despacio pero la pelea no cesa. La voz de mamá suena ahora ronca y rasgada por las lágrimas. Un cristal se rompe. Algo pesado golpea la pared y me sobresalta. Ha transcurrido mucho tiempo desde el almuerzo y mi estómago se queja, pero no tengo hambre. La verdad es que siento ganas de vomitar.

La única luz de mi habitación viene de la televisión, en la que echan una película aburrida que no me gusta. Oigo que la puerta del dormitorio de mis padres se abre y, después, se cierra. Unos segundos más tarde, se abre la puerta de la calle y también se cierra. Nuestro apartamento se queda en un absoluto silencio que hace que vuelva a sentir náuseas.

Cuando por fin se abre la puerta de mi dormitorio, mamá se queda allí como una sombra con una luz brillante que la rodea. Me pregunta por qué estoy a oscuras, pero no respondo. Estoy enfadado con ella por haber sido tan mala con papá. Él nunca empieza las peleas. Siempre es ella. Por algo que ha visto en la televisión, que ha leído en el periódico o que le han dicho sus amigas. Siempre le están hablando mal de papá, diciéndole cosas que sé que no son verdad.

Mi papá no es ningún mentiroso ni ningún ladrón. Mamá debería saberlo. No debería escuchar a otras personas que no lo conocen como nosotros.

—Gideon.

Mamá enciende la luz y yo me sobresalto. Está más vieja. Huele a leche rancia y a talco de bebé.

Mi habitación ha cambiado. Mis juguetes han desaparecido. La moqueta que tengo debajo es ahora una alfombra sobre un suelo de piedra. Mis manos son más grandes.

Me pongo de pie y tengo la misma estatura que ella.

—¿Qué? —contesto cruzándome de brazos.

—Tienes que dejar de hacer esto. —Se limpia las lágrimas que le caen de los ojos—. No puedes seguir actuando así.

—Vete. —Las náuseas de mi estómago aumentan y mis manos se humedecen hasta que las cierro con fuerza.

—¡Tienes que dejar de mentir! Ahora tenemos una vida nueva, una vida buena. Chris es un hombre bueno.

—Esto no tiene nada que ver con Chris —contesto con rabia y con ganas de darle un puñetazo a algo. No debería haber contado nada. No sé por qué pensé que alguien me creería.

—No puedes...

Me incorporé de golpe, jadeando, tirando con fuerza de las sábanas hasta rasgarlas. Pasó un rato hasta que mi sangre acelerada volvió a su velocidad normal a la vez que empezaba a ser consciente de los incesantes ladridos que me habían despertado.

Me froté la cara, maldije y, después, me sobresalté cuando *Lucky* se agarró al faldón del edredón para subirse a la cama. Dio un salto y se lanzó sobre mi pecho.

—¡Por el amor de Dios, cálmate!

El cachorro soltó un gemido y se acurrucó en mi regazo, haciéndome sentir como un gilipollas.

Lo agarré y lo apreté contra mi pecho.

—Perdona —murmuré a la vez que le acariciaba la cabeza.

Cerré los ojos y me eché sobre el cabecero, deseando que mi corazón se tranquilizara. Tardé unos minutos en orientarme y casi el mismo tiempo en darme cuenta de que mi cariñoso *Lucky* me estaba calmando.

De pronto, me reí para mis adentros y cogí el teléfono que estaba en la mesilla de noche. La hora, poco después de las dos de la mañana, hizo que lo pensara. También la necesidad de ser fuerte, de encargarme yo de mi propia mierda.

Pero habían sucedido muchas cosas desde la primera vez que llamé a Eva para hablarle de una pesadilla. Cosas buenas.

—Hola —respondió ella con voz adormilada y sensual—. ¿Estás bien?

—Mejor ahora que oigo tu voz.

—¿Te está dando problemas el cachorrito? ¿O es una pesadilla? ¿O quizá es que estás juguetón?

La calma me invadió. Me había preparado para un empujón pero, en lugar de eso, parecía que ella iba a ponérmelo más fácil. Una razón más para esforzarme en darle lo que quería, cualesquiera que fuesen mis primeros instintos al respecto. Porque Eva era feliz. Yo era feliz.

—Puede que todo a la vez —respondí.

—Vale. —Oí el sonido de sus sábanas—. Empieza por el principio, campeón.

—Si cierro la puerta de la jaula, *Lucky* se queja y no me deja dormir.

Se rio.

—Eres un blandengue. Te tiene calado. ¿Lo has llevado a tu despacho?

—No. Ladra cuando está allí y tampoco puedo dormir. He terminado cerrando la puerta de la caja sin el pestillo y se ha tranquilizado.

—No va a aprender a controlar la vejiga si no le enseñas.

Bajé los ojos hacia el beagle, que estaba acurrucado y dormido en mi regazo.

—Me ha despertado de una pesadilla —añadí—. Creo que lo ha hecho a propósito.

Eva se quedó en silencio un momento.

—Cuéntamela.

Lo hice y ella me escuchó.

—Antes había estado intentando subirse a la cama sin conseguirlo —terminé—. Es demasiado pequeño y la cama demasiado alta. Pero se ha subido de pronto para despertarme.

Eva suspiró al otro lado del teléfono.

—Supongo que él tampoco puede dormir si tú haces ruido.

Me quedé pensando un momento y, después, me reí. Toda la inquietud que aún arrastraba por el sueño se disipó como el humo en medio de la brisa.

—De repente me han dado ganas de subirte sobre mis rodillas y darte un azote, cielo —dije.

Su voz se tornó cálida y divertida cuando respondió:

—Inténtalo, pequeño. Ya verás lo que pasa.

Yo sabía lo que pasaría. Era ella la que no podía verlo. Todavía.

—Volviendo a tu sueño... —murmuró—. Sé que ya te lo he dicho antes, pero lo repito. Creo de verdad que tienes que volver a hablar con tu madre sobre Hugh. Sé que va a resultar doloroso, pero creo que debes hacerlo.

—No va a cambiar nada.

—Eso no lo sabes seguro.

—Sí. —Me moví y *Lucky* emitió un gruñido de protesta—. No te lo he dicho antes: Chris ha pedido el divorcio.

—¿Qué? ¿Cuándo?

—No estoy seguro. Me acabo de enterar hoy, por Ireland. He hablado con Chris después del trabajo, pero él sólo me ha mencionado de su acuerdo prenupcial y me ha dicho que quiere hacer alguna otra concesión. No hemos hablado de los motivos por los que desea poner fin a su matrimonio.

—¿Crees que es porque se ha enterado de lo de Hugh?

Solté un suspiro, agradecido por poder hablar de ello con Eva.

—Creo que es demasiada coincidencia para que no tenga nada que ver.

—Vaya. —Se aclaró la garganta—. Creo que tu padrastro me gusta de verdad.

Yo no estaba seguro de lo que sentía por Chris. No lo sabía.

—Cuando pienso en que mi madre está pasándolo mal por esto... Puedo imaginármelo, Eva. Ya lo he visto antes.

—Lo sé.

—No me gusta. Odio que esté así. Me duele verla así.

—La quieres. Es normal.

Y yo quería a Eva. Por no juzgarme. Por su devoción sin reservas. Eso me dio el coraje para decírselo:

—Sin embargo, reconozco que también me alegro. ¿Qué clase de gilipollas quiere que su madre sufra?

Hubo una larga pausa.

—Ella te hizo daño. Sigue haciéndotelo. Está en la naturaleza animal querer verla herida también. Pero creo que de lo que te alegras es de que haya un vencedor. Alguien que le está diciendo lo que de verdad te ocurrió y que no está bien.

Cerré los ojos. Si en mi vida había alguna vencedora, era mi mujer.

—¿Quieres que vaya? —preguntó.

Estuve a punto de decirle que no. Mi costumbre después de sufrir una pesadilla era darme una larga ducha y, luego, refugiarme en el trabajo. Eso era lo que sabía hacer. Así me enfrentaba a ello. Pero pronto ella estaría viviendo conmigo, compartiendo mi vida de una forma que yo necesitaba pero para la que no estaba del todo preparado. Tenía que empezar a cambiar algunas cosas para eso.

Sin embargo, más que la logística, era a ella a la que quería tener en ese momento. Quería verla, olerla, sentirla cerca.

—Iré yo —le dije—. Me doy una ducha rápida y te mando un mensaje antes de salir.

—Vale. Estaré preparada. Te quiero, Gideon.

Respiré hondo y dejé que sus palabras me atravesaran.

—Yo también te quiero, cielo.

Volví a despertarme con el sol, sintiéndome descansado a pesar de las horas que había pasado en vela. Me estiré y noté algo cálido y peludo que se movía junto a mi brazo. Después, el lametón de una simpática lengua contra mi bíceps.

Abrí un ojo y vi a *Lucky*.

—¿No puedes mantener esa cosa dentro de la boca? —le solté.

Eva se puso boca arriba y sonrió con los ojos aún cerrados.

—No lo culpo. Eres extremadamente delicioso y apetece lamerte.

—Entonces, acerca esa lengua tuya aquí.

Giró la cabeza hacia mí y abrió los ojos. Tenía el pelo enredado y las mejillas rosadas.

Agarré a *Lucky* y lo acurruqué en mi vientre mientras me ponía de lado. Apoyé la cabeza en una mano y miré a mi adormilada esposa, sintiendo una extraña felicidad sólo por empezar el día en la misma cama que ella.

Lo cierto era que no debería haberme arriesgado. Eva no había visto el estado de mis sábanas porque las había cambiado antes de salir a por ella. Pero eran tan sólo una pequeña muestra del daño que podía provocar cuando dormía. Ni *Lucky* ni mi mujer estaban a salvo a mi lado mientras yo dormía. Sólo me había arriesgado porque nunca había tenido varias pesadillas en una misma noche.

Y porque echaba mucho de menos a Eva. Ella no era la única que lo ansiaba.

—Me alegra que me llamaras —murmuró.

Acerqué la mano y le acaricié la mejilla con los dedos.

—No ha resultado tan malo.

Ella se movió ligeramente y me besó la palma.

Había visto lo peor de mí y me había amado cada vez que había sido testigo de ello. Yo había dejado de cuestionarlo. Simplemente, tenía que merecerla. Y lo haría. Tenía toda la vida para conseguirlo.

—Hoy no tienes planeado tenderle ninguna otra emboscada a alguna enemiga, ¿verdad? —pregunté.

—No. —Se desperezó y mis ojos se vieron atraídos hacia el lugar donde sus tensas tetas se rozaban con el algodón de su camiseta—. Pero estoy preparada por si alguien decide tenderme una emboscada a mí.

Dejé a *Lucky* en el suelo, me agarré a Eva y me puse sobre ella. Sus piernas se abrieron de forma instintiva y yo me acomodé entre ellas, moviendo la cadera para acariciar la polla contra su sexo.

Ella ahogó un grito y me agarró de los hombros con mirada de sorpresa.

—No me refería a ti, campeón.

—¿Yo no soy nadie? —Enterré la cara en la calidez de su cuello y lo acaricié con la nariz.

Olía de maravilla, suave y dulce. Un olor absolutamente sensual. Froté mi miembro duro contra ella y sentí su calor a través de su ropa interior y la seda de mis pantalones. Ella se ablandó y se derritió de esa forma que tanto me excitaba.

—No —susurró con sus ojos oscurecidos. Extendió la mano y me agarró del culo, clavándome las uñas, instándome a seguir—. Eres tú. El único hombre que está hecho para mí.

Por muy elegante y femenina que fuera Eva, se había puesto más fuerte con el Krav Maga. Eso también me excitaba. Bajé la cabeza y mi boca acarició la suya. El corazón se me aceleró mientras trataba de asimilar lo que ella significaba para mí. Me hacía sentir fresco y nuevo, como si nunca pudiera envejecer.

Quizá por eso yo había sufrido tanto, para ser capaz de apreciarla cuando la encontrara. Nunca daría su amor por sentado.

Una lengua que no era la de mi mujer me lamió el costado haciéndome cosquillas. Me sacudí maldiciendo y Eva se rio.

Fulminé con la mirada al pequeño criminal, que daba saltos de excitación mientras movía la cola sin parar.

—Oye, *Lucky*, no estás haciendo honor a tu afortunado nombre.

Eva se rio con nerviosismo.

—Te está ayudando a que tú hagas honor a tu promesa de comportarte.

Dirigí la mirada a mi mujer, cuyas uñas seguían firmemente clavadas en mi culo.

—Que implicaba la advertencia de que tú también te portaras bien —repliqué.

Apartó las manos y se las llevó a la cabeza mientras movía los dedos. Pero su mirada seguía siendo sensual y tenía los labios separados mientras respiraba agitadamente. Se estremeció debajo de mí, aun cuando su piel parecía febril. Su deseo por mí aliviaba mi ansia feroz. Y su determinación de esperar, ahora que conocía cuál era el motivo, me dio la fuerza para apartarme.

Me resultaba físicamente doloroso separarme de ella. Su leve gemido de angustia resonó dentro de mí a la vez que reflejaba la mía. Me puse boca arriba y, de inmediato, me vi sometido a un baño de su lengua al estilo de *Lucky*.

—Le gustas de verdad —dijo Eva.

Se giró para ponerse de lado y le acercó la mano para rascarlo por detrás de las orejas. Eso provocó que el perro se aproximara a ella. Su chillido entre risas cuando *Lucky* se dispuso a lamerle la cara me hizo sonreír a pesar de las ansias de mi polla.

Podría haberme quejado del maldito perro, de la falta de sexo, de sueño y de más cosas. Pero lo cierto es que mi vida era casi tan perfecta como habría deseado.

Cuando llegué al trabajo me dispuse a empezar con fuerza la jornada.

El lanzamiento de la nueva consola de juegos GenTen era inminente y, aunque había muchísimas especulaciones, habíamos conseguido mantener en secreto el componente de realidad virtual. Ese componente se estaba desarrollando en todas partes, pero Cross Industries le llevaba años de ventaja a la competencia. Yo sabía bien que el sistema PhazeOne de LanCorp era una simple revisión, con óptica avanzada y mayor velocidad. Podía ser competencia para la generación anterior de GenTen, pero solamente eso.

Poco antes del almuerzo, hice tiempo para llamar a mi madre.

—Gideon —me saludó con un suspiro tembloroso—. Supongo que te habrás enterado.

—Sí, lo siento. —Noté que estaba mal—. Si necesitas algo, dímelo.

—Es Chris quien de repente no es feliz con nuestro matrimonio —respondió en tono rencoroso—. Y es culpa mía, claro.

Yo suavicé el tono, pero le hablé con firmeza:

—No quiero parecer insensible, pero no me interesa conocer los detalles. ¿Cómo estás?

—Habla con él. —Fue una súplica sincera. La voz se le quebró—. Dile que ha cometido un error.

Pensé qué contestar. La ayuda que yo le había ofrecido era fiduciaria, no personal. No quedaba ya nada personal en mi relación con mi madre. Aun así, me sorprendí con lo que dije:

—Seguro que no querrás mi consejo, pero te lo ofrezco de todos modos. Quizá podrías pensar en ir a terapia.

Hubo una pausa.

—No puedo creer que tú, de entre todos los demás, me estés sugiriendo algo así.

—Predico con el ejemplo. —Dirigí la mirada hacia la fotografía de mi esposa, como hacía con tanta frecuencia a lo largo del día—. Eva me sugirió que fuéramos a terapia de pareja poco después de que empezáramos a salir. Quería que sacáramos más provecho de nuestra relación. Yo la amaba, así que acepté. Al principio iba sin ganas, pero ahora puedo decir que realmente ha merecido la pena.

—Ha sido ella la que ha provocado todo esto —protestó—. Tú eres un hombre muy inteligente, Gideon, pero no te das cuenta de lo que está haciendo.

—Voy a colgar, madre —contesté antes de que me exasperara—. Llámame si necesitas algo.

Colgué y, después, giré mi silla con una lenta revolución en todo mi ser. La decepción y la rabia que siempre acompañaban a las conversaciones con mi madre estaban allí, encendidas, pero ahora las sentía con más fuerza de lo habitual. Quizá porque había soñado con ella tan recientemente, reviviendo el momento en que me había dado cuenta de que nunca se dejaría convencer, de que había decidido deliberadamente hacer la vista gorda por motivos que yo jamás comprendería.

Durante años, había inventado excusas para ella. Había concebido docenas de razones para su negativa a protegerme y darme algo de consuelo. Hasta que fui consciente de que estaba haciendo lo contrario, inventándose historias de por qué yo había mentido sobre mis abusos para que ella pudiera soportar vivir con su decisión de fingir que aquello nunca había ocurrido. Así que no seguí haciéndolo.

Ella me había fallado como madre, pero prefería creer que era yo el que había fallado como hijo.

Y así siguió.

Cuando volví a girarme hacia mi escritorio, cogí el teléfono y llamé a mi hermano.

—¿Qué quieres? —respondió.

Podía imaginarme su ceño fruncido. Su rostro tan diferente del mío. De los tres hijos de mi madre, sólo Christopher se parecía a su padre más que a nuestra madre. Su acritud tenía el efecto predecible de despertarme las ganas de provocarlo.

—El placer de escuchar tu voz. ¿Qué otra cosa si no?

—Déjate de mierdas, Gideon. ¿Has llamado para regodearte? Tu mayor deseo se ha hecho por fin realidad.

Me eché hacia atrás en mi sillón y miré al techo.

—Te diría que lamento mucho que tus padres se divorcien, pero no me ibas a creer, así que no lo voy a hacer. En lugar de ello, sí te digo que estoy aquí para lo que necesites.

—Vete al infierno —espetó, y colgó.

Me aparté el auricular de la oreja y lo sostuve en el aire durante un momento. Al contrario de lo que creía Christopher, no siempre me había desagradado. Hubo un tiempo en que me gustó tenerlo en mi vida. Durante una corta temporada, tuve un camarada, un hermano. La hostilidad que yo sentía ahora por él se la había ganado. Pero daba igual, lo cuidaría y vigilaría que no diera ningún tropezón demasiado fuerte, le gustara o no.

Devolví el auricular a su base y regresé al trabajo. Al fin y al cabo, no iba a permitir que nada me arruinara el fin de semana. Tenía pensado permanecer absolutamente incomunicado mientras estuviera con mi esposa.

Observé al doctor Petersen, que estaba sentado con total tranquilidad enfrente de mí. Llevaba unos vaqueros oscuros y anchos con una camisa blanca metida por la cintura, más relajado de lo que lo había visto nunca. Me pregunté si se trataría de una decisión deliberada en un esfuerzo por parecer lo más inofensivo posible. Él conocía ya mi pasado con los terapeutas y había comprendido por qué siempre los consideraba hasta cierto punto como una amenaza.

—¿Qué tal vuestro fin de semana en Westport? —preguntó.

—¿Lo ha llamado ella? —En el pasado, Eva quería asegurarse de que yo hablara de algo específico en la terapia y se lo decía al doctor Petersen por adelantado. Yo refunfuñaba por ello y, con frecuencia, no sabía apreciarlo, pero la motivación de Eva era su amor por mí, y no podía quejarme.

—No —respondió con una sonrisa amable, casi cariñosa—. He visto las fotografías de ti y de Eva.

Eso me sorprendió.

—Jamás lo habría tomado por la clase de persona que lee las revistas del corazón.

—Mi mujer las lee. Me enseñó las fotos porque le parecieron muy románticas. Estuve de acuerdo con ella. Ambos parecíais muy felices.

—Lo somos.

—¿Cómo te llevas con la familia de Eva?

Me arrellané en el sillón.

—Conozco a Richard Stanton desde hace muchos años y a Monica desde hace unos cuantos.

—Las relaciones casuales y de trabajo son muy diferentes de las de familia.

Su perspicacia me irritó. Aun así, fui sincero:

—Fue incómodo. No tenía por qué ser así, pero me enfrenté a ello.

La sonrisa del doctor Petersen se intensificó.

—¿Cómo te enfrentaste a ello?

—Me concentré en Eva.

—Y entonces ¿mantuviste las distancias con los demás?

—No más de lo habitual.

Tomó nota en su tableta.

—¿Ha pasado algo más desde que nos vimos el jueves?

Sonreí con ironía.

—Me ha regalado un perro. Un cachorro.

Levantó los ojos hacia mí.

—Felicidades.

Me encogí de hombros.

—Eva está entusiasmada.

—Entonces ¿el perro es de ella?

—No. Trajo todos sus cacharros y me lo puso en el regazo.

—Eso es mucha responsabilidad.

—El perro estará bien. A los animales se les da bien ser autosuficientes. —Como vi que aguardaba con una paciencia expectante, pasé a otro asunto—: Mi padrastro ha pedido el divorcio.

El doctor Petersen inclinó un poco la cabeza mientras me observaba.

—Hemos pasado de la familia política a un perro en casa y, después, a la disolución del matrimonio de tus padres en pocos segundos. Eso son muchos cambios para una persona que se esfuerza por mantener una estructura.

Aquello era una obviedad, así que no añadí nada más.

—Pareces visiblemente sereno, Gideon. ¿Es porque va todo bien con Eva?

—Extremadamente bien.

Sabía que el contraste con la sesión de la semana anterior era notable. Había sentido pánico por mi separación de Eva, terror y vértigo por la posibilidad de perderla. Recordaba aquella sensación con una claridad angustiosa, pero me costaba asimilar lo rápido que yo me había desenmarañado. No reconocía a aquel hombre desesperado, no podía conciliarlo con lo que ahora sabía de mí mismo.

El psiquiatra asintió despacio.

—De las tres cosas de las que has hablado, ¿cómo las clasificarías de la más importante a la menos?

—Eso depende de lo que se entienda por importante.

—Tienes razón. ¿Qué dirías que te causa mayor impacto?

—El perro.

—¿Tiene nombre?

Hice una pausa con una sonrisa.

—Se llama *Lucky*.

Por alguna razón, él tomó nota de aquello.

—¿Le regalarías tú a Eva una mascota?

Su pregunta me desconcertó. Respondí sin pensarlo mucho.

—No.

—¿Por qué no?

Lo medité un momento.

—Como usted ha dicho, es una responsabilidad.

—¿Te molesta que ella te haya hecho adquirir esa responsabilidad?

—No.

—¿Tienes alguna fotografía de *Lucky*?

Fruncí el ceño.

—No. ¿Adónde quiere ir a parar?

—No estoy seguro. —Dejó su tableta a un lado y me miró a los ojos—. Sé paciente conmigo.

—De acuerdo.

—Adoptar una mascota es una gran responsabilidad, parecida a la de adoptar a un niño. Dependen de uno en lo referente a comida y protección, en la compañía y el cariño. Los perros más que los gatos u otros animales.

—Eso me han dicho —respondí con frialdad.

—Tú tienes a la familia en cuyo seno naciste y la familia que adquieres por tu matrimonio, pero te mantienes alejado de ambas. Sus actividades y propuestas no te provocan un impacto significativo porque tú no se lo permites. Perturban el orden de tu vida, así que las mantienes a una cómoda distancia.

—No veo nada de malo en ello. Desde luego, no soy la única persona que dice que la familia son las personas a las que uno elige.

—¿A quién has elegido tú, Gideon, aparte de a Eva?

—Eso no fue una elección.

Apareció en mi mente tal y como estaba la primera vez que la vi. Iba vestida para hacer ejercicio, con la cara sin maquillar y su increíble cuerpo con un ajustado atuendo de deporte. Igual que otras miles de mujeres de la isla de Manhattan, pero ella me había deslumbrado como si fuese un rayo, sin ni siquiera ser consciente de que yo estaba allí.

—Lo que me preocupa es que Eva se haya convertido para ti en un mecanismo de defensa —dijo el doctor Petersen—. Has encontrado a alguien que te quiere y que te cree, que te apoya y te da fuerza. En muchos sentidos, sientes que ella es la única que de verdad va a comprenderte siempre.

—Eva es la única que se encuentra en una posición para que así sea.

—No es la única —replicó él con templanza—. He estado leyendo las transcripciones de tus declaraciones. Conoces las estadísticas.

Sí, era consciente de que una de cada cuatro mujeres que yo había conocido habían estado expuestas a abusos sexuales. Eso no cambiaba el hecho de que ninguna de ellas había suscitado en mí la sensación de afinidad que había tenido con Eva.

—Si pretende llegar a algún sitio, doctor, me gustaría que lo hiciera ya —repliqué.

—Quiero que seas consciente de una posible tendencia a recluirte en Eva, a la exclusión de todos los demás. Te he preguntado si le regalarías una mascota porque no te veo haciéndolo. Eso apartaría de ti el foco de atención de ella y su cariño, aunque sólo fuera un poco, mientras que tu atención y tu cariño están centrados por completo en ella.

Golpeteé con los dedos el brazo del sillón.

—Eso no es raro en unos recién casados.

—Pero es inusual en ti. —Se inclinó hacia adelante—. ¿Te ha dicho Eva por qué te ha regalado a *Lucky*?

Vacilé, pues prefería no revelar algo tan íntimo.

—Ella quiere que yo reciba más amor incondicional.

Sonrió.

—Y estoy seguro de que para ella supondrá un enorme placer ver que tú correspondes a ese amor. Eva se ha esforzado mucho para que te abras ante ella y ante mí. Ahora que estás dando esos pasos, quiere que te abras también a otros. Cuanto mayor sea tu círculo más cercano, más contenta estará. Ella quiere arrastrarte a ello, no que tú la alejes de ahí.

Mis pulmones se expandieron con una larga y profunda inhalación. Tenía razón, por mucho que no me gustara admitirlo.

El doctor Petersen volvió a apoyar la espalda y consultó de nuevo su tableta, dándome tiempo para asimilar lo que había dicho.

Decidí preguntarle algo que me había estado rondando la mente.

—Cuando le hablé de Hugh...

—¿Sí? —dijo prestándome toda su atención.

—No pareció sorprendido.

—Y quieres saber por qué. —Su mirada era amable—. Hay ciertos síntomas. Podría decir que lo deduje, pero no sería del todo cierto.

Noté que el teléfono me vibraba en el bolsillo, pero no hice caso, a pesar de ser consciente de que sólo un puñado de contactos estaban programados para evitar la configuración de «no molestar» que siempre activaba durante mis sesiones con el doctor Petersen.

—Vi a Eva poco después de que se mudara a Nueva York —continuó—. Me preguntó si era posible que dos supervivientes de abusos sexuales pudieran tener una relación seria. Eso fue pocos días después de que tú te pusieras en contacto conmigo para preguntarme si podría verte además de veros a ti y a Eva como pareja.

El pulso se me aceleró.

—Yo no se lo había contado a ella. No lo hice hasta que ya llevábamos un tiempo viniendo aquí.

Pero sí había tenido las pesadillas, de esas tan malas que últimamente había sufrido con menor frecuencia.

El teléfono volvió a vibrar y lo saqué.

—Disculpe.

Era Angus.

Estoy en la puerta de la consulta —había escrito primero.

Y después:

Es urgente.

Me puse en tensión. Angus no me molestaría si no tuviese una buena razón. Me incorporé.

—Voy a tener que irme —le dije al doctor Petersen.

Dejó a un lado la tableta y se puso de pie.

—¿Va todo bien?

—Estoy seguro de que, si no es así, se enterará el jueves. —Le estreché rápidamente la mano y salí de la consulta.

Pasé por la recepción vacía antes de salir al vestíbulo.

Angus estaba allí con una expresión seria. No perdió el tiempo.

—La policía está en el ático con Eva.

La sangre se me heló. Fui hacia el ascensor con Angus siguiéndome los pasos.

—¿Por qué? —inquirí.

—Anne Lucas la ha denunciado por acoso.

7

La mano me temblaba mientras servía café recién hecho en tres tazas. No estaba segura de si era porque estaba muy enfadada o porque tenía miedo. La verdad es que sentía ambas cosas. Al ser hija de un policía, conocía las normas no escritas que seguían aquellos que trabajaban tras el muro de silencio de las fuerzas del orden. Y, después de todo lo que habíamos sufrido Gideon y yo en torno a la muerte de Nathan, ahora estaba doblemente en guardia.

Pero no eran los agentes Graves y Michna de la brigada de homicidios los que querían hablar conmigo. No estaba segura de si eso me ponía más o menos nerviosa. Ellos suponían lo malo ya conocido, por así decir. Y, aunque no iría tan lejos como para considerar a Shelley Graves una aliada, ella había dejado el caso cuando aún le quedaban algunas preguntas sin respuesta.

Esta vez eran los agentes Peña y Williams los que habían aparecido en mi puerta.

Y había sido Anne Lucas quien los había enviado. Esa maldita zorra.

Tuve que poner fin a mi cita con Blaire Ash, consciente de que era inevitable que el diseñador se cruzara con los agentes en el vestíbulo cuando saliera del ascensor privado. No tenía tiempo de preocuparme de qué pensaría al respecto. En lugar de eso, aproveché el breve lapso que estuve sola para llamar a Raúl y decirle que buscase a Arash

Madani. Quise telefonear a Gideon, pero estaba con el doctor Petersen y pensé que aquello era más importante. Yo podía encargarme de la policía. Sabía cuáles eran las medidas fundamentales: que un abogado estuviera presente y ser breve. No dar explicaciones ni ofrecer información que no se me pidiera.

Coloqué las tres tazas de café en una bandeja y busqué algo para servir la leche.

—No tiene por qué molestarse, señorita Tramell —dijo el agente Peña mientras él y su compañera entraban en la cocina con sus gorras bajo el brazo.

Peña tenía una cara de niño que lo hacía parecer más joven de lo que realmente era. Supuse que tendría en torno a mi edad. Williams era una voluptuosa mujer negra de corta estatura, con una afilada mirada de policía que indicaba que había visto cosas que yo no querría ver nunca.

Les pedí que esperaran en la sala de estar pero, en lugar de hacerlo, me siguieron. Eso hizo que me sintiera perseguida, y estoy segura de que, en parte, era su intención.

—No es ninguna molestia. —Dejé de preocuparme por la leche y simplemente puse la botella sobre la isla de la cocina—. Además, estoy esperando a que llegue mi abogado, así que no puedo hacer mucho más mientras tanto.

La agente Williams me miraba con frialdad, como si se preguntara por qué sentía la necesidad de tener a un abogado conmigo.

Yo no tenía por qué justificarme, pero sabía que no tendría nada de malo hacerles saber por qué actuaba con cautela.

—Mi padre es policía en California —expliqué—. Me regañaría si no siguiera su consejo.

Tomé el bote del azúcar que había sacado de la despensa y la puse en la bandeja antes de acercarla a la isla.

—¿En qué lugar de California? —preguntó Peña mientras cogía una taza y se tomaba su café solo.

—Oceanside.

—Eso está en la zona de San Diego, ¿verdad? Muy bonito.

—Sí que lo es.

Williams cogió su café con un poco de leche desnatada y un montón de azúcar que se sirvió directamente del bote.

—¿El señor Cross está aquí? —preguntó.

—Está en una reunión.

Continuó con la mirada fija en mí mientras se llevaba la taza a los labios.

—¿Quién era el hombre que salía cuando hemos subido?

La deliberada despreocupación de su tono hizo que me alegrara de haber mandado buscar a Arash. No creí ni por un segundo que su pregunta fuese simplemente por hablar de algo.

—Blaire Ash. Es el diseñador de interiores que se está encargando de unas reformas que estamos haciendo.

—¿Vive usted aquí? —preguntó Peña—. Nos hemos pasado por un apartamento del Upper West Side que tenemos entendido que es suyo.

—Estoy preparando mi mudanza.

Se apoyó en la isla y miró alrededor.

—Bonita casa.

—Yo también lo creo.

Williams me miró a los ojos.

—¿Lleva mucho tiempo saliendo con Gideon Cross?

—Lo cierto es que está casada conmigo —respondió Gideon entrando por la puerta en ese momento.

Peña se incorporó y tragó saliva rápidamente. Williams dejó su taza con la fuerza suficiente como para que se le derramara un poco de café.

Gideon paseó la mirada por todos nosotros y, después, me observó fijamente. Estaba perfecto, con su traje impoluto, su corbata inmaculadamente anudada y su pelo oscuro alrededor de aquel rostro tan salvajemente hermoso. Había un leve atisbo de barba incipiente alrededor de su provocativa boca. Aquello y el sensual largo de su pelo le daban un toque peligroso a su, por lo demás, civilizada apariencia.

Ni siquiera los dos policías que se encontraban entre ambos pudieron contener la oleada de deseo que me invadió al verlo.

Vi cómo se acercaba a mí a la vez que se quitaba la chaqueta del traje, como si fuese de lo más normal que dos agentes de la policía de Nueva York estuviesen allí para interrogarme. La lanzó sobre el respaldo de un taburete de la isla y vino a mi lado. Me quitó el café de las manos y me dio un beso en la sien.

—Gideon Cross —dijo extendiendo la mano hacia los dos agentes—. Y éste es nuestro abogado, Arash Madani.

Fue entonces cuando vi que Arash había entrado en la cocina detrás de mi marido. Los agentes, tan concentrados en Gideon, tampoco parecían haberlo visto.

Con su absoluta seguridad, su buen aspecto con su traje oscuro y su encanto relajado, Arash entró en la habitación y se hizo cargo de la situación tras presentarse con una amplia sonrisa. La diferencia entre él y Gideon era sorprendente. Ambos eran elegantes, atractivos y serenos. Ambos educados. Pero Arash se mostraba accesible y cercano. Gideon, en cambio, más imponente y distante.

Levanté la vista hacia mi marido y vi cómo bebía de mi taza.

—¿Prefieres café solo?

Bajó la mano por mi espalda con la mirada fija en los agentes y en Arash.

—Me encantaría.

—Me alegra que esté aquí, señor Cross —dijo Peña—. La doctora Lucas también ha presentado una demanda contra usted.

—Pues ha sido divertido —dijo Arash una hora después tras acompañar a los agentes hasta el ascensor.

Gideon le lanzó una mirada demoledora mientras abría con destreza una botella de malbec.

—Si ésa es tu idea de la diversión, es que necesitas salir más.

—Estaba pensando hacerlo hoy, con una rubia muy atractiva, debo añadir, hasta que he recibido tu llamada. —Arash apartó uno de los taburetes de la isla de la cocina y se sentó.

Yo recogí todas las tazas y las llevé al fregadero.

—Gracias, Arash —dije.

—No hay de qué.

—Apuesto a que no entras en los juzgados con mucha frecuencia, pero quiero estar allí la próxima vez que lo hagas. Eres estupendo.

Sonrió.

—Me aseguraré de avisarte.

—No le des las gracias por hacer su trabajo —murmuró Gideon. Sirvió el vino rojo oscuro en tres copas.

—Le estoy dando las gracias por hacer su trabajo bien —le repliqué, aún impresionada por el modo en que trabajaba Arash. El abogado era carismático y encantador, al igual que humilde cuando buscaba un fin. Hacía que todos se relajasen y, después, los dejaba hablar mientras calculaba cuál era su mejor ángulo de ataque.

—Y ¿para qué narices crees que le pago tanto? ¿Para que la fastidie?

—Tranquilo, campeón —dije con voz calmada—. No dejes que esa zorra pueda contigo. Y no utilices ese tono conmigo ni con tu amigo.

Arash me hizo un guiño.

—Creo que está celoso porque yo te gusto tanto.

—¡Ja! —A continuación, vi la mirada fulminante que Gideon le echó a Arash y me sorprendí—. ¿En serio?

—Volviendo al asunto en cuestión, ¿cómo vas a arreglar esto? —lo retó mi marido, atravesando con la mirada a su amigo por encima de su copa de vino.

—¿Arreglar lo que vosotros habéis fastidiado? —preguntó Arash con sus ojos marrones brillando con una risa silenciosa—. Los dos le habéis dado a Anne Lucas munición para hacer esto al haber ido a su lugar de trabajo en dos ocasiones distintas. Habéis tenido mucha suerte de que haya adornado su historia con una pequeña acusación de asalto contra Eva. Si llega a ceñirse a la verdad, os tendría a los dos cogidos del cuello.

Fui al frigorífico y empecé a sacar cosas para preparar la cena. Llevaba toda la noche reprendiéndome a mí misma por haber sido tan estúpida. Nunca se me había ocurrido pensar que ella podría revelar de forma voluntaria su sórdida aventura extramatrimonial con Gideon. Se suponía que era una importante miembro de la comunidad sanitaria y su marido un reconocido pediatra.

La había subestimado. Y no había hecho caso de Gideon cuando me había advertido de que era peligrosa. La consecuencia era que había presentado una demanda legítima diciendo que primero Gideon había entrado en su consulta durante una sesión de terapia y que, luego, yo le había tendido una emboscada de nuevo en su trabajo dos semanas después.

Arash aceptó la copa que Gideon le tendió.

—Puede que el fiscal del distrito decida o no ir contra ella por haber mentido en su denuncia, pero ella ha dañado su credibilidad al haber acusado a Eva de que le ha puesto la mano encima cuando la grabación de la cámara de seguridad prueba que no fue así. Por cierto, una gran suerte que la tuvieras.

Saber que efectivamente Gideon era el propietario del edificio donde trabajaba Anne Lucas no me sorprendió mucho. Mi marido necesitaba control, y tener ese tipo de vigilancia en los negocios del matrimonio Lucas era muy propio de él.

—No tendría por qué decirlo —prosiguió Arash—, pero cuando os enfrentéis a un loco, no entréis al trapo.

Gideon me miró enarcando una ceja. Era irritante, pero tenía razón. Me lo había dicho.

El abogado nos lanzó sendas miradas de advertencia.

—Intentaré que se anule su falsa demanda de asalto y veré si puedo sacarle provecho presentando una contrademanda por acoso. También trataré de pedir órdenes de alejamiento para ti y para Cary Taylor pero, aparte de eso, tenéis que manteneros alejados, muy alejados de ella.

—Desde luego —le aseguré, aprovechando la oportunidad para palpar el bonito y tenso culo de mi marido al pasar por su lado.

Él giró la cabeza para hacerme una mueca. Yo le lancé un beso al aire.

Me hacía gracia que pudiera sentir los más mínimos celos. Lo más impresionante de Arash era que se hacía valer ante Gideon. Desde luego, no lo superaba. Aunque yo había visto que Arash podía ser tan intimidatorio como él, no lo era por naturaleza.

Gideon era siempre peligroso. Nadie lo tomaba nunca por otra cosa. Aquello me atraía enormemente de él, puesto que sabía que jamás lo domesticaría. Y, Dios, qué guapo era. Él también lo sabía. Sabía lo deslumbrada que yo me sentía por él.

Aun así, aquel monstruo de ojos verdes podía sacar lo mejor de él.

—¿Te quedas a cenar? —le pregunté a Arash—. Todavía no sé qué voy a preparar, pero hemos arruinado tus planes y me siento mal por eso.

—Sigue siendo temprano. —Gideon dio un fuerte sorbo a su vino—. Aún puede hacer otros planes.

—Me encantaría quedarme a cenar —dijo Arash con una sonrisa maliciosa.

No pude resistirme a meterle mano otra vez, así que extendí el brazo alrededor del cuerpo de mi marido para coger mi vino y le acaricié la pierna al hacerlo. Rocé mis pechos por su espalda al retirarlo.

Con la velocidad de un rayo, Gideon me agarró la muñeca, la apretó y un escalofrío de excitación me atravesó el cuerpo.

Sus ojos azules me ponían muy caliente.

—¿Quieres portarte mal? —preguntó con voz sedosa.

Sentí una instantánea desesperación por él. Porque tenía un aspecto tranquilo y de lo más civilizado y contenido mientras prácticamente me estaba preguntando si quería follar.

No tenía ni idea de cuánto lo deseaba.

Oí un leve zumbido. Con mi muñeca aún sujeta, Gideon miró a Arash, al otro lado de la encimera.

—Pásame el teléfono.

El abogado me miró y negó con la cabeza, incluso mientras se giraba para sacar el teléfono de Gideon de la chaqueta que estaba sobre el taburete.

—Nunca entenderé cómo lo aguantas —dijo.

—Es estupendo en la cama —bromeé—. Y allí no es nada arisco, así que...

Gideon me atrajo hacia sí y me mordió el lóbulo de la oreja. Los pezones se me pusieron de punta. Él soltó un gruñido casi inaudible sobre mi cuello, aunque dudé que le importara que Arash pudiera oírlo.

Jadeante, me aparté y traté de concentrarme en cocinar. Nunca antes había utilizado la cocina de Gideon. No tenía ni idea de dónde estaban las cosas ni de qué había en la despensa, aparte de lo que había atisbado mientras preparaba el café para la policía. Encontré una cebolla, un cuchillo y una tabla para cortar. Por muy agradecida que me sintiera por la distracción, tenía que hacer algo más, pues estábamos los dos muy acelerados.

—De acuerdo —dijo Gideon al teléfono con un suspiro—. Ya voy.

Lo miré.

—¿Tienes que ir a algún sitio?

—No. Angus va a subir a *Lucky*.

—¿Quién es *Lucky*? —preguntó Arash.

—El perro de Gideon.

El abogado parecía bastante sorprendido.

—El que tengo ahora —aclaró Gideon en tono triste antes de salir de la cocina.

Cuando volvió un momento después con *Lucky*, que le lamía el mentón sin parar de retorcerse, me derretí. Ahí estaba, con su chaleco y en mangas de camisa, un titán de la industria, una potencia mundial, agobiado por el cachorro más bonito del mundo.

Cogí su teléfono, lo activé y le hice una foto.

Ésa iba a caer enmarcada cuanto antes.

Mientras lo pensaba, le envié un mensaje a Cary:

Hola, soy Eva. ¿Quieres venir a cenar al ático?

Esperé un poco a que respondiera. A continuación, dejé el teléfono de Gideon y seguí cortando cebolla.

—Debería haberte hecho caso con lo de Anne —le dije a Gideon cuando volvimos a la sala de estar tras despedir a Arash—. Lo siento.

Su mano en la parte inferior de mi espalda se deslizó más allá y me agarró de la cintura.

—No lo sientas.

—Debe de ser frustrante para ti lidiar con alguien tan testarudo.

—Eres estupenda en la cama, y allí no eres tan testaruda, así que...

Me reí al oír cómo me respondía con mis propias palabras. Estaba contenta. Pasar la velada con él y con Arash, ver lo relajado y tranquilo que estaba con su amigo, poder moverme por el ático como si fuese mi casa...

—Me siento como si estuviera casada —murmuré al darme cuenta de que no me había sentido de verdad así antes. Teníamos los anillos y nuestros votos, pero eso eran adornos del matrimonio, no su realidad.

—Deberías —contestó con un familiar tono arrogante—. Porque lo estás y vas a seguir estándolo el resto de tu vida.

Lo miré cuando nos acomodamos en el sofá.

—¿Y tú?

Su mirada se dirigió hacia el parquecito donde *Lucky* dormía.

—¿Me estás preguntando si me siento domesticado?

—Eso no va a pasar nunca —respondí con seriedad.

Gideon me miró, observándome.

—¿Quieres que lo esté?

Pasé la mano por su pierna porque no podía evitarlo.

—No.

—Esta noche te ha gustado que Arash estuviera aquí.

Lo miré de reojo.

—No estarás celoso de tu abogado, ¿verdad? Eso sería ridículo.

—A mí tampoco me gustaría —dijo con el ceño fruncido—. Pero no me refería a eso. Te gusta que venga gente a casa.

—Sí. —Lo miré extrañada—. ¿A ti no?

Apartó la mirada con los labios apretados.

—Está bien.

Me quedé inmóvil. La casa de Gideon era su santuario. Antes que a mí no había llevado a ninguna mujer allí. Había supuesto que habría recibido a sus amigos, pero quizá no. Quizá aquel ático era el lugar donde se retiraba de todo el mundo.

Le cogí la mano.

—Perdona, Gideon. Debería haberte preguntado antes. No lo he pensado y debería haberlo hecho. Es tu casa.

—Nuestra casa —me corrigió a la vez que volvía los ojos hacia mí—. ¿Por qué te disculpas? Tienes todo el derecho a hacer lo que quieras aquí. No tienes que pedirme permiso para nada.

—Y tú no deberías sentirte invadido en tu propia casa.

—Nuestra casa —espetó—. Tienes que acostumbrarte a esa idea, Eva. Rápido.

Me eché hacia atrás al ver su repentino estallido.

—Estás enfadado.

Se puso de pie y rodeó la mesa de centro con todo el cuerpo en tensión.

—Has pasado de sentirte casada a actuar como si fueses una invitada en mi casa.

—Nuestra casa —lo corregí—. Lo que significa que la compartimos y que tienes derecho a decir que preferirías que no hubiésemos tenido visita.

Gideon se pasó la mano por el pelo, un claro síntoma de su creciente agitación.

—Eso no me importa una mierda.

—Pues, desde luego, actúas como si te importara —dije en tono tranquilo.

—Joder. —Me miró con las manos en sus esbeltas caderas—. Arash es mi amigo. ¿Por qué iba a importarme que le preparases la cena?

¿Estábamos volviendo al tema de los celos?

—He preparado la cena para ti y lo he invitado a quedarse.

—Muy bien. Lo que tú digas.

—No parece que esté muy bien porque estás cabreado.

—No lo estoy.

—Pues entonces, estoy confundida y eso está empezando a cabrearme.

Su expresión se endureció. Se dio la vuelta, se acercó a la chimenea y se quedó mirando las fotos de familia que yo había puesto en la repisa.

De pronto, me arrepentí de haberlo hecho. Sería la primera en admitir que lo había empujado a cambiar más rápido de lo debido, pero había visto la necesidad de un refugio, un lugar tranquilo donde poder bajar la guardia. Quería eso para él, quería que nuestra casa supusiera eso para él. Si la convertía en un lugar que Gideon quisiera evitar, si alguna vez le resultaba más fácil evitarme a mí, yo estaría poniendo en peligro ese matrimonio que para mí era más valioso que ninguna otra cosa.

—Gideon. Por favor, háblame. —Quizá yo también se lo había puesto difícil—. Si he sobrepasado un límite, tienes que decírmelo.

Volvió a mirarme frunciendo el ceño.

—¿De qué narices estás hablando?

—No lo sé. No entiendo por qué estás tan enfadado conmigo. Ayúdame a comprenderlo.

Él soltó un suspiro de frustración y, después, me miró a los ojos con la precisión del láser que había sacado a la luz todos los secretos que yo tenía.

—Si no hubiese nadie más en el mundo, sólo tú y yo, a mí me parecería bien. Pero para ti no sería suficiente —dijo.

Apoyé la espalda sorprendida. Su mente era un laberinto que yo nunca podría conocer del todo.

—¿Estarías bien solamente conmigo y sin nadie más? ¿Para siempre? ¿Sin competidores a los que aplastar? ¿Sin tener que planear una dominación a escala mundial? —Solté un resoplido—. Te aburrirías soberanamente.

—¿Eso es lo que crees?

—Eso es lo que sé.

—¿Y tú? —me desafió—. ¿Cómo te las apañarías sin amigos a los que invitar a casa y sin poder entrometerte en la vida de nadie más?

Entorné los ojos.
—Yo no me entrometo —repuse.
Me lanzó una mirada paciente.
—¿Sería yo suficiente para ti si no existiera nadie más?
—No hay nadie más —aseguré.
—Eva, responde a la pregunta.
No tenía ni idea de a qué venía aquello, pero sólo sirvió para que me resultara más fácil responderle.
—Tú me fascinas, ¿lo sabes? Nunca eres aburrido. Toda una vida a solas contigo no sería suficiente para llegar a descifrarte.
—¿Serías feliz?
—¿Teniéndote sólo para mí? Eso sería el paraíso. —Sonreí—. Tengo una fantasía con Tarzán. Tú Tarzán, yo Jane.
La tensión de sus hombros se relajó visiblemente y una leve sonrisa apareció en su boca.
—Llevamos un mes casados. ¿Por qué es la primera vez que oigo eso?
—Supongo que porque prefiero esperar unos meses antes de sacar mis rarezas.
Gideon me dirigió una extraña y abierta sonrisa y, al hacerlo, me fundió el cerebro.
—¿En qué consiste esa fantasía?
—Bueno, ya sabes. —Moví una mano en el aire para quitarle importancia—. Una casa en un árbol, un taparrabos. Suficiente calor como para que estés cubierto por una capa de sudor, pero no demasiado. Tú estarías ardiendo por la necesidad de follar, pero no tienes ninguna experiencia. Yo tendría que enseñarte.
Se quedó mirándome.
—¿Tienes una fantasía sexual en la que yo soy virgen?
Me costó mucho no reírme ante su incredulidad.
—En todos los aspectos —respondí con absoluta seriedad—. Nunca habrías visto unos pechos ni el coño de una mujer antes que los míos. Yo tendría que enseñarte a acari-

ciarme, decirte qué es lo que me gusta. Tú aprenderías rápido pero, después, yo tendría un hombre salvaje en mis manos. Sería increíble.

—Ésa es la realidad. —Se dirigió a la cocina—. Tengo una cosa para ti.

—¿Un taparrabos?

—¿Y si te digo que es lo que va dentro de él? —respondió sin volverse.

Sonreí. Casi había esperado que regresara con vino. Me incorporé cuando vi que traía algo pequeño y de un llamativo color rojo en la mano, un color y una forma que supe que era de Cartier.

—¿Un regalo?

Gideon recorrió la distancia que nos separaba con su paso seguro y sensual.

Excitada, me puse de rodillas sobre el sofá.

—¡Dámelo, dámelo!

Negó con la cabeza mientras lo levantaba en el aire al sentarse.

—No lo vas a tener hasta que yo te lo dé.

Me senté y dejé las manos sobre las piernas.

—Respondiendo a tus preguntas... —Me acarició la mejilla con los dedos—. Sí, me siento casado.

El corazón se me aceleró.

—Volver a casa contigo —murmuró con los ojos clavados en mi boca—. Verte preparar la cena en nuestra cocina. Incluso tener al condenado de Arash aquí. Eso es lo que quiero. A ti. Esta vida que estamos construyendo.

—Gideon... —La garganta me quemaba.

Bajó los ojos hacia la bolsa de gamuza roja de su mano. Desabrochó el botón que la cerraba y dejó caer dos medialunas de platino sobre la palma de su mano.

—¡Hala! —Me llevé una mano al cuello.

Él me agarró la muñeca izquierda y la colocó suavemente sobre su regazo para deslizar por debajo la mitad de la pulsera. La otra mitad la levantó hacia mí para que yo pudiera ver lo que había grabado en su interior.

SIEMPRE MÍA. PARA SIEMPRE TUYO ~ GIDEON

—Dios mío —susurré mientras veía cómo mi marido ajustaba la mitad de la pulsera a la de abajo—. Con esto sí que me voy a acostar contigo.

Su suave carcajada hizo que me enamorara aún más de él.

La pulsera tenía un dibujo de unos tornillos que la rodeaban entera con dos tornillos de verdad a ambos lados que Gideon cerró.

—Esto es para mí —dijo levantando el destornillador en el aire.

Vi cómo se lo guardaba en el bolsillo y supe que no podría quitarme aquella pulsera sin él. No es que deseara hacerlo, me encantaba. Y también era la prueba de que tenía un alma romántica.

—Y esto es mío —dije sentándome a horcajadas y pasando los brazos por encima de sus hombros.

Sus manos se agarraron a mi cintura y echó la cabeza hacia atrás dejando a la vista su cuello para que mis labios lo exploraran. No era una rendición. Era complacencia. Y a mí me gustaba.

—Llévame a la cama —susurré mientras mi lengua le lamía la oreja.

Sentí que sus músculos se tensaban y, después, se flexionaban sin esfuerzo mientras él se levantaba sujetándome como si yo no pesara nada. Emití un ronroneo gutural de placer y Gideon aplastó mi culo, levantándome más antes de sacarme de la sala de estar.

Yo jadeaba y el corazón me latía a toda velocidad. Mis manos estaban por todas partes, deslizándose por su pelo y sobre sus hombros, desatándole la corbata. Quería llegar hasta su piel, sentirlo carne sobre carne. Mis labios recorrían su cara al besarlo por todos los lugares a los que podía llegar.

Caminaba con determinación pero sin prisa, su respiración era relajada y regular. Cerró la puerta con una patada elegante y suave.

Dios mío, me volvía loca cuando actuaba con tanto autocontrol.

Trató de dejarme sobre la cama, pero yo seguí sujeta a él.

—No puedo quitarte la ropa si no me sueltas. —Sólo la ronquedad de su voz delataba sus ganas.

Lo solté y abordé los botones de su chaleco.

—Quítate tú la ropa.

Apartó mis dedos para hacerlo. Yo lo miraba conteniendo la respiración mientras él empezaba a desnudarse. La visión de sus manos bronceadas, resplandecientes con los anillos que yo le había regalado, desatándose la corbata con habilidad... ¿Cómo podía ser tan erótico? El susurro de la seda cuando él tiró de ella. El modo despreocupado con que la dejó caer en el suelo. El calor de sus ojos cuando me miraba a la vez que yo lo miraba a él.

Era el peor de los sacrificios, la mayor tortura autoinfligida, y me obligué a soportarlo. Deseaba tocarlo, pero me contuve. Lo esperé a la vez que lo deseaba. Yo nos había torturado a ambos al obligarnos a esperar, así que, como poco, me merecía aquello.

Lo había echado de menos. Había añorado tenerlo así.

El cuello de su camisa se separó cuando él sacó los botones de sus ojales, dejando al aire la columna de su cuello y, después, un atisbo de su pecho. Se detuvo en el botón que quedaba por debajo de los pectorales para provocarme y empezó a ocuparse de los gemelos de la camisa.

Se los quitó despacio, de uno en uno, y los dejó con cuidado sobre la mesilla de noche.

Un suave gemido escapó de mi boca. La desesperación se volvía salvaje en mi interior, deslizándose por mis venas como el más potente de los afrodisíacos.

Gideon se quitó la camisa y el chaleco con sus hombros flexionándose y, luego, relajándose.

Era perfecto. Cada centímetro de su cuerpo. Cada trozo de músculo pulido que quedaba visible por debajo de la piel. No había nada tosco en ningún aspecto. No había demasiado de nada.

Excepto su polla. Dios mío...

Apreté las piernas cuando él se quitó los zapatos y se bajó los pantalones y los calzoncillos por sus largas y fuertes piernas. Mi sexo se hinchó anhelante mientras la sangre se me agolpaba en lo más hondo de mi ser, con mi raja húmeda y llena de deseo.

Sus rígidos abdominales se flexionaron cuando se incorporó. Los músculos de su cadera resaltaban en forma de uve y apuntaban hacia su grueso y largo pene, que se curvaba hacia arriba entre sus piernas.

—Dios, Gideon.

El líquido preseminal sobresalía por su ancho capullo. Los testículos le colgaban pesados, equilibrando el peso de su polla llena de venas. Era magnífico, hermoso en el sentido más primario, salvajemente masculino. Aquella visión provocaba toda la feminidad que había en mí.

Me lamí los labios y la boca se me humedeció. Quería saborearlo, oír su placer cuando yo no estuviese perdida en el mío, sentirlo temblar y estremecerse cuando lo llevara hasta el límite.

Gideon se agarró la erección con la mano y la acarició con fuerza desde la base hasta la punta, sacando una densa perla de líquido.

—Es para ti, cielo —dijo con voz áspera—. Tómalo.

Me levanté de la cama y me dispuse a ponerme de rodillas.

Él me agarró del codo con la boca apretada.

—Desnuda —indicó.

Me costó ponerme de pie, pues las rodillas me flaqueaban por el deseo. Más aún me costaba resistirme a arrancarme la ropa de golpe. Temblaba cuando me desaté la ajustada camiseta sin mangas, tratando de abrirla una vez desanudada con una especie de *striptease*.

Él inhaló aire con un siseo cuando dejé a la vista el encaje de mi sujetador. Sentía los pechos pesados y tiernos, y los pezones duros y en tensión.

Gideon dio un paso hacia mí y sus manos se deslizaron por debajo de los tirantes de mis hombros para bajarlos hasta que mis pechos cayeron entre las palmas de sus manos, que los esperaban. Cerré los ojos con un leve gemido y él me apretó con suavidad, elevando mis pechos antes de acariciarme los pezones con la yema de sus pulgares.

—Debería haberte dejado vestida —dijo con voz firme. Pero sus caricias decían otra cosa. Que yo era hermosa. Sensual. Que no podía mirar a otro sitio.

Se apartó y yo grité al echar de menos sus manos.

Su mirada era tan oscura que parecía que tenía los ojos negros.

—Ofrécemelos.

Cambié el peso de mi cuerpo de un pie a otro a la vez que mi sexo palpitaba. Moví los hombros para dejar caer la camiseta y, después, llevé las manos hacia atrás para desabrocharme el sujetador. Cayó por mis hombros y me permitió tomar mis pechos entre mis manos y levantarlos hacia él.

Inclinó la cabeza con una paciencia desesperante y pasó la punta de la lengua por mi pezón con un lento y pausado lametón. Yo quería gritar, golpearlo..., hacer algo. Lo que fuera para terminar con aquel control tan enloquecedor.

—Por favor —le rogué con descaro—. Gideon, por favor...

Lamió con fuerza. Tirando de mí con chupadas profundas y rápidas, moviendo frenéticamente su lengua sobre mi sensible pezón. Pude oler la lujuria animal que desprendía, feromonas y testosterona, el olor de un macho viril terriblemente excitado. Me reclamaba, exigente y dominante. Sentí su atracción. Sentí que me derretía por dentro, que me rendía.

Me tambaleé y él me agarró, haciendo que me inclinara sobre sus brazos mientras él pasaba a mi otro pecho. Sus mejillas se hundían con la fuerza de sus chupetones y mi coño se apretaba al compás. La espalda me dolía por la tensión de la postura y tuve que agarrarme a él para recibir su placer. Aquello me excitó hasta el borde de la locura.

Yo había luchado por él. Y él había matado por mí. Había un vínculo entre nosotros, primitivo y ancestral, imposible de describir. Él podía tomarme, usarme. Era suya. Lo había obligado a esperar y él me lo había permitido por motivos que no estaba segura de saber. Sin embargo, ahora me recordaba que podía alejarme y mantener cierta distancia a veces, aunque su mano siempre sujetaría las cadenas que nos mantenían unidos. Y me atraería hacia sí siempre que le apeteciera, porque yo le pertenecía.

«Siempre mía.»

—No pares. —Entrelacé mis manos con su pelo—. Fóllame. Necesito tu polla dentro de mí.

Me dio la vuelta y me tumbó sobre la cama, inmovilizándome con una mano entre los omóplatos y buscando con la otra la cremallera de mis pantalones. Tiró de ella y la abrió de golpe rasgando la tela.

—¿Estás conmigo? —preguntó con un gruñido mientras metía la mano por la abertura para ponerla sobre mi nalga.

—¡Sí! ¡Dios, sí! —Él ya lo sabía, pero lo había preguntado. Siempre se aseguraba de recordarme que yo tenía el control, que era yo la que le daba permiso.

Me destrozó los pantalones al bajármelos hasta las rodillas, utilizando una sola mano mientras con la otra me agarraba del pelo. Se mostraba brusco, impaciente. Agarró el borde de mi tanga y éste se me clavó en la piel antes de romperse con un chasquido.

Luego metió la mano entre mis piernas juntas y colocó la palma sobre mi sexo. Arqueé la espalda a la vez que el cuerpo me temblaba.

—Dios, estás húmeda. —Me metió un dedo. Lo sacó. Metió dos—. Joder, qué empalmado me tienes.

Los tiernos tejidos se aferraron a sus dedos. Gideon los retiró y los movió en círculo sobre mi clítoris, frotándolo. Yo me apreté sobre las yemas de sus dedos, buscando el placer que necesitaba a la vez que de mi garganta salían tenues sonidos de súplica.

—No te corras hasta que esté dentro de ti —dijo con un gruñido. Me agarró la cadera con ambas manos y me echó hacia atrás al tiempo que apuntaba el ancho capullo de su polla hacia mi raja.

Se detuvo un momento con una respiración fuerte y alta. A continuación, se introdujo dentro de mí. Yo grité con la boca sobre el colchón, abriéndome y llenándome de él, retorciéndome para recibirlo.

Gideon me sostuvo en alto y mis pies se levantaron del suelo. Movió la cadera para invadir lo poco que quedaba de espacio dentro de mí, taladrándome con su pene. Yo apreté cada centímetro de él, palpitando a su alrededor con un placer frenético.

—¿Estás bien? —espetó hundiendo sus dedos en mi carne.

Me eché hacia atrás con los brazos, tan a punto de correrme que me dolía.

—Más.

A través del rugido de la sangre en mis oídos, lo oí gritar mi nombre con un gruñido. Su polla se volvió más gruesa y larga y se sacudió al llegar al orgasmo con fuertes chorros. Parecían no terminar nunca, y quizá fuera así, porque empezó a follarme en medio de su orgasmo bombeando su caliente y cremoso semen, que me iba invadiendo. Al notar que se corría, mi orgasmo estalló. Me llenó todo el cuerpo con potentes espasmos y me retorcí con fuertes temblores.

Con las uñas clavadas en la colcha, traté de mantener el equilibrio mientras Gideon me embestía con su polla, perdido en un excitante y feroz orgasmo. La viscosidad de su semen humedeció los labios de mi sexo y, después, fue cayéndome por las piernas. Soltó un gemido y embistió más adentro a la vez que encorvaba la cadera, taladrándome. Se estremeció al correrse otra vez, tan sólo segundos después de su primer orgasmo.

Se echó sobre mí y me besó el hombro, con su aliento caliente y acelerado sobre la curva de mi espalda empapada en sudor. Su pecho se movía sobre mi columna, y el apretón de sus manos sobre mis caderas se fue relajando. Empezó a acariciarme y a tranquilizarme. Sus dedos encontraron mi clítoris y lo masajearon, provocándome, frotándome hasta llegar a otro tembloroso clímax.

Sus labios se movieron sobre mi piel.

—Cielo.

Pronunció esa palabra una y otra vez. De forma entrecortada. Desesperada. Sin aliento.

«Para siempre tuyo.»

Mientras aún estaba en lo más profundo de mí, seguía estando duro y preparado.

Me hallaba tumbada en la cama, acurrucada junto al costado de Gideon. Mis pantalones habían desaparecido y él estaba desnudo, con su magnífico cuerpo aún empapado en sudor.

Mi marido yacía boca arriba, con un grueso y musculoso brazo doblado por encima de su cabeza mientras el otro estaba enroscado alrededor de mi cuerpo, moviendo inconscientemente los dedos arriba y abajo sobre mi torso.

Estábamos tumbados sobre las sábanas, las piernas de él abiertas, su polla semierecta y curvada hacia el ombligo. Relucía bajo la luz de las lámparas de las mesillas de noche, húmeda de mí y de él. Su respiración empezaba ahora a normalizarse y el corazón se le fue calmando por debajo de mi oreja. Su olor era delicioso. Olía a pecado, a sexo y a Gideon.

—No recuerdo cómo hemos llegado a la cama —murmuré con voz rasposa y casi ronca.

Su pecho retumbó con una carcajada. Giró la cabeza y me besó en la frente.

Yo me acurruqué contra él con más fuerza, pasándole el brazo por la cadera para sujetarme a él.

—¿Estás bien? —preguntó con voz tierna.

Eché la cabeza hacia atrás para mirarlo. Estaba sonrojado y sudoroso, con el pelo cayéndole por las sienes y el cuello. Su cuerpo era una máquina bien engrasada, acostumbrado a la vigorosa combinación de artes marciales que practicaba para mantenerlo en forma. No estaba agotado por el polvo. Podría haber seguido toda la noche, sin descanso. Había sido el esfuerzo de contenerse todo lo que había podido, controlándose hasta que yo me había vuelto loca por él y él por mí.

—Me has hecho perder la cabeza —sonreí con una sensación de estar narcotizada—. Noto un hormigueo en los dedos de los pies y las manos.

—He sido brusco —dijo acariciándome la cadera—. Te he hecho daño.

—¡Mmm! Lo sé —respondí con los ojos cerrados.

Noté que se movía y se levantaba tapándome la luz.

—Eso te gusta —murmuró.

Lo vi inclinado sobre mí. Le toqué la cara y recorrí su frente y su mandíbula con la punta de los dedos.

—Me encanta tu control. Me excita.

Atrapó mis dedos entre sus dientes y, después, los soltó.

—Lo sé.

—Pero cuando lo pierdes... —Suspiré al recordarlo—. Me vuelve loca saber que puedo hacerte eso, que me deseas tanto.

Dejó caer la cabeza y su frente tocó la mía. Atrajo más mi cuerpo hacia el suyo, haciéndome sentir lo dura que se le había vuelto a poner.

—Más que ninguna otra cosa.

—Y confías en mí. —En mis brazos, bajaba la guardia por completo. La ferocidad de su deseo no ocultaba su vulnerabilidad. La desataba.

—Más que en nadie. —Se deslizó sobre mí, cubriendo mi cuerpo desde los pies hasta los hombros, sosteniendo sin esfuerzo su peso para no aplastarme. Aquella sensual presión volvió a ponerme cachonda.

Inclinó la cabeza y acarició con sus labios los míos.

—Crossfire —murmuró.

Crossfire era mi palabra de seguridad, lo que yo le decía cuando me sentía agobiada y necesitaba que él dejara de hacer lo que fuera que estuviese haciendo. Cuando él me decía esa palabra, estaba agobiado también, pero no quería que yo parara. Para Gideon, *Crossfire* expresaba una conexión más profunda que el amor.

—Yo también te quiero —sonreí.

Enroscándome sobre una almohada, miré hacia el vestidor y oí a Gideon cantar. Sonreí con tristeza. Se había duchado y se estaba vistiendo con una clara sensación de energía a pesar de haber comenzado la mañana follándome hasta hacerme alcanzar un orgasmo que había hecho que yo viera las estrellas.

Tardé un poco en reconocer la canción. Al hacerlo, sentí mariposas en el estómago. *At last*. No importaba si era la versión de Etta James o la de Beyoncé la que estaba escuchando en su mente. Lo que yo oía era su voz, intensa y con matices, cantando sobre la visión de cielos azules y sonrisas que lanzaban un embrujo sobre él.

Salió anudándose una corbata color carbón, con su chaleco sin abotonar y la chaqueta en el brazo. *Lucky* salió corriendo tras él. Después de sacarlo de su parquecito esa mañana, el cachorro se había convertido en su sombra.

Gideon posó los ojos sobre mí y me miró con una sonrisa de rompecorazones.

—Y aquí estamos —canturreó.

—Aquí estoy yo, al menos. Derrumbada tras varias horas de sexo. No creo ni que pueda ponerme de pie. En cambio, tú... —Señalé hacia él—. Tú eres tú. No es justo. Hay algo que no estoy haciendo bien.

Gideon se sentó en el borde de la cama deshecha con su aspecto impecable. Se echó sobre mí y me besó.

—Recuérdame una cosa. ¿Cuántas veces me corrí anoche?

Lo fulminé con la mirada.

—No las suficientes, según parece, porque estabas listo para volver a hacerlo cuando el sol salía.

—Lo que demuestra el hecho de que hay algo que estás haciendo muy bien. —Me apartó el pelo de la mejilla—. He estado tentado de quedarme en casa, pero tengo que dejarlo todo listo para que podamos desaparecer durante un mes. Como ves, estoy de lo más motivado.

—¿Lo dices en serio?

—¿Crees que no? —Apartó la sábana y colocó la palma de la mano sobre mi pecho.

Yo le agarré la mano antes de que la levantara de nuevo.

—Una luna de miel de un mes. Voy a dejarte seco al menos una vez. Estoy decidida.

—¿Sí? —Sus ojos brillaron al reírse—. ¿Sólo una?

—Me lo estás pidiendo tú, campeón. Cuando haya terminado me suplicarás que te deje en paz.

—Eso no va a pasar nunca, cielo. Ni en un millón de años.

Su seguridad suponía un desafío para mí.

Volví a taparme con la sábana.

—Ya lo veremos.

8

Cuando Angus entró en mi despacho, levanté la vista del correo electrónico que estaba leyendo. Llevaba el sombrero en las manos y se detuvo delante de mi escritorio.

—Anoche registré la oficina de Terrence Lucas —dijo—, y no encontré nada.

No esperaba que lo hiciera, así que no me sorprendí.

—Es posible que le dijera a Anne lo que sabe y que no haya archivos que encontrar.

Él asintió muy serio.

—Ya que estaba en ello, suprimí todo rastro de la cita de Eva tanto de los discos duros como de las copias de seguridad. También borré las imágenes de vídeo de cuando Eva y usted estuvieron allí. He comprobado que no pidió una copia a seguridad, así que no tendrá usted ningún problema si sigue el ejemplo de su mujer y presenta una denuncia propia.

Ése era Angus, siempre teniendo en cuenta todas las posibilidades.

—Y ¿eso no lo encontraría interesante la policía? —Me eché hacia atrás—. Los Lucas tienen tanto que perder como yo.

—Ellos son culpables, amigo. Usted no.

—Las cosas no son nunca así de sencillas.

—Tiene todo cuanto ha deseado y merece. Ellos no pueden quitarle nada.

Salvo la propia estimación y la de mis amigos y colegas. Había trabajado mucho por recuperar ambas tras la deshonra pública de mi padre. Los que querían encontrarme flaquezas se verían satisfechos. Eso no me inquietaba tanto como habría ocurrido en otro tiempo.

Sin embargo, a Angus no le faltaba razón. Había hecho fortuna y tenía a Eva.

Si salvaguardar su tranquilidad suponía retirarme del escrutinio público, lo haría. Era algo que ya me había planteado cuando Nathan Barker aún era una amenaza. Eva se había mostrado dispuesta a esconder nuestra relación a todo el mundo para ahorrarme cualquier posible escándalo que emanara de su pasado. Era un sacrificio que no había estado dispuesto a hacer. Ocultarnos. Vernos a escondidas. Fingir ante los demás que no estábamos enamorándonos profunda e irrevocablemente.

Ahora era diferente. Eva se me había hecho tan necesaria como el aire que respiraba. Proteger su felicidad era más importante que nunca. Sabía lo que era ser juzgado por los pecados de otro y nunca dejaría que mi esposa pasara por eso. Al contrario de lo que ella creía, podía vivir sin intervenir en todo lo concerniente a Cross Industries.

No me pasaría el día haciendo de Tarzán en taparrabos, pero había un cómodo término medio entre los dos extremos.

—Me advertiste respecto a Anne. —Moví la cabeza a un lado y a otro—. Debería haberte escuchado.

Angus se encogió de hombros.

—Lo que está hecho está hecho. Anne Lucas es una mujer adulta, y lo bastante mayorcita para responsabilizarse de sus decisiones.

«¿Qué está usted haciendo, amigo?», me había preguntado cuando Anne se deslizó en el asiento trasero del Bentley aquella primera noche. En las semanas que siguieron, su desaprobación fue haciéndose cada vez más evidente, hasta que un día me levantó la voz. Furioso conmigo mismo por castigar a una mujer que no me había hecho nada, lo había pagado con Angus, recordándole cuál era su sitio.

La breve expresión de dolor que se había apresurado a disimular me perseguiría hasta la tumba.

—Lo siento —dije sosteniéndole la mirada—. Por cómo me he comportado.

Una pequeña sonrisa le marcó las arrugas de la cara.

—La disculpa no es necesaria, pero la acepto.

—Gracias.

La voz de Scott se oyó por los altavoces.

—Está aquí el equipo PosIt. También tengo en espera una llamada de Arnoldo para usted. Dice que no tardará nada.

Miré a Angus para ver si tenía algo más que decirme. Él se dio un toquecito en la sien a modo de saludo informal y se fue.

—Pásamelo —respondí dirigiéndome a Scott.

Esperé a que la luz roja parpadeara y pulsé el botón del altavoz.

—¿Dónde estás?

—Hola a ti también, amigo mío —saludó Arnoldo, con notas italianas en el acento de su voz—. Me han dicho que habéis estado en el restaurante esta semana.

—Comimos de maravilla.

—Ah, sólo servimos comida de esa clase. Tampoco se nos dan mal las cenas.

Me eché hacia atrás en la silla.

—¿Estás en Nueva York?

—Sí, y preparando tu despedida de soltero, que para eso te llamo. Si tienes planes para este fin de semana, cancélalos.

—Eva y yo estaremos fuera de la ciudad.

—*Ella* estará fuera de la ciudad. Fuera del país, en realidad, por lo que Shawna me ha dado a entender. Y tú también estarás fuera de la ciudad. Los demás chicos están de acuerdo conmigo. Vamos a obligarte a salir de Nueva York para variar.

La primera parte de lo que había dicho Arnoldo me sorprendió tanto que apenas oí la última.

—Eva no va a salir del país —repliqué.

—Eso tendrás que discutirlo con ella y sus amigas —dijo tranquilamente—. En cuanto a nosotros, nos vamos a Río de Janeiro.

Me sorprendí de pie. Maldita sea. Eva no se encontraba en el Crossfire. No podía coger un ascensor sin más e ir a buscarla.

—Le pediré a Scott que organice el vuelo —continuó—. Nos marcharemos el viernes por la tarde, con la idea de volver el lunes a tiempo para que vayas a trabajar, si eres lo bastante ambicioso.

—¿Adónde se va Eva?

—No tengo ni idea. Shawna no quiso decírmelo, porque tú no debes saberlo. Me dijo que estarían fuera el fin de semana, y yo pensaba mantenerte ocupado, porque Cary no quiere que te entrometas.

—No le toca a él decidirlo —salté.

Arnoldo hizo una pausa.

—Enfadarte conmigo no te servirá de nada, Gideon. Y, si no confías en Eva, amigo mío, no deberías casarte con ella.

—Arnoldo, eres el mejor amigo que tengo. Pero eso cambiará si no paras el carro en lo que a Eva se refiere.

—Me malinterpretas —se apresuró a corregir—. Si la enjaulas por tu propia seguridad, acabarás perdiéndola. Lo que se considera romántico en un novio puede ser agobiante en un marido.

Al darme cuenta de que estaba aconsejándome, empecé a contar hasta diez. Llegué hasta el siete.

—No doy crédito —repliqué.

—No te lo tomes a mal. Arash me asegura que esa chica es lo mejor que te ha pasado en la vida. Dice que nunca te ha visto más feliz y que ella te adora.

—Yo digo lo mismo.

Arnoldo soltó el aire ruidosamente.

—Los hombres enamorados no son los mejores testigos.

La diversión dio paso al enfado.

—Y ¿por qué Arash y tú habláis de mi vida privada? —le espeté.

—Eso es lo que hacen los amigos.

—Las amigas. Vosotros sois hombres adultos. Deberíais tener algo mejor que hacer. —Di unos golpecitos con los nudillos en el escritorio—. Y ¿pretendes que pase un fin de semana en Brasil con una panda de tíos cotillas?

—Escucha. —Su tono era irritante de tan calmado—. Manhattan ya no se lleva. A mí también me gusta la ciudad, pero creo que hemos agotado sus encantos, sobre todo para ocasiones como ésta.

Desilusionado, miré por la ventana la ciudad que amaba. Sólo Eva estaba al tanto de la habitación de hotel que tenía permanentemente reservada, mi *picadero*, como ella la llamaba. Hasta que la conocí, era el único lugar adonde llevaba a mujeres para acostarme con ellas. Era seguro. Impersonal. No revelaba nada de mí salvo cómo era desnudo y cuánto me gustaba fornicar.

Salir de Nueva York suponía que no follaría, por eso siempre les insistía a los chicos que las rondas las hiciéramos en la ciudad.

—Vale. No discutiré. —Pensaba discutirlo con Eva, y con Cary, pero eso no era asunto de Arnoldo.

—Estupendo. Te dejo que sigas trabajando. Hablamos este fin de semana.

Finalizamos la llamada. Miré en dirección a Scott a través de la pared de cristal y alcé un dedo para decirle que necesitaba un minuto más. Cogí mi teléfono móvil y llamé a Eva.

—Hola, campeón —contestó con voz coqueta y alegre.

Lo digerí, junto con el puñetazo de placer y excitación que me recorrió el cuerpo. Tenía la voz, profunda siempre, más ronca de lo habitual. Me recordó a las largas noches, los sonidos que emitía cuando estaba excitada, la manera en que gritaba mi nombre cuando se corría.

Me había propuesto hacer que emitiera aquellos sonidos eternamente, que tuviera siempre la piel arrebolada y los labios hinchados, con aquel ritmo lento y sensual porque aún me sentía dentro de ella. A cualquier sitio que fuera, tenía que ser evidente que follábamos con frecuencia y a fondo. En mí era evidente. Me sentía ágil y relajado, con cierto temblor de piernas, pero nunca lo había reconocido.

—¿Hemos cambiado de planes para el fin de semana? —pregunté.

—Puede que aumente mi dosis de vitaminas —bromeó—, pero, por lo demás, no. Estoy deseando que llegue.

El arrullo de su voz me excitaba.

—Me he enterado de que nuestras amistades planean separarnos este fin de semana para nuestras respectivas despedidas de soltero y soltera —la informé.

—Ah. —Hubo una pausa—. Yo confiaba en que se olvidaran de esa historia.

Curvé los labios en una sonrisa que deseé que ella pudiera ver.

—Podríamos huir a donde nadie nos encuentre.

—Ojalá —respondió con un suspiro—. Creo que esas cosas son más para ellos que para nosotros. Es la última oportunidad que tienen de estar con nosotros como siempre.

—Para mí esos días terminaron cuando te conocí —dije. Pero sabía que aún no habían terminado para Eva. Ella se aferraba a su independencia y seguía manteniendo sus amistades como siempre había hecho.

—Es una especie de ritual, ¿no te parece? —caviló—. Dos personas se comprometen para toda la vida, y sus amigos los llevan de juerga, los emborrachan y los animan a ser malos por última vez.

Todo el desenfado sensual que había mostrado al principio de la conversación había desaparecido. Mi mujer era muy celosa. Yo lo sabía y lo aceptaba, de la misma manera que ella había aceptado mi actitud posesiva.

—Hablaremos más de ello esta noche.

—Vale —dijo en un tono que indicaba que el asunto en cuestión le hacía cualquier cosa menos gracia.

Eso me consolaba, de alguna manera. Prefería imaginarla sufriendo durante un fin de semana sin mí que pasándoselo en grande.

—Te quiero, Eva.

Se quedó sin respiración.

—Yo también te quiero.

Cuando colgué, me dirigí a coger la chaqueta del perchero, pero cambié de opinión. Volví sobre mis pasos hasta el escritorio y llamé a Cary.

—¿Qué hay? —contestó.

—¿Adónde piensas llevar a mi mujer este fin de semana?

Respondió con tal rapidez que supe que estaba esperando que lo llamase.

—Y ¿a ti qué te importa? —replicó.

—¿Cómo no va a importarme?

—No pienso permitir que la controles —dijo él con firmeza—, con guardianes para que no se le acerquen los tíos, como hiciste en Las Vegas. Ya es una mujer hecha y derecha. Sabe arreglárselas y se merece pasarlo bien.

Vaya, así que era eso.

—Entonces había circunstancias atenuantes, Cary.

—¿En serio? —Su voz estaba teñida de sarcasmo—. ¿Como cuáles?

—Nathan Barker aún respiraba y tú acababas de tener una puñetera orgía en el salón. No podía confiarte su seguridad.

Hubo una pausa. Cuando volvió a hablar, se lo notaba menos acalorado.

—Clancy se ocupará de la seguridad. No le pasará nada.

Respiré hondo. Clancy y yo recelábamos el uno del otro, dado que él sabía lo que yo había hecho para impedir que Nathan siguiera siendo una amenaza para Eva. Pese a todo, ambos queríamos lo mismo: que Eva fuera feliz y no corriera peligro. Confiaba plenamente en él y era consciente de que hacía un gran trabajo al frente de la seguridad de Stanton y Monica.

Hablaría con él personalmente, lo pondría en contacto con Angus. Había que prever cualquier contingencia y poder establecer comunicación. En caso de que Eva me necesitara, yo tenía que poder llegar hasta ella lo antes posible.

Se me formó un nudo en el estómago sólo de pensarlo.

—Eva necesita a sus amigos y yo quiero que se lo pase bien —declaré.

—Estupendo —respondió él con indiferencia—. Estamos de acuerdo.

—No me entrometeré, Cary, pero no olvides que nadie está tan comprometido con su seguridad como yo. Ella sólo es parte de tu vida, pero es mi vida entera. No seas cabezota y acude a mí si me necesitas. ¿Está claro?

—Sí, clarísimo.

—Si hace que te sientas mejor, te diré que yo estaré en Brasil.

Se quedó callado un momento.

—Aún no sé adónde vamos a ir, pero me inclino por Ibiza.

Maldije para mis adentros. Tardaría medio día en llegar allí desde Río.

Quise discutírselo —desde luego, podía sugerirle escenarios alternativos en Sudamérica—, pero me mordí la lengua de momento, consciente de lo que me había comentado el doctor Petersen respecto de la necesidad de Eva de tener un círculo social amplio.

—Comunícame lo que decidas —preferí decirle.

—De acuerdo.

Terminada la llamada, cogí la chaqueta y me la puse.

Estaba seguro de que Eva y el doctor Petersen discreparían al respecto, pero los amigos y la familia podían ser un castigo más que otra cosa.

El resto de la tarde transcurrió como estaba planeado. Eran casi las cinco cuando Arash entró tranquilamente y se acomodó en el sofá más cercano, extendiendo los brazos sobre el respaldo. Concluí la conversación telefónica con uno de nuestros centros de distribución en Montreal y me levanté, estirando las piernas. Tenía prevista una sesión con mi entrenador personal, que iba a darme una paliza. Estaba seguro de que a Eva le encantaría saber que me había minado las fuerzas.

Claro que eso no impediría que me acostase con ella al finalizar el día.

—Debe de haber una buena razón para que te hayas puesto tan cómodo —le dije a Arash secamente, rodeando el escritorio.

Él exhibió una sonrisa insolente.

—Deanna Johnson.

Ralenticé el paso, pues el nombre me había cogido por sorpresa.

—¿Qué pasa con ella? —inquirí.

Arash silbó.

—Así que la conoces.

—Es una periodista que va por libre —repuse.

Me acerqué al bar y saqué dos botellas frías de agua del frigorífico. Deanna era también una mujer con la que había follado, lo que resultó ser un error garrafal en más de un sentido.

—Vale. ¿Sabes la rubia despampanante que me dejó plantado anoche?

Le dirigí una mirada impaciente.

—Suéltalo de una vez.

—Trabaja en el departamento jurídico de la editorial que compró los derechos del libro de Corinne. Ella me ha contado que el escritor fantasma no es otro que Deanna Johnson.

Solté el aire bruscamente, apretando las botellas con tanta fuerza que el agua empezó a salirse.

—Maldita sea.

Mi mujer ya me había advertido que tuviera cuidado con ella y no la había escuchado.

—Deja que lo adivine —dijo Arash arrastrando las palabras—. Conoces a la señorita Johnson en el sentido bíblico...

Me giré y fui hacia donde él estaba. Le lancé una botella, salpicando gotas de agua entre los dos. Abrí la mía y bebí con ganas.

Eva tenía razón: era imprescindible que fuéramos un equipo mejor, más unido. Ambos tendríamos que aprender a confiar en los consejos del otro, y a seguirlos, incondicionalmente.

Mi amigo apoyó los codos en las rodillas, sosteniendo la botella de agua con las dos manos.

—Ahora entiendo por qué tenías tanta prisa en ponerle el anillo a Eva. En sellar el pacto antes de que ella salga corriendo.

Arash bromeaba, pero veía la preocupación en su rostro. Era un reflejo de la mía. Porque ¿hasta dónde aguantaría mi mujer?

Me retiré la botella de los labios.

—Bueno, bonita noticia para acabar el día —murmuré.

—¿Qué es?

Arash y yo volvimos la cabeza y vimos a Eva entrando por la puerta de mi despacho con tan sólo el teléfono móvil en las manos. Vestía la misma ropa deportiva que llevaba el día que la conocí. Últimamente tenía la cola de caballo más corta y ligera, el cuerpo más delgado y definido. Pero siempre sería aquella chica que me dejó sin respiración.

—Eva. —Arash se levantó rápidamente.

—¿Qué tal? —Le sonrió mientras venía hacia mí, y se puso de puntillas para plantarme un beso en los labios—. Hola, campeón.

Al posarse de nuevo en el suelo, tenía arrugado el entrecejo.

—¿Qué ocurre? ¿Es un mal momento?

La agarré por la cintura, acercándola a mí. Me encantaba notar su cuerpo contra el mío; calmaba la ansiedad que sentía cuando no estábamos juntos.

—Claro que no, cielo. Tú ven a verme cuando te apetezca.

Le brillaban los ojos.

—Megume y yo vamos a ir juntas al gimnasio, pero he llegado pronto, así que se me ha ocurrido pasar a verte. Echar una ojeada a lo buenazo que estás para motivarme.

La besé en la frente.

—No te me agotes —susurré—, que ésa es tarea mía.

Eva seguía con el ceño fruncido cuando me enderecé.

—En serio, ¿qué pasa?

Arash se aclaró la garganta e hizo un gesto en dirección a la puerta.

—Me vuelvo a mi oficina.

Respondí a su pregunta antes de que él se fuera:

—Deanna está escribiendo el libro de Corinne.

Eva se tensó.

—¿De veras?

—¿Ella sabe quién es Deanna? —Arash nos miraba a los dos con unos ojos como platos.

Mi mujer clavó la mirada en él.

—¿Conoces *tú* a Deanna?

Arash levantó las dos manos.

—No la he visto en mi vida. Nunca había oído hablar de ella hasta hoy.

Desprendiéndose de mi abrazo, Eva me lanzó una mirada.

—Te lo dije.

—Lo sé.

—¿Qué es lo que le dijiste? —preguntó Arash, metiéndose las manos en los bolsillos.

Me cogió la botella de agua y se dejó caer en un sillón.

—Que no era de fiar. Está encabronada porque Gideon consiguió desnudarla y luego la dejó plantada. No es que la culpe. Yo me sentiría completamente humillada si expusiera la mercancía y no vendiera un clavel.

Arash volvió a sentarse en el sofá.

—¿Tienes problemas de rendimiento, Cross?

—¿Buscas trabajo, Madani? —repliqué sentándome en un sillón.

—Ella ya había jugado con Gideon a esconder el salchichón antes —siguió Eva—. Y el salchichón le gustó de verdad... Tampoco la culpo por eso. Ya te he contado lo bueno que es en la cama.

Arash me miró, sumamente divertido.

—Es cierto, sí.

—Te deja con la boca abierta. Te encandila y...

—¡Joder, Eva! —mascullé.

Ella me miró de la manera más inocente.

—Sólo lo pongo en antecedentes, cariño. Además de hacer honor a la verdad. El caso es que la pobre Deanna está que no sabe si lo aborrece o quiere tirárselo. Como no puede hacer esto último, se atiene a lo primero.

Me quedé mirándola.

—¿Has terminado?

Mi mujer me lanzó un beso y, a continuación, bebió un buen trago de agua.

Arash se echó hacia atrás.

—Mis felicitaciones por revelarle todo eso —me dijo—. Eres una santa, Eva, por aguantarlo a él y la estela de mujeres despechadas que ha dejado.

—¿Qué puedo decir? —Frunció los labios—. ¿Cómo os habéis enterado?

—Conozco a alguien que trabaja en la editorial —explicó Arash.

—Ah. Pensé que quizá Deanna había dicho algo.

—No lo hará. En la editorial no quieren que se sepa que Corinne no está escribiendo el libro, así que tiene una cláusula de confidencialidad. Están negociando el contrato.

Eva se inclinó hacia adelante, arrancando trocitos de la etiqueta de la botella. Sonó su teléfono, que tenía junto al muslo en el sillón, y lo cogió para leer el texto.

—Me marcho. Megumi ya está lista.

Eva se levantó, y Arash y yo hicimos otro tanto. Instantes después la tenía en mis brazos, con la cabeza hacia atrás, esperando que le diera un beso. Se lo di, frotando mi nariz contra la suya antes de que se retirara.

—Tienes suerte de que yo apareciera —dijo. Me pasó el agua—. Piensa en la cantidad de problemas en los que te habrías metido si hubieras seguido soltero más tiempo.

—Tú eres un problema vitalicio —repuse.

Se despidió de Arash y salió. La observé marcharse, y me disgustó que se fuera. Eva dijo adiós a Scott con la mano al pasar delante de él y luego desapareció.

—¿Tiene hermanas? —preguntó Arash cuando ambos volvimos a sentarnos.

—No, es única.

—¡Un momento! —exclamó Eva volviendo a entrar.

Arash y yo nos levantamos de golpe.

Se unió de nuevo a nosotros.

—Si están negociando, aún no se ha firmado nada, ¿verdad?

—Verdad —respondió Arash.

Entonces me miró a mí.

—Tú puedes conseguir que no firme.

Enarqué las cejas.

—Y ¿cómo se supone que voy a hacerlo?

—Ofrécele un trabajo.

Me quedé mirándola, y luego respondí:

—No.

—No digas que no.

—No —repetí.

Mi mujer miró a Arash.

—En tus contratos de trabajo hay cosas como confidencialidad, respeto mutuo, no competencia, etcétera, ¿verdad?

Arash se quedó pensativo un momento.

—Ya sé adónde quieres ir a parar y, sí, las hay. Pero existen limitaciones respecto a lo que cubren esas cláusulas y cómo hacerlas cumplir.

—Pero eso será mejor que nada, ¿no? Mantén cerca a tus enemigos y todo eso... —Me lanzó una mirada expectante.

—No me mires así, Eva.

—Vale. Sólo era una idea. Tengo que irme. —Se despidió con un gesto de la mano y se apresuró a salir.

La falta de un beso o un adiós me sentó mal. Verla marchar por segunda vez... me disgustó aún más que la primera.

Me había hecho esperar para tener sexo con ella. Acababa de sugerir, sin darle mayor importancia, que sedujera a otra mujer. La Eva que yo conocía y amaba nunca habría hecho ninguna de esas dos cosas.

—Tú no quieres que se publique ese libro —le dije según se iba.

Eva se detuvo en la puerta y se giró. Me miró, con la cabeza ladeada ligeramente.

—No, no quiero.

Su escrutadora mirada me puso en el disparadero. Me caló enseguida y vio la turbación que me invadía.

—Sabes que esperaría que le ofreciera algo más que un simple empleo —añadí.

—Tienes que engatusarla —coincidió ella volviendo sobre sus pasos—. Eres una jugosa zanahoria, Cross. Y sabes cómo hacer de tentación inalcanzable sin proponértelo siquiera. Sólo tienes que conseguir que firme en la línea de puntos. Después, puedes trasladarla a Siberia con tal de que le asignes un empleo que se adecue a la descripción de las funciones del puesto.

Algo en su tono me puso los nervios de punta, eso y la forma en que me miraba, como un domador de leones rodeando a la fiera, cauto y vigilante pero controlando la situación.

Respondí a su provocación.

—Quieres que me prostituya para conseguir lo que deseas...

—Por Dios, Cross —masculló Arash—. ¡No seas imbécil!

Eva frunció el ceño, nublándosele el claro gris de los ojos.

—¡Gilipolleces! —espetó—. Sólo tendrías que embaucarla, no follártela. Quiero que se publique ese libro tanto como tú quieres escuchar *Rubia* una y otra vez, pero vives con la puñetera canción como yo puedo vivir con el puñetero libro.

—Entonces ¿a qué viene lo de contratarla? —repliqué

dando un paso hacia ella—. No quiero ni ver a esa maldita mujer, y mucho menos que trabaje para mí.

—Muy bien. Era sólo una sugerencia. Me he dado cuenta de que estabas disgustado nada más entrar aquí, y no me gusta verte disgustado...

—¡Por el amor de Dios, no estoy *disgustado*!

—Muy bien —respondió ella arrastrando las palabras—. ¿Prefieres *malhumorado*? ¿Sombrío? ¿Irritado? ¿Esos adjetivos te parecen más masculinos para ti, campeón?

—Debería ponerte el culo como un tomate.

—Inténtalo y te parto ese labio tan sexi que tienes —me soltó, sacando a relucir el genio—. ¿Tú crees que me gusta la idea de que pongas a esa zorra caliente? Sólo con imaginarte flirteando con ella, haciéndole creer que quieres echar un polvo con ella, me entran ganas de romper cosas, su cara incluida.

—Bien. —Había conseguido lo que necesitaba. Eva no podía ocultar los celos cuando se enfadaba. Le hervía la sangre, bullía de furia. Sin embargo, yo me había calmado.

—Y puede que el hecho de que Deanna renuncie no cambie nada —continuó sin dejar de echar chispas—. El editor podría contratar a otra persona para que escribiera el puto libro. Con suerte, alguien imparcial, pero, claro, a ti te salen examantes por todas partes, así que a lo mejor hasta podrían tener suerte otra vez.

—Ya basta, Eva.

—No te prostituiría sólo para impedir que se publicase ese libro. Tienes el mejor polvo del siglo. Podría conseguir varios miles de pavos a la hora por ti, como poco.

—¡Maldita sea! —Me abalancé sobre ella, pero se echó a un lado.

—¡Vale ya! —terció Arash, interponiéndose entre nosotros—. Como abogado tuyo que soy, he de decir que encabronar a tu mujer podría costarte millones.

—Le gusta encabronar a las mujeres —me chinchó Eva, moviéndose de un lado a otro detrás de Arash para esquivarme—. Le pone.

—Apártate, Madani —bramé.

—Es todo tuyo, Arash. —Eva saltó y puso pies en polvorosa.

Fui tras ella. La alcancé cuando cruzaba las puertas, cogiéndola de la cintura y separándole los pies del suelo. Ella forcejeaba, gruñendo.

Le hinqué los dientes en el hombro y Eva chilló, consiguiendo que varios pares de ojos se volvieran hacia nosotros. También los de Megumi, que justo en ese momento doblaba la esquina.

—Dame un beso de despedida —exigí.

—No te gustaría que te acercara la boca a ninguna parte de tu cuerpo en estos momentos.

Lanzándola hacia arriba, le di la vuelta en el aire y la hice bajar de cara a mí, apresándole la boca en un intenso beso. Fue un poco chapucero, torpe. Nos chocamos de nariz, pero la sensación de su boca bajo la mía, de su cálida piel bajo mis manos, era justo lo que necesitaba.

Eva me pellizcó el labio inferior con los dientes. Podría haberme hecho daño, sangre incluso, pero el mordisco era una suave regañina, al igual que su forma de tirarme del pelo.

—Estás loco —se quejó—. ¿Qué demonios te pasa?

—Ni se te ocurra marcharte sin darme un beso de despedida.

—¿Lo dices en serio? —Me miró desafiante—. Te he besado.

—La primera vez, pero no la segunda ni la tercera.

—¡Hay que joderse! —musitó. Agarrándose con fuerza a mi cuello, se incorporó y me envolvió la cintura con las piernas—. Y ¿por qué no me lo has pedido?

—No suplicaré.

—Nunca lo haces. —Me tocó la cara—. Tú das órdenes. No pares ahora.

—¡Hay que ver las cosas que puedes permitirte cuando eres jefe! —le dijo Megumi a Scott, que estaba sentado a su mesa con la mirada fija en la pantalla de su ordenador.

Scott tuvo la prudencia de no decir nada.

Sin embargo, Arash no se mostró tan circunspecto.

—Enajenación mental transitoria causada por el nerviosismo prenupcial, ¿verdad, Scott? —Se acercó a mí—. Incapacidad mental. Algún tipo de lapsus mental.

Le lancé una mirada de advertencia.

—Cierra la boca.

—Sé bueno. —Eva me besó ligeramente—. Luego hablaremos de todo esto.

—¿En tu casa o en la nuestra?

Ella sonrió, aplacado el genio. Soltó las piernas y la dejé en el suelo.

Ahora podía dejar que se marchara. Seguía sin gustarme, pero se me había quitado el nudo que tenía en el estómago. Eva estaba como si no hubiera pasado nada. Su genio aparecía siempre como una tormenta repentina y se disipaba con la misma rapidez, haciendo borrón y cuenta nueva.

—Hola, Megumi. —Alargué la mano.

Ella la estrechó, presumiendo de uñas esmaltadas con brillo casi transparente. Megumi era una mujer atractiva, con una media melena y los ojos almendrados.

La amiga y excompañera de trabajo de Eva tenía mejor aspecto que la última vez que la había visto, lo cual me agradó, porque sabía lo mucho que mi mujer se preocupaba por ella. La conocía sólo de vista antes de la agresión sexual que recientemente había cambiado su vida. Lo lamentaba. Los oscuros ojos marrones de la mujer que tenía delante en ese momento dejaban entrever una mirada herida y un aire bravucón que delataba vulnerabilidad.

Yo sabía por experiencia que le quedaba mucho camino por recorrer. Y nunca volvería a ser la misma persona.

Miré a Eva. Mi mujer había hecho un largo viaje, tanto de la niña que había sido como de la jovencita que era cuando la conocí. Ahora era más fuerte, también. Me alegraba verlo y no lo cambiaría por nada.

Sólo me quedaba rezar para que esa fortaleza no terminara alejándola de mí.

Salí del estudio de James Cho como suponía, completamente derrotado. Aun así, me las arreglé para redimirme al final, derribando al excampeón de lucha libre en nuestro último combate de entrenamiento.

Angus me esperaba en la calle, junto al Bentley. Abrió la puerta y me cogió la bolsa de deporte, pero no sonrió. En el asiento trasero, *Lucky* ladró en su transportín, asomando su ansiosa cara entre los barrotes.

Deteniéndome un momento antes de subir al coche, le sostuve la mirada a Angus.

—Tengo información —dijo muy serio.

Debido a la búsqueda de los archivos de Hugh, estaba preparado para recibir malas noticias.

—Hablaremos cuando lleguemos al ático —repuse.

—Sería mejor en su despacho.

—De acuerdo. —Me senté en el asiento trasero, frunciendo el ceño.

Cualquiera de los dos lugares era privado. Había sugerido que fuéramos a casa para que Eva pudiera estar conmigo, apoyándome, cuando Angus me informara de lo que tuviera que informarme. Sin embargo, el hecho de que él prefiriera el despacho sólo podía significar que no quería que Eva estuviera presente.

¿Qué tendría que decirme que era mejor que mi mujer no se enterara?

Lucky dio una patada a la puerta del transportín, gimiendo suavemente. Distraído, la abrí y salió disparado, subiéndoseme en el regazo y echándose hacia atrás para lamerme la mandíbula.

—Bueno, bueno. —Lo sujeté para que no se cayera de tan exaltado como estaba y ladeé la cabeza para evitar que me lamiera en la boca—. Yo también me alegro de verte.

Durante el trayecto, me dediqué a contemplar la ciudad mientras acariciaba con una mano aquel cuerpo suave y cálido. Nueva York ofrecía un paisaje muy diferente por la noche, con aquella combinación de oscuros callejones y rascacielos parpadeantes, estridentes fachadas de neón e íntimos restaurantes con terraza.

Con casi dos millones de personas viviendo en una isla de menos de sesenta kilómetros cuadrados, la privacidad era rara e imaginada. Las ventanas de los apartamentos estaban enfrentadas, con apenas distancia entre ellas. Era habitual que los cristales no se cubrieran, quedando así expuesta la vida privada de la gente a todo aquel que quisiera mirar. El telescopio era un objeto muy apreciado.

El neoyorquino vivía en una burbuja, ocupándose de sus asuntos con la esperanza de que los demás hicieran lo mismo. La otra opción era ser claustrofóbico, la antítesis del espíritu de libertad sobre el que se fundaba el Empire State.

Llegamos al Crossfire y bajé del Bentley con *Lucky*. Angus entró por la puerta giratoria detrás de mí y cruzamos el vestíbulo en silencio. Los guardias de seguridad se levantaron al verme, saludándome rápidamente por mi nombre, mientras lanzaban miradas al pequeño cachorro que llevaba bajo el brazo. Sonreí para mis adentros al ver mi reflejo. Vestido con un pantalón de chándal y una camiseta, y el pelo húmedo de la ducha, dudaba que nadie que no estuviera enterado creyera que aquel edificio era de mi propiedad.

Subimos rápidamente en el ascensor y, a los pocos minutos de nuestra llegada, cruzábamos la oficina central de Cross Industries. La mayoría de los despachos y los cubículos estaban oscuros y vacíos, pero algunos empleados ambiciosos seguían aún trabajando, o carecían de motivos para irse a casa. Lo comprendía perfectamente. Hasta no hacía mucho, yo también pasaba más tiempo en la oficina que en el ático.

Al entrar en mi despacho, encendí las luces y ajusté la opacidad de la pared acristalada. Luego me dirigí a la zona de estar y me acomodé en el sofá poniendo a *Lucky* sobre un cojín a mi lado. Fue en ese momento cuando me fijé en que Angus llevaba una carpeta de piel gastada.

Arrimó un sillón a la mesa de centro y se sentó. Me miraba a los ojos.

Se me hizo un nudo en la garganta al venírseme a la cabeza otra posibilidad. Angus parecía sombrío, excesivamente formal.

—No vas a retirarte —me adelanté con la voz pastosa—. No pienso permitirlo.

Se me quedó mirando un momento y luego su expresión se suavizó.

—Amigo, aún tendrá que aguantarme algún tiempo —replicó.

Me sentí tan aliviado que me hundí en el sofá con el corazón desbocado. *Lucky*, juguetón como siempre, me saltó al pecho.

—¡Abajo! —le ordené, con lo que conseguí que se alborotara todavía más.

Lo puse en su sitio con una mano y, con un gesto de la cabeza, le indiqué a Angus que comenzara.

—Recordará el dossier que compilamos cuando conoció a Eva —dijo.

Concentrado al oír el nombre de mi mujer, me puse derecho.

—Por supuesto —asentí.

El recuerdo del día que conocí a Eva me vino de inmediato a la mente. Estaba ya sentado en la limusina, a punto de marcharnos. Ella había entrado en el edificio. La vi y sentí que me atraía. Incapaz de resistirme, le dije a Angus que esperara, volví a entrar y me encontré... persiguiendo a una mujer, algo que yo nunca había hecho.

Se le cayó su tarjeta de identificación al verme, y yo se la recogí, fijándome en su nombre y en la compañía para la que trabajaba. Por la noche tenía ya una carpeta en el escritorio de mi casa con información confidencial sobre ella, algo que tampoco había hecho nunca por un mero interés sexual. De alguna forma, inconscientemente, supe que era mía. Supe que, por mucho que me engañara a mí mismo, aquella mujer iba a ser importante para mí.

En los días que siguieron, el dossier aumentó, al incluir datos sobre los padres de Eva y a Cary, y luego a los abuelos paternos y maternos de Eva.

—Tenemos contratado a un abogado en Austin —continuó Angus— para que nos envíe informes de cualquier actividad inusual de Harrison y Leah Tramell.

Los padres de Monica. A mí me daba igual que se hubieran distanciado de su hija y de su nieta. Menos familia con la que lidiar. Pero también era consciente de que, aunque no hubieran mostrado ningún interés en Eva como nieta ilegítima que era, podrían cambiar de opinión cuando el matrimonio de ella conmigo se hiciera público.

—¿Qué han hecho?

—Han muerto —respondió bruscamente Angus, abriendo la carpeta—. Hace casi un mes.

Eso me dio que pensar.

—Eva no lo sabe. Precisamente este fin de semana estuvimos hablando de las invitaciones de boda y salieron a colación. Supongo que Monica no cuenta con ellos.

—Fue ella quien escribió la nota necrológica que apareció en el periódico local. —Angus sacó una fotocopia y la puso encima de la mesa.

La cogí y le eché un rápido vistazo. Los Tramell habían muerto juntos, en un accidente de navegación durante unas vacaciones veraniegas. La foto que acompañaba la nota era de hacía varias décadas, con prendas y peinados que se remontaban a los años setenta. Formaban una atractiva pareja, bien vestida y con accesorios caros. Lo que no encajaba era el pelo; incluso en el blanco y negro del periódico se veía que ambos tenían el cabello oscuro.

Leí la frase final: «Harrison y Leah dejan una hija, Monica, y dos nietos». Levanté la vista hacia Angus y repetí en voz alta:

—¿Dos nietos? ¿Eva tiene un hermano?

Lucky consiguió zafarse de mi laxa sujeción y saltó al suelo.

Angus respiró hondo.

—Esa mención y la foto me llevaron a investigar más a fondo.

Sacó una fotografía y la dejó sobre la mesita.

Le eché una mirada.

—¿Quién es?

—Monica Tramell, que ahora se llama Monica Dieck.

Se me heló la sangre. La mujer de la foto era morena, como sus padres. Y no se parecía en absoluto ni a la Monica que yo conocía ni a mi mujer.

—No entiendo nada.

—Todavía no he averiguado cuál es el nombre real de la madre de Eva, pero la verdadera Monica Tramell tenía un hermano llamado Jackson, que estuvo casado con Lauren Kittrie por poco tiempo.

—Lauren. —El segundo nombre de Eva—. ¿Qué sabemos de ella?

—De momento, nada, pero lo sabremos. Estamos investigando.

Me pasé los dedos por el pelo.

—¿Es posible que nos hayamos confundido de Tramell y hayamos investigado a la familia que no era?

—Qué va, amigo.

Me levanté y me acerqué al bar. Cogí dos vasos del estante y vertí dos dedos de whisky de malta Ardbeg Uigeadail en cada uno.

—Stanton lo averiguaría todo sobre Monica, la madre de Eva, antes de casarse con ella.

—Usted no supo nada del pasado de Eva hasta que ella se lo contó —dijo.

Tenía razón. Los informes sobre los abusos a Eva, el aborto, las transcripciones judiciales, el acuerdo..., todo había sido meticulosamente ocultado. Cuando le pedí a Arash que redactara el acuerdo prenupcial, nos limitamos a verificar sus bienes personales y sus deudas, eso fue todo. La amaba. La deseaba. Nunca se me habría ocurrido dudar de ella.

Stanton también amaba a su esposa. La fortuna personal de ésta, acumulada tras dos ventajosos divorcios, debió de servir para hacer frente a los problemas más acuciantes. Por lo demás, suponía que él y yo habíamos actuado de manera similar. ¿Por qué buscar problemas cuando todo indicaba que no había ninguno? El amor se empeñaba en no ver e idiotizaba a los hombres.

Rodeé el bar y estuve a punto de tropezar con *Lucky* cuando de repente se puso delante de mí.

—Benjamin Clancy es muy bueno —añadió Angus—. Jamás se le habría pasado algo así.

—Joder, a nosotros se nos ha pasado. —Me ventilé el whisky de un trago.

—La madre de Eva utilizó el nombre, la fecha de nacimiento y la historia familiar de Monica, pero nunca ha abierto una línea de crédito, que es como se descubren la mayoría de las identidades falsas. La cuenta bancaria que utiliza se estableció hace veinticinco años, y se trata de una cuenta empresarial con una identificación fiscal independiente.

Cuando la abrió, tuvo que aportar un número de la seguridad social, pero el mundo era un lugar muy diferente antes de internet.

La enormidad del fraude casi escapaba a mi entendimiento. Si Angus tenía razón, la madre de Eva habría vivido más tiempo con la identidad de otra persona que con la suya propia.

—Amigo, no hay rastro —repitió, dejando el whisky en la mesita sin tocar—. Ninguna miga de pan que seguir.

—Y ¿qué me dices de la auténtica Monica Tramell?

—Su marido lo controla todo. En ese sentido, ella es casi como si no existiera.

Bajé la mirada al cachorro, que me daba con la pata en la espinilla.

—Eva no sabe nada de esto —dije con tristeza—. Me lo habría contado.

Pero incluso mientras lo decía, me pregunté *cómo* podría habérmelo dicho. Cómo se lo habría dicho yo, si estuviera en su lugar. ¿Podía guardar semejante secreto porque llevaba tanto tiempo viviendo una mentira que había llegado a creérsela?

—Sí, Gideon —dijo Angus, en voz baja y conciliadora. Él también se lo preguntaba. Era su trabajo hacerlo—. Ella lo ama de verdad, como no he visto nunca a una muchacha querer a un hombre.

Me arrellané en el sofá, noté el peso ligero de *Lucky* cuando se me subió encima.

—Tengo que saber más. Tengo que saberlo todo. No puedo irle a Eva con esta clase de información a retazos.

—La tendrá —me prometió.

9

—Es... —Estremecida al ver el detallado boceto que Cary me había puesto delante, negué con la cabeza—. Es bonito, pero no es... adecuado. No es el apropiado.

Mi amigo soltó el aire de golpe. Desde donde estaba sentado en el suelo, a mis pies, echó la cabeza hacia atrás y la apoyó en el sofá para mirarme de arriba abajo.

—¿Bromeas? Te paso un vestido de boda único, diseñado exclusivamente para ti, y vas tú y lo descartas así, sin más.

—No quiero un vestido sin tirantes. Y éste es corto por delante y largo por detrás...

—Ésa es la cola —dijo secamente.

—Entonces ¿por qué veo los zapatos? No deberían verse.

—El boceto se ha hecho en cinco minutos. Puedes decirle que quieres la parte delantera más larga.

Alargué la mano y cogí la botella de vino que habíamos abierto un poco antes y me serví más. Por los altavoces de sonido envolvente, a bajo volumen, sonaban los grandes éxitos de Journey. En el resto del ático reinaba el silencio y la oscuridad; dos lámparas de mesa iluminaban la sala.

—Es demasiado... contemporáneo —protesté—. Demasiado moderno.

—Ah, ya. —Levantó la cabeza para mirar el dibujo otra vez—. Por eso mola tanto.

—Muy a la última, Cary. Cuando tenga hijos, lo mirarán y se preguntarán en qué debía de estar pensando. —Tomé un sorbo de vino y le pasé los dedos por su denso pelo—. Quiero algo intemporal. Estilo Grace Kelly o Jackie Kennedy.

—¿Hijos, eh? —Cary se dejaba acariciar como un gato—. Si te das prisa, podremos empujar cochecitos por el parque juntos y quedar de vez en cuando para que jueguen los niños.

—¡Ja! Dentro de diez años, quizá. —Me parecía buena idea. Diez años para tener a Gideon en exclusiva. Tiempo para que ambos madurásemos un poco más, para que todo se tranquilizara y encontráramos nuestro ritmo de vida.

Las cosas mejoraban cada vez más, pero seguíamos siendo una pareja voluble con una relación tempestuosa. ¿De qué habíamos discutido antes en su despacho? Aún no lo sabía. Así era Gideon. Grácil, salvaje y peligroso como un lobo. Tan pronto comía de mi mano, como me la mordía. Y, por lo general, a continuación me follaba como un animal y... El plan funcionaba conmigo.

—Ya —dijo Cary con aire taciturno—. Harán falta diez años, y la Inmaculada Concepción, para que te quedes preñada si no empiezas a tirártelo de nuevo.

—¡Puf! —Le tiré del pelo—. No es que sea asunto tuyo, pero anoche le alegré la vida a base de bien.

—¿Ah, sí? —Me dirigió una mirada lasciva por encima del hombro—. Ésa es mi chica.

Sonreí.

—Y pienso volver a alegrársela en cuanto llegue a casa.

—Estoy celoso. Yo no me como un rosco. Ni uno. Cero. Cero patatero. Voy a terminar haciéndome una mella permanente en la palma de la mano con mi polla solitaria.

Riendo, me eché hacia atrás en el sofá.

—No es malo tomarse un descanso de vez en cuando. Ayuda a ver las cosas con cierta perspectiva.

—El tuyo ha durado poco más de una semana escasa —se burló.

—Diez días, exactamente. Diez días horribles, infernales, espantosos. —Tomé otro sorbo de vino.

—¿Lo ves? Fatal. Un rollo.

—Espero no volver a pasar por ello, pero me alegro de que fuéramos capaces de dejar el sexo a un lado durante un tiempo. Hizo que nos centráramos en hablar detenidamente de ciertas cosas y disfrutar de estar juntos sin más. Cuando finalmente dimos rienda suelta, fue... —Me lamí los labios—. Explosivo.

—Me la estás poniendo dura.

Di un resoplido.

—Y ¿qué no?

Cary me miró con malicia.

—No pienso avergonzarme de mi sana pulsión sexual.

—Siéntete orgulloso de ti mismo por tomarte un tiempo para decidir hacia dónde vas. Yo estoy orgullosa de ti.

—Ah, gracias, mamá. —Apoyó la cabeza en mis rodillas—. Sabes que... podría estar mintiéndote.

—Nooo. Si estuvieras follando por ahí, querrías que yo lo supiera, porque entonces te patearía el culo, que es parte de la diversión. —No era cierto. Pero era la forma que tenía él de utilizarme para castigarse a sí mismo.

—Lo que va a ser divertido es Ibiza.

—¿Ibiza? —Tardé unos segundos en darme cuenta—. ¿Para mi despedida de soltera?

—Exacto.

España. A medio mundo de distancia. No me lo esperaba.

—¿Cuánto se supone que durará esa fiesta?

Cary esbozó su sonrisa de oro.

—El fin de semana.

—No es que tenga nada que decir, pero a Gideon no le va a gustar.

—Ya lo he tranquilizado. Le inquieta la seguridad, pero él también estará muy ocupado, en Brasil.

Me incorporé.

—¿Brasil?

—Pareces un loro hoy, repitiendo todo lo que digo...

Me encantaba Brasil. Me encantaban la música, el clima, la pasión de la gente. En la cultura brasileña había una sensualidad incomparable.

E imaginar a Gideon allí, con esa panda de ricos salidos a los que él llamaba *amigos*, celebrando los últimos días de una soltería a la que ya había renunciado...

Cary se retorció para mirarme.

—Conozco esa mirada. Te estás poniendo nerviosa sólo de imaginártelo rodeado de biquinis brasileños y de las apasionadas mujeres que los lucen.

—Cierra la boca, Cary.

—Y se lleva a la tropa adecuada para darle duro. En especial, ese Manuel. Es un jugador de primera.

Me acordaba de haber visto cómo Manuel Alcoa se ligaba a una chica en una ocasión en que todos habíamos salido juntos a un bar de karaoke. Al igual que Arnoldo, Gideon y Arash, Manuel ni siquiera tenía que proponérselo. Le bastaba con escoger entre la amplia variedad de mujeres que se le lanzaban.

¿Qué iba a hacer mi marido cuando sus amigos se emparejaran con unas preciosidades? ¿Sentarse solo mientras se tomaba una caipiriña? Lo dudaba mucho.

Gideon no me engañaría. Ni siquiera flirtearía; no era su estilo. No lo había hecho ni conmigo al principio, y eso que yo era el amor de su vida. No, él dominaría la sala, dando la imagen de alguien oscuro, peligroso e intocable, mientras una interminable oleada de guapísimas mujeres babeaban a su alrededor.

¿Cómo iba a salir indemne de algo así?

Cary se echó a reír.

—Pareces a punto de matar a alguien.

—Eres a quien tengo más cerca —le advertí.

—A mí no puedes matarme. ¿Quién te prepararía la ropa más adecuada para poner a Gideon tan celoso como lo estás tú?

—Vaya, parece que he llegado a casa en el momento oportuno.

Cary y yo volvimos la cabeza hacia la puerta del vestíbulo y vimos a Gideon entrando con una bolsa de lona colgada al hombro y un transportín en la mano.

El placer que me produjo verlo se llevó por delante mi gesto de enfado. No sabría decir cómo lo hacía, pero Gideon se las arreglaba para estar increíblemente sexi incluso con un pantalón de chándal y una camiseta.

Dejó las cosas en el suelo.

—¿Qué llevas ahí? —Cary se puso de pie y se acercó al transportín.

Yo me levanté y me dirigí hacia mi marido, estremecida por la sencilla alegría de recibirlo en casa. Él me alcanzó a medio camino y me rodeó con sus brazos. Metí las manos por debajo de su camisa, acariciando aquella carne cálida y tersa. Cuando se inclinó para besarme, eché la cabeza hacia atrás. Sus labios rozaron los míos hasta posarlos en un cálido y mudo saludo.

Cuando se enderezó, se lamió los labios.

—Sabes a vino.

—¿Quieres un poco?

—Por supuesto.

Fui a la cocina a por otra copa. A mis espaldas, oí a los chicos saludarse y después Gideon sacó a *Lucky* para presentárselo a Cary. Unos alegres ladridos y la sonora risa de mi amigo llenaron el ambiente.

No me había mudado allí todavía, pero me sentía en casa.

Hacía una hora que Cary se había ido y seguía sin atreverme a preguntarle a Gideon lo que me rondaba por la cabeza.

Estábamos sentados en el sofá. Él, repantigado cómodamente, con las piernas separadas, un brazo sobre mis hombros y una mano descansando al desgaire en uno de sus muslos. Yo, acurrucada contra él, con las piernas encogidas y la cabeza en su hombro, jugueteando con el dobladillo de su camiseta. *Lucky* dormía en su parque junto a la chimenea apagada, gimiendo de vez en cuando mientras soñaba con lo que soñaran los perros.

Gideon había permanecido callado en los últimos treinta minutos, meditabundo casi, mientras yo discutía los méritos del boceto de traje nupcial que él había cogido de encima de la mesita.

—Bueno —concluí—. Imagino que lo sabré cuando lo vea, pero el tiempo se agota. Estoy intentando no ponerme nerviosa, pero tampoco quiero conformarme con cualquier cosa.

Levantó la mano de mi hombro y me rodeó la nuca con ella. Me besó en la frente.

—Cielo, incluso en vaqueros serías la novia más bonita del mundo.

Emocionada, me arrimé aún más a él. Aspiré profundamente y pregunté:

—¿A qué parte de Brasil vais a ir?

Gideon me pasaba los dedos por el pelo.

—A Río.

—Oh. —Lo veía ya tumbado en la arena blanca de la playa de Copacabana, exhibiendo su magnífico cuerpo bronceado, protegiendo sus brillantes ojos azules detrás de unas gafas de sol oscuras.

Las preciosas mujeres de la playa no sabrían decir si estaba mirándolas o no. Eso las excitaría, las haría más descaradas.

Por la noche, sus amigos y él se empaparían de la vida nocturna de Ipanema o quizá se comportarían como verdaderos hedonistas y se dirigirían a Lapa. Adondequiera que fuesen, los seguirían mujeres ligeras de ropa, despampanantes y apasionadas. Era inevitable.

—Oí decir a Cary que estabas celosa —murmuró, frotándome la coronilla con los labios. Percibí un cierto tono de satisfacción en su voz.

—¿Por eso has elegido Brasil? ¿Para que yo sufra?

—Cielo. —Me agarró del pelo con más fuerza, obligándome dulcemente a echar la cabeza hacia atrás y mirarlo—. Yo no he tenido nada que ver en la elección del destino. —Arqueó los labios hacia arriba en una sonrisa de lo más sexi—. Pero me alegra que vayas a sufrir.

—Sádico. —Me aparté de él.

Gideon tiró de mí y me devolvió a mi sitio, no iba a permitir que me fuera muy lejos.

—Después de tu sugerencia con respecto a Deanna, empezaba a pensar que estabas cansándote de mí.

—¡Muy gracioso!

—A mí no me lo parece —dijo sin alterarse. Me escrutaba con la mirada.

Al darme cuenta de que hablaba en serio, al menos en parte, dejé de intentar alejarme.

—Te dije que no me gustaba nada la idea de que la contrataras.

—No inmediatamente. Recomendaste que la sedujera de la misma forma que me dirías que comprara una botella de vino de camino a casa. Al menos, cuando he mencionado Río, te has puesto tensa y te has enfurruñado un poco.

—Hay una diferencia...

—¿Entre seducir a una mujer con la que he follado antes y aceptar ir a una despedida de soltero que yo no he planeado? No lo dudes. Y no entiendo por qué te parece bien lo primero y te crea problemas lo segundo.

Lo fulminé con la mirada.

—¡Porque lo uno es una transacción comercial en un ambiente controlado y lo otro es un «¡hurra!, a follar por deporte» en una de las ciudades más sexis del mundo!

—Tú lo sabes todo —replicó. Hablaba con voz baja, tranquila, natural, lo cual significaba que había peligro.

—No eres tú quien me preocupa —insistí—. Me preocupan las mujeres que te desearán. Y tus amigos, que se emborracharán y se pondrán cachondos y querrán que tú también participes del juego.

Su rostro era impasible, fría su mirada.

—Y ¿crees que no soy lo bastante fuerte para soportar la presión de los compañeros?

—Yo no he dicho eso. No pongas en mi boca palabras que no son mías.

—Sólo trato de aclarar tu enrevesado razonamiento.

—Mira, volvamos a la cuestión de Deanna. —Conseguí zafarme y me levanté. De frente a la mesa de centro, extendí ambas manos, dando indicaciones—. Así es como lo imaginaba antes de hacerte la sugerencia. Estás en tu despacho, apoyado en tu escritorio de la manera en que habitualmente lo haces y que es sexi a más no poder. La chaqueta en el perchero, tal vez un whisky con hielo cerca de la mano para darle el toque informal.

Me coloqué mirando hacia el sofá.

—Deanna se sienta en el sillón más alejado de ti, para que te vea bien. Le haces un buen repaso, despacio, dices algunas frases ambiguas sobre hacer cosas juntos. Ella se hace ilusiones y sella el acuerdo con una firma en la línea de puntos. Eso es todo. Nunca te acercas a ella y no te sientas en ningún momento. La pared acristalada está transparente durante toda la reunión, así ella no se atreverá a hacer ningún movimiento.

—¿Has imaginado todo eso en un instante?

—Bueno. —Me di unos golpecitos en la sien—. Tengo

algunos recuerdos aquí arriba que han añadido leña al fuego.

—En los recuerdos que tengo yo de seducciones en mi despacho no hay nadie más —repuso secamente.

—Oye, campeón. —Me senté en la mesa de centro—. Fue un pensamiento espontáneo que se me ocurrió porque estaba preocupada por ti.

La expresión de Gideon se suavizó.

—Ya entiendo.

—¿De veras? —Me incliné hacia adelante y apoyé las manos en las rodillas—. Siempre seré posesiva, Gideon. Eres *mío*. Ojalá pudiera ponerte un cartel que lo dijera.

Levantó la mano izquierda, exhibiendo su alianza.

Yo me reí.

—¿Sabes cuántas mujeres se van a fijar en eso cuando andes merodeando con tu pandilla por Río?

—Lo harán cuando se lo enseñe.

—Entonces uno de tus amigos soltará que estáis celebrando una despedida de soltero y pondrán más empeño.

—Eso no las conducirá a nada.

Lo recorrí con la mirada.

—Estarás irresistible con unos pantalones de vestir gris oscuro y una camiseta negra de cuello de pico.

—Te estás acordando de aquella noche en el club.

Era evidente que él también la recordaba. La verga se le puso gruesa y larga, los pantalones del chándal abultándose de forma obscena.

Por poco se me escapa un gemido, pues su erección delataba que no llevaba nada debajo del suave algodón de la prenda deportiva.

—No podía dejar de pensar en ti cuando salí del despacho —musitó—. No podía quitarme tu imagen de la cabeza. Luego te llamé al trabajo y tú me provocaste, diciéndome que te ibas a ir a casa a jugar con tu vibrador cuando yo tenía el cipote bien duro y preparado para ti.

Me moría de vergüenza al acordarme de cada detalle. Aquella noche en Nueva York, él llevaba un jersey de cuello de pico, pero lo que yo imaginaba que llevaría en Río tenía en cuenta el clima tropical y el tórrido agolpamiento de cuerpos en un club nocturno.

—Te imaginaba en tu cama —continuó, llevándose la mano a la entrepierna para tocarse la erección a través de los pantalones—. Con las piernas abiertas. La espalda arqueada. El cuerpo desnudo y brillante de sudor mientras meneabas sin parar la gorda polla de plástico que te habías metido en tu aterciopelado coño. Ese pensamiento me volvía loco. Nunca había sentido una lujuria semejante. Era como si estuviese en celo. Tenía una necesidad febril de follar.

—¡Ah, Gideon! —Me dolía el sexo. Tenía los pechos hinchados y sensibles, los pezones duros e inflamados.

Él me observaba con los ojos encapotados.

—Salí antes de ir a encontrarme contigo. Iba a buscar a alguien que no me rechazara como lo habías hecho tú. Iba a llevarla al hotel, a abrirla de piernas y a follarla hasta que se me pasara aquella locura. Quien fuera importaba poco. No tendría cara ni nombre. No pensaba mirarla mientras estuviera dentro de ella. No sería más que una sustituta.

Dejé escapar un tenue gemido de dolor, la idea de que él estuviera con alguien de esa manera me resultaba insoportable.

—Estuve a punto de hacerlo varias veces —continuó con voz más áspera—. Me tomaba una copa mientras esperaba a que terminaran de flirtear y dieran a entender con un gesto que estaban listas para marcharse. Supongo que la primera vez me eché para atrás porque sencillamente ella no me excitaba. La segunda vez, supe que ninguna lo haría. Ninguna excepto tú. Estaba furioso. Contigo por decirme que no. Con ellas por no dar la talla. Y conmigo por ser demasiado débil para olvidarte.

—Así me sentía yo —confesé—. Ningún chico me parecía adecuado. No eran tú.

—Así es como será siempre para mí, Eva. Sólo tú. Siempre.

—No me preocupa que me engañes —repetí, poniéndome de pie.

Me quité la camiseta y luego los pantalones cortos. A continuación hice otro tanto con las bragas y el sujetador de encaje de Carine Gilson. Sin provocación.

Gideon siguió repantigado, mirando, inmóvil, como el dios del sexo que era, esperando a que se le diera placer.

Entonces lo vi con los ojos de otra persona, mi marido así sentado en un abarrotado club brasileño, demandando sexo en silencio, mientras segregaba oleadas de anhelante deseo. Así era él, una criatura apasionada de sexualidad insaciable. ¿Existía alguna mujer capaz de resistirse a él? Yo no conocía a ninguna.

Me acerqué y me senté a horcajadas sobre él. Deslicé las manos por sus anchas espaldas, sintiendo la calidez de su cuerpo a través del algodón de la camiseta. Gideon posó las manos en mis caderas, quemándome la piel.

—Las mujeres que te vean querrán hacer esto —susurré—. Tocarte de esta manera. Lo imaginarán.

Levantando la vista hacia mí, Gideon se pasó la lengua por su labio inferior muy despacio.

—Y yo estaré imaginándote a ti. De esta forma.

—Eso empeorará las cosas, porque se darán cuenta de lo mucho que lo deseas.

—Lo mucho que *te* deseo —me corrigió, deslizando las manos hasta rodearme las nalgas y apremiarme contra su erección.

Los labios de mi sexo, abiertos por la separación de mis muslos, acogieron su verga a través del encaje. Mi clítoris se apretaba contra aquella dureza y moví las caderas con una exclamación de placer.

—Me las imagino buscando el mejor punto de mira —le dije con la respiración entrecortada—, observándote con ojos que digan «fóllame», llevándose las manos al escote para que puedas apreciar sus atractivos. No paran de mover los pies, cruzando y descruzando las piernas porque eso es lo que quieren.

Le cogí el miembro, duro y grueso, y se lo acaricié. Se tensó en la palma de mi mano, lleno de vitalidad e impaciencia. Gideon separó los labios, única brecha en su autodominio.

—Estás pensando en mí, por eso se te ha puesto dura. Y si estás sentado de esta forma, con las piernas extendidas, podrán ver lo grande que tienes la polla y lo preparado que estás para utilizarla.

Llevé las manos atrás, lo agarré de las muñecas y le alcé el brazo izquierdo para colocárselo sobre el respaldo bajo del sofá.

—Éste es el aspecto que tienes. No te muevas. —El otro brazo se lo puse en el regazo—. Tendrás un vaso en esta mano, con dos dedos de oscura cachaza. Tomas un sorbo de vez en cuando, lamiéndotelo de los labios.

Me eché hacia adelante y pasé la lengua por aquella curva tan sensual. Tenía una boca preciosa y sexi. Sus labios eran carnosos pero firmes. A menudo componía un gesto adusto que no dejaba entrever sus pensamientos. Rara vez sonreía, pero cuando lo hacía, podía exhibir una sonrisita de chico juguetón o un gesto desafiante que rezumaba seguridad en sí mismo. Sus sonrisas lentas eran eróticas y provocadoras, mientras que con sus irónicas medias sonrisas se burlaba de sí mismo y de los demás.

—Tendrás un aire distante y ausente —proseguí—. Absorto en tus pensamientos. Aburrido de tanta energía frenética y música machacona. Los chicos van y vienen a tu alrededor. Manuel, siempre con una maciza despampanante en su regazo, una diferente cada vez que miras. Por lo que a él respecta, tiene para dar y tomar.

Gideon sonrió.

—Y siente debilidad por las latinas. Aprueba totalmente mi elección de esposas.

—Esposa —lo corregí—. Tu primera y última.

—La única —concedió él—. De genio vivo. Apasionada. Mi único ligue de todas las noches. Sé exactamente cómo será entre tú y yo, pero luego vas y me pillas por sorpresa. Me comes vivo, todas las veces, y quieres más.

Le abarqué la mandíbula con una mano y lo besé, masajeándole el miembro en largos y pausados tirones.

—Arash se acerca a llevarte una copa cada vez que da una vuelta a la sala. Te cuenta anécdotas sobre lo que ha visto mientras paseaba por ahí y durante unos instantes pareces divertido, lo que enloquece a las mujeres que te miran. Ese pequeño destello de intimidad y afecto sólo les hace querer más.

—¿Y Arnoldo? —preguntó mirándome con ojos oscuros, lujuriosos.

—Él se muestra distanciado, como tú. Tiene el corazón roto y se le ve dolido y cauteloso, pero es accesible. Flirtea y sonríe, pero hay algo en él inalcanzable. Las mujeres que se sienten intimidadas por ti irán a por Arnoldo. Conseguirá que te olviden, a pesar de que él las olvida a todas.

Gideon esbozó un amago de sonrisa.

—Mientras estoy allí sentado, sufriendo y rumiando, con una erección permanente, añorándote desesperadamente, ¿puedo divertirme un poco?

—Así es como me lo imagino, campeón. —Me senté un poco más atrás sobre sus muslos, duros como piedras—. Y las mujeres se verán a sí mismas acercándose a ti y sentándose en tu regazo como lo estoy yo ahora. Querrán recorrerte la espalda con las manos de esta manera.

Deslicé las palmas por debajo del dobladillo de su

camiseta y las apreté contra sus marcados y firmes abdominales. Seguí los surcos con los dedos, trazando cada músculo de aquella tableta de ocho.

—Fantasearán con la dureza de tu cuerpo desnudo, con el tacto de tus pectorales al apretarlos.

Mis palabras iban acompañadas de acciones, acelerándoseme el latido del corazón al sentir su piel bajo mis manos. Gideon era hermoso y fuerte, una poderosa máquina sexual. Había un primitivo impulso femenino que reaccionaba ante él de manera instantánea, que lo anhelaba. Era un macho con el que valía la pena aparearse, un alfa en la plenitud de la vida. Vigoroso. Fuerte. Sumamente peligroso e indomable.

Él se movió y yo me detuve.

—No, estate quieto —lo reprendí—. Tú no responderás a sus caricias.

—Tampoco estarán cerca de mí —replicó. Sin embargo, volvió a adoptar la pose en que lo había colocado. Un sultán de antaño, adorado por una ardiente chica del harén.

Le alcé la camisa. Se la subí y se la puse sobre la cabeza, sujetándole los hombros hacia atrás con la franja dura del tejido. Él volvió la cabeza, atrapándome un pezón y succionándolo, dando suaves tirones en el punto más sensible. Gemí e intenté soltarme; estaba tan excitada que no podía soportarlo. Gideon me agarró la endurecida punta con los dientes, dejándome sin escapatoria. Agaché la cabeza, con los ojos clavados en sus hundidas mejillas. Me azotaba el pezón con la lengua dentro del fuego de su boca, moviendo los magros músculos del cuello al tragar saliva. Sus rítmicos tirones resonaban en mi sexo, tenso y palpitante.

Tras introducir una mano entre los dos, desaté el cordón de la cinturilla de su pantalón y le bajé el elástico lo suficiente para liberarle el miembro. Lo sostuve con ambas manos, trazando con las yemas de mis dedos las gruesas y palpitantes venas que recorrían aquel falo tan despiadadamente sexi. Tenía la punta húmeda, jugosa al tacto de mis manos a causa del líquido preseminal.

Cuando dirigí su miembro hacia la abertura de mi sexo, Gideon me soltó el pezón.

—Con calma, cielo —ordenó con brusquedad—. Poco a poco. Pienso pasarme la noche dentro de ti y no quiero que termines dolorida.

Se me puso la carne de gallina.

—Ellas no se imaginarían poseyéndote despacio —argumenté.

Levantó ambas manos y me retiró el pelo de la cara.

—Ahora no estás pensando en otras mujeres, cielo. Es a ti a quien estás imaginando.

Di un respingo al comprender que tenía razón. La mujer que lo estaba montando no era ninguna de las morenas de piernas largas que, en mi imaginación, lo follaban con los ojos. Era yo. Era yo la que le acariciaba la verga con adoración. Era yo la que estaba colocándolo, descendiendo sobre él, tomándome un momento para frotar la ancha corona de su pene arriba y abajo entre los labios de mi sexo.

Mi marido gimió por la sensación que le producía el roce de mi cuerpo, elevó las caderas ligeramente y empujó con exigencia para entrar en mí. Me agarró de las caderas, tirando de mí hacia abajo, abriéndome de par en par con la ancha punta de su polla.

—Oh, Gideon. —Me pesaban los párpados al hundirme en él, acogiendo un grueso par de centímetros en mi interior.

Él me alzó ligeramente, hasta introducirme sólo la punta, luego volvió a bajarme, hasta penetrarme un poco más. Parecía tener los tendones del cuello en relieve de lo que se le marcaban.

—Tú no quieres que lleve un cartel —dijo—. Lo que

quieres es que te lleve *a ti*, a tu prieto coñito exprimiéndome la polla. Tú te imaginas poniéndoteme encima mientras yo me echo hacia atrás y dejo que te sacies.

Estiró los brazos a lo largo del respaldo del sofá, mostrando aquel magnífico torso masculino.

—¿O quieres que participe?

Me humedecí los labios, resecos, y negué con la cabeza.

—No.

Subí y volví a bajar repetidamente, dejando que me penetrara un poco más cada vez, hasta apoyar las nalgas en sus muslos. Era todo grosor y largura. Gemí al sentir cómo palpitaba en mi interior.

Y aún no lo tenía entero.

Ladeé la cabeza y lo besé, saboreando el tacto de su lengua contra la mía.

—Están mirándote, ¿verdad? —susurró.

—Mirándote a *ti*. Cuando me elevo un poco, ellas pueden verte, ver la verga tan grande que tienes. La quieren, se mueren por ella, pero es mía. Eres tú quien me mira. No puedes apartar los ojos de mí. Para ti, no hay nadie más en la sala.

—Pero no te toco todavía, ¿verdad? —Cuando negué con la cabeza, él esbozó una sonrisa pícara—. Doy unos sorbos a mi cachaza con aire despreocupado, como si no tuviera a la mujer más sexi del planeta trabajándome la polla delante de todo el mundo. Ya no estoy aburrido; en realidad, tampoco lo estaba antes. Simplemente esperaba. Te esperaba a ti. El murmullo de mi sangre me decía que no andabas lejos.

Con las manos apoyadas en sus hombros, empecé a follarlo con cadenciosos movimientos de las caderas. Era delicioso. Deliciosa la sensación que me producía aquel falo moviéndose en mi interior. Delicioso el quedo y peligroso rumor de su pecho, que delataba cuán excitado estaba. Deliciosa la película de sudor que le cubría la piel, la forma en que se le contraían los abdominales cuando me dejaba caer y él se adentraba aún más en mí. Nada me parecía suficiente.

Y el modo en que me seguía el juego..., lo bien que me conocía..., lo mucho que me amaba.

Gideon se ensimismaba gozando conmigo, pero nunca dejaba de estar pendiente, centrado en mí antes de llegar él al orgasmo. Había reconocido mi fantasía por el exhibicionismo sexual antes que yo, y me había dado ese gusto, cuidando de mí siempre, sin arriesgarse nunca a la exposición pero tentándome con la posibilidad. Nunca jamás lo compartiría en ese sentido, era sumamente posesiva. Y él jamás compartiría el más mínimo atisbo de mí porque era sumamente protector.

Pero gozábamos con el juego. Para dos personas que habían sido iniciadas en el sexo con dolor y vergüenza, el hecho de que pudieran hallar tanta dicha y tanto amor en el acto sexual era maravilloso.

—Estoy duro como el acero dentro de ti —masculló, acoplándose a mi sexo como lo había hecho en mi mano—. La música está alta, nadie oye mis jadeos, pero tú los sientes. Sabes que me estás volviendo loco. El que no dé muestra de ello te excita tanto como que te miren.

—Tu control —dije con la voz entrecortada, acelerando el ritmo.

—Porque estoy dominando desde abajo —repuso en tono enigmático—. Tú finges llevar la iniciativa, pero no es eso lo que quieres. Conozco tus secretos, Eva. Los conozco todos. No hay nada que puedas ocultarme.

Se llevó la yema del pulgar a los labios y la recorrió con la lengua en un gesto lento y sensual, sin dejar de mirarme en ningún momento. Luego metió la mano entre los dos y empezó a acariciarme el clítoris en rápidos y firmes círculos. Me corrí con un grito, mi sexo ordeñándole la polla con sus frenéticas contracciones.

Gideon entró entonces en acción. Me sujetó y se levantó, tumbándome boca arriba en el sofá a la vez que tomaba impulso con los pies, introduciéndome los últimos centímetros de su gruesa polla dentro de mí. A continuación empezó a follarme con una avidez violenta, primaria, aprovechando las oleadas de mi clímax en la carrera por el suyo.

Echando la cabeza hacia atrás, susurró mi nombre y se corrió dentro de mí. Se derramó fieramente, gimiendo, sin dejar de embestir con las caderas como si fuera incapaz de parar.

Parpadeé y volví en mí, tomando poco a poco conciencia de la luz de la luna que se reflejaba en el techo. Tenía la cabeza apoyada en un cojín y la calidez de un edredón arropaba mi cuerpo desnudo.

Volví la cabeza buscando a Gideon, pero junto a mí sólo había un espacio vacío. La ropa de cama, aunque usada, estaba perfectamente doblada. Me incorporé y miré el reloj. Eran casi las tres de la mañana.

Miré en dirección al baño, luego al pasillo. Por la rendija de la puerta entreabierta se filtraba una luz tenue. Salí de la cama, fui hacia ella y cogí la bata que colgaba en la parte de atrás. Me puse la prenda de seda azul eléctrico y salí de la habitación, ajustándome el cinturón según me encaminaba al despacho que Gideon tenía en casa.

Era la luz de ese cuarto la que iluminaba el pasillo, y entorné la vista al entrar, con mis ojos desacostumbrados a la claridad. Capté la escena con un rápido vistazo: el cachorro dormido en su camita y el hombre pensativo sentado a su escritorio. Contemplaba el *collage* de fotos mías que adornaba la pared, con ambos brazos apoyados en el sillón y un vaso que contenía un líquido ambarino entre las manos.

Gideon me miró.

—¿Qué ocurre? —pregunté, cruzando descalza la habitación—. ¿Es que no quieres acostarte?

—Debería —matizó—, pero no. No podría dormir.

—¿Quieres que te agote un poco? —sugerí con una sonrisa que debía de parecer tonta, dado que tenía un ojo cerrado para protegerme de la claridad.

Mi marido dejó el vaso encima de la mesa y se dio unos golpecitos en el regazo.

—Ven aquí.

Me acerqué y me aovillé contra él rodeándole el cuello con los brazos. Lo besé en la mejilla.

—¿Qué mosca te ha picado?

Y no había dejado de picarle durante toda la noche, fuera lo que fuese.

Rozándome la curva de la oreja con la punta de la nariz, susurró:

—¿Hay algo que no me hayas contado?

Fruncí el ceño y me eché hacia atrás, escrutándole la cara.

—¿Como qué?

—Cualquier cosa. —Expandió el pecho al respirar profundamente—. ¿Guardas aún algún secreto?

Al oír eso, tuve una extraña sensación en el estómago.

—Tu regalo de cumpleaños, pero no pienso decirte lo que es.

Una pequeña sonrisa le suavizó la expresión.

—Y tú —añadí embelesada con aquella sonrisa—. Todos los retazos de ti que sólo yo conozco. Eres un secreto que guardaré para mí hasta mi último aliento.

Bajó la cabeza y el pelo le ocultó la cara durante unos instantes.

—Cielo...

—¿Ha sucedido algo, Gideon?

Tardó un largo momento en responder. Me miró.

—Si algún conocido tuyo, alguien cercano a ti, estuviera haciendo algo ilegal, ¿me lo dirías?

La extraña sensación en el estómago se convirtió en un nudo.

—¿Qué has oído? ¿Hay algún blog maledicente por ahí difundiendo mentiras?

Él se puso tenso.

—Contéstame a la pregunta, Eva.

—¡Nadie está haciendo nada ilegal!

—Eso no es lo que te he preguntado —dijo pacientemente pero con firmeza.

Se tranquilizó un poco. Alargó una mano y me tocó la cara.

—Puedes confiármelo todo, cielo. Sea lo que sea.

—Y lo hago. —Le agarré la muñeca—. No entiendo a qué viene todo esto.

—No quiero que haya secretos entre nosotros.

Le lancé una mirada.

—Tú eres el más culpable a ese respecto. Antes no me contabas nada.

—Me lo estoy proponiendo.

—No lo dudo. Por eso las cosas van tan bien entre nosotros últimamente.

Volvió a esbozar esa sonrisa suya.

—¿Verdad que sí?

—Por supuesto. —Besé su boca sonriente—. Se acabaron las huidas, se acabaron los secretos.

Gideon me agarró y se levantó conmigo en brazos.

—¿Qué vamos a hacer? —pregunté, hundiéndome en la calidez de su cuerpo.

Se dirigió al dormitorio.

—Vas a agotarme un poco.

—Eso.

La mañana siguiente transcurrió como la del día anterior, con Gideon levantado a la hora habitual mientras yo holgazaneaba desnuda en la cama como un perezoso.

Mientras se hacía el nudo de la corbata en el vestidor, apartó la mirada del espejo para dirigirla hacia mí.

—¿Qué planes tienes para hoy?

Bostezando, me abracé a la almohada.

—En cuanto te vayas, me dormiré otra vez. Una horita sólo. Blaire Ash va a pasarse por aquí a las diez.

—¿Ah, sí? —Miró de nuevo hacia el espejo—. ¿Para qué?

—Estoy cambiando algunas cosas. Vamos a convertir la habitación de invitados en un despacho con una cama abatible. De esa manera, seguiremos teniendo una habitación de invitados y un lugar donde trabajar.

Gideon acabó de colocarse la corbata y empezó a abrocharse el chaleco mientras salía al dormitorio.

—No lo hemos hablado.

—Cierto. —Moví deliberadamente una pierna para que me asomara entre la ropa de la cama—. No quería que me llevaras la contraria.

En un principio habíamos acordado convertir la habitación de invitados en mi habitación y conectarla con el baño principal para formar un dormitorio principal para él y para mí. Esta disposición beneficiaría la parasomnia de Gideon, pero también significaba que tendríamos que dormir en habitaciones separadas.

—No deberíamos dormir en la misma cama —dijo en voz baja.

—Discrepo. —Antes de que insistiera, continué—: He intentado hacerme a la idea, Gideon, pero preferiría que no estuviéramos así de separados.

Se quedó callado, con las manos metidas en los bolsillos de sus pantalones.

—No es justo que me hagas elegir entre tu felicidad y tu seguridad.

—Lo sé —repuse—. Pero no pretendo que elijas, ya lo he decidido. Soy consciente de que esto tampoco es justo, pero había que hacer la llamada, y ya la he hecho. —Me senté, me coloqué una almohada en la espalda y me eché hacia atrás de manera que pudiera apoyarme en el cabecero.

—Tomamos la decisión juntos —replicó él—. Al parecer, luego has cambiado de opinión sin contar conmigo. Y el que me enseñes las tetas, por imponentes que sean, no conseguirá distraerme.

Lo miré con el ceño fruncido.

—Para empezar, si quisiera distraerte, no habría sacado el tema.

—Cancela la visita, Eva —dijo con firmeza—. Primero tenemos que hablar de ello.

—La visita ya se hizo. Aunque tuvimos que darnos prisa porque se presentaron los polis, pero Blaire ya está preparando otros diseños. Hoy viene a traerme algunos.

Gideon sacó las manos de los bolsillos y cruzó los brazos.

—¿Me estas diciendo que entonces lo primero es tu felicidad y a mí que me den?

—¿No te hace feliz compartir la cama conmigo?

Un tic muscular comenzó a agitar ligeramente su mandíbula.

—No juegues conmigo. Ni siquiera te has parado a pensar lo que supondría para mí que te hiciera daño —contestó.

De pronto mi frustración se convirtió en tristeza.

—Gideon...

—Y tampoco estás pensando en lo que supondría para ambos —soltó—. Te dejaré experimentar con muchas cosas, Eva, pero con nada que vaya a perjudicar nuestra relación. Si quieres quedarte dormida junto a mí, ahí estaré. Si quieres despertarte conmigo a tu lado, lo haré también.

Pero las horas que median, cuando ambos estamos inconscientes, son demasiado peligrosas para jugar con ellas por un mero capricho.

Tragué el nudo que se me había formado en la garganta. Quería darle más explicaciones, decirle que me preocupaba la distancia que se crearía con los dormitorios separados, no sólo física sino emocionalmente.

Me dolía tenerlo para que me hiciera el amor y que luego abandonara la cama. Eso hacía que algo hermoso y mágico se convirtiera en otra cosa. Y si se quedaba conmigo hasta que me durmiera y se despertaba antes que yo para volver a mi lado, acusaría la falta de sueño. Por incansable que pareciera a veces, era un ser humano. Trabajaba duro, hacía ejercicio, y tenía que lidiar con toneladas de estrés día tras día. Dormir poco no podía convertirse en una costumbre.

Sin embargo, su temor por mi seguridad no iba a disiparse con una única conversación. Deberíamos ir paso a paso.

—De acuerdo —concedí—. Hagamos lo siguiente: Blaire me dejará sus diseños y luego tú y yo los veremos juntos. Mientras tanto, nos comprometemos a no tirar ninguna pared de la habitación de invitados. Creo que eso ya es mucho, Gideon.

—No lo creías así antes.

—Es una medida provisional que podría pasar a ser permanente y no queremos eso. Quiero decir, no es eso lo que quieres, ¿verdad? Te gustaría que hiciéramos lo posible por dormir juntos, ¿no?

Descruzó los brazos y rodeó la cama para sentarse en el borde. Me cogió la mano y se la llevó a los labios.

—Me gustaría, sí. Me mata pensar que no puedo ofrecerte algo tan básico en nuestro matrimonio. Y más sabiendo que te hace infeliz. Lo siento mucho, cielo. No sabes cuánto.

Me eché hacia adelante y le apoyé una mano en la mejilla.

—Pondremos empeño en ello. Tendría que haber empezado hablando claramente. Supongo que he hecho una jugada a lo Gideon: actuar primero y dar explicaciones después.

Él esbozó una mueca contrita.

—*Touché.* —Me dio un beso fuerte y rápido—. Ojo con Blaire. Te desea.

Me eché hacia atrás.

—Me encuentra atractiva —lo corregí—. Es un ligón nato.

Los ojos de Gideon adquirieron un brillo peligroso.

—¿Se ha propasado contigo?

—Nada fuera de lo profesional. Si se pasara de la raya, yo misma lo despediría, pero creo que probablemente trata a toda su clientela femenina con el mismo arte. Seguro que es bueno para el negocio. —Sonreí—. Creo que se le bajaron los humos cuando le dije que me estaba acostumbrando a tu vigor y me parecía que ya no necesitaba dormir en una cama aparte.

Él enarcó las cejas.

—No serías capaz.

—Por supuesto que sí. Ya dormiré cuando me muera, le dije. Mientras tanto, si mi marido quiere follar conmigo media docena de veces todas las noches, y dándosele tan bien como se le da, ¿quién soy yo para quejarme?

La primera vez que consulté con Blaire, no reparé en lo que pensaría sobre el hecho de que Gideon fuera a casarse con una mujer con la que no tenía intención de dormir. Cuando el sutil flirteo del diseñador se hizo patente, caí en la cuenta de por qué se le ocurría pensar que yo sería receptiva, y comprendí lo embarazosa que era la situación para mi marido. Sin embargo, Gideon nunca se había quejado de lo que pudiera parecerle a un desconocido. Lo que lo preocupaba era yo, no su reputación de jugador de talla mundial.

Disfruté poniendo a Blaire en su sitio.

Me ahuequé el pelo, todo alborotado.

—Soy una rubia con las tetas grandes. Suelto una risita y, por lo general, puedo decir lo que me venga en gana.

—¡Señor! —Gideon fingió soltar un suspiro de resignación, pero era evidente que le hacía gracia—. Pero ¿es que tienes que contarle a todo el mundo los detalles de nuestra vida sexual?

—No. —Hice un guiño—. Pero es divertido.

No volví a dormirme después de que Gideon se marchara a trabajar, sino que cogí el teléfono y llamé a mi entrenador, Parker Smith. Como era pronto, aún no había empezado a trabajar, y contestó.

—Hola, Parker. Soy Eva Tramell. ¿Qué tal?

—Muy bien. ¿Vas a venir hoy? Vagueas mucho últimamente.

Arrugué la nariz.

—Ya lo sé. Y, sí, voy a ir. Por eso llamo. Me gustaría practicar algo contigo.

—¿Ah, sí? ¿Qué se te ha ocurrido?

—Hemos trabajado la conciencia situacional y qué hacer si nos acorralan, cómo escapar. Pero ¿y si me pillan totalmente desprevenida, como cuando estoy dormida?

Se quedó pensativo.

—Un fuerte rodillazo en las pelotas dejará a cualquier hombre fuera de combate. Te dará el tiempo que necesitas.

Ya se lo había hecho antes a Gideon, despertarlo bruscamente de una mala pesadilla. Volvería a hacerlo si se diera la situación, pero preferiría zafarme de él y escapar sin hacerle daño. Bastante mal lo pasaba ya en sus sueños, no quería que se despertara aún con más dolor.

—Pero ¿y si...? ¿Cómo vas a dar un rodillazo a alguien que está tumbado encima de ti?

—Podemos estudiarlo. Imaginar diferentes escenarios. —Hizo una pausa—. ¿Va todo bien?

—Estupendamente —le aseguré, y a continuación le dije una mentira—: Es un tema que surgió en un programa de televisión que vi anoche, y me di cuenta de que, por muy preparado que estés, es imposible tener conciencia de la situación cuando estás durmiendo.

—Muy bien. Llegaré al local dentro de dos horas y me quedaré hasta el cierre.

—Vale. Muchas gracias.

Finalicé la llamada y fui a darme una ducha. Cuando salí, vi que tenía dos llamadas perdidas de Cary. Lo llamé.

—Eh, ¿qué hay?

—He estado pensando. Dijiste algo de un vestido clásico, ¿no?

Suspiré. Me entraba el pánico cada vez que pensaba en ello. Porque, aunque quería creer que el vestido perfecto caería del cielo antes del gran día, era más realista pensar que iba a tener que decidirme.

Con todo, no podía sino querer a Cary por estar pendiente de mí a ese respecto. Me conocía mejor que yo misma.

—Y ¿qué me dices de uno de los vestidos de boda de Monica? —sugirió—. Algo antiguo y todo eso. Tenéis la misma constitución. No harán falta muchos arreglos.

—¡Puf! ¿Lo dices en serio? No, Cary. Si se hubiera casado con mi padre, a lo mejor. Pero no puedo ponerme lo que ella se puso para casarse con un padrastro. Sería muy raro.

Mi amigo se echó a reír.

—Sí, tienes razón. Aunque tiene buen gusto.

Me pasé los dedos por el pelo húmedo.

—De todas formas, creo que no guarda sus vestidos de

novia. No es un buen recuerdo para tenerlo en la casa de tu nuevo marido.

—Vale, ha sido una idea tonta. Podemos buscar algo *vintage*. Un colega mío conoce todas las tiendas de alta costura y todos los *outlets* de diseñadores de Manhattan.

La idea tenía mérito.

—Mola. Me parece fenomenal.

—Algunas veces soy brillante. Hoy estoy liado con Grey Isles, pero por la tarde me va bien.

—Esta tarde tengo terapia de pareja.

—Vale. Que te diviertas. ¿Y mañana? Quizá podríamos comprar algunas cosas para Ibiza también.

El recordatorio de los planes del fin de semana hizo que me sintiera atosigada. No podía evitar que me inquietara ese asunto, aun sabiendo lo divertido que sería pasar un tiempo con los amigos.

—De acuerdo, mañana. Me pasaré por el apartamento.

—Genial. Y haremos las maletas también.

Colgamos y me quedé con el teléfono en la mano durante un buen rato y una sensación de profunda pena. Por primera vez desde que nos habíamos mudado a Nueva York, sentí que Cary y yo vivíamos en dos lugares separados. Yo estaba formando un hogar con Gideon, mientras que el hogar de mi amigo seguía siendo el apartamento.

El sonido de la aplicación de calendario me recordó que Blaire llegaría dentro de treinta minutos. Echando pestes para mis adentros, dejé el teléfono sobre la cama y me apresuré a arreglarme.

—¿Qué tal os va? —preguntó el doctor Petersen mientras los tres tomábamos asiento.

Gideon y yo nos sentamos en el sofá, como siempre, mientras que el psiquiatra se acomodó en su sillón y cogió su tableta.

—Estamos mejor que nunca —respondí.

Mi marido no dijo nada, pero alargó un brazo, me cogió una mano y se la acercó para dejarla descansar en su muslo.

—He recibido una invitación para vuestro banquete nupcial. —El doctor Petersen sonrió—. Mi mujer y yo estamos deseando que llegue el día.

No había podido convencer a mi madre de que incluyera aunque sólo fuera una pizquita de rojo en las invitaciones, pero de todas formas me parecían muy bonitas. Habíamos decidido que fueran en papel vitela, insertas en un bolsillo transparente, con un sobre blanco exterior para su envío y privacidad. Me ponía nerviosa pensar que no llegaran. Estábamos un poco más cerca de dejar a nuestras espaldas la fachada del compromiso.

—Yo también —dije. Me apoyé en el hombro de Gideon y él me rodeó con un brazo.

—La última vez que nos vimos, Eva —dijo el doctor Petersen—, acababas de dejar el trabajo. ¿Qué tal te ha ido?

—Mejor de lo que pensaba. Pero he estado muy atareada, y eso ayuda.

—¿Ayuda a qué?

Pensé en la respuesta que iba a dar.

—A no sentirme sin un objetivo. Ahora estoy más ocupada. Y estoy haciendo cosas que son importantes en mi vida.

—¿Por ejemplo?

—La boda, claro. Y mudarme al ático, lo que estoy haciendo pasito a pasito. Y pensando en hacer reformas, de las que me gustaría hablar con usted.

—Por supuesto. —Me miró atentamente—. Hablemos primero de esos pasitos. ¿Tiene eso alguna relevancia?

—Bueno, que no estoy haciéndolo de una sola vez. La cosa está en marcha.

—¿Lo ves como una manera de hacer más llevadero el

compromiso? Anteriormente, has actuado con mucha decisión. Fugarte. Separarte. Dejar el trabajo.

Eso me hizo pensar.

—Se trata de una transición que afecta a Gideon y a Cary tanto como a mí.

—Por mí, cuanto antes se mude, mejor —terció Gideon.

—Sólo estoy siendo cuidadosa —dije, encogiéndome de hombros.

El doctor Petersen tomó notas en su tableta.

—¿Le está costando a Cary hacerse a la idea?

—No lo sé —reconocí—. No lo parece, pero me preocupa. Tiende a las malas costumbres cuando se ve sin apoyo.

—¿Quieres decir algo sobre eso, Gideon?

Él mantuvo un tono neutro.

—Sabía dónde me metía cuando me casé con ella.

—Eso siempre es bueno. —El doctor Petersen sonrió—. Pero no me dice gran cosa.

Gideon llevó la mano de mi hombro a mi pelo y comenzó a juguetear con él.

—Como hombre casado que es, doctor, sabrá que un marido hace concesiones para que reine la paz. Cary es una de las mías.

Oír eso me dolió, pero entendía que Cary había hecho borrón y cuenta nueva con Gideon. Luego cometió algunos errores, como organizar una noche una orgía en el salón de casa, que le restaron varios puntos.

El doctor Petersen me miró.

—Así que estás intentando lograr un equilibrio entre las necesidades de tu marido y las de tu mejor amigo. ¿Te resulta estresante?

—Divertido no es —dije, eludiendo la pregunta—, pero tampoco se trata de equilibrar nada. Mi matrimonio y Gideon son lo primero.

Supe que a Gideon le había gustado oír eso cuando me asió posesivamente del pelo.

—Pero —continué— no me gustaría agobiar a Gideon ni que Cary se sintiera abandonado. Trasladando algunas cosas todos los días, consigo que el cambio sea gradual.

Una vez expresado, tuve que reconocer que sonaba muy maternal. Sin embargo, deseaba a toda costa proteger a quienes me importaban y lo necesitaban, sobre todo del dolor que pudiera causarles lo que yo hiciera.

—Has mencionado a todo el mundo pero no has hablado de ti —señaló el terapeuta—. ¿Cómo te sientes?

—Empiezo a sentirme como en casa en el ático. Lo único que me inquieta es cómo vamos a dormir. Compartimos cama, pero Gideon quiere que durmamos separados, y yo no.

—¿Por las pesadillas? —preguntó el doctor Petersen con la mirada puesta en él.

—Sí —respondió Gideon.

—¿Has tenido alguna últimamente?

Mi marido afirmó con un gesto.

—Pero no de las peores.

—¿Qué hace que una pesadilla sea de las malas? ¿El que la vivas físicamente?

Gideon aspiró profundamente.

—Sí.

El doctor volvió los ojos a mí otra vez.

—Eva, tú eres consciente del riesgo, pero aun así quieres dormir con él.

—Eso es.

El corazón se me aceleró con los recuerdos. En varias ocasiones, Gideon se había abalanzado sobre mí y me había inmovilizado brutalmente, soltando barbaridades y amenazándome con toda clase de violencia.

En el paroxismo de la pesadilla, Gideon no me veía a mí, sino a Hugh, el hombre a quien quería machacar con sus propias manos.

—Hay muchas parejas felices que duermen separadas

—señaló el doctor Petersen—. Las razones son muy variadas: el marido ronca, la mujer acapara toda la ropa de la cama, etcétera, y les parece que dormir separados contribuye más a la armonía marital que hacerlo juntos.

Me aparté de Gideon y me puse derecha, buscando que ambos me entendieran.

—Me *gusta* dormir a su lado —aseguré—. A veces me despierto en mitad de la noche y lo observo mientras duerme. Otras, me despierto y ni siquiera abro los ojos, simplemente escucho su respiración. Puedo olerlo, sentir su calor. Duermo mejor con él a mi lado. Y sé que él también lo hace.

—Cielo. —Gideon me acarició la espalda.

Volví la cabeza y cruzamos una mirada. Su rostro era impasible, bellísimo. Sus ojos azules, sin embargo, eran oscuros pozos de dolor. Le cogí de la mano.

—Sé que te hace daño, y lo siento. Pero me gustaría que lo intentáramos, que no renunciáramos a ello para siempre.

—Lo que estás describiendo —dijo el doctor Petersen con delicadeza— se llama *intimidad*, Eva. Y es uno de los gozos del matrimonio. Es comprensible que lo anheles. Todo el mundo lo hace de alguna manera. No obstante, para Gideon y para ti, da la impresión de que es especialmente importante.

—Para mí lo es —aseguré.

—¿Estás dando a entender que en mi caso es diferente? —preguntó Gideon, un poco tenso.

—No. —Me giré para mirarlo—. Por favor, no te pongas a la defensiva. No es culpa tuya. No te estoy haciendo responsable.

—¿Tú sabes lo mal que me hace sentir? —dijo en tono acusador.

—Ojalá no te lo tomaras tan a pecho, Gideon. Es...

—Mi mujer quiere mirarme mientras duermo y ni siquiera puedo darle eso —saltó—. Joder, ¿acaso no es para tomárselo a pecho?

—Bueno, vamos a hablar de ello —se apresuró a decir el doctor Petersen, acaparando nuestra atención—. El origen de esta conversación es el anhelo de una familiaridad íntima. Por naturaleza, los seres humanos desean esa intimidad, pero quienes sobreviven al abuso sexual en la infancia pueden sentir esa necesidad de manera más intensa.

Gideon seguía en tensión, pero escuchaba atentamente.

—En muchos casos —continuó Petersen—, el abusador logra aislar a la víctima para poder ocultar su delito y hacerla dependiente. Con frecuencia, las propias víctimas se alejan de sus familiares y amigos. Las vidas de los demás les parecen normales, y sus problemas insignificantes al lado del terrible secreto que ellas se ven obligadas a ocultar.

Volví a pegarme a Gideon, alzando las piernas para abrazarlo con todo mi cuerpo. Él me rodeó con su brazo una vez más, y con la otra mano buscó la mía.

Al vernos de esa guisa, la expresión del doctor Petersen se suavizó.

—Esa profunda soledad se palió cuando os abristeis el uno al otro, pero el hecho de estar privado de verdadera intimidad durante tanto tiempo deja huella. Os animo a que consideréis formas alternativas de lograr esa cercanía que tanto deseas, Eva. Cread gestos y rituales que sean únicos para vuestra relación, que no supongan una amenaza para ninguno de los dos y os hagan sentir unidos.

Asentí con un suspiro.

—Vamos a trabajar en eso —dijo—. Y es probable que tus pesadillas, Gideon, vayan disminuyendo en cantidad y gravedad. Hemos dado los primeros pasos de un largo viaje.

Eché la cabeza atrás y miré a Gideon.

—De toda una vida —juré.

Él me rozó la mejilla con mucha delicadeza. No profirió las palabras, pero yo las vi en su mirada, las sentí en su caricia.

Teníamos el amor. Lo demás ya llegaría.

10

—Me he comunicado con Benjamin Clancy —dijo Raúl con los codos apoyados en las rodillas—. La señora Cross y usted se dirigirán al aeropuerto a la misma hora, así que, si lo desean, pueden ir juntos.

—Muy bien. —Necesitaba pasar ese rato con Eva antes de emprender nuestros respectivos viajes. Las horas de la jornada laboral se me hacían ya demasiado largas estando lejos de ella. Un fin de semana iba a ser una tortura—. La llamaré para decirle que pasaremos a recogerla. Necesitaremos la limusina.

Profesional hasta la médula, Raúl no acusó reacción alguna. Tendría más sentido utilizar la limusina para llevar a las amistades de Eva en lugar de a nosotros, pero ni en el Bentley ni en el Mercedes tendríamos la intimidad que buscaba.

Sentado en el sofá de mi despacho, me encontraba frente a Angus y Raúl, que se habían acomodado en los dos sillones. Habíamos decidido que Angus se quedaría y que Raúl dirigiría el equipo de seguridad que me acompañaría a Brasil.

Angus se desplazaría a Austin para tratar de averiguar quién era Lauren Kittrie.

Raúl asintió con la cabeza.

—Dispondremos el traslado por separado de sus amistades y de las de ella.

—¿Cómo va a ir Eva a Ibiza?

—En un jet privado —respondió—, fletado por Richard Stanton. Yo sugerí que se hospedaran en el hotel Vientos Cruzados Ibiza, y Clancy se mostró de acuerdo. Ha costado un poco, ya que está al completo durante la temporada estival, pero el director del centro turístico lo ha hecho posible. Ha redoblado las medidas de seguridad en previsión de la llegada de la señora Cross.

—Perfecto —convine.

El hecho de que Eva se alojara en un complejo turístico de Cross Industries era una tranquilidad añadida. También teníamos dos clubes nocturnos muy conocidos en la isla, uno en la ciudad de Ibiza y otro en Sant Antoni. Sabía, sin necesidad de preguntar, que ambos se le habían propuesto a Clancy con antelación, y confiaba que éste hiciera uso de la información. Era un hombre inteligente y apreciaría la ayuda extra que le brindarían las medidas de seguridad y el personal de esos locales.

—Como ya hemos hablado —continuó Raúl—, tendremos a nuestro propio equipo preparado en el aeropuerto, acompañarán a la señora Cross durante el fin de semana. Se les ha dado instrucciones para que vistan de paisano y se mezclen con la gente, para que funcionen de refuerzo del equipo de Clancy y actúen sólo si es absolutamente necesario.

Asentí con la cabeza. Clancy era bueno, pero tenía que vigilar tanto a Monica como a Eva, y consideraban a Cary de la familia, así que Clancy también tendría que velar por él. Debería repartir su atención entre tres, y dar preferencia a Monica, puesto que era la esposa de su jefe. Eva no era una prioridad para nadie excepto para mí. Quería que no se la perdiera de vista siempre que saliera del hotel.

Menos mal que ese fin de semana era un acontecimiento que sólo ocurría una vez en la vida.

Raúl se levantó.

—Hablaré con Clancy para ponernos de acuerdo en el protocolo que habrá que seguir para llegar al aeropuerto.

—Gracias, Raúl —dije.

Él asintió con la cabeza y se marchó.

Angus se puso en pie.

—Llevaré a *Lucky* con su hermana enseguida. No hace más que mandarme mensajes de texto para ver si estoy ya de camino.

Eso casi me hizo sonreír. Ireland se emocionó mucho cuando le pregunté si podía encargarse del perro. Imaginaba que a *Lucky* le gustaría más eso que quedarse en una residencia canina, y a Ireland le serviría para distraerse de la depresión que sufría nuestra madre a causa de su divorcio.

Angus se detuvo cerca de la puerta.

—Diviértase, amigo. Le sentará bien.

Di un resoplido.

—Llámame si averiguas algo.

—Por supuesto. —Angus se marchó también, dejándome solo para que terminara el trabajo pendiente.

Comprobé qué hora era antes de llamar a mi mujer.

—Hola, campeón —contestó con voz clara y vibrante—. No puedes dejar de pensar en mí, ¿verdad?

—Dime que estabas pensando en mí.

—Siempre.

La recordé en la postura de la noche anterior cuando, tumbada boca abajo con las piernas dobladas y el mentón apoyado encima de las manos, me miraba mientras hacía la maleta, dándome a veces su opinión sobre la ropa que elegía llevarme. Se había fijado en que no había cogido ni los pantalones gris oscuro con los que ella fantaseaba ni la camiseta de cuello de pico. Esa omisión deliberada fue lo único que la hizo sonreír. Por lo demás, estuvo casi todo el tiempo callada y taciturna.

—Vamos a ir juntos al aeropuerto —le dije—. Solos.

—¡Vaya! —Hizo una pausa para asimilar la noticia—. ¡Qué bien!

—Yo aspiro a algo mejor que bien.

—¡Ohhh!... —Bajó la voz, adoptando ese tono ronco que me decía que estaba pensando en el sexo—. ¿Así que los medios de transporte son un poco fetiches para ti también?

Me invadió una cálida sensación de regocijo que atenuó el estrés que me producía pensar en los días que teníamos por delante. Eva me dejaba poseerla en cualquier parte, pero con frecuencia era ella la que me seducía camino de algún sitio. Dado que anteriormente me limitaba a tener relaciones sexuales en el hotel, ella había dado un giro radical a mi vida al incitarme a hacerle el amor en coches y aviones, además de en mi casa y en varios lugares de trabajo.

Nunca le decía que no. No era capaz. Cuando ella me deseaba, yo estaba preparado y más que dispuesto.

—Tú eres mi fetiche —musité, dando la vuelta a algo que ella me había dicho en una ocasión.

—Así me gusta. —Tomó una bocanada de aire—. ¿Ya has terminado de organizar el fin de semana?

Oí que Cary decía algo, pero no llegué a entenderlo.

—Muy pronto, cielo. Ahora tengo que dejarte.

—No me dejes nunca, Gideon. —Lo dijo con una vehemencia que me conmovió y que dejó entrever la intranquilidad que le producía el fin de semana que se avecinaba. Después de la separación que ella había impuesto, me complacía saber que no deseaba otra, ni siquiera en unas circunstancias mucho más felices.

—Te dejo que sigas con lo tuyo —corregí—. Para que estés lista cuando pase Raúl a recogerte.

—Olvídate de él. Estaré preparada para ti —respondió en un susurro.

Al terminar la llamada, estaba que ardía de lujuria.

Arash entró en mi despacho poco después de las cuatro, con aire despreocupado y las manos en los bolsillos, tarareando una canción. Sonreía cuando se sentó en uno de los sillones frente a mi escritorio.

—¿Preparado para el fin de semana?

—Más preparado, imposible. —Me eché hacia atrás y tamborileé con los dedos en los reposabrazos del sillón.

—Te alegrará saber que la denuncia por agresión de Anne Lucas se va a resolver.

No esperaba menos, pero tampoco sobraba la confirmación.

—Como debe ser.

—Lo que no sé es si la acusarán por denunciar un falso incidente. Mientras tanto, si intenta ponerse en contacto contigo, con Eva o con Cary, he de saberlo inmediatamente.

Asentí distraído.

—Por supuesto.

Me miró fijamente.

—¿Dónde tienes la cabeza ahora mismo?

Esbocé una sonrisa irónica.

—Acabo de hablar por teléfono con un miembro de la junta directiva de Vidal Records. Christopher sigue empeñado en reunir el capital para comprar la compañía.

Arash enarcó las cejas.

—Si lo consiguiera, ¿te plantearías dejarla?

—Si sólo tuviera que preocuparme de él, lo haría. —Aún estaba por ver si Ireland decidiría participar en el negocio familiar, pero, sea como fuere, a ella le interesaba que la compañía prosperase, y Christopher había tomado malas decisiones. Nunca había querido aceptar mi ofrecimiento de apoyo u orientación. También se había negado a escuchar a Chris, ya que, por lo visto, suponía que el saber de su padre en parte le venía de mí.

—Y ¿qué opina la junta directiva?

—Lo consideran un problema de familia y quieren que encuentre una solución rápida y sencilla.

—Y ¿es posible? Nunca te has llevado bien con tu hermano.

Negué con la cabeza.

—Lo dudo.

Sabía que Arash no podía comprenderlo. Él tenía un hermano y una hermana, y su familia estaba muy unida.

Sonrió.

—Lo siento, chico. Es duro.

En un mundo ideal, Christopher asistiría a mi despedida de soltero. Estaríamos cerca. Él sería mi padrino de boda...

... un papel que aún no había pedido a nadie que desempeñara. Arnoldo se había encargado de la organización del fin de semana, pero ignoraba si lo había hecho porque suponía que estaría a mi lado en la boda. Quizá sencillamente tenía más iniciativa que los demás.

Hacía tan sólo unas semanas habría sido de cajón que Arnoldo estuviera a mi lado. En parte, confiaba que aún fuera así.

Arash también era una buena opción. A diferencia de Arnoldo, veía a Arash casi todos los días. Y, como abogado mío que era, sabía cosas de mí y de Eva que nadie más conocía. Podía confiarle cualquier cosa, incluso sin contar con la protección del secreto profesional.

Pero Arnoldo era directo conmigo como nadie más lo era, aparte de mi mujer. Desde hacía mucho tiempo creía que sus francos e incisivos consejos habían impedido que me convirtiera en una persona cínica y hastiada.

Ese fin de semana tendría que elegir entre los dos.

Me resultaba... raro estar frente a la puerta del apartamento de Eva, esperándola. Apoyado contra la pared, pensé que ya habíamos pasado lo peor y que por nada del mundo quería volver atrás. Ignoraba que las cosas pudieran ser así entre nosotros. Francos, sin nada que esconder, tan enamorados.

Anteriormente había habido atisbos de esta vida. Algunas de las noches que habíamos pasado juntos en el apartamento de al lado. Los fines de semana que nos habíamos escapado para estar solos. Pero esos tiempos habían existido en el vacío. Ahora vivíamos esos momentos abiertamente. E incluso sería mejor cuando el mundo supiera que estábamos casados y que ella vivía conmigo en el ático.

Se abrió la puerta y salió Eva, guapa y sexi con un vestido cruzado sin mangas rojo y unas sandalias de tacón. Llevaba unas gafas de sol ajustadas sobre la cabeza y arrastraba una maleta con ruedas. La siguiente vez que hiciera las maletas sería para nuestra luna de miel. Nos marcharíamos juntos, como estábamos haciendo en ese momento, pero ya no volveríamos a separarnos.

—Dame —dije, estirándome para cogerle la maleta.

Se me plantó delante cuando alargué el brazo para alcanzarla, su cuerpo suave y cálido contra el mío. Me bajó la cabeza y me besó, con un beso dulce y rápido.

—Deberías haber entrado.

—¿Tú y yo cerca de una cama? —La cogí por la cintura y la conduje hacia el ascensor—. Me habría aprovechado, de no creer que Cary aporrearía la puerta y rezongaría sobre perder el avión.

Mientras descendíamos al vestíbulo, Eva se apartó de mí y se agarró de espaldas al pasamanos, mostrando sus atractivas piernas. Era un flirteo de cuerpo entero, jugando con los ojos también. Me miró de arriba abajo, pasándose la lengua por el labio inferior.

—Estás supersexi —dijo.

Bajé la vista hacia la camiseta blanca de cuello de pico y los pantalones caquis que me había puesto antes.

—Sueles llevar colores oscuros —señaló.

—Demasiado calor allá donde vamos.

—Para calor el que tú desprendes. —Separó un pie del suelo y se frotó los muslos lentamente.

Divertido, mientras notaba cómo iba creciendo la excitación, me apoyé contra la pared y disfruté del espectáculo.

Cuando llegamos al vestíbulo, hice un gesto para que pasara delante, alcanzándola enseguida para ponerle una mano en la parte baja de la espalda.

Me sonrió por encima del hombro.

—Va a haber mucho tráfico.

—¡Vaya! —repliqué. El tráfico y el tiempo que eso añadiría al viaje era con lo que yo contaba.

—Pareces desilusionado —bromeó ella antes de sonreírle al portero, que le abrió la puerta.

Raúl esperaba fuera junto a la limusina. Enseguida nos pusimos en marcha, confluyendo en aquel mar de coches que pugnaban por cruzar Manhattan.

Eva se sentó en el sofá que se extendía a lo largo del vehículo, mientras que yo ocupé el asiento de atrás.

—¿Quieres tomar algo? —preguntó mirando hacia el bar que tenía enfrente.

—¿Tú?

—No estoy segura. —Frunció la boca—. Me apetecía una copa antes.

Esperé a que se decidiera, recorriéndola con la mirada. Ella era mi dicha, la luz de mi vida. Haría cualquier cosa por que estuviera libre de preocupaciones y feliz el resto de su vida. Me atormentaba pensar que tal vez tuviera que hacerle daño. Ya había pasado por mucho.

Si descubríamos que Monica no era quien Eva creía que era, ¿cómo podría darle semejante noticia? Mi mujer se sintió muy abatida cuando se dio cuenta de que su madre seguía sus movimientos a través del teléfono móvil, del reloj y de un espejo que llevaba en el bolso. Una identidad falsa sería mucho peor que una traición.

Y ¿qué escondía esa falsa identidad?

—No encuentro vestido —dijo de repente, cambiando el gesto de aquella boca exuberante en un ceño fruncido.

Tardé unos instantes en salir de mi ensimismamiento y entender lo que estaba diciendo.

—¿Para la boda?

Asintió con la cabeza, tan descorazonada que me entraron ganas de acercarla a mí y cubrirle de besos su preciosa cara.

—¿Quieres que te ayude?

—No puedes. Se supone que el novio no puede ver el vestido antes del gran día. —De pronto, abrió los ojos horrorizada—. ¡Viste el vestido que llevaba la primera vez que nos casamos!

Cierto. Lo había elegido yo.

—Cuando lo vi, no era más que un vestido —dije para tranquilizarla—. No se convirtió en un vestido de novia hasta que te lo pusiste.

—¡Oh! —La sonrisa regresó.

Eva se quitó las sandalias y vino a mi lado, tumbándose con la cabeza apoyada en mi regazo, su cabello como un abanico de oro plateado en mis muslos.

Pasé los dedos entre aquellos densos mechones de seda y aspiré profundamente, saboreando el aroma de su perfume.

—¿Qué vas a ponerte tú? —preguntó cerrando los ojos.

—¿Me ves con algo en particular?

Ella esbozó una sonrisa y respondió despacio, como distraída.

—Con esmoquin. Estás guapísimo siempre, pero con esmoquin eres especial.

Le pasé las yemas de los dedos por los labios. Había habido un tiempo en que detestaba mi cara, detestaba que mi aspecto físico atrajera un intenso interés sexual en una época de mi vida en que ser deseado me ponía los pelos de punta. Con el tiempo, me acostumbré a esas atenciones, pero no fue hasta que conocí a Eva cuando empecé a valorarme por mí mismo.

Ella disfrutaba muchísimo contemplándome. Vestido. Desnudo. En la ducha. Envuelto en una toalla. Encima de ella. Debajo de ella. El único rato en que no tenía los ojos puestos en mí era cuando estaba dormida. Y era justo entonces cuando yo más disfrutaba mirándola, desnuda y cautivadora, llevando tan sólo las alhajas que yo le había regalado.

—Esmoquin entonces, no se hable más.

Abrió los ojos, mostrando aquel gris claro que tanto adoraba yo.

—Pero será una boda de playa.

—Veré lo que puedo hacer.

—Más te vale.

Girando la cabeza, frotó la nariz contra mi polla. El calor de su aliento me llegaba a lo más sensible de la piel a través del tejido de los pantalones. Me endurecí para ella.

Le acaricié el pelo.

—¿Qué quieres, cielo? —pregunté.

—Esto —dijo, recorriendo con los dedos la largura de mi erección.

—¿Dónde lo quieres?

Sacó la lengua para humedecerse los labios.

—En la boca —musitó, desabrochándome el botón de la cinturilla.

Cerré los ojos un momento y respiré hondo. El sonido de la cremallera al bajar, la sensación de quedar libre de presión cuando ella me sacó la polla con cuidado...

Me preparé para el calor húmedo de su boca, pero no sirvió de nada. Se me puso dura en cuanto ella me hizo entrar succionándome con suavidad. Un cosquilleo ávido, ansioso, me recorrió la columna. Conocía sus estados de ánimo y cómo se traducían éstos en deseo sexual. Pensaba tomarse su tiempo, gozarme y volverme loco.

—Eva. —Gemí cuando me acarició con la delicadeza de sus dedos al tiempo que se empleaba a fondo con la boca. Me pasaba la lengua por el capullo lentamente, saboreándome.

Abrí los ojos y bajé la mirada. Verla de aquella manera, tan arreglada, plenamente concentrada en el tacto de mi polla, que tenía en la boca, era de un erotismo abrasador y de una ternura arrebatadora.

—¡Dios, qué delicia! —exclamé con la voz quebrada, rodeándole la nuca con una mano—. Métetela más adentro..., así, muy bien.

Eché la cabeza hacia atrás, tensos los muslos por la necesidad de empujar. Pugnaba por contener aquella urgencia, para darle a ella lo que quería.

—No pienso terminar de esta manera —le advertí, sabiendo que era su objetivo.

Eva susurró una protesta y, cerrando el puño, empezó a bombearme la polla con suavidad pero con firmeza, retándome a que resistiera.

—Pienso follarte ese coño perfecto que tienes, Eva. Tendrás mi lefa bien dentro durante todo el fin de semana que estarás lejos de mí.

Cerré los ojos, imaginándola en Ibiza, ciudad famosa por su alocada vida nocturna, bailando con sus amistades en un amasijo de cuerpos. Los hombres la desearían, soñarían con follársela. Pero durante todo ese tiempo, ella estaría marcada por mí de la forma más primitiva posible. Poseída, aunque yo no estuviera allí.

Notaba cómo vibraban sus gemidos en toda mi verga.

Se retiró con los labios rojos e hinchados.

—No es justo —dijo haciendo un mohín.

La agarré de la muñeca y me llevé su mano al pecho, apretándola contra el martilleo de mi corazón.

—Aquí estarás. Siempre.

—Ahora no puedes ponerte a trabajar —protestó Manuel, dejándose caer en la tumbona de al lado—. Te estás perdiendo el paisaje.

Levanté la vista del teléfono y la brisa marina me revolvió el pelo. Nos habíamos quedado en Barra, justo al otro lado de la avenida Lúcio Costa, donde estaba el hotel en el que nos alojábamos. La playa de Recreio era más tranquila que Copacabana, menos turística y menos concurrida. A lo largo de la orilla, mujeres en biquini retozaban entre las olas, sus pechos bamboleando cuando saltaban las olas, con las nalgas, prácticamente desnudas, brillantes por el aceite bronceador. En la arena blanca, delante de ellas, Arash y Arnoldo seguían lanzando un frisbi de un lado a otro. Yo me había retirado cuando había notado el zumbido del teléfono en el bolsillo de mis pantalones cortos de surfista.

Miré a Manuel y vi que estaba todo colorado y reluciente de sudor. Había desaparecido hacía una hora y la razón era evidente, incluso aunque no lo conociera tan bien como lo conocía.

—La vista que tengo yo es mucho mejor. —Giré el teléfono para enseñarle el *selfie* que Eva acababa de enviarme. Estaba en la playa también, echada en una tumbona no muy diferente de la que ocupaba yo en ese momento. Llevaba un biquini blanco y se la veía ya ligeramente morena. Del cuello le colgaba una fina cadena que bajaba por entre sus tetas voluptuosas y le rodeada su esbelta cintura.

Ojalá estuvieras aquí... —escribió en un mensaje de texto.

Ojalá. Estaba contando las horas que faltaban para tomar el avión de vuelta a casa. El sábado había sido un día agradable, un vago recuerdo de alcohol y música, pero el domingo se me estaba haciendo muy largo.

—Está buenísima —silbó Manuel.

Sonreí, pues eso venía a resumir lo que pensaba yo de la foto de mi mujer.

—¿No te preocupa que las cosas cambien después del «Sí, quiero»? —preguntó, tumbándose con las manos detrás de la cabeza—. Las esposas no tienen ese aspecto. No mandan *selfies* como ése.

Volví a la pantalla de inicio y le enseñé de nuevo el teléfono.

Manuel abrió los ojos como platos al ver la foto de boda que hacía las veces de fondo de pantalla.

—¡No puede ser! ¿Cuándo?

—Hace un mes.

Él negó con la cabeza.

—No lo veo. El matrimonio..., quiero decir, Eva y tú, no... ¿Cómo no va a envejecer?

—Si uno es feliz, no envejece nunca.

—¿Acaso la variedad no es la salsa de la vida o algo así? —preguntó con una especie de humor medio filosófico—. Parte de la gracia que tiene follarse a una mujer es descubrir qué la pone y sorprenderte cuando te enseña algo nuevo. Si te acuestas siempre con la misma, ¿no termina convirtiéndose en una rutina? Tocas aquí, lames allá, mantienes el ritmo con el que a ella le gusta correrse... Aclarar y repetir.

—Cuando te llegue a ti, lo comprenderás.

Él se encogió de hombros.

—¿Quieres tener hijos? ¿Es por eso?

—Con el tiempo. No enseguida. —No podía ni imaginarlo. Eva sería una madre maravillosa, una madraza. Y ¿los dos de padres? Algún día estaría preparado. Algún día aún lejano, cuando pudiera soportar compartirla con alguien más—. Ahora mismo la quiero sólo a ella.

—Señor Cross.

Levanté la vista y vi a Raúl detrás de mí con una expresión tensa. Me puse rígido al instante, luego me incorporé y, tras balancear las piernas, planté los pies en la arena.

—¿Qué ocurre?

Enseguida temí por Eva. Acababa de enviarme un mensaje, pero...

—Tiene que ver esto —dijo todo serio, queriéndome mostrar la tableta que llevaba.

Me levanté, guardé el teléfono en el bolsillo y me acerqué a él. Alargué una mano. La luz del sol oscurecía la pantalla, así que cambié de posición para proyectar mi sombra sobre el cristal. La foto que vi me heló la sangre. El titular hizo que me rechinaran los dientes.

La salvaje despedida de soltero de Gideon Cross en Brasil.

—¿Qué cojones es esto? —solté con brusquedad.

Manuel se me acercó y me dio una palmada en el hombro.

—Tiene toda la pinta de ser una buena juerga, cabrón. Con dos tías despampanantes.

Miré a Raúl.

—Me lo ha enviado Clancy —explicó—. He hecho una búsqueda, y se ha hecho viral.

Clancy. Joder. «Eva...»

Le pasé la tableta a Raúl y volví a sacar mi teléfono.

—Quiero saber quién ha hecho esa foto. —¿Quién sabía que estaba en Brasil? ¿Quién me había seguido hasta el club una noche, había entrado en la zona reservada y tomado fotografías?

—Ya estoy en ello.

Jurando para mis adentros, llamé a mi mujer. Me consumían la impaciencia y la rabia mientras esperaba a que ella cogiera el teléfono. Le saltó el buzón de voz y colgué. Volví a marcar. Me invadió la preocupación.

Los peores temores de sus fantasías habían quedado grabados a todo color en esa foto. Tenía que explicarlo, aunque sin saber cómo. Tenía la frente y las manos empapadas en sudor, pero por dentro estaba helado.

El buzón de voz saltó por segunda vez.

—¡Maldita sea! —Colgué y marqué de nuevo.

11

—Tienes cara de necesitar otro —dijo Shawna, poniendo dos rebujitos en la pequeña mesa que había entre nuestras tumbonas.

—¡Dios santo! —Reí, ligeramente achispada. Aquella mezcla de fino y refresco de gaseosa era un poco traidora. Y no era precisamente una buena idea curar una resaca con más alcohol—. Me va a hacer falta una cura de desintoxicación después de este fin de semana.

Sonrió y volvió a tumbarse, su piel pecosa aún pálida y ligeramente sonrosada tras dos días al sol. Llevaba el pelo rojizo recogido en lo alto de la cabeza en una sexi maraña, y tenía la voz un poco ronca de tanto reír la noche anterior. Se había puesto un biquini color turquesa que atraía muchas miradas apreciativas. Shawna era un brillante foco de color, con la sonrisa siempre en los labios y un sentido del humor subido de tono.

En ese sentido, se parecía mucho a su hermano, a quien conocía y quería, pues era la pareja de mi antiguo jefe, Mark.

Megumi apareció por el otro lado con otras dos copas. Miró la tumbona vacía en la que antes estaba mi madre.

—¿Dónde está Monica?

—Ha ido a darse un chapuzón para refrescarse. —La busqué con la mirada, pero no la vi. No era fácil que pasara desapercibida con su biquini color lavanda, así que imaginé que estaría dando un paseo—. Volverá.

No se había separado de nosotras en ningún momento, uniéndose a todas las juergas. No era propio de ella beber mucho y estar levantada hasta tarde, pero parecía estar divirtiéndose. Desde luego, estaba causando furor, y la rodeaban hombres de todas las edades. En mi madre había una sensualidad juguetona que la hacía irresistible. Ojalá la tuviera yo.

—Fijaos en él —dijo Shawna, llamando nuestra atención hacia el lugar donde Cary jugaba con las olas—. Es un imán para las chicas.

—Ya lo creo.

La playa estaba abarrotada, tanto que apenas se veía la arena. Se distinguían decenas de hombros y cabezas asomando entre las olas del mar, pero era fácil ver al grupo que rodeaba a Cary. Exhibía su sonrisa, atrayendo la atención como un gato al sol. Con el pelo peinado hacia atrás, la belleza de su preciosa cara quedaba bien a la vista, a pesar de las gafas de aviador que se había puesto para protegerse del sol.

Al darse cuenta de que lo estaba mirando, me saludó con la mano. Yo le lancé un beso, para armar un poco de lío.

—¿Os habéis liado alguna vez? —preguntó Shawna—. ¿Te habría gustado?

Negué con la cabeza. Cary era una preciosidad ahora, sano y musculoso, un magnífico ejemplo de hombre perfecto. Pero cuando yo lo conocí, estaba demacrado y ojeroso, envuelto siempre en cazadoras incluso con el calor de los veranos de San Diego. Se tapaba los brazos para ocultar sus cicatrices y llevaba la capucha puesta sobre su casi rapada cabeza.

En las sesiones de terapia de grupo, siempre se sentaba fuera del círculo y contra una pared, con la silla inclinada hacia atrás y apoyada en las patas traseras. Rara vez hablaba pero, cuando lo hacía, su humor era negro y estaba salpicado de sarcasmo, sus reflexiones casi siempre resaltaban cínicas.

En una ocasión me acerqué a él porque no podía seguir haciendo caso omiso de aquel profundo dolor interior que emanaba. «No pierdas el tiempo dándome coba —me dijo tranquilamente, con sus preciosos ojos verdes carentes de toda luz—. Si lo que quieres es montarte en mi polla, dilo claramente. Nunca digo que no a un polvo.»

Sabía que era verdad. El doctor Travis tenía muchos pacientes desquiciados que utilizaban el sexo a modo de bálsamo o como una forma de castigarse. Cary estaba disponible para todos ellos, y muchos aceptaban la invitación con frecuencia.

«No, gracias —salté yo, asqueada de su agresión sexual—. Estás muy flaco para mi gusto. Cómete una puta hamburguesa, gilipollas.»

Después me arrepentí de haber intentado ser agradable con él. Me acosaba implacablemente, repeliéndome siempre con sus groseras insinuaciones sexuales. Al principio me ponía impertinente. Cuando eso no funcionaba, le paraba los pies a base de amabilidad. Y al final acabó convenciéndose de que no iba a acostarme con él.

Mientras tanto, empezó a ganar peso. Se dejó crecer el pelo. Y ya no iba por ahí ofreciéndose a todo el mundo, aunque, en realidad, se había vuelto más selectivo. Me di cuenta de lo guapísimo que era, pero no había atracción. Se parecía demasiado a mí, y mi instinto de supervivencia estaba bien alerta.

—Éramos amigos —le aseguré a Shawna—. Luego se convirtió en una especie de hermano para mí.

—Lo adoro —comentó Megumi, dándose bronceador en las piernas—. Me ha contado que las cosas no van bien entre Trey y él últimamente, y lo siento. Hacen una estupenda pareja.

Asentí con un gesto, volviendo la mirada hacia mi queridísimo amigo. Cary estaba levantando a una mujer por la cintura para lanzarla contra las olas. Ella emergió escupiendo y riendo a carcajadas, claramente entusiasmada.

—Es una tontería decir que funcionará si tiene que funcionar, pero eso es lo que creo.

Aún tenía que llamar a Trey. Y a la madre de Gideon, Elizabeth. Quería ponerme en contacto con Ireland. Y con Chris. Como probablemente estaría hecha polvo por el *jet lag* y el exceso de alcohol, me propuse hacer todas esas llamadas mientras me recuperaba en el ático. También tenía que llamar a mi padre, dado que había pospuesto nuestra llamada de los sábados por la diferencia horaria que había entre nosotros.

—No quiero ir a casa. —Megumi se estiró con un suspiro y la copa entre las manos—. Estos dos días han pasado muy deprisa. Me parece increíble que nos marchemos dentro de unas horas.

Yo me habría quedado otra semana, de no ser porque echaba muchísimo de menos a Gideon.

—Eva, cariño...

Ladeé la cabeza al oír la voz de mi madre. Había llegado por detrás y se quedó a mi espalda envuelta en su pareo.

—¿Ya es hora de irse?

Ella negó con la cabeza. Luego me fijé en que estaba retorciéndose las manos. Eso no era nunca buena señal.

—¿Puedes acompañarme al hotel? —preguntó—. Tengo que hablar contigo.

Vi a Clancy detrás de ella, con la mandíbula tensa y dura. Se me aceleró el pulso. Me levanté, cogí el *sarong* que me había puesto para ir a la playa y me lo até a la cintura.

—¿Vamos nosotras también? —preguntó Shawna, sentándose.

—Quedaos aquí con Cary —respondió mi madre, esbozando una sonrisa tranquilizadora.

Me fascinaba la manera que tenía de actuar con tanta serenidad cuando sabía a la perfección que estaba nerviosa. Yo era demasiado expresiva para ocultar mis reacciones, pero mi madre sólo mostraba emociones con los ojos y las manos, y a menudo decía que incluso con la risa salían arrugas. Como llevaba gafas de sol, iba perfectamente camuflada.

Sin decir una palabra, la seguí a ella y a Clancy de vuelta al hotel. Cuando llegamos al vestíbulo pareció que todos los empleados tenían que saludarnos con una sonrisa o un gesto de la mano. Todos sabían quién era yo. Después de todo, estábamos alojados en uno de los complejos de Gideon. El nombre, Vientos Cruzados, significaba Crosswinds en inglés.

Gideon y yo nos habíamos casado en un complejo turístico de Crosswinds. No me había dado cuenta de que era una cadena a nivel mundial.

Entramos en un ascensor y Clancy introdujo una tarjeta llave en la ranura adecuada, una medida de seguridad que limitaba el acceso a nuestra planta. Como había más gente en la cabina, aún tuve que esperar para que me dijeran qué ocurría.

Sentía ganas de vomitar, y se me venían toda clase de pensamientos a la cabeza. ¿Le habría pasado algo a Gideon? ¿O a mi padre? Me di cuenta de que me había dejado el teléfono en la mesa, junto a la copa, y quise darme de cabezazos contra la pared. Si hubiera podido mandarle un mensaje rápido a Gideon, habría sentido que hacía algo más aparte de volverme loca.

Después de tres paradas, en el ascensor sólo quedábamos nosotros, que seguimos subiendo hasta nuestra planta.

—¿Qué ocurre? —pregunté volviéndome hacia mi madre y Clancy.

Ella se quitó las gafas con dedos temblorosos.

—Se ha armado un escándalo —empezó a contar—. Sobre todo en la red.

Lo que significaba que estaba fuera de control. O a punto.

—Mamá, dímelo ya.

Tomó aire.

—Hay unas fotos... —Miró a Clancy pidiendo ayuda.

—¿De qué? —Creía que iba a vomitar. ¿Tenía las fotos que mi hermanastro Nathan había hecho de alguna manera? ¿O fotogramas del vídeo sexual con Brett?

—Esta mañana han aparecido unas fotos de Gideon Cross en Brasil que se han hecho virales —dijo Clancy. Habló en tono neutro, pero había algo extraño en su postura. Tanta tensión no era habitual en él.

Sentí como si me hubieran dado un puñetazo en el estómago. No dije nada más. No había nada que decir hasta que viera la prueba.

Salimos directamente a nuestra suite, un enorme espacio con varios dormitorios y una gran zona de estar en el medio. Las doncellas habían abierto las ventanas que daban al balcón corrido, y las cortinas transparentes se agitaban con la brisa tras haberse soltado los alzapaños que debían sujetarlas. Brillante con la luz y el calor de España, la suite me había encantado desde el momento en que llegamos.

Ahora era casi incapaz de verla.

Fui hasta el sofá, temblándome las piernas, y esperé a que Clancy introdujera su clave en una tableta y me la pasara. Mi madre se sentó a mi lado, ofreciéndome su apoyo en silencio.

Bajé la vista y aspiré rápida y ruidosamente. Sentí como si me aplastaran el pecho con un torno. Lo que vi me dejó alucinada..., fue como si alguien se me hubiera colado en la cabeza y capturado una de las imágenes que tenía en la mente.

Fijé la mirada en Gideon, tan misterioso y guapísimo vestido enteramente de negro. El pelo le tapaba en parte la cara, pero claramente era mi marido. Tenía la esperanza de que no lo fuera, intenté encontrar algo que delatara que el hombre de la imagen era un engaño, pero conocía el cuerpo de Gideon tan bien como conocía el mío. Sabía cómo se movía, cómo se relajaba, cómo seducía.

Aparté la vista de la amada figura que se veía en el centro de la pantalla, incapaz de soportarlo.

Un sofá modular en forma de «U». Cortinas negras de terciopelo. Media docena de botellas de bebidas de máxima calidad encima de una mesa baja.

Un reservado para gente vip.

Una morena esbelta reclinada sobre un montón de cojines. El profundo escote de su top con lentejuelas ladeado. Gideon estaba casi encima de ella, chupándole un pezón.

Una segunda morena de piernas largas, echada sobre la espalda de él. Los muslos de ambos entrelazados. Las piernas de ella abiertas. Su boca en una gran «O» de placer. Gideon con un brazo por detrás. La mano bajo la corta falda de ella.

No se veía, pero él tenía los dedos dentro de ella. Lo sabía. Fue una puñalada en el corazón.

La imagen se tornó borrosa cuando parpadeé para tratar de contener las lágrimas, sintiendo que me rodaban por las mejillas. Desplacé la tableta para quitarla de mi vista. Entonces vi mi nombre y leí la cruda especulación de quien había escrito aquello sobre lo que yo pensaría acerca de las escapadas sexuales de mi prometido mientras se despedía de su soltería.

Dejé la tableta sobre la mesa de centro, respirando con dificultad. Mi madre se me acercó y me abrazó. El teléfono de la habitación sonó ruidosamente, sobresaltándome y destrozándome los nervios.

—Shhh... —susurró ella, pasándome la mano por el pelo—. Estoy aquí, cariño. A tu lado.

Clancy cogió el auricular.

—¿Sí? —contestó con brusquedad. Luego su voz adoptó un tono gélido y cortante—. Ya veo que lo estás pasando en grande.

«Gideon.»

Miré a Clancy y noté la indignación que desprendía.

—Sí, ella está aquí.

Me aparté de mi madre y conseguí ponerme de pie. Tratando de contener las náuseas, fui hacia él y alargué la mano para que me diera el teléfono. Me pasó el aparato inalámbrico y retrocedió.

Me tragué un sollozo.

—Hola.

Hubo una pausa. La respiración de Gideon se aceleró. Yo había dicho tan sólo una palabra, pero no necesitó más para saber que estaba al tanto.

—Cielo...

De repente me dieron ganas de vomitar y corrí al baño tirando el teléfono, sin apenas darme tiempo a levantar la tapa del inodoro antes de vaciar el contenido de mi estómago en violentas e incontrolables arcadas.

Mi madre entró corriendo y yo le hice un gesto con la cabeza.

—Vete —jadeé, hundiéndome en el suelo con la espalda apoyada contra la pared.

—Eva...

—Dame un minuto, mamá. Dame... un minuto.

Se me quedó mirando, luego asintió y cerró la puerta tras ella.

Desde el teléfono, que estaba en el suelo, oí gritar a Gideon. Alargué una mano y me lo acerqué a la oreja.

—¡Eva, por el amor de Dios, coge el teléfono!

—No grites —le dije con la cabeza a punto de estallarme.

—Oh, Dios. —Tenía la respiración entrecortada—. Estás enferma. Maldita sea. Y estoy tan lejos... —Alzó la voz—. ¡Raúl! ¿Dónde cojones estás? ¡Quiero mi jet inmediatamente! Coge el teléfono y...

—No, no, no lo...

—Fue antes de conocerte. —Hablaba muy deprisa, respiraba muy deprisa—. No sé cuándo... ¿Qué? —Alguien le decía algo—. ¿El Cinco de Mayo? ¡Joder!... Y ¿por qué sale eso ahora?

—Gideon...

—Eva, te juro que esa puta foto no se ha tomado esta noche. *Jamás* te haría algo así. Y lo sabes. Sabes lo que significas para mí...

—Gideon, cálmate.

Empezó a calmárseme el pulso. Él estaba desesperado. Presa del pánico. Oírlo me partía el corazón. Gideon era fuerte, capaz de arreglárselas, de sobrevivir y superar cualquier cosa.

Yo era su debilidad, cuando lo único que yo quería era ser su fortaleza.

—Tienes que creerme, Eva. Jamás nos haría esto. Jamás me dedicaría a...

—Te creo.

—... follar por ahí... ¿Qué?

Cerré los ojos y apoyé la cabeza contra la pared. Mi estómago empezaba a asentarse.

—Te creo.

Su estremecida exhalación sonó con fuerza.

—¡Dios!

Silencio.

Sabía lo mucho que significaba para él que lo creyera completamente. Todo. Cualquier cosa. No podía evitarlo, pero lo encontraba casi imposible de aceptar, aunque anhelara mi confianza más, creo yo, de lo que anhelaba mi amor. Para él, que creyera en él *era* mi amor.

Su explicación era sencilla, alguien podría decir que demasiado sencilla pero, conociéndolo como lo conocía yo, era la que tenía más sentido.

—Te quiero —susurró con voz suave, cansada—. Te quiero muchísimo, Eva. Como no cogías el teléfono...

—Yo también te quiero.

—Lo siento. —Emitió un leve gemido lleno de dolor y pesar—. Siento mucho que hayas visto eso. Es una putada. Todo esto es una putada.

—Has visto cosas peores —repliqué.

Gideon me había visto besar a Brett Kline delante de sus narices. Había visto al menos parte del vídeo sexual en el que aparecíamos Brett y yo. Comparado con eso, una foto no era nada.

—Me fastidia que estés allí y yo aquí —dijo a continuación.

—A mí también.

Quería tener el consuelo de su abrazo. Y, lo que era más, quería consolarlo, demostrarle otra vez que no me iba a ir a ninguna parte y que no tenía motivos para temer.

—Es la última vez que hacemos algo así.

—Sí. Sólo vas a casarte dos veces, las dos conmigo. Se te acabaron las despedidas de soltero.

Él soltó una carcajada.

—No me refería a eso.

—Lo sé.

—Dile a Clancy que te traiga a casa. Estamos haciendo las maletas para ir al aeropuerto.

Negué con la cabeza, aunque él no podía verme.

—Quédate hasta mañana —repuse.

—¿Mañana...? Ah, claro, estás enferma.

—No, estoy bien. Iré a buscarte. A Río.

—¿Qué? No. No quiero estar aquí. Tengo que volver a casa para aclarar este asunto de una puñetera vez.

—Está por todas partes, Gideon. Nada podrá cambiarlo. —Me levanté del suelo—. Ya lo, o la, cazarás más adelante. No pienso dejar que nos estropeen los recuerdos de este fin de semana.

—No es...

—Si quieren fotos de ti en Brasil, campeón, yo estaré en ellas.

Se quedó pensativo unos instantes.

—De acuerdo. Te estaré esperando.

—Quizá sea un fotomontaje —dijo Megumi.

—O ese tipo se le parece —sugirió Shawna, ladeándose hacia ella para ver la tableta—. La verdad es que no se le ve muy bien, Eva.

—No. —Negué con la cabeza. Las cosas eran como eran—. Ése es Gideon, sin duda.

Cary, que se sentaba a mi lado en la limusina, me cogió de la mano y entrelazamos los dedos. Mi madre estaba sentada en el sofá de detrás del conductor, mirando muestrarios de telas. Tenía sus esbeltas piernas cruzadas y daba golpecitos con un pie nerviosamente.

Tanto Megumi como Shawna me lanzaban miradas apenadas.

Su compasión me hería el amor propio. Había cometido el error de mirar en las redes sociales. Me asombraba lo cruel que podía ser la gente. Según algunos, yo era una mujer desairada. O tan estúpida que no me daba cuenta de que iba a casarme con un hombre que a mí me daría su nombre mientras ofrecía su cuerpo y sus atenciones a quien le viniera en gana. Era una cazafortunas dispuesta a soportar la humillación por dinero. Podría ser un ejemplo para todas las mujeres..., si le diera la espalda a Gideon y buscara a otra persona.

—Es una foto antigua —repetí.

En realidad, no hacía tanto tiempo, pero nadie tenía por

qué saber cuánto exactamente, salvo que la foto en cuestión no se había tomado mientras él y yo manteníamos una relación.

Gideon había cambiado mucho desde entonces. Por mí. Por los dos. Y yo ya no era la mujer que él había conocido aquel trascendental día de junio.

—Antiquísima —dijo Shawna con contundencia—. Desde luego.

Megumi asintió, pero con cara de no estar convencida del todo.

—¿Por qué iba a mentirme? —pregunté de manera inexpresiva—. No costaría mucho dar con el club que se ve al fondo. Tiene que ser uno de los de Gideon, y apuesto a que está en Manhattan. Y de ninguna manera podría estar en Nueva York y tener el pasaporte sellado en Brasil en el mismo día.

Me había llevado unas horas darme cuenta de eso, y me alegraba la idea. No necesitaba ninguna prueba de que mi marido me decía la verdad. Pero si de alguna manera podíamos probar que la foto estaba tomada en un lugar concreto e identificable, estaría bien poner las cosas en su sitio.

—Muy bien. —Megumi me dedicó una sonrisa de oreja a oreja—. Está loco por ti, Eva. No andaría por ahí teniendo líos de faldas.

Asentí con la cabeza y dejé el tema a un lado. Pronto llegaríamos al aeropuerto y no quería que nos despidiéramos pensando en ese estúpido cotilleo en lugar de en el estupendo viaje que habíamos hecho.

—Gracias por venir. Me lo he pasado fenomenal.

Me habría encantado que vinieran a Río también, pero no tenían el visado para entrar en el país. Además, las dos tenían que trabajar el lunes. Así que nuestros caminos se separaron: las chicas volvían a casa con el equipo de seguridad de Clancy, mientras que Cary, mi madre, Clancy y yo volamos a Brasil en el jet que Gideon había dispuesto para nosotros.

Iba a ser un viaje rápido. Llegaríamos el lunes por la mañana y nos marcharíamos el lunes por la noche. Lo poco que pudiéramos dormir sería en el avión. Pero para cuando yo estuviera para el arrastre, Gideon dejaría Brasil con una sonrisa en la boca. No quería que recordara ese fin de semana con pesar. Ya teníamos bastantes malos recuerdos. En adelante, deseaba que todos los que atesorase fueran buenos.

—Somos nosotras quienes tenemos que dártelas —dijo Megumi—. Ha sido un viaje inolvidable.

Shawna cerró los ojos y echó la cabeza hacia atrás en el asiento.

—Saluda a Arnoldo de mi parte.

Sabía que Shawna y Arnoldo se habían hecho amigos desde que se conocieron la noche que fuimos al concierto de los Six-Ninths. Creo que se sentían seguros juntos. Shawna esperaba a que su novio, Doug, regresara de Sicilia, donde estaba haciendo un curso de alto nivel para chefs. Arnoldo aún estaba curándose el corazón roto, pero era un hombre que amaba a las mujeres, y seguro que apreciaría poder disfrutar de la compañía de alguien que no esperaba otra cosa.

Cary se encontraba en una situación parecida. Echaba de menos a Trey y no le apetecía andar liándose por ahí, lo cual era impropio de él. Normalmente, cuando lo pasaba mal, follaba para olvidar. Sin embargo, se había pasado el fin de semana pegado a Megumi, que parecía un ciervo deslumbrado en cuanto se le acercaban los hombres. Cary había sido su escudo, y ambos se habían divertido tomándose las cosas con calma.

Gideon no era el único que había tenido una vida difícil.

Y, en cuanto a mí, me moría por estar con mi marido. El

estrés le hacía tener pesadillas, así que saqué el teléfono y le envié un mensaje:

Sueña conmigo.

La respuesta fue tan propia de Gideon que me hizo sonreír:

Vuela más deprisa.

Y enseguida supe que volvía a estar en forma.

—¡Caray! —Miré por la ventanilla del jet mientras el aparato rodaba por la pista de aterrizaje de un aeropuerto privado en las afueras de Río—. ¡Ésa sí que es una vista!

En el asfalto estaban Gideon, Arnoldo, Manuel y Arash. Todos ellos vestidos con bermudas y camisetas. Todos ellos morenos y altos. De hermosa musculatura. Bronceados.

Estaban dispuestos como si fueran una fila de coches deportivos exóticos y escandalosamente caros. Potentes, excitantes, peligrosamente rápidos.

No tenía dudas de la fidelidad de mi marido, pero si me hubiera quedado alguna, al verlo habría desaparecido. A sus amigos se los veía sueltos y relajados, enfriando motores tras duras carreras. No podían disimular que habían disfrutado de Rio y de sus mujeres. Gideon, sin embargo, estaba tenso, vigilante, con el motor en marcha, ronroneando con la necesidad de pasar de cero a sesenta en el espacio de un latido. Nadie le había hecho a mi marido una prueba de rodaje.

Yo había ido allí con la intención de calmarlo, de planear estrategias, de recuperar un poco de mi orgullo herido. Pero iba a ser el conductor que lo dejara sin gasolina.

«Sí, por favor.»

Noté una pequeña sacudida cuando colocaron la escalera móvil contra el jet. Clancy fue el primero en bajar. Lo siguió mi madre. Yo salí detrás de ella, deteniéndome en la plataforma para sacar una foto con el móvil. La imagen de Gideon y sus amigos sí que iba a dar que hablar en internet.

Bajé el primer escalón y Gideon echó a andar, descruzando los brazos al acortar la distancia que nos separaba. No le veía los ojos, sino a mí misma en el reflejo de sus gafas, pero notaba la intensidad con que me miraba. Hizo que me flojearan las piernas y tuve que agarrarme al pasamanos.

Le estrechó la mano a Clancy. Aguantó e incluso se las arregló para darse un breve abrazo recíproco con mi madre. Pero en ningún momento me quitó los ojos de encima ni se retrasó más de unos segundos.

Me había puesto mis provocativos tacones rojos. Unos pantalones cortísimos y ceñidos, con la cinturilla muy por debajo del ombligo, apenas me tapaban el culo. Llevaba un top de encaje rojo con tirantes, que, con una cinta de terciopelo rojo, se ceñía en la espalda a modo de corsé. Me había recogido el pelo en un moño un poco alborotado. Gideon terminó de alborotármelo cuando me cogió en el último peldaño y metió la mano en él.

Selló su boca con la mía, como si no se hubiera fijado en el brillo rojo que me había puesto en los labios. Me rodeó la cintura y quedé suspendida en su abrazo, con los pies despegados del suelo. Acoplándome a él, enlacé los tobillos en la parte baja de su espalda; echó la cabeza hacia atrás y nuestras lenguas se encontraron en un ardiente beso. Bajó la mano que tenía en mi pelo para sostenerme, rodeándome el culo de la manera exigente y posesiva que a mí me gustaba.

—Eso es la hostia de sensual —dijo Cary desde alguna parte a mis espaldas.

Manuel emitió un agudo silbido.

Me importaba muy poco el espectáculo que estuviéramos dando. Tocar y saborear el cuerpo de Gideon era una delicia embriagadora. Me venían toda clase de pensamientos a la cabeza. Quería montarlo, frotarme contra él. Quería verlo desnudo y sudoroso, impregnado de mi olor. En la cara, las manos, la polla...

Mi marido no era el único que deseaba marcar territorio.

—Eva Lauren —me reprendió mi madre—, compórtate como es debido.

El sonido de su voz nos enfrió a los dos al instante. Solté las piernas y Gideon me ayudó a bajar al suelo. Me separé a regañadientes, alzándole las gafas de sol brevemente para mirarlo a los ojos. «Ira..., lujuria...»

Le limpié los restos de *gloss* que le había dejado en la boca con los dedos. Tenía los labios hinchados de la pasión de nuestro beso, suaves las sensuales curvas.

Me rodeó la cara con las manos y me rozó los labios con los pulgares. Echándome la cabeza hacia atrás, me besó en la punta de la nariz. Ahora se mostraba tierno, atemperada ya la feroz alegría de verme al haberme tocado.

—Eva —dijo Arnoldo, acercándose a mí con una leve sonrisa en su atractivo rostro—. Me alegro de verte.

Me volví hacia él un poco nerviosa. Quería que fuéramos amigos. Quería que me perdonara por haberle hecho daño a Gideon. Quería...

Me plantó un beso en la boca. Anonadada, no supe reaccionar.

—¡Largo! —exclamó Gideon.

—Oye, que no soy un perro —saltó Arnoldo. Me miró divertido—. Se ha pasado todo el tiempo suspirando por ti. Ya puedes liberarlo de su tormento.

Mi inquietud desapareció. Estaba más cariñoso conmigo que en los últimos tiempos, más que cuando nos habían presentado.

—Yo también me alegro mucho de verte, Arnoldo —dije.

El siguiente fue Arash. Cuando alzó ambas manos para

tocarme la cara, Gideon levantó inmediatamente un brazo entre nosotros.

—Ni se te ocurra —advirtió.

—Eso no es justo.

Le lancé un beso.

Manuel fue más ladino. Se acercó por detrás de mí y, levantándome del suelo, me plantó un sonoro beso en la mejilla.

—Buenos días, guapísima.

—Hola, Manuel —reí—. ¿Divirtiéndote aún?

—No lo sabes bien. —Dejándome en el suelo, me guiñó un ojo.

Gideon parecía haberse calmado un poco. Estrechó la mano a Cary y le preguntó qué tal por Ibiza.

Sus amigos saludaron a mi madre, que enseguida activó sus encantos y obtuvo los resultados esperados: todos se quedaron cautivados.

Gideon me agarró de la mano.

—¿Tienes el pasaporte?

—Sí.

—Pues vámonos. —Y echó a andar con paso enérgico.

Me apresuré a seguirlo y me volví a mirar al grupo que dejábamos atrás. Iban en otra dirección.

—Ellos han pasado el fin de semana con nosotros —dijo Gideon en respuesta a una pregunta no pronunciada—. Hoy es nuestro día.

Me hizo pasar por el trámite rápido de aduana y luego volvimos a la pista, donde nos esperaba un helicóptero.

Las palas de los rotores empezaron a girar cuando nos aproximábamos. Raúl apareció de repente y abrió la puerta trasera. Gideon me ayudó a subir a la parte de atrás y él lo hizo detrás de mí. Busqué el cinturón de seguridad, pero Gideon me apartó las manos y me aseguró rápidamente antes de sentarse. Me pasó unos auriculares y él se puso los suyos.

—En marcha —le dijo al piloto.

Empezábamos a elevarnos antes de que Gideon se hubiera puesto el cinturón de seguridad.

Estaba sin aliento cuando llegamos al hotel, aún sobrecogida por la vista de la ciudad de Río extendida debajo de nosotros, sus playas salpicadas de altas lomas y sus colinas repletas de favelas pintadas de vivos colores. Los coches abarrotaban las carreteras, extraordinariamente densas por el tráfico incluso comparadas con las de Manhattan en horas punta. La famosa estatua del Cristo Redentor refulgía sobre el cerro del Corcovado a lo lejos a mi derecha cuando rodeamos el Pan de Azúcar y seguimos la costa hasta Barra da Tijuca.

En coche habríamos tardado horas en llegar al hotel desde el aeropuerto, pero nosotros habíamos hecho el viaje en unos minutos. Entrábamos en la suite de Gideon antes de que mi cerebro, aturdido por el desfase horario, se diera cuenta plenamente de que había estado en tres países distintos en otros tantos días.

Vientos Cruzados Barra era tan lujoso como todas las propiedades Crosswinds que había visto, pero con un gusto local que lo hacía único. La suite de Gideon era tan amplia como la mía de Ibiza, y las vistas eran impresionantes.

Me detuve a admirar la playa desde el balcón, fijándome en las interminables hileras de puestos de cocos y en los dorados cuerpos tendidos en la arena. En el aire se oía música de samba, alegre, sensual y optimista. Tomé una foto y la descargué en mi cuenta de Instagram, junto con la que les había hecho a los chicos en la pista.

La vista desde aquí... #RíoDeJaneiro.

Agregué a todo el mundo y descubrí que Arnoldo había subido una imagen mía y de Gideon besándonos apasionadamente en el aeropuerto. Era una foto estupenda, íntima y sensual. Arnoldo tenía varios millares de seguidores y la foto tenía ya docenas de comentarios y «Me gusta».

Queridos amigos disfrutando #RíoDeJaneiro y el uno del otro.

En ese instante sonó el móvil de Gideon y se excusó un momento. Oí que hablaba en otra habitación y allí me dirigí. No habíamos dicho ni una palabra desde que salimos del aeropuerto, como si estuviéramos reservándonos para una conversación íntima. O quizá no había nada que decir. Que el mundo dijera lo que quisiera y difundiera mentiras. Nosotros sabíamos lo que teníamos. No había que calificarlo, justificarlo ni expresarlo.

Lo encontré en un despacho, delante de un escritorio en forma de «U» lleno de fotografías y notas, algunas de las cuales habían caído al suelo. El lugar estaba patas arriba, tan impropio del estricto orden que por lo general mantenía mi marido. Tardé unos instantes en caer en la cuenta de que las fotos eran del interior de un club que coincidía con el fondo de la foto de Gideon en el Cinco de Mayo.

Resultaba un tanto inquietante que hubiéramos tenido la misma idea. Y sorprendente, de alguna manera.

Me volví para marcharme.

—Eva. Un momento.

Lo miré.

—Mañana por la mañana es mejor —dijo a quien estuviera al otro lado de la línea—. Envíame un mensaje cuando se confirme.

Luego colgó y silenció el teléfono, dejándolo junto a las gafas de sol.

—Quiero que veas esto.

—No tienes que probarme nada —le dije.

Él se me quedó mirando. Ahora que no llevaba las gafas, vi que tenía ojeras.

—Anoche no dormiste. —No era una pregunta. Debería haber sabido que no lo haría.

—Voy a arreglarlo.

—No se ha roto nada.

—Te oí mientras estaba al teléfono —dijo tenso.

Me apoyé en el marco de la puerta. Sabía cómo se había sentido él cuando besé a Brett: con pensamientos homicidas. Se pelearon como animales. Para mí la confrontación física violenta no era una opción. Mi cuerpo se había purgado de los celos como había podido.

—Haz lo que tengas que hacer —murmuré—. Pero yo no necesito nada. Estoy bien. Tú y yo, *nosotros* estamos bien.

Gideon tomó aire profundamente. Lo soltó. Luego se llevó las manos atrás y se quitó la camisa por encima de la cabeza. Se quitó las sandalias mientras se desabrochaba los pantalones, que dejó que cayeran al suelo. No llevaba nada debajo.

Lo contemplé mientras se acercaba a mí desnudo, fijándome en las líneas oscuras del bronceado y en la rigidez de su verga. La tenía increíblemente dura, subidas las pelotas ya. Flexionaba todos los músculos al andar. Aquellos muslos tan impactantes: los abdominales, una tabla; los bíceps, marcadísimos.

Yo no me movía, casi no respiraba, apenas parpadeaba. No dejaba de maravillarme que pudiera estar con él. Me sacaba unos treinta centímetros largos, y pesaba casi cuarenta y cinco kilos más que yo. Y era fuerte. Muy fuerte.

Cuando hacíamos el amor, me excitaba estar debajo de él y sentir toda aquella increíble fuerza concentrada únicamente en dar placer a mi cuerpo y disfrutar de él.

Gideon me cogió en brazos, bajó la cabeza y me tomó la boca en un beso profundo y voluptuoso, deleitándose despacio, con suaves lameduras y labios persuasivos. No me di cuenta de que me había desatado el top hasta que me cayó por los brazos. Introdujo los pulgares bajo la cinturilla de mis shorts, deslizándolos a un lado y a otro de mi piel sensible, hasta que detuvo el beso para agacharse y ayudarme a quitarme la ropa. Gemí con ganas de más.

—Vamos a dejar los tacones puestos —susurró enderezándose del todo. Sus ojos eran de un azul tan brillante que me recordaban el agua en la que nos bañamos desnudos cuando nos casamos.

Le pasé los brazos por el cuello, me levantó y me llevó al dormitorio.

—Y algunos de esos pequeños panecillos redondos de queso —pedí, y Gideon transmitió el pedido, en portugués, al servicio de habitaciones.

Tendida boca abajo en la cama, de cara a las puertas correderas del balcón, agitaba las piernas con los provocativos tacones aún puestos. Y nada más. Apoyaba el mentón sobre los brazos cruzados. Era muy agradable sentir la cálida brisa marina en la piel, enfriando el sudor que cubría mi cuerpo entero. Arriba, en el techo, giraban despacio las aspas de caoba del ventilador, talladas en forma de hojas de palmera.

Respiré hondo, olía a sexo y a Gideon.

Colgó el teléfono y el colchón se hundió cuando se acercó a mí, rozándome el trasero con los labios, y a continuación la espalda hasta los hombros. Se tumbó a mi lado, apoyando la cabeza en una mano, acariciándome la espalda con la otra.

Me giré para mirarlo.

—¿Cuántos idiomas sabes?

—Un poco de muchos y mucho de unos pocos —respondió.

—Mmm. —Me arqueé con sus caricias.

Me besó en los hombros otra vez.

—Me alegro de que estés aquí —susurró—. Me alegro de haberme quedado.

—A veces tengo buenas ideas.

—Yo también. —El brillo lascivo de sus ojos no me dejó ninguna duda de lo que estaba pensando.

No había pegado ojo en toda la noche, luego había follado conmigo, muy despacio, durante casi dos horas. Se había corrido tres veces, la primera con tal intensidad que incluso había *bramado*. A voz en grito. Estaba segura de que el sonido había traspasado las ventanas abiertas. Yo había alcanzado el orgasmo sólo de oírlo. Y enseguida estuvo preparado otra vez. Siempre estaba preparado. Dichosa yo.

Me puse de lado, de cara a él.

—¿Necesitas a dos mujeres para saciarte?

Gideon se cerró en banda.

—No pienso entrar al trapo.

Le toqué la cara.

—¡Eh! Era una broma, cariño. Una broma pesada.

Rodó de espaldas, cogió una almohada y la colocó entre los dos. Luego volvió la cabeza hacia mí con el ceño fruncido.

—Antes tenía un... vacío... dentro de mí —dijo en voz baja—. Decías que era un hueco, que tú lo habías llenado. Y es verdad.

Yo escuchaba atentamente. Gideon estaba hablando, compartiendo. Le costaba mucho y no le gustaba. Pero me amaba.

—Te esperaba a ti —añadió echándome el pelo hacia atrás—. Una docena de mujeres no podrían haber hecho lo que has hecho tú. —Se pasó ambas manos por la cabeza—. Pero, joder, las distracciones me ayudaban a no pensar en ello.

—Yo puedo conseguirlo —susurré, deseando verlo contento y juguetón otra vez—. Puedo conseguir que no pienses en nada.

—Ese vacío ha desaparecido. Tú estás ahí.

Me incliné sobre él y lo besé.

—Estoy *aquí*, también.

Cambió de postura y se puso de rodillas, levantándome y dejándome caer sobre la almohada de manera que quedé con el culo en pompa.

—Así es como te quiero.

Lo miré por encima del hombro.

—Recuerdas que va a venir el servicio de habitaciones, ¿verdad?

—Dijeron que entre cuarenta y cinco y sesenta minutos.

—Tú eres el jefe. No tardarán tanto.

Se colocó entre mis piernas.

—Les dije que tardaran una hora.

Me eché a reír. Creía que el almuerzo era un descanso. Por lo visto, sólo lo era la llamada telefónica.

Me agarró las nalgas con ambas manos y apretó.

—¡Joder! Tienes un culo de lo más increíble. Es el perfecto cojín para hacer esto...

Sujetándome las caderas, se introdujo en mí. Un largo y lento deslizamiento. Emitió un masculino gruñido de placer, y a mí se me encogieron los dedos de los pies en los zapatos.

—¡Dios! —Apoyé la frente en la cama y gemí—. ¡Qué duro estás!

Apretó los labios en mi hombro. Movió las caderas, acariciándome por dentro, empujando lo bastante para causarme un ligero dolor.

—Me excitas —dijo con voz ronca—. No puedo evitarlo. No quiero.

—No lo hagas. —Arqueé la espalda, acoplándome a sus tranquilas y cuidadosas estocadas. De ese humor se encontraba hoy. Tierno. Complaciente. Haciendo el amor—. No pares.

Me puso los brazos a ambos lados, presionando con las palmas en el colchón, y me acarició con los labios.

—Te propongo un trato, cielo. Reventaré cuando lo hagas tú.

—¡Puf! —Me miraba en el espejo, cambiando de postura continuamente—. ¡A quién se le ocurre ponerse el biquini después de haber comido como un cerdo!

Tiré del sujetador sin tirantes del bañador verde esmeralda que Gideon había comprado en la tienda del vestíbulo, luego intenté colocarme bien la parte inferior.

Gideon apareció por detrás con un aspecto sexi y de lo más goloso, vestido con unas bermudas negras. Me rodeó con sus brazos, al tiempo que sopesaba mis pechos en sus palmas.

—Estás guapísima. Me gustaría quitarte esto con los dientes.

—Hazlo. —¿Para qué ir a la playa? Ya habíamos estado en la playa durante el fin de semana.

—¿Todavía quieres tener fotos de nosotros ahí? —preguntó. Cruzamos la mirada en el espejo—. Si no, no tengo inconveniente en lanzarte a la cama otra vez y darte otro repaso.

Me mordí el labio inferior, debatiéndome.

Tiró de mí hacia él. Descalza, Gideon podía apoyar el mentón en la coronilla de mi cabeza.

—¿No te decides? Vale, iremos a la playa, aunque sólo sea para que luego no te arrepientas de no haber ido. Treinta minutos..., una hora..., y luego volveremos hasta que llegue el momento de marcharnos.

Me conmovió. Siempre pensaba primero en mí y en lo que necesitaba yo.

—Te quiero muchísimo.

Casi se me paró el corazón al ver la expresión de sus ojos.

—Tú me crees —susurró—. Siempre.

Me volví y me apreté contra su pecho.
—Siempre.

—Es una foto bonita —dijo mi madre en voz baja, pues los chicos estaban todos dormidos. Las luces de la cabina del jet estaban atenuadas, y los hombres, reclinados todos en sus asientos—. Aunque habría preferido que no mostraras tanto trasero.

Sonreí, con la mirada en la tableta que sostenía en sus manos. Vientos Cruzados Barra contaba con varios fotógrafos en plantilla para cubrir los eventos, convenciones y bodas que se celebraban en aquella espléndida propiedad. Gideon había encargado a uno que nos fotografiara en la playa, a distancia, para que yo no me diera cuenta.

En las anteriores fotos publicadas de nosotros en Westport, Gideon me sujetaba debajo de él, con el oleaje lamiéndonos las piernas. En las nuevas se nos veía al sol, él tumbado boca arriba, y yo echada encima con los brazos cruzados sobre sus abdominales y la barbilla apoyada en las manos. Estábamos hablando, con la vista fija en su cara mientras él me miraba y me pasaba los dedos por el pelo. Sí, con el biquini de corte brasileño que llevaba, se me veía el culo, pero lo que realmente destacaba era la intensidad con que Gideon me observaba y la familiaridad, cómoda y espontánea, que se veía entre nosotros.

Mi madre me miró. Había una tristeza en sus ojos que no alcanzaba a comprender.

—Confiaba en que pudierais llevar una vida tranquila y normal —declaró—. Pero el mundo no va a dejar que eso suceda.

La foto se había hecho viral poco después de subirse a una red social. Las especulaciones iban en aumento. ¿Cómo podía estar con Gideon en Río y parecerme bien que follara con otras dos mujeres? ¿Era tan pervertida nuestra vida sexual? ¿O quizá no era Gideon Cross el de la foto en el club?

Antes de quedarse dormido, Gideon me había dicho que su equipo de relaciones públicas estaba trabajando las veinticuatro horas del día, atendiendo llamadas y administrando sus cuentas en las redes sociales. A partir de hoy, las respuestas oficiales eran para confirmar que yo había estado en Río con Gideon. Había dicho que él se encargaría de todo lo demás personalmente cuando llegáramos a casa, aunque se había mostrado muy cauteloso respecto a cómo iba a hacerlo. «Estás muy hermético», lo acusé yo sin vehemencia. «De momento», coincidió él con una vaga sonrisa.

Puse una mano encima de la de mi madre.

—Todo va a salir bien. Tarde o temprano, la gente se cansará de nosotros. Y nos marcharemos durante un mes después de la boda. Eso es una eternidad sin saber de nosotros. Los medios buscarán otras noticias.

—Eso espero —respondió ella con un suspiro—. Te casas el sábado. No puedo creerlo. Aún hay tanto que hacer...

El sábado. Dentro de unos pocos días. No me parecía posible que Gideon y yo pudiéramos sentirnos más casados de lo que ya nos sentíamos, pero sería bonito pronunciar los votos delante de nuestras familias.

—¿Por qué no vienes al ático mañana? —le sugerí—. Me encantaría que lo vieras y habláramos de cosas que aún están por decidir. Comeremos juntas y daremos una vuelta.

La cara se le iluminó.

—¡Qué idea tan estupenda! Me encantaría, Eva.

Me apoyé en el reposabrazos y la besé en la mejilla.

—A mí también.

—¿Ni siquiera vas a dormir un poco? —Estupefacta, vi que Gideon se dirigía a su guardarropa.

Sólo llevaba puestos unos calzoncillos tipo bóxer, el pelo se lo había secado con la toalla después de la ducha que se había dado nada más llegar a casa. Yo estaba en la cama, exhausta y rota a pesar de que había dormido en el avión.

—Va a ser un día corto —dijo sacando un traje gris oscuro—. Llegaré pronto a casa.

—Te pondrás enfermo si no duermes lo suficiente. No me gustaría que cayeras enfermo el día de nuestra boda o en nuestra luna de miel.

Sacó la corbata azul que tanto me gustaba.

—No voy a caer enfermo.

Miré el reloj de la mesilla.

—¡No son ni las siete siquiera! Nunca vas a trabajar tan pronto.

—Tengo cosas que hacer. —Se abrochó la camisa rápidamente—. Deja de darme la lata.

—No estoy dándote la lata...

Me lanzó una mirada risueña.

—¿No te saciaste de mí ayer?

—Dios mío, serás engreído...

Se sentó y se puso los calcetines.

—No te preocupes, cariño. Te daré más en cuanto llegue a casa.

—Ahora mismo me gustaría tirarte algo a la cabeza.

Gideon se había vestido en un abrir y cerrar de ojos, pero de alguna manera se las había arreglado para estar elegante, perfecto. Lo que sólo consiguió agriarme más el humor.

—Deja de poner mala cara —me regañó, encorvándose para besarme en lo alto de la cabeza.

—Yo tardo una eternidad en tener tan buen aspecto y tú lo consigues sin proponértelo —rezongué—. Y te has puesto mi corbata favorita. —Le resaltaba el color de los ojos, asegurándose de que sólo se lo veía a él y lo guapísimo que era.

—Lo sé —sonrió—. Cuando vuelva a casa, ¿te gustaría que te follara con ella puesta?

Me lo imaginé y desfruncí el ceño. ¿Cómo sería que se bajara la bragueta y me follara con uno de sus trajes puesto? Tórrido. En más de un sentido.

—Sudamos demasiado —dije, descartando la idea con un mohín—. La estropearíamos.

—Tengo una docena. —Se enderezó—. Vas a quedarte en casa, ¿verdad?

—Un momento. ¿Tienes una docena de corbatas como ésa?

—Es tu preferida —respondió sencillamente, como si eso lo explicara todo. Lo que supuse que así era.

—En casa, ¿verdad? —repitió.

—Sí, mi madre vendrá dentro de unas horas y tengo que hacer algunas llamadas.

Se encaminó hacia la puerta.

—Duerme un poco, ángel gruñón. Sueña conmigo.

—Ya, ya —mascullé abrazando una almohada y cerrando los ojos.

Y soñé con él, claro.

—La mayoría de los invitados ya han confirmado su asistencia —dijo mi madre, pasando los dedos por el panel táctil de su portátil para mostrarme una hoja de cálculo que hizo que se me cruzaran los ojos—. No esperaba que asistieran tantos invitados, habiéndolos avisado con tan poca antelación.

—Eso es bueno, ¿no? —dije, aunque, sinceramente, no tenía ni idea. Ni siquiera sabía a cuántos se había invitado a la recepción. Sólo sabía que era el domingo por la tarde en uno de los hoteles de Gideon de la ciudad.

De otra manera, no habríamos tenido el espacio que necesitábamos. Scott no lo había dicho, pero me figuré que alguien se quedaría sin sitio para su evento en el último momento. Y el número de habitaciones que habíamos reservado para acomodar a la familia de mi padre... No me había parado a pensar en todo eso cuando había elegido el cumpleaños de Gideon como fecha para la boda.

—Sí, es estupendo. —Mi madre me sonrió, pero era una sonrisa forzada. Estaba muy estresada, y yo me sentía mal por ello también.

—Va a ser maravilloso, mamá. Increíble. Y vamos a ser todos muy felices, y si algo sale mal, pues nos dará igual. —Ella se estremeció—. Pero eso no ocurrirá —me apresuré a añadir—. Todos los empleados se asegurarán de que todo esté bien. Es el gran día de su jefe.

—Sí —asintió ella con expresión de alivio—. Tienes razón. Querrán que todo esté perfecto.

—Y lo estará.

¿Cómo no iba a ser así? Gideon y yo ya estábamos casados, pero nunca habíamos celebrado su cumpleaños juntos. Me moría de ganas.

Mi teléfono sonó al recibir un mensaje de texto. Lo cogí y lo leí, frunciendo el ceño. Luego cogí el mando a distancia de la televisión.

—¿Qué pasa? —preguntó mi madre.

—No lo sé. Gideon quiere que encienda la tele. —Sentí malestar en el estómago, agolpándoseme la preocupación que acababa de sentir. ¿Cuánto más tendríamos que soportar?

Pulsé el botón del canal que me había especificado y reconocí el plató de un popular programa de entrevistas. Para horror mío, en ese momento Gideon estaba tomando asiento junto a una mesa rodeado de las cinco presentadoras..., mientras se oían aplausos, abucheos y silbidos. Pensaran lo que pensasen sobre su fidelidad, las mujeres no podían resistirse a él. Su carisma y su atractivo eran un millón de veces más potentes en persona.

—¡Dios mío! —exclamó mi madre—. Pero ¿qué hace?

Subí el volumen.

Como era de esperar, después de felicitarlo por nuestro compromiso, las presentadoras se lanzaron de lleno al asunto de Río y del infame *ménage à trois* de la foto del club. Por supuesto, insistieron en señalar que no se mostraría en el programa porque era demasiado arriesgado, pero remitieron a los televidentes a la web del programa, que se destacaba en la barra informativa que se desplazaba en la parte de abajo de la pantalla.

—¡Vaya!, ¡qué sutiles! —saltó mi madre—. ¿Por qué está dedicando más atención al asunto?

La hice callar.

—Tiene un plan —repuse. Al menos, eso esperaba yo.

Sosteniendo entre ambas manos una taza de café, en la que se veía el logo del programa, Gideon parecía pensativo, mientras todas las presentadoras metían baza en lugar de dejarlo hablar a él.

—¿Volveremos a tener más despedidas de soltero? —preguntó una de ellas.

—Bueno, ésa es una de las cosas que puedo aclarar —terció Gideon antes de que las mujeres empezaran a debatir ese punto—. Dado que Eva y yo nos casamos el mes pasado y ya no estoy soltero, no podía ser una despedida de soltero.

Detrás de ellos, en una enorme pantalla de vídeo, el logo del programa dio paso a una foto mía y de Gideon besándonos después de pronunciar los votos matrimoniales.

Contuve la respiración al tiempo que se oían los gritos sofocados del público.

—¡Vaya! —murmuré—. Nos ha descubierto.

Apenas oí el torrente de conversación que siguió a su revelación, pues me había quedado anonadada con lo que estaba haciendo para ocuparse de todo. Gideon era un hombre reservado. Nunca daba entrevistas personales, sólo las que tenían que ver con Cross Industries.

De la foto nuestra se pasó a una serie de instantáneas tomadas en el interior del mismo club nocturno en el que las morenas de piernas largas se le subían encima. Cuando él miró al público y sugirió que algunos de los que allí estaban quizá conocían el lugar, se oyeron varios gritos afirmativos.

—Evidentemente —continuó, mirando de nuevo a las presentadoras—, no podía estar en Nueva York y en Brasil al mismo tiempo. La foto que se hizo viral fue manipulada digitalmente para borrar el logotipo del club. Verán que está bordado en las cortinas del reservado vip. Sólo hizo falta el software adecuado y unos cuantos clics para hacerlo desaparecer.

—Pero las chicas estaban ahí —contraatacó una de las presentadoras—, y lo que estaba sucediendo con ellas era real.

—Cierto. Yo tenía una vida antes de que apareciera mi esposa —dijo tranquilamente y sin disculparse—. Desgraciadamente, eso no puedo cambiarlo.

—Su mujer también tenía una vida antes de que apareciera usted. Ella es la Eva que se menciona en una canción de los Six-Ninths. —La mujer miró un poco de soslayo. Era evidente que estaba leyendo la información en un apuntador óptico—. *Rubia.*

—Sí, es ella —confirmó Gideon.

Su tono era neutro. Se lo veía imperturbable. Aunque yo sabía que el programa nunca era tan espontáneo como parecía, no dejaba de ser surrealista ver nuestras vidas utilizadas para aumentar el índice de audiencia matinal.

De pronto apareció una foto mía y de Brett en el lanzamiento del videoclip de *Rubia* en Times Square y se oyó un fragmento de la canción.

—¿Cómo se siente respecto a eso?

Gideon esbozó una de sus escasas sonrisas.

—Si yo escribiera canciones, compondría una balada para ella también.

En la pantalla apareció la foto mía y de Gideon en Brasil. Y enseguida le siguieron la de Westport y una serie de imágenes tomadas mientras caminábamos por la alfombra roja de varios eventos benéficos. En todas ellas, tenía los ojos clavados en mí.

—Oooh, qué bien se le da esto —dije para mí misma fundamentalmente. Mi madre intentaba cerrar su portátil—. Es sincero pero distante, y lo bastante seguro de sí mismo para parecerse al legendario Gideon Cross. Además, les ha entregado un montón de fotos con las que trabajar.

También había sido una gran idea ir a un programa en el que las entrevistadoras eran varias mujeres que analizaban temas femeninos. Sin embargo, no iban a ceder un ápice en el asunto de su presunta infidelidad, ni siquiera a pasar de puntillas por el tema. Iban a aclararse las cosas de una manera que tal vez no se conseguiría de conducir la entrevista un hombre.

Una de las entrevistadoras se echó hacia adelante.

—Está a punto de publicarse un libro sobre usted, ¿no es así? Escrito por su exprometida.

En la pantalla apareció una foto de Gideon y Corinne en la fiesta de Vodka Kingsman. Se oyó un murmullo colectivo del público. Yo apreté los dientes. Estaba guapísima, como siempre, y complementaba de maravilla el oscuro atractivo de Gideon.

Quise creer que esa imagen era un hallazgo del propio programa.

—En realidad, escrito por alguien en la sombra —respondió él—. Por alguien que tiene un interés personal. Me temo que se están aprovechando de la señora Giroux y ella no se da cuenta.

—No lo sabía. Y ¿de quién se trata? —La entrevistadora miró al público y explicó rápidamente lo que era un escritor fantasma.

—No estoy autorizado a decir que está escribiendo el libro.

La entrevistadora insistió en ese punto.

—Pero ¿lo conoce? ¿O la conoce? Y usted no le cae bien...

—Exacto. Ambas cosas.

—¿Se trata de una exnovia? ¿De un antiguo socio?

La entrevistadora que había estado más callada cambió de tercio.

—Respecto a Corinne... ¿Por qué no nos cuenta la historia que hay detrás de ella, Gideon?

Mi marido dejó la taza en la mesa, de la que acababa de tomar un sorbo.

—La señora Giroux y yo salíamos juntos cuando estábamos en la universidad. Estuvimos un tiempo comprometidos, pero ya entonces nuestra relación no iba a ninguna parte. Éramos inmaduros y, sinceramente, no sabíamos lo que queríamos.

—¿En serio?

—La juventud y la confusión no ayuda mucho a que una relación sea interesante y salaz, en mi opinión. Pero no dejamos de ser amigos y ella se casó. Lamento que le parezca necesario comercializar esa época de nuestra vida ahora que estoy casado. Estoy seguro de que a Jean-François le resultará tan incómodo como a mí.

—Es su marido, ¿verdad? Jean-François Giroux. ¿Lo conoce?

En la pantalla aparecieron Corinne y Jean-François vestidos de etiqueta en algún evento. Formaban una atractiva pareja, aunque el contraste entre los dos hombres no era muy halagador para el francés. No podía compararse con Gideon pero, claro, ¿quién podía?

Mi marido asintió.

—Tenemos negocios juntos.

—¿Ha hablado con él de este asunto?

—No. No hablo de este tema, por lo general. —En su boca volvió a aparecer aquella leve sonrisa—. Acabo de casarme. Tengo otras cosas en la cabeza.

Di palmadas de alegría.

—¡Eso es! Fue idea mía. Le dije que no dejara de recordarle a la gente que ella está casada y que él conoce a su marido. —Y también se metió con Deanna. Muy bien jugado todo.

—¿Tú sabías que iba a hacer esto? —preguntó mi madre horrorizada.

La miré, frunciendo el ceño al ver lo pálida que estaba. Era preocupante, teniendo en cuenta el bronceado que había adquirido en los dos últimos fines de semana.

—No, no tenía ni idea. Hablamos del asunto Giroux hace tiempo. ¿Estás bien?

Se apretó las sienes con las yemas de los dedos.

—Me duele la cabeza.

—Aguanta hasta que termine el programa y te traeré algo. —Volví la mirada a la televisión, pero habían hecho un corte para la publicidad. Corrí al botiquín del cuarto de baño y regresé con un pequeño frasco de pastillas. Me sorprendió ver que mi madre estaba preparándose para marcharse—. ¿Te vas? ¿No íbamos a almorzar juntas?

—Estoy cansada, Eva. Me voy a casa a acostarme.

—Podrías dormir un poco aquí, en la habitación de invitados —sugerí.

Pensé que le gustaría. Después de todo, Gideon había hecho una copia exacta del dormitorio que tenía yo en el apartamento. Un torpe pero considerado intento de proporcionarme un refugio seguro en su casa en un momento de nuestra relación en el que no sabía si luchar por ella o salir corriendo en dirección contraria.

Negó con la cabeza y se pasó por el hombro la cinta de la funda de su portátil.

—Estaré bien. Hemos hablado de las cosas más importantes. Luego te llamo.

Me dio dos besos al aire en ambas mejillas y se marchó.

Volví a sentarme en el sofá, dejé las pastillas encima de la mesa de centro y vi el resto de la entrevista de Gideon.

12

—Señor Cross. —Scott se levantó de su escritorio—. ¿Estará hoy en su despacho al final?

Negué con la cabeza y abrí la puerta, cediéndole el paso a Angus.

—Sólo he venido a ocuparme de un asunto. Mañana sí estaré.

Había cancelado la agenda y había distribuido reuniones y citas para el resto de la semana. Había pensado tomarme el día libre y no ir para nada al Crossfire, pero la información que había encargado a Angus que reuniese era demasiado sensible para arriesgarme a que se revelara en cualquier otro lugar.

Cerré la puerta y oscurecí la pared de cristal. Luego seguí a Angus a la zona de estar y me dejé caer en un sillón.

—Ha estado muy ocupado estos últimos días, amigo —dijo torciendo los labios con ironía.

—Ni un momento de aburrimiento. —Exhalé bruscamente, combatiendo la fatiga—. Dime que tienes algo.

Angus se inclinó hacia adelante.

—Algo más de lo que tenía cuando empecé: una licencia matrimonial en una ciudad falsa y el certificado de defunción de Jackson Tramell, en el que figuraba Lauren Kittrie como esposa. Murió antes de cumplirse el año de casados.

Me concentré en la información más importante.

—¿Lauren mintió respecto a su lugar de origen?

Angus asintió.

—No es algo difícil de hacer.

—Pero ¿por qué?

Me fijé en que tenía tensa la mandíbula.

—Hay algo más —dije.

—No se especifica cómo murió —respondió en voz baja—. Jackson tenía un disparo en la sien derecha.

Me puse rígido.

—¿No pudieron determinar si había sido suicidio u homicidio?

—Eso es. No pudo precisarse de manera concluyente si fue una cosa o la otra.

Más preguntas sin respuestas, y la cuestión más importante era si Lauren desempeñaba un papel importante en todo aquello o no. Puede que únicamente estuviéramos dando vueltas en círculo.

—¡Joder! —Me pasé una mano por la cara—. Sólo quiero una foto, por el amor de Dios.

—Ha pasado mucho tiempo, Gideon. Un cuarto de siglo. Puede que alguien de su ciudad la recordara, pero ignoramos de qué ciudad se trata.

Dejé caer la mano y lo miré. Conocía las inflexiones en su tono y lo que significaban.

—¿Tú crees que alguien se ha encargado de atar las cosas?

—Es posible. Como también es posible que el informe policial de la muerte de Jackson se traspapelara con los años.

—Eso no te lo crees ni tú —repliqué.

Confirmó mi afirmación con un gesto de la cabeza.

—Contraté a una joven para que se hiciera pasar por una funcionaria de Hacienda que buscaba a Lauren Kittrie Tramell. Interrogó a Monica Dieck, que dijo que no había visto a su excuñada desde hacía muchos años y que tenía entendido que Lauren había fallecido.

Moví la cabeza, intentando comprender todo aquello sin conseguirlo.

—Monica se asustó, amigo. Cuando oyó el nombre de Lauren se quedó blanca como la pared.

Me levanté y empecé a caminar de un lado a otro.

—¿Qué cojones significa eso? Eso no aclara nada.

—Hay alguien que podría tener las respuestas.

Me paré en seco.

—La madre de Eva —dije.

Él asintió.

—Podría preguntarle.

—¡Joder! —Me quedé mirándolo—. Lo único que quiero saber es que mi esposa está a salvo, que nada de esto supone ningún peligro para ella.

A Angus se le suavizó la expresión.

—Por lo que sabemos de la madre de Eva, proteger a su hija ha sido siempre una prioridad para ella. No la imagino poniéndola en peligro.

—Su exceso de protección es exactamente lo que me preocupa. Ha estado siguiendo los pasos de Eva desde Dios sabe cuándo. Suponía que era por Nathan Barker, pero tal vez él sólo fuera parte de la razón. Quizá haya otros motivos.

—Raúl y yo estamos trabajando ya en la revisión de los protocolos de seguridad.

Me pasé los dedos por el pelo. Además de sus obligaciones con respecto a la seguridad, ambos se ocupaban también del problema de Anne y de encontrar cualquier documento que su hermano pudiera haber guardado, así como de identificar al fotógrafo que me había hecho la foto y de aclarar el misterio de la madre de Eva. Era consciente de que, a pesar del equipo con el que contaban, no daban abasto con tanto trabajo.

Mis guardaespaldas antes se encargaban sólo de mis asuntos. Ahora Eva formaba parte de mi vida, lo que efectivamente duplicaba sus obligaciones. Angus y Raúl estaban acostumbrados a turnarse, pero últimamente ambos trabajaban casi las veinticuatro horas del día. Tenían libertad para contratar refuerzos, pero lo que se necesitaba era otro jefe de seguridad, puede que dos, unos expertos cuya única responsabilidad sería Eva y en quienes pudiera tener la confianza incondicional que tenía en mi equipo actual.

Tendría que buscar tiempo para hacer eso. Cuando Eva y yo volviéramos de la luna de miel, quería que todo estuviera en su sitio.

—Gracias, Angus —dije, y exhalé bruscamente—. Vamos a casa. Ahora quiero estar con Eva. Cuando haya dormido un poco, pensaré qué hacer a continuación.

—¿Por qué no me lo dijiste?

Miré a Eva mientras me desnudaba.

—Creí que te gustaría la sorpresa —repuse.

—Ya, bueno. Pero aun así... Menuda ha sido.

Sabía que estaba contenta con la entrevista. La forma en que me había abordado cuando había llegado a casa había sido una buena señal. Hablaba muy deprisa también y no paraba quieta en ningún sitio. Lo cual, bien pensado, no se diferenciaba mucho de lo que hacía *Lucky*, que tan pronto corría a meterse debajo de la cama como volvía a salir, dando gritítos de puro contento.

Salí del vestidor en calzoncillos y caí en la cama rendido. Qué cansado estaba. Tan cansado que ni siquiera podía darle un buen repaso a mi preciosa mujercita, que estaba adorable con un mono corto sin tirantes, o como se llamara. Sin embargo, eso no quería decir que no me viera capaz de estar a la altura de las circunstancias en caso de que me hiciera proposiciones deshonestas.

Eva se sentó en su lado de la cama, luego se inclinó por

el borde para ayudar a *Lucky*, que intentaba trepar sin conseguirlo. Instantes después, lo tenía encima de mí, gañendo mientras lo sujetaba para que no me llenara de babas.

—Que sí, que te entiendo. A mí también me caes bien, pero yo no te lamo la cara.

Me soltó un ladrido. Eva se recostó en la cama riendo.

Entonces caí en la cuenta de que era eso. Eso era lo que se entendía por hogar. Y no podía ser mejor. Desde que murió mi padre, en ningún lugar me había sentido en casa, y ahora había recuperado esa sensación.

Sujetando a *Lucky* contra mi estómago, me volví hacia mi mujer.

—¿Qué tal te ha ido con tu madre?

—Bien, supongo. Estamos preparadas para el domingo.

—¿Supones?

Ella se encogió de hombros.

—Empezó a dolerle la cabeza durante tu entrevista. Pareció flipar un poco.

Me quedé mirándola.

—¿Por qué?

—Porque estuvieras hablando de nuestra vida privada en televisión. No sé. No la entiendo a veces.

Me acordé de cuando Eva me contó que había hablado del libro de Corinne con Monica y de la utilización de los medios de comunicación en beneficio propio. Monica la había prevenido contra ello y le había aconsejado que valorase nuestra intimidad. En aquel momento coincidía con la madre de Eva, y —dejando aparte la entrevista de hoy— seguiría coincidiendo con ella. Pero a la luz de lo poco que sabía respecto de la identidad de Monica, parecía probable que a la madre de Eva le preocupara también su propia intimidad. Una cosa era que su nombre apareciera mencionado en la prensa de sociedad local, y otra muy diferente atraer la atención de todo el mundo.

Eva tenía los rasgos faciales de su madre y algunos gestos. Y también el apellido Tramell, lo cual no dejaba de ser un extraño error. Mejor tapadera habría sido darle a Eva el apellido de Victor. Alguien podría estar buscando a Monica. Si quienquiera que fuese sabía por lo menos lo que sabía yo, el haber visto la cara de Eva en la televisión nacional lo habría puesto sobre la pista.

El corazón empezó a latirme con fuerza. ¿Corría peligro mi mujer? No tenía ni idea de lo que Monica podría estar escondiendo.

—¡Oh! —Eva se incorporó de repente—. No te lo he dicho... ¡Ya tengo vestido!

—¡Joder! Me has dado un susto de muerte. —Aprovechando el momento de confusión, *Lucky* dio un brinco y empezó a lamerme como un loco.

—Perdona. —Eva cogió al cachorro y me rescató, poniéndoselo en el regazo cuando se sentó a mi lado con las piernas cruzadas—. He llamado a mi padre hoy. Mi abuela le preguntó si me gustaría ponerme su vestido de boda. Él me ha enviado una foto de ella del día de su boda, ¡y es perfecto! ¡Es exactamente lo que no sabía que quería!

Me toqué el pecho y sonreí con ironía. ¿Cómo no iba a cautivarme ver a mi mujer tan emocionada ante la perspectiva de casarse conmigo otra vez?

—Me alegro, cielo.

Le centelleaban los ojos de entusiasmo.

—Se lo hizo mi bisabuela, con la ayuda de sus hermanas. Es una reliquia de familia, ¿a que es de lo más guay?

—Sí que lo es.

—¿Verdad? Y somos más o menos de la misma altura. El trasero y las tetas me vienen de ese lado de la familia. Es posible que no haya que hacer ningún arreglo.

—A mí me encantan tu trasero y tus tetas.

—Obseso. —Movió la cabeza a un lado y a otro—. Creo que será bueno que los parientes de esa rama de la familia vean que me lo he puesto. Me preocupaba que se sintieran fuera de lugar, pero llevaré el vestido y de alguna manera se sentirán plenamente incluidos. ¿No te parece?

—Estoy de acuerdo. —Le hice un gesto con un dedo—. Ven aquí.

Ella me observó.

—Tienes esa mirada tuya.

—¿Ah, sí?

—¿Sigues pensando en mi trasero y en mis tetas?

—Siempre. Pero de momento me valdrá con un beso.

—Mmm. —Se inclinó y me ofreció la boca.

Le rodeé la nuca con una mano y tomé lo que necesitaba.

—Es impresionante, hijo mío.

Estoy mirando el Crossfire desde la calle, pero el sonido de la voz de mi padre hace que vuelva la cabeza.

—Papá.

Va vestido como yo, con un traje oscuro de tres piezas. La corbata es de color burdeos, al igual que el pañuelo que le sobresale del bolsillo superior de la chaqueta. Somos de la misma altura y, por un momento, eso me sobresalta. ¿Por qué me sorprende? La respuesta me ronda por la cabeza, pero no consigo dar con ella.

Me pasa un brazo por los hombros.

—Has construido un imperio. Estoy orgulloso de ti.

Respiro profundamente. No me había dado cuenta de cuánto necesitaba oírle decir eso.

—Gracias.

Se gira para mirarme.

—Y estás casado. Enhorabuena.

—Deberías venir a casa conmigo y conocer a mi mujer.

Estoy nervioso. No quiero que me diga que no. Hay muchas cosas que me gustaría contarle y nunca tenemos tiempo. Sólo unos minutos de cuando en cuando, fragmentos de conversacio-

nes que se quedan en lo superficial. Y, con Eva allí, tendría el valor de decir lo que tuviera que decir.

—Te encantará. Es increíble.

Mi padre esboza una sonrisa.

—Muy guapa, también. Me gustaría tener un nieto. Y una nieta.

—¡Hala! —Me echo a reír—. No vayamos tan deprisa.

—La vida pasa deprisa, hijo. Cuando quieras darte cuenta, se habrá acabado. No la desperdicies.

Consigo tragar el nudo que se me ha formado en la garganta.

—Tú podrías haber tenido más tiempo.

No es eso lo que quiero decir. Quiero preguntarle por qué se rindió, por qué decidió quitarse de en medio. Pero temo la respuesta.

—Yo no habría construido algo así ni con todo el tiempo del mundo. —Vuelve a levantar la vista hacia el Crossfire. Desde el suelo parece alargarse hasta el infinito, una ilusión óptica que crea la pirámide de lo alto—. Habrá que trabajar mucho para mantener esto en pie. Ocurre lo mismo con un matrimonio. Con el tiempo, tendrás que anteponer una cosa a la otra.

Pienso en ello. ¿Es verdad? Niego con la cabeza.

—Lo mantendremos en pie juntos.

Me da una palmada en el hombro y el suelo reverbera bajo mis pies. Empieza débilmente, luego se intensifica, hasta que comienzan a llovernos cristales por todos lados. Horrorizado, veo cómo la lejana aguja de la torre estalla y luego se proyecta hacia abajo, las ventanas reventando por la presión.

Me desperté con un grito ahogado, respirando con dificultad. Empujé el peso que notaba en el pecho y palpé un cálido pelaje. Parpadeé y me encontré a *Lucky* trepándome por encima, emitiendo tenues gemidos.

—¡Pero bueno...! —Me senté y me eché el pelo hacia atrás.

Eva dormía a mi lado, hecha un ovillo con las manos bajo la barbilla. A través de las ventanas advertí que el sol se ponía deprisa. Eché un rápido vistazo al reloj y vi que eran poco más de las cinco de la tarde. Había puesto la alarma del despertador a y cuarto, así que alcancé mi móvil y la quité.

Lucky metió la cabeza debajo de mi antebrazo. Lo sostuve en alto a la altura de los ojos.

—Has vuelto a hacerlo.

Me había despertado de una pesadilla. ¿Quién demonios sabía si lo hacía conscientemente o no? Yo se lo agradecía de todas maneras. Lo froté de arriba abajo y salí de la cama sin hacer ruido.

—¿Te estás levantando? —preguntó Eva.

—Tengo que ir a ver al doctor Petersen.

—Ah, sí. Se me había olvidado.

Había considerado la posibilidad de no acudir a la cita, pero Eva y yo nos marcharíamos pronto de luna de miel y no vería al buen doctor durante un mes. Imaginaba que podría aguantar el tipo hasta entonces.

Dejé a *Lucky* en el suelo y me dirigí al baño.

—¡Oye! —me llamó—. Esta noche he invitado a Chris a cenar.

Di un paso en falso y me paré en seco. Me volví.

—No me mires así —dijo al tiempo que se sentaba y se frotaba los ojos con los puños—. Se siente solo, Gideon. Está solo, sin su familia. Lo está pasando mal. He pensado que podría preparar algo sencillo de cena y ver una película. Para que se olvide del divorcio durante un rato.

Suspiré. Así era mi esposa. Siempre protegiendo a los extraviados y los heridos. ¿Cómo iba a criticarla por ser la mujer de la que me había enamorado?

—Vale —dije.

Ella sonrió. Merecía la pena seguirle la corriente con tal de verla sonreír.

—Acabo de ver la entrevista —dijo el doctor Petersen, cuando se sentaba en su sillón—. Mi mujer me lo dijo hace un rato y he podido seguirla en internet. Bien hecho. Me ha gustado.

Tirándome de las perneras de los pantalones, me senté en el sofá.

—Un mal necesario, pero estoy de acuerdo, salió bien.

—¿Qué tal está Eva?

—¿Me está preguntando que cómo reaccionó al ver la foto?

El doctor Petersen sonrió.

—Me imagino su reacción. ¿Qué tal está ahora?

—Está bien. —Aún me entraban escalofríos con el recuerdo de lo mal que se había puesto—. Estamos bien.

Lo que no evitaba que me hirviera la sangre cada vez que pensaba en ello. Esa foto existía desde hacía meses. ¿Por qué guardarla y sacarla a la luz en estos momentos? Habría sido noticia en mayo.

La única respuesta que se me ocurría era que querían hacerle daño a Eva. Tal vez abrir una brecha entre nosotros. Querían humillarnos a los dos.

Alguien pagaría por ello. Cuando me hubiera tomado la revancha, sabrían lo que era bueno. Y sufrirían, como habíamos sufrido Eva y yo.

—Eva y tú decís que las cosas van bien. ¿Qué significa eso?

Giré los hombros hacia atrás para eliminar tensión.

—Tenemos una relación... sólida. Ahora hay una estabilidad que no había antes.

El terapeuta dejó la tableta en el reposabrazos y me miró a los ojos.

—Ponme un ejemplo.

—La foto es uno bueno. Hubo un tiempo en nuestra relación que nos habría jodido de verdad.

—Y esta vez es diferente.

—Muy diferente. Eva y yo discutimos porque mi despedida de soltero fuera a celebrarse en Río. Es muy celosa. Siempre lo ha sido y no me importa. En realidad, me gusta. Pero no me gusta que se torture con ello.

—Los celos hunden sus raíces en la inseguridad.

—Cambiemos las palabras, entonces. Es territorial. No volveré a tocar a otra mujer en lo que me resta de vida y ella lo sabe. Pero tiene una imaginación muy viva, y en esa foto están todos sus temores a todo color.

El doctor Petersen estaba dejando que hablara yo, pero por un momento no pude. Tuve que sacarme esa imagen —y toda la ira que me provocaba— de la cabeza para poder continuar.

—Eva se encontraba a miles de kilómetros de distancia cuando esa mierda explotó en internet y yo no tenía ninguna prueba de que era falso. Sólo mi palabra, y ella me creyó. Sin preguntas. Sin dudas. Me expliqué como pude y lo aceptó.

—Y eso te sorprende.

—Sí, me... —Hice una pausa—. En realidad, ahora que hablo de ello, me doy cuenta de que no me sorprendió.

—¿No?

—Los dos tuvimos un momento difícil, pero no la cagamos. Fue como si supiéramos cómo arreglar las cosas entre nosotros. Y sabíamos que lo haríamos. Tampoco había ninguna duda.

Él sonrió con delicadeza.

—Estás siendo muy franco. En la entrevista y ahora.

Me encogí de hombros.

—Es sorprendente lo que es capaz de hacer un hombre cuando se enfrenta a la posibilidad de perder a la mujer sin la que no puede vivir.

—Te cabreaste mucho con su ultimátum. Le guardabas rencor. ¿Aún se lo guardas?

—No. —La respuesta me salió sin dudar, aunque nunca olvidaría lo mal que me había sentido cuando ella se empeñó en que nos separásemos—. Si quiere que hable, hablaré. Da igual lo que le suelte, el humor en el que me encuentre, lo mal que se sienta ella cuando lo oiga... Eva puede soportarlo. Y me ama más.

Me eché a reír, sorprendido por la oleada de dicha que me invadió de repente.

El doctor Petersen enarcó las cejas con una sonrisa en los labios.

—Nunca te había oído reír de esa manera.

Yo negué con la cabeza desconcertado.

—No se acostumbre.

—No sé yo. Hablar más, reír más... Ambas cosas van de la mano, ¿sabes?

—Depende de quién hable.

Su mirada era cálida y compasiva.

—Dejaste de hablar cuando tu madre dejó de escuchar.

Mi sonrisa se desvaneció.

—Hay quien piensa que los hechos dicen más que las palabras —continuó—, pero aun así necesitamos palabras. Necesitamos hablar y necesitamos que se nos oiga.

Me quedé mirándolo, acelerándoseme el pulso de manera inexplicable.

—Tu mujer te escucha, Gideon. Te cree. —Se echó hacia adelante—. Yo te escucho y te creo. Así que vuelves a hablar y obtienes una respuesta diferente de la que te habías acostumbrado a esperar. Abre posibilidades, ¿verdad?

—Me abre a mí, querrá decir.

Asintió.

—Cierto. Al amor y la aceptación. A la amistad. A la confianza. A un mundo nuevo, en realidad.

Me froté el cogote.

—Y ¿qué se supone que debo hacer?

—Para empezar, reír más. —El doctor Petersen se echó hacia atrás con una sonrisa en los labios y volvió a coger su tableta—. Luego ya veremos.

Entré en el vestíbulo de casa con Nina Simone y *Lucky* como sonidos de fondo, sintiéndome bien. El cachorro ladraba al otro lado de la puerta, arañándola como un loco. Sonriendo a pesar de mí mismo, giré el pomo y me agaché para coger aquel cuerpecillo inquieto cuando se lanzó hacia mí por la abertura.

—Me has oído llegar, ¿a que sí? —Cuando me puse de pie, lo mecí contra mi pecho y dejé que me lamiera la mejilla mientras yo le acariciaba el lomo.

Entré en el salón a tiempo para ver a mi padrastro levantarse de donde había estado sentado en el suelo. Me saludó con una cálida sonrisa y una mirada aún más cálida, hasta que se moderó un poco y corrigió la expresión.

—Hola —me saludó, acortando la distancia que nos separaba. Vestía unos vaqueros y un polo, pero se había quitado los zapatos, dejando ver unos calcetines rojos remendados con hilo rojo en las punteras. El pelo, ondulado, del color de un penique desgastado, lo tenía más largo de lo que nunca le había visto, y una barba de varios días le oscurecía la mandíbula.

Me quedé inmóvil, los pensamientos se me agolpaban en la cabeza. Por un momento, Chris me había mirado como hacía el doctor Petersen. Como hacía Angus.

Como me miraba mi padre en sueños.

Incapaz de sostenerle la mirada, me tomé unos segundos para dejar a *Lucky* en el suelo e inspirar profundamente. Cuando me enderecé, me encontré con que Chris me tendía la mano.

Con ese hormigueo que me era tan familiar, fui consciente de su presencia antes de verla y, cuando miré detrás de él, descubrí a Eva en la entrada de la cocina. Su mirada se cruzó con la mía, suave, tierna y llena de amor.

Algo en él había cambiado radicalmente. Aquel saludo tan natural me recordó a cómo eran las cosas entre nosotros hacía unos años. Hubo un tiempo en que Chris no había sido tan formal conmigo, un tiempo en que me había mirado con afecto. Había dejado de hacerlo porque yo se lo pedí. Él no era mi padre. Nunca sería mi padre. No se me ocultaba que yo era sólo la carga que venía con el hecho de que se hubiera enamorado de mi madre. No hacía falta que fingiera que yo le importaba una mierda.

Pero, por lo visto, había fingido que yo no le importaba.

Le estreché la mano y le di un rápido abrazo, palmeándole la espalda firmemente pero con suavidad. Él no me soltaba, y yo me quedé petrificado; los ojos se me fueron a Eva.

Ella hizo como que me servía algo de beber, y luego se retiró para servirme una copa de verdad.

Chris me soltó, retrocediendo y aclarándose la garganta. Detrás de sus gafas de montura dorada, tenía los ojos brillantes y húmedos.

—¿Un martes informal? —preguntó bruscamente, mirándome los vaqueros y la camiseta—. Trabajas demasiado. Sobre todo teniendo a esa monada de perro y a tu preciosa mujer esperándote en casa.

«Tu mujer te escucha, Gideon. Te cree. Yo te escucho y te creo.»

Mi padrastro también me creía. Y le estaba costando. Me daba cuenta de lo que estaba ocurriendo, lo reconocía de los tiempos en que yo mismo me había sentido así. Separarme de Eva había sido casi como la muerte en vida, y nuestra relación seguía siendo nueva. Chris había estado casado con mi madre más de dos décadas.

—Tenía cita con mi terapeuta —le dije. Esas palabras, tan normales, sonaron ajenas a mis oídos, como si fueran más propias de una persona inestable mentalmente que cuenta demasiadas cosas íntimas.

Él tragó saliva.

—Estás viendo a alguien... Eso es bueno, Gideon. Me alegra oírlo.

Eva apareció con una copa de vino en la mano. Me la tendió, levantando la barbilla para ofrecerme la boca. La besé, sellando nuestros labios durante un largo y dulce momento.

—¿Tienes hambre? —preguntó cuando la solté.

—Canina —dije.

—Vamos, entonces.

La miré de arriba abajo mientras nos precedía camino de la cocina, admirando cómo sus pantalones piratas le ceñían el exuberante trasero. Iba descalza y el pelo le caía con suavidad sobre los hombros. Con la cara lavada y algo de brillo en los labios, estaba deslumbrante.

Eva había dispuesto que comiéramos en la isla de la cocina, poniéndonos a Chris y a mí en el lado de los taburetes, mientras que ella estaba enfrente y comía de pie. Era así de espontánea y relajada, como la atmósfera que había creado.

Tres velas aromatizaban el ambiente con una fragancia de cítricos y especias. La cena consistía en ensalada de bistec a la plancha con queso gorgonzola, rodajas de cebolla roja, pimientos rojo y amarillo y una vinagreta picante. En un cestillo forrado con tela se mantenía caliente pan de ajo tostado, y una botella de vino tinto, decantado, iba a servirse en copas sin pie.

No dejaba de mirar a Eva mientras se movía al ritmo de la música a la vez que comía y charlaba con Chris sobre la casa de la playa de los Outer Banks. De pronto me acordé de cómo era el ático antes de que ella empezara a mudarse. Era la casa donde vivía yo, pero no podía decir que fuera un hogar. De alguna manera debía de saber que ella estaba a punto de aparecer en mi vida cuando lo compré. Ese lugar la esperaba, al igual que yo, la necesitaba para darle vida.

—Tu hermana va a venir conmigo a la cena de mañana, Gideon —dijo Chris—. Está entusiasmada.

Eva frunció el ceño.

—¿Qué cena?

Él enarcó las cejas.

—A tu marido se le va a hacer un homenaje por su generosidad.

—¿En serio? —Eva abrió mucho los ojos y dio un saltito—. Y ¿vas a dar un discurso?

—Eso es lo que se espera siempre, sí —respondí divertido.

—¡Yupi! —Se puso a saltar y a aplaudir como si fuera una animadora—. Me encanta oírte hablar.

Por una vez, pensé que a lo mejor hasta me gustaba hacerlo, dado que la sola idea le ponía a Eva aquel provocativo brillo en los ojos.

—Me apetece muchísimo ver a Ireland —añadió—. ¿Es de etiqueta?

—Sí.

—¡Doble yupi! Tú vestido de esmoquin, dando un discurso. —Se frotó las manos.

Chris se reía.

—Está claro que tu mujer es tu mayor admiradora.

Ella le hizo un guiño.

—Y que lo digas.

Saboreé el vino antes de tragarlo.

—Nuestra agenda social debería estar sincronizada con tu teléfono, cielo —dije.

La sonrisa de Eva se convirtió en un ceño fruncido.

—Creo que no lo está.

—Lo miraré.

Apoyándose en el respaldo de la silla, Chris se llevó la copa al pecho y suspiró.

—Una cena estupenda, Eva. Gracias.

Ella le restó importancia con un gesto de la mano.

—No era más que una ensalada, pero me alegra que te haya gustado.

Pasé de mirarla a ella a mirar a mi padrastro. Me debatía entre decir algo o no, devanándome los sesos. Las cosas estaban bien como estaban. A veces los cambios fastidiaban asuntos que antes iban bien.

—Deberíamos hacer esto más a menudo. —Las palabras me salieron de la boca sin que me diera cuenta.

Él se me quedó mirando un momento, luego bajó la vista a su copa y carraspeó.

—Me encantaría, Gideon. —Volvió a mirarme—. Te acepto el ofrecimiento cuando quieras.

Hice un gesto con la cabeza. Bajándome del taburete, recogí su plato y el mío y los llevé al fregadero.

Eva me siguió y me dio el suyo. Cruzamos la mirada y ella sonrió. Luego volvió con Chris.

—Vamos a abrir otra botella de vino.

—Llevamos dos semanas de adelanto. A menos que suceda algún imprevisto, deberíamos terminar enseguida.

—Excelente. —Me levanté y estreché la mano al gestor de proyectos—. Estás haciendo un buen trabajo, Leo.

Abrir el nuevo complejo Crosswinds antes de lo previsto reportaba innumerables beneficios, y no era el menor de ellos hacer coincidir las necesarias inspecciones finales con un tiempo de recreo en compañía de mi mujer.

—Gracias, señor Cross. —Recogió el material y se enderezó. Leo Aigner era un hombre robusto, con el pelo rubio, que empezaba a perder, y una gran sonrisa. Era muy trabajador, se ajustaba estrictamente a los plazos y se adelantaba siempre que podía—. Enhorabuena, por cierto. He oído que se ha casado hace poco —añadió.

—Sí, es cierto. Gracias.

Lo acompañé hasta la puerta de mi despacho y, cuando se marchó, miré el reloj. Eva iba a venir al Crossfire a mediodía para almorzar con Mark y su prometido Steven.

Quería verla. Deseaba saber su opinión antes de seguir adelante con algo en lo que llevaba pensando todo el día.

—Señor Cross. —Scott estaba en la puerta, interceptándome cuando me dirigía a mi escritorio.

Lo miré interrogante.

—Deanna Johnson lleva media hora aguardando en recepción. ¿Qué quiere que le diga a Cheryl?

Pensé en Eva.

—Dile que haga pasar a la señorita Johnson.

Mientras esperaba, envié un mensaje de texto a mi mujer.

Concédeme un rato antes de irte del Crossfire. Tengo que preguntarte algo.

¿Una reunión en persona? —respondió—. ¿Estás pensando en mi trasero y en mis tetas otra vez?

Siempre, contesté.

Así me encontró Deanna Johnson, sonriéndole al teléfono. Levanté la vista cuando entró y toda mi diversión desapareció al instante. Iba vestida con un traje pantalón blanco, con una gargantilla de oro alrededor del cuello; era evidente que había cuidado mucho su aspecto. El pelo, oscuro, le caía ondulado hasta los hombros, y se había maquillado con intención dramática.

Se acercó a mi mesa.

—Señorita Johnson. —Dejé el teléfono a un lado y me acomodé en el sillón antes de que ella se sentara—. No dispongo de mucho tiempo.

Ella tensó la boca. Tiró el bolso en la silla más cercana y permaneció de pie.

—¡Me prometiste una exclusiva de tus fotos de boda!

—Es cierto. —Y, como recordaba lo que había obtenido a cambio, me hice con el mando que cerraba la puerta de mi despacho.

Plantó las manos encima de mi mesa y se inclinó sobre ella.

—Te di toda la información sobre el vídeo sexual de Eva y Brett Kline. Cumplí con mi parte del acuerdo.

—Mientras convencías a Corinne para que te entregara lo que necesitabas para escribir un libro sobre mí.

Algo le cruzó la mirada.

—¿Acaso crees que me estaba tirando un farol durante la entrevista? —pregunté sin alterarme, echándome hacia atrás y juntando las yemas de los dedos—. ¿Que no sabía que la escritora fantasma eras tú?

—¡Eso no tiene nada que ver con el trato que habíamos hecho!

—¿Ah, no?

Deanna se apartó de la mesa en una violenta explosión de movimiento.

—¡Maldito cabrón hijo de puta! A ti no te importa nadie excepto tú mismo.

—Eso ya lo habías dicho. Lo que me lleva a preguntarme: ¿por qué te fiaste de mí?

—Estupidez total. Creí que eras sincero cuando te disculpaste.

—Era sincero. Lamento mucho haberte follado.

La cara se le tiñó de furia y vergüenza.

—Te odio —dijo entre dientes.

—Lo sé. Desde luego, eres muy libre de hacerlo, pero te sugiero que, antes de llevar a cabo una campaña contra mí o mi mujer, lo pienses dos veces. —Me levanté—. Vas a salir por esa puerta y me olvidaré de que existes... otra vez. No te gustaría que pensara en ti, Deanna. Ni te imaginas por dónde irían mis pensamientos.

—¡Podría haber hecho una fortuna con ese vídeo! —exclamó en tono acusador—. E iban a pagarme mucho dinero por escribir ese libro. Tus fotos de boda habrían sido muy valiosas. Y ahora, ¿qué tengo? Me lo has quitado todo. Estás en deuda conmigo.

Enarqué una ceja.

—¿Ya no quieren que escribas ese libro? Qué interesante.

Ella se enderezó, intentando recobrar la compostura.

—Corinne no lo sabía. No sabía *lo nuestro*.

—Aclarémoslo de una vez por todas: «lo nuestro» no ha existido nunca. —Me sonó el móvil con un mensaje de Raúl, que me hacía saber que estaba llegando al Crossfire con Eva. Me acerqué al perchero—. Querías follar y follamos. Pero si me querías *a mí*, bueno..., yo no soy responsable de tus exageradas expectativas.

—¡No te responsabilizas de nada! Utilizas a la gente.

—Tú también me utilizaste a mí. Para echar un polvo. Para engordar tu cuenta bancaria. —Me enfundé la chaqueta—. Y, en cuanto a lo que te debo por tus pérdidas económicas, mi mujer me ha sugerido que te ofrezca un trabajo.

Sus ojos negros se abrieron como platos.

—¿Bromeas?

—Ésa fue mi respuesta también. —Cogí el móvil y me lo guardé en el bolsillo—. Pero lo decía muy en serio, así que he preparado una oferta. Si te interesa, Scott te pondrá en contacto con alguien de recursos humanos.

Me dirigí a la puerta.

—Ya conoces la salida —terminé.

No era necesario que bajara al vestíbulo. Eva tenía planes para almorzar y lo que tenía que decirle no daría ni para una breve conversación.

Pero quería verla. Tocarla aunque sólo fuera un momento. Recordarme a mí mismo que el hombre que era cuando follaba con mujeres como Deanna ya no existía. Nunca más el olor a sexo volvería a revolverme el estómago ni haría que me desollara vivo bajo la ducha.

Pasaba por los torniquetes de seguridad del vestíbulo

cuando vi que Raúl entraba detrás de Eva por la puerta giratoria y volvía luego a su puesto fuera. Mi mujer llevaba un mono color vino con unos tacones de vértigo, tan delicados que no sé cómo no se rompían. Los finos tirantes dejaban al descubierto sus hombros bronceados, y de las orejas le colgaban unos aros dorados. Las gafas de sol que lucía le ocultaban parcialmente la cara, y los ojos se me fueron a aquella boca que horas antes me había anillado la verga. Llevaba un bolso de mano, y cruzaba el suelo de mármol estriado con un seductor contoneo de caderas.

La gente volvía la cabeza al verla pasar. Algunas de esas miradas se detenían a admirarle el trasero.

¿Qué pensarían esas personas si supieran que, en lo más profundo de su ser, seguía bañada en mi leche? Que tenía los pezones tiernos de mis succiones e hinchados los regordetes labios de su perfecto coñito del roce de mi polla entre ellos.

Sabía lo que pensaba yo: «Mío. Todo mío».

Como si ella sintiera el ardor de esa silenciosa reivindicación, volvió la cabeza de repente y me vio. Separó los labios. Pude ver cómo le subía y le bajaba el pecho con una rápida inhalación.

«Aquí lo mismo, cielo. Como si me dieran un puñetazo en el estómago cada vez.»

—Campeón.

Poniéndole las manos en su esbelta cintura, la acerqué a mí y la besé en la frente, aspirando el aroma de su perfume.

—Cielo.

—Qué grata sorpresa —musitó, venciéndose hacia mí—. ¿Vas a salir?

—Sólo quería verte.

Se apartó un poco, con un brillo de placer en los ojos.

—Te ha dado fuerte, ¿eh?

—Es muy contagioso. Me lo has pegado tú.

—¡No me digas! —Su risa era como un cálido torrente de amor que lo inundaba todo.

—Ahí está el gran hombre en persona —dijo Steven Ellison al llegar a nuestro lado—. Enhorabuena, a los dos.

—Steven. —Eva se giró y dio un abrazo a aquel fornido pelirrojo.

Él la apretó hasta separarle los pies del suelo.

—El matrimonio te sienta bien.

La soltó y me estrechó la mano.

—A ti también —me dijo.

—Sienta bien —repuse.

Steven sonrió.

—Yo lo estoy deseando. Mark lleva años haciéndome esperar.

—No puedes seguir dándome la lata con eso —dijo Mark, apareciendo de repente. Él también me estrechó la mano—. Enhorabuena, señor Cross.

—Gracias.

—¿Vienes con nosotros a almorzar? —preguntó Steven.

—No lo había pensado.

—Estaríamos encantados. Cuantos más seamos, mejor. Vamos a ir al Bryant Park Grill.

Miré a Eva. Se había colocado las gafas en lo alto de la cabeza y me observaba expectante. Con un gesto, me animó a acompañarlos.

—Tengo que ponerme al día —respondí, lo que no era mentira.

Llevaba dos días de retraso. Como debía adelantar el trabajo antes de marcharnos de luna de miel, tenía pensado quedarme a comer y trabajar.

—Tú eres el jefe —dijo Eva—. Podrías hacer novillos si quisieras.

—Es usted una mala influencia, señora Cross.

Me agarró del brazo y me llevó hacia la puerta.

—Te encanta.

Eché el freno y miré a Mark.

—Sé que está ocupado —dijo—. Pero sería muy agradable que nos acompañara. Me gustaría hablarle de algo.

Me dejé convencer. Salimos a la calle, e inmediatamente sentimos el bofetón del calor del día y los ruidos de la ciudad. Raúl esperaba junto al bordillo con la limusina, cruzando la mirada con la mía antes de abrir la puerta a Eva. Un resplandor hizo que volviera la cabeza, atrayendo mi atención hacia el teleobjetivo de una cámara con el que nos acechaban desde un coche aparcado al otro lado de la calle.

Le planté a Eva un beso en la sien antes de que entrara en la parte de atrás. Ella me miró, toda contenta y sorprendida. No le di explicaciones. Me había pedido más fotos nuestras para combatir la publicación del libro de Corinne. No me costaba nada mostrarle mi afecto, tanto si el maldito libro llegaba a ver la luz como si no.

El Bryant Park quedaba cerca. Al cabo de unos momentos nos encontrábamos ante los escalones de la calle, y yo estaba volviendo atrás en el tiempo al acordarme de cuando Eva y yo nos peleamos en ese mismo lugar. Ella había visto una foto mía con Magdalene, una mujer a la que yo consideraba amiga de la familia desde hacía mucho tiempo pero de la que se rumoreaba que era mi amante. Yo había visto una foto de Eva con Cary, un hombre al que ella quería como a un hermano pero de quien se rumoreaba que era su amante y compañero de piso.

A ambos nos corroían los celos, con una relación recién estrenada y atrofiada ya por los muchos secretos que había entre nosotros. Estaba obsesionado con ella, mi mundo se tambaleaba para darle cabida. Incluso llena de furia, me había mirado con amor y acusado de no saberlo cuando lo veía. Pero sí lo sabía. Sí lo veía. Me aterrorizaba como nada en el mundo. Y me dio esperanza, por primera vez en la vida.

Eva me miró cuando nos acercábamos a la entrada cubierta de hiedra del restaurante, y me di cuenta de que ella también se acordaba. Habíamos vuelto después a ese lugar, cuando Brett Kline intentó reconquistarla. Ella ya me pertenecía entonces, en sus dedos llevaba mis anillos, estábamos comprometidos. Éramos más fuertes que nunca, pero ahora... Ahora nada nos haría tambalear. Estábamos firmemente anclados.

—Te quiero —dijo cuando entrábamos detrás de Mark y Steven.

El bullicio del concurrido restaurante nos asaltó. El sonido metálico de los cubiertos en la vajilla, el zumbido de las múltiples conversaciones, el apenas perceptible hilo musical y el ajetreo de una cocina con mucho movimiento.

Curvé los labios en una sonrisa.

—Lo sé —dije.

Nos sentamos inmediatamente y un camarero vino enseguida a tomar nota de las bebidas.

—¿Pedimos champán? —preguntó Steven.

—¡Venga ya! Sabes que tengo que volver a trabajar —respondió Mark.

Seguía agarrando a mi mujer de la mano por debajo de la mesa.

—Vuelve a preguntarlo cuando trabaje para mí. Entonces lo celebraremos.

Steven sonrió.

—Hecho.

Pedimos las bebidas —agua con y sin gas y una limonada—, y el camarero se marchó a por ellas.

—La cuestión es la siguiente —empezó Mark, irguiéndose en la silla—. Una de las razones por las que Eva dejó el trabajo fue por la propuesta de LanCorp...

Ella se le adelantó, sonriendo como el gato que se comió al canario:

—Ryan Landon te ha ofrecido un trabajo.

Mark abrió los ojos desmesuradamente.

—¿Cómo lo sabes?

Eva me miró y luego a él otra vez.

—No irás a aceptarlo, ¿verdad?

—No. —Mark se nos quedó mirando a los dos—. Habría sido un paso lateral. Nada parecido al empujón hacia adelante que me supondrá Cross Industries. Y, además, recordé lo que me dijiste acerca de que había animosidad entre Landon y Cross. Lo comprobé cuando te marchaste. Conociendo los antecedentes, el asunto no me parecía bien: que declinara trabajar con nosotros y que luego tratara de cazarme.

—Puede que sólo te quiera a ti, sin la agencia —dijo Eva.

—Eso es lo que dije yo —coincidió Steven.

Naturalmente, pensé, porque él creía en su pareja. Pero, al parecer, Mark tenía mejor criterio.

Eva me miró. En sus ojos vi claramente el «ya te lo dije». Le apreté la mano.

—Tú no lo crees —replicó Mark, dándonos la razón a los dos.

—No —respondió ella—. No lo creo. Voy a serte sincera, les tendí una trampa. Les dije que Gideon y yo te apreciamos mucho y que estábamos deseando volver a trabajar contigo. Quería ver si mordían el anzuelo. Supuse que, si era una buena oferta, estaba haciéndote un favor. Y, si no lo era, pues todos tan contentos.

Mark frunció el ceño.

—Pero ¿por qué lo hiciste? ¿No quieres que me quede en Cross Industries?

—Por supuesto que sí, Mark —tercié yo—. Eva fue sincera con ellos.

—Estaba tanteando el terreno —dijo ella—. Dudé si decírtelo o no, pero no quería que te sintieras incómodo si él te ofrecía un trabajo tan estupendo que podrías plantearte seriamente aceptar.

—Entonces ¿qué haces ahora? —preguntó Steven.

—¿Ahora? —Eva se encogió de hombros—. Gideon y yo estamos organizando una ceremonia para renovar nuestros votos matrimoniales y después nos vamos de luna de miel. Ryan Landon es un problema que no va a desaparecer así como así. Seguirá por ahí, haciendo de las suyas. Yo no lo subestimaría. Y Mark va a empezar un magnífico nuevo trabajo en Cross Industries.

Eva me miró y lo supe. Como todas las demás batallas, la de Landon ya no tendría que librarla yo solo. Mi mujer estaría ahí, haciendo lo que pudiera por mí, peleando la buena batalla.

Mark esbozó una blanca sonrisa enmarcada por su perilla.

—Suena bien.

—¿Quieres jugar a la secretaria traviesa otra vez? —susurró Eva.

Mientras entrábamos en mi despacho, me agarró de una mano y con la otra me rodeó el bíceps. La miré de reojo, disfrutando de la insinuación, y vi una cálida risa en sus ojos.

—Hoy tengo que trabajar un poco —dije secamente.

Me hizo un guiño y me soltó, sentándose sumisamente en una de las sillas que había frente a mi mesa.

—¿En qué puedo ayudarlo, señor Cross?

Yo sonreía mientras colgaba la chaqueta en el perchero.

—¿Qué te parece si le pido a Chris que esté a mi lado en nuestra boda?

Me volví justo a tiempo para ver su sorpresa.

—¿En serio?

—¿Opiniones?

Se apoyó en el respaldo y cruzó las piernas.

—Primero me gustaría oír las tuyas.

Me senté en la silla que había al lado de la suya en lugar de hacerlo en la de mi escritorio. Eva era mi compañera, mi mejor amiga. Afrontaríamos ese asunto y todo lo demás hombro con hombro.

—Después del fin de semana en Río, iba a pedírselo a Arnoldo, una vez que lo hubiera hablado contigo.

—Me parecería bien —dijo, y comprendí lo que quería decir—. Es una decisión que deberías tomar por ti mismo, no por mí.

—Él entiende lo que hay entre nosotros, y eso es bueno para los dos.

Eva sonrió.

—Me alegro.

—Yo también. —Me froté la mandíbula—. Pero después de lo de anoche...

—¿Qué parte de anoche?

—La cena con Chris. Me hizo pensar. Las cosas han cambiado. Y hay algo que me dijo el doctor Petersen. Yo...

Eva me agarró de la mano.

No sabía cómo expresarlo.

—Quiero que a mi lado haya alguien que lo sepa todo cuando vengas camino del altar. No quiero fingimientos, no para algo tan importante. Cuando nos miremos el uno al otro y pronunciemos nuestras promesas, quiero que sea... verdadero.

—Oh, Gideon. —Se levantó de la silla y se puso en cuclillas junto a mis rodillas. Sus ojos se iluminaron y se humedecieron, como el cielo tormentoso después de la lluvia—. Eres una hermosura de hombre —susurró—. Ni siquiera sabes lo romántico que eres.

Le rodeé la cara con las manos, secándole con los pulgares las lágrimas que le corrían por las mejillas.

—No llores. No lo soporto.

Me agarró de las muñecas y se levantó, apretando la boca contra la mía.

—No puedo creer que sea tan feliz —dijo susurrando las palabras contra mi piel—. A veces no parece real. Como si estuviera soñando y fuera a despertarme y a darme cuenta de que sigo en el suelo del vestíbulo, viéndote por primera vez e imaginando todo esto porque estoy loca por ti.

La ayudé a levantarse y la senté en mi regazo, hundiendo la cara en su cuello. Ella siempre veía lo que yo no.

Me pasó las manos por el pelo y por la espalda.

—Chris estará encantado.

Cerré los ojos y la estreché con fuerza.

—Ha sido obra tuya.

Eva hacía que todo fuera posible, que *yo* fuera posible.

—¿Ah, sí? —Rio suavemente, echándose hacia atrás para tocarme la cara con dulzura.

—Eres tú, campeón. Yo sólo soy la afortunada que consigue un asiento en primera fila.

De pronto, el matrimonio no me parecía suficiente para salvaguardar lo que ella significaba para mí. ¿Por qué no existía algo más vinculante que un mero trozo de papel que me diera el derecho de llamarla mi esposa? Los votos eran una promesa, pero lo que yo necesitaba era la garantía de que la tendría todos los días de mi vida. Quería que el corazón me latiera al ritmo del suyo y que se detuviera cuando lo hiciera el suyo.

Volvió a besarme, con delicadeza. Con dulzura. Sus labios eran todo suavidad.

—Te quiero.

Nunca me cansaría de oírlo. Siempre necesitaría oírlo. Palabras que, como había dicho el doctor Petersen, necesitaban ser dichas y oídas.

—Te quiero.

Más lágrimas.

—Vaya, estoy hecha un desastre. —Volvió a besarme—. Y tú tienes que trabajar. Pero no puedes quedarte mucho tiempo. Me voy a divertir ayudándote a ponerte el esmoquin... y a quitártelo.

La dejé ir cuando se deslizó y se levantó, pero no podía quitarle los ojos de encima.

Cruzó el despacho y desapareció en el baño. Yo me quedé allí sentado, sin saber si tendría fuerzas para levantarme. Eva conseguía que me temblaran las piernas, que el pulso se me desbocara.

—Gideon. —Mi madre entró en el despacho, con Scott pisándole los talones—. Tengo que hablar contigo.

Me levanté y con un gesto le dije a Scott que no pasaba nada. Se retiró, cerrando la puerta. La emotividad de Eva se diluyó, dejándome vacío y frío en su presencia.

Mi madre vestía unos vaqueros oscuros que se le ceñían como una segunda piel y una camisa amplia que se sujetaba a la cintura. Llevaba el pelo, negro y largo, recogido en una cola de caballo, y la cara lavada. La mayoría de la gente habría visto en ella a una mujer imponente que aparentaba menos años de los que tenía. Pero yo sabía que estaba tan cansada y hastiada como Chris. Sin maquillaje, sin joyas... No era propio de ella.

—¡Qué sorpresa! —exclamé, poniéndome en mi sitio detrás de la mesa—. ¿Qué te trae a la ciudad?

—Acabo de dejar a Corinne. —Se acercó hasta mi escritorio y permaneció de pie, igual que Deanna unas horas antes—. Está hecha polvo por esa entrevista que diste ayer. Completamente destrozada. Tienes que ir a verla y hablar con ella.

Me quedé mirándola, incapaz de comprender de qué iba.

—Y ¿por qué tendría que hacerlo?

—Por el amor de Dios —saltó, mirándome como si me hubiera vuelto loco—. Tienes que disculparte. Dijiste algunas cosas hirientes...

—Dije la verdad, que probablemente es más de lo que puede decirse del libro que quiere publicar.

—Ella ignoraba que hubieras tenido una historia con esa mujer..., la que iba a escribirlo. En cuanto se enteró, le dijo al editor que no podría trabajar con esa persona.

—Me da igual quién escriba el libro. Otro autor no cambiará el hecho de que Corinne está violando mi intimidad y sacando a la luz algo que podría hacer daño a mi mujer.

Ella alzó el mentón.

—No puedo ni hablar de *tu mujer*, Gideon. Estoy dolida. No, estoy furiosa porque te has casado sin tu familia, sin tus amigos. ¿Eso no te dice nada? ¿Que tuviste que hacer algo tan importante sin la bendición de la que gente que te quiere?

—¿Estás insinuando que nadie habría dado su aprobación? —Crucé los brazos—. Desde luego, eso no es verdad pero, aunque lo fuera, elegir a la persona con la que quieres pasar el resto de tu vida no se decide por mayoría. Eva y yo nos casamos en privado porque era íntimo y personal y no teníamos por qué hacer partícipes a nadie más.

—¡Pero si se lo has contado a todo el mundo! ¡Antes de decírselo a tu familia! No puedo creer que pudieras ser tan desconsiderado e insensible. Tienes que arreglar las cosas —dijo con vehemencia—. Tienes que responsabilizarte del dolor que causas a los demás. No te he educado para que te comportes de esta manera. No sabes lo decepcionada que estoy.

Capté movimiento a sus espaldas y vi a Eva ocupando la entrada del cuarto de baño, con expresión de ira y los puños apretados a ambos lados. Le hice un gesto cortante con la cabeza para que se mantuviera al margen. Bastante había luchado ya esa batalla por mí. Ahora me tocaba a mí, y por fin estaba preparado.

Cogí el mando y oscurecí la pared de cristal.

—No vengas a darme lecciones sobre infligir dolor o sentirse decepcionado, *madre*.

Ella echó la cabeza hacia atrás como si le hubiera dado una bofetada.

—No emplees ese tono conmigo.

—Tú sabías lo que me estaba sucediendo y no hiciste nada para evitarlo.

—No pensarás hablar de eso otra vez. —Golpeó el aire con la mano.

—¿Cuándo hemos hablado de ello? —repliqué—. Te lo dije, pero nunca estuviste dispuesta a discutirlo.

—¡No me eches a mí la culpa!

—Me violó.

Las palabras sonaron como un latigazo y quedaron suspendidas en el aire, afiladas como una cuchilla, con toda su crudeza.

Mi madre dio un respingo.

Eva buscó a tientas el marco de la puerta y se agarró con fuerza.

Respirando profundamente para recuperar un mínimo de control, saqué fuerzas de la presencia de mi mujer.

—Me violó —repetí en un tono más calmado, más firme—. Durante casi un año, todas las semanas. El hombre al que metiste en casa me toqueteaba. Me sodomizaba. Una y otra vez.

—No sigas. —Respiraba con dificultad, agitadamente—. No digas esas cosas tan feas y horribles.

—Sucedió. Repetidamente. Mientras tú estabas en otra habitación cercana. Aún jadeaba de excitación cuando aparecía. Me miraba con aquel nauseabundo brillo en los ojos. Y tú no lo veías. Te negabas a verlo.

—¡Eso es mentira!

La furia me consumía, hacía que necesitara moverme, pero me mantuve firme y volví a mirar a Eva. Esta vez, afirmó con la cabeza.

—¿Cuál es la mentira, madre? ¿Que me violó? ¿O que decidiste mirar para otro lado?

—¡Deja de decir eso! —exclamó irguiéndose—. Te llevé a que te examinaran. Traté de encontrar la prueba...

—¿No te bastaba mi palabra?

—¡Eras un niño con problemas emocionales! Mentías respecto a todo. Sobre cualquier cosa. De las cosas más evidentes.

—Eso me proporcionaba algún control. No tenía poder sobre nada..., salvo de las palabras que salían de mi boca.

—Y ¿se suponía que yo tenía que adivinar qué era verdad y qué era mentira? —Se inclinó hacia adelante, tomando la ofensiva—. Te vieron dos médicos. A uno no le dejaste ni que se acercara...

—Y ¿que otro hombre me tocara? ¿Te imaginas lo que me aterraba la idea?

—Dejaste al doctor Lucas...

—Ah, sí, el doctor Lucas. —Sonreí fríamente—. ¿Quién te habló de él, madre? ¿El hombre que abusaba de mí? ¿O tu médico, que le supervisaba la tesis? En cualquier caso, él te condujo derecha hacia su cuñado, a sabiendas de que el muy respetado doctor Lucas diría cualquier cosa para proteger la reputación de su familia.

Ella retrocedió, tambaleándose hasta chocar contra la silla que tenía detrás.

—Él me sedó —proseguí, recordándolo todavía. El pinchazo de la aguja. La fría mesa. La vergüenza mientras hurgaba en esa parte de mi cuerpo que me hacía temblar de asco—. Él me examinó. Y luego mintió.

—Y ¿cómo iba yo a saber eso? —susurró con aquellos ojos tan azules que contrastaban con su pálido semblante.

—Lo sabías —afirmé de manera inexpresiva—. Recuerdo la cara que pusiste después, cuando me dijiste que Hugh no volvería y que nunca más volviera a sacar el tema. No te atrevías a mirarme pero, cuando lo hiciste, lo vi en tus ojos.

Miré a Eva. Estaba llorando, abrazándose a sí misma. Me escocían los ojos, pero fue ella la que lloró por mí.

—¿Creías que Chris te dejaría? —me pregunté en voz alta—. ¿Creías que sería demasiado para que lo aceptara tu nueva familia? Durante años, creí que se lo habías dicho, te oí mencionarle al doctor Lucas, pero Chris no lo sabía. Dime qué razón hay para que una esposa tenga que ocultar a su marido algo así.

Mi madre no hablaba, sólo meneaba la cabeza una y otra vez, como si esa silenciosa negación fuera la respuesta a todo.

Di con el puño en la mesa, sacudiendo todo lo que había encima de ella.

—¡Di algo!

—Te equivocas. Te equivocas. Lo tienes todo embarullado. Tú no... —Volvió a negar con la cabeza—. No sucedió de esa manera. Estás confundido...

Eva miraba a mi madre desde atrás con una rabia evidente, intensa. Tenía la boca y la mandíbula tensas a causa de la repugnancia que sentía. Se me ocurrió entonces que podía dejar que ella llevara esa carga. Tenía que deshacerme de ella. Ya no la necesitaba. No la quería.

En cierto sentido yo había hecho lo mismo por ella, con Nathan. Lo que había llevado a cabo le había apartado las sombras de los ojos. Ahora vivían en mí, como tenía que ser. Ya la habían rondado bastante a ella.

Henchí el pecho con una aspiración lenta y profunda. Cuando expulsé el aire, toda la ira y el asco se fueron con él. Permanecí allí parado durante un largo momento, absorbiendo la vertiginosa ligereza que sentí. En mi pecho quedaba una pena infinita, una profunda congoja. Resignación. Una aceptación terrible, clarificadora. Pero me pesaba mucho menos que la disparatada esperanza que albergaba: la de que algún día mi madre me querría lo suficiente para aceptar la verdad.

Esa esperanza había muerto.

Me aclaré la garganta.

—Acabemos con esto —dije—. No voy a ir a ver a Corinne. Y no pediré perdón por decir la verdad. Se acabó.

Durante un buen rato mi madre no se movió.

Luego se alejó de mí sin decir una palabra y se dirigió hacia la puerta. Unos instantes después, ya no estaba; había desaparecido al otro lado del cristal esmerilado.

Miré a Eva. Echó a andar hacia mí y yo hacia ella, rodeando la mesa para encontrarnos a medio camino. Me abrazó con tanta fuerza que casi no podía respirar.

Pero no necesitaba aire. La tenía a ella.

13

—¿Seguro que estás bien? —le pregunté a Gideon mientras le enderezaba la pajarita.

Él me agarró de las muñecas y ejerció una presión firme y constante.

Aquella sujeción autoritaria que tan bien conocía suscitaba una respuesta condicionada. Me conectaba al suelo. Me hacía más consciente de él, de mí. De nosotros. La respiración se me aceleró.

—Deja de preguntar —repuso en voz baja—. Estoy bien.

—Cuando una mujer dice que está bien quiere decir cualquier cosa menos eso.

—No soy una mujer.

—¡Bah!

Un atisbo de sonrisa le suavizó el gesto.

—Y cuando un hombre dice que está bien quiere decir que está bien. —Me apretó la frente con un beso rápido y duro y me soltó. Entonces fue al cajón en el que guardaba los gemelos y examinó el surtido detenidamente.

El pantalón a medida y la camisa blanca lo hacían alto y delgado. Llevaba puestos unos calcetines negros, pero los zapatos y la chaqueta esperaban aún para embellecer su cuerpo.

Había algo en el hecho de verlo a medio vestir que me excitaba. Era una intimidad que me pertenecía a mí sola, y la atesoraba.

Eso me recordó lo que el doctor Petersen había dicho. Tal vez debería pasar algunas noches sin dormir con mi marido. No para siempre, pero sí de momento. De todos modos, tenía esos otros pedazos de él, y me sostenían.

—Un hombre... Y ¿qué pasa con *mi* hombre? —contraataqué, esforzándome en no distraerme con lo macizo que estaba. El problema era su distanciamiento. No había señales de la intensa atención a la que estaba acostumbrada. Tenía la cabeza en otra parte, y me preocupaba que fuera un lugar oscuro en el que no debería estar solo—. Ése es el único que me importa.

—Cariño, llevas meses diciéndome que zanje el problema con mi madre. Lo he hecho. Asunto terminado, olvidémoslo.

—Pero ¿cómo te sientes? Debe de doler, Gideon. Por favor, si es así, no me lo ocultes.

Se puso a tamborilear con los dedos sobre el tocador, con la vista aún fija en los malditos gemelos.

—Duele, ¿vale? Pero sabía que dolería. Por eso lo pospuse durante tanto tiempo. Pero es mejor así. Me siento... ¡Joder!, se acabó.

Se me fruncieron los labios, porque quería que me mirara cuando decía cosas así. Me desanudé la bata y dejé que la seda resbalara por mis hombros. Fui a colgarla en la puerta del armario, pasando por encima de *Lucky*, que se había quedado dormido en todo el medio. Arqueé la espalda al estirarme para coger la percha, ofreciéndole a Gideon una vista privilegiada del culo que tanto amaba.

Como esperaba, me había regalado un vestido nuevo para la ocasión, un precioso vestido largo gris paloma con un corpiño de pedrería y una falda a capas ligeramente transparente que se movía como si fuera humo cuando me desplazaba.

Como era de escote bajo —que por experiencia sabía que sacaría al cavernícola que mi marido llevaba dentro—, había elegido un sujetador diseñado para exhibir las domingas. Junto con la ropa interior a juego, los ojos ahumados y los labios brillantes, tenía el aspecto de sexo caro.

Cuando volví a mirarlo, estaba justo como lo quería: petrificado en el sitio con los ojos clavados en mí.

—Necesito que me prometas algo, campeón.

Me repasó de la cabeza a los pies con una mirada tórrida.

—Al momento, te prometeré lo que quieras.

—¿Sólo en este momento? —pregunté frunciendo los labios.

Él musitó algo y se acercó a mí, rodeándome la cara con las manos. Por fin estaba conmigo. Al cien por cien.

—Y en el siguiente, y en el de después. —Me acarició la cara con la mirada—. ¿Qué necesitas, cielo?

Le puse las manos en las caderas, escrutándole los ojos.

—A ti. Sólo a ti. Feliz y completo y locamente enamorado de mí. —El elegante arco de sus cejas se elevó ligeramente, como si ser feliz pareciera una propuesta cuestionable—. Me mata verte tan triste.

Dejó escapar un leve suspiro y vi cómo le desaparecía la tensión.

—Creí que estaba más preparado —añadió—. Ella es incapaz de aceptar lo que sucedió. Si no puede hacerlo para salvar su matrimonio, está claro que no lo hará por mí.

—Le falta algo, Gideon. Algo esencial. Ni se te ocurra pensar que tiene que ver contigo.

Torció los labios con sarcasmo.

—Entre mi padre y ella... No es el mejor acervo genético, ¿verdad?

Introduciendo los dedos en la entallada cinturilla de sus pantalones, lo acerqué más a mí.

—Escucha, campeón. Tus padres se derrumbaron bajo la presión y pensaron primero en sí mismos. No pueden afrontar la realidad. Pero ¿sabes una cosa? Tú no tienes ninguno de sus defectos. Ni uno solo.

—Eva...

—Tú, Gideon Geoffrey Cross, eres la esencia de lo mejor de ellos. Individualmente, puede que no sean gran cosa. Pero juntos... Chico, hicieron algo extraordinario contigo.

—Eso no es necesario, Eva.

—No intento engañarte. Tú no tienes ningún problema con la realidad. Le plantas cara y te enfrentas a la muy puñetera. —Soltó una carcajada—. Tienes derecho a sentirte herido y encabronado, Gideon. Yo también estoy encabronada. No te merecen. Pero no por eso eres menos, sino más. No me habría casado contigo si no fueras un buen hombre, alguien a quien respeto y admiro. Eres una inspiración para mí, ¿o acaso no lo sabes?

Me acarició el pelo hasta la nuca.

—Cielo... —Apoyó su frente en la mía.

Yo le acaricié la espalda, sintiendo el cálido y duro músculo bajo la camisa.

—Llora si tienes que llorar, pero no te cierres ni te culpes. No te lo permitiré.

—Sé que no lo harás. —Me echó la cabeza hacia atrás y me besó en la punta de la nariz—. Gracias.

—No tienes que dármelas.

—Tenías razón. Necesitaba sacarlo y enfrentarme a ella. No lo habría hecho nunca de no ser por ti.

—Eso no lo sabes.

Gideon me miró con tanto amor que me quedé sin respiración.

—Sí, lo sé.

Su teléfono sonó con un mensaje entrante. Me dio un beso en la frente y luego se acercó al tocador a leerlo.

—Raúl está de camino con Cary —dijo.

—Entonces será mejor que me vista. Necesito que me abroches.

—Con mucho gusto.

Descolgué el vestido de la percha, entré en él y deslicé los brazos por los tirantes cargados de pedrería. Mi marido enganchó enseguida el corchete que quedaba justo por encima del trasero. Me miré en el espejo de cuerpo entero, mordiéndome el labio inferior al colocar el corpiño donde creía que debía hacerlo. El escote caía hasta un punto a medio camino entre el canalillo y el ombligo.

Estaba escandalosamente sexi, con esa clase de estilo revelador con el que las mujeres de poco pecho podían arriesgarse. En mí, era muy atrevido, aunque el resto del vestido me cubría todo excepto la espalda y los brazos. Decidí no ponerme joyas para atenuar el efecto todo lo posible. Aun así, era un vestido precioso, y éramos una pareja joven. Podíamos permitírnoslo.

Gideon fijó la vista en el espejo. Yo le dediqué mi mirada más inocente y esperé a ver qué atractivos destacaría.

La tormenta empezó a formársele con una arruga entre las cejas que enseguida se transformó en un ceño fruncido como la copa de un pino. Me tiró de los tirantes por detrás.

—¿Hay algún problema? —pregunté amablemente.

Él entornó los ojos. Me rodeó con las manos y metió los dedos en el canalillo, intentando separarme los pechos para tapar las curvas debajo de los gruesos tirantes.

Tarareé y me apoyé contra él.

Agarrándome de los hombros, me enderezó para poder examinar mi atuendo.

—No parecía igual en la foto.

Fingiendo haber entendido otra cosa, le dije:

—Aún no me he puesto los tacones. Con ellos no lo arrastraré.

—No me preocupa lo de abajo —dijo él todo serio—. Hay que poner algo en esa parte del medio.

—Y ¿por qué?

—Sabes muy bien por qué. —Se acercó a la cómoda y abrió un cajón. Volvió al cabo de un instante y me lanzó un pañuelo blanco—. Póntelo ahí.

Me eché a reír.

—Bromeas, ¿no?

Pero no bromeaba. Rodeándome desde la espalda, metió la tela sin desdoblar en el corpiño, entremetiéndola en ambos lados.

—De ninguna manera —repliqué enfadada—. Queda ridículo.

Cuando bajó las manos, le di unos segundos para que viera lo mal que quedaba.

—Olvídalo. Me pondré otra cosa.

—Eso —coincidió, asintiendo y metiéndose las manos en los bolsillos.

Me quité el pañuelo.

—Algo así —murmuró.

De sus manos surgieron unos destellos cuando, al pasármelas por encima de la cabeza, me colocó una gargantilla de diamantes alrededor del cuello. De unos cinco centímetros de anchura, me abrazaba la base del cuello y relucía como si tuviera luz propia.

—Gideon... —La toqué con dedos temblorosos mientras él la abrochaba—. Es preciosa.

Me rodeó la cintura con los brazos, rozándome la sien con los labios.

—Tú sí que eres preciosa. El collar es bonito, nada más.

Me giré en su abrazo y levanté la mirada.

—Gracias.

Su atisbo de sonrisa hizo que se me encogieran los dedos de los pies sobre la alfombra.

Devolviéndole la sonrisa, le dije:

—Creí que hablabas en serio respecto a mis tetas.

—Cielo, me tomo tus tetas muy en serio. Así que esta

noche, cuando te las coman con los ojos, se darán cuenta de que eres demasiado cara y de que no podrían permitirse a alguien como tú.

Le di un manotazo en el hombro.

—Cállate.

Me cogió de la mano y me llevó hasta la cómoda. Hurgó en el cajón abierto y sacó un brazalete de diamantes. Anonadada, miré cómo me lo ponía en la muñeca. A eso le siguió una cajita de terciopelo, que abrió para mostrarme los pendientes de lágrima de diamantes que había dentro.

—Deberías ponértelos.

Los miré boquiabierta, y luego a él.

Gideon sólo sonreía.

—Eres inestimable para mí. Tan sólo con el collar no sé si se habría entendido el mensaje.

Me quedé mirándolo sin saber qué decir.

Mi silencio convirtió su sonrisa en un gesto de picardía.

—Cuando volvamos a casa, voy a follarte llevando aún las joyas puestas y nada más.

La erótica imagen que me vino a la cabeza me estremeció de arriba abajo.

Cogiéndome por los hombros, me giró y me dio un azote en el culo.

—Estás sensacional. Desde todos los puntos de vista. Ahora, deja de distraerme, que tengo que arreglarme.

Cogí mis centelleantes tacones y salí del vestidor, más maravillada con mi marido que con las joyas que me había regalado.

—Estás deslumbrante. —Cary se separó de mi abrazo para echarme una buena ojeada—. Y menudo pastón llevas encima. ¡La leche!..., estaba tan encandilado con tanto destello que casi ni me había fijado en que has dejado salir a las niñas a jugar.

—A eso iba Gideon —dije secamente, dando una vuelta para colocarme la falda alrededor de las piernas—. Ni que decir tiene que tú estás guapísimo.

Mi amigo esbozó su famosa sonrisa de niño malo.

—Ya lo sé.

Tuve que reírme. Pensaba que a todos los hombres les sentaba bien el esmoquin, pero Cary estaba impresionante. Muy apuesto, estilo Rock Hudson o Cary Grant. La combinación de su encanto de pícaro y su extraordinario atractivo lo hacía irresistible. Había engordado un poco. No lo suficiente para cambiar de talla, pero sí para llenarle un poquito la cara. Tenía un aspecto bueno *y* saludable, lo cual era más extraño de lo que debería.

Gideon, sin embargo, se parecía más a... 007, matadoramente sexi, con un refinado aire de peligro. Entró en el salón y lo único que pude hacer fue contemplarlo, fascinada por la grácil elegancia de su cuerpo escultural, ese paso imperioso que dejaba entrever lo alucinante que era en la cama.

«Mío. Todo mío».

—He metido a *Lucky* en su jaula —dijo sumándose a nosotros—. ¿Listos?

Cary afirmó con gesto decidido.

—Vamos allá.

Cogimos el ascensor hasta el garaje, donde Angus nos esperaba con la limusina. Yo entré primero y elegí el sofá alargado, sabiendo que Cary se sentaría a mi lado y que Gideon lo haría en su habitual sitio de atrás.

Había visto muy poco a Cary últimamente. Siempre estaba muy ocupado durante la Fashion Week, y como yo pasaba las noches en el ático, no teníamos la oportunidad de charlar un rato por la tarde o tomar un café por la mañana.

Mi amigo miró a Gideon y le señaló el bar antes de ponernos en marcha.

—¿Te importa?

—Sírvete tú mismo.

—¿Queréis algo alguno de los dos?

Lo pensé.

—Kingsman con zumo de arándanos, por favor.

Gideon me lanzó una mirada.

—Yo tomaré lo mismo.

Cary preparó las copas y las sirvió; luego se acomodó con una cerveza y tomó un buen trago directamente de la botella.

—Bueno —dijo—, la semana que viene me voy a Londres para una sesión fotográfica.

—¿De veras? —Me eché hacia adelante—. Eso es maravilloso, Cary. Es tu primer trabajo internacional.

—Sí. —Esbozó una sonrisa y me miró—. Estoy eufórico.

—¡Qué bien! Todo te ha sucedido muy deprisa. —Hace unos meses aún vivíamos en San Diego—. Vas a arrasar.

Logré sonreír. Me alegraba sinceramente por mi amigo, pero veía un tiempo, en un futuro no muy lejano, en el que ambos estaríamos tan ocupados y viajando tan a menudo que apenas nos veríamos. Se me empañaban los ojos cuando lo pensaba. Estábamos cerrando un capítulo de nuestras vidas y lamentaba ese final, aunque fuera consciente de que lo mejor para los dos aún estaba por llegar.

Cary levantó su cerveza en un brindis silencioso.

—Ése es el plan.

—¿Qué tal Tatiana?

La sonrisa se le tensó, dura la mirada.

—Dice que está saliendo con alguien. Va deprisa cuando ve algo que le gusta, siempre ha sido así.

—¿Te parece bien?

—No. —Comenzó a despegar la etiqueta de la botella de cerveza—. Que un tipo se derrame donde está mi niño me parece asqueroso. —Miró a Gideon—. ¿Te imaginas?

—Nadie quiere que me lo imagine —respondió él en ese tono uniforme que anunciaba peligro.

—¿Lo ves? Es jodido. Pero no puedo impedírselo, y no voy a volver con ella, así que... eso es lo que hay.

—¡Vaya! —Le cogí la mano—. Qué duro. Lo siento.

—Somos civilizados el uno con el otro —dijo encogiéndose de hombros—. No es tan bicho cuando folla con regularidad.

—Entonces ¿habláis a menudo?

—La llamo todos los días para ver qué tal está, para asegurarme de que no le falta de nada. Le dije que podía contar conmigo para lo que fuera, menos con mi picha, claro. —Dejó escapar un suspiro—. Es deprimente. Sin sexo por el medio, realmente no tenemos nada que decirnos. Así que hablamos de trabajo. Al menos, tenemos eso en común.

—¿Le has contado lo de Londres?

—¡Qué va! —Cary me apretó la mano—. Tenía que decírselo a mi mejor amiga primero. Se lo contaré mañana.

Me debatí entre sacar el tema o no, pero no pude resistirme.

—¿Y Trey? ¿Alguna noticia?

—La verdad es que no. Le mando una foto o un mensaje de texto de vez en cuando. Bobadas, de las que te mandaría a ti.

—O sea, ¿nada de fotos de pollas? —bromeé.

—No. Procuro ser sincero con él. Cree que soy un obseso sexual, lo que no le importa en absoluto cuando se acuesta conmigo, pero da igual. Le envío algo de vez en cuando y él me contesta, eso es todo.

Arrugué la nariz. Miré a Gideon y lo vi tecleando algo en su teléfono.

Cary dio un sorbo a su bebida, esforzándose en tragar.

—No es una relación. Ya ni siquiera es una amistad. Por lo que yo sé, podría estar saliendo con alguien también, y soy yo el que está de más.

—Bueno, por si te sirve de algo, el celibato te sienta bien —repuse.

Soltó un resoplido.

—¿Porque he engordado unos kilos? Es lo que pasa. Comes porque notas que te faltan las endorfinas que segregas con los orgasmos, y haces menos ejercicio porque no practicas gimnasia de cama.

—Cary —me reí.

—Fíjate en ti, chiquilla. Estás toda prieta y tonificada del ahí *Marathon Man* Cross.

—¿Otra vez? —inquirió Gideon levantando la vista de su teléfono.

—Tío, eso es lo que acabo de decir —le respondió Cary guiñándome un ojo—. Con esas palabras.

Después de esperar en una fila de limusinas que iban dejando pasajeros, finalmente llegamos a la alfombra roja desplegada frente a un histórico edificio de ladrillo, sede de un club privado. Había tantos paparazzi como hojas secas tapizaban el suelo en otoño, pegados a los cordones de terciopelo que cercaban el pasillo.

Me incliné hacia adelante para mirar por las puertas acristaladas abiertas y vi a más fotógrafos en el lateral derecho de la entrada, mientras que la pared de la izquierda estaba cubierta de telones con logotipos para posibles fotos del evento y marcas patrocinadoras.

Angus abrió la puerta de la limusina y noté la expectación momentánea de los paparazzi, que esperaban a ver quién saldría. En el instante en que lo hizo Gideon, fue como si se desencadenara una espectacular tormenta de relámpagos, con los flashes de las cámaras disparándose en rápida sucesión.

—¡Señor Cross! ¡Gideon! ¡Mire hacia aquí!

Él me tendió la mano, y la luz se reflejó en los rubíes de

su anillo de boda. Sujetándome la falda con una mano, fui hacia él y apoyé mi mano en la suya. En cuanto salí, me deslumbré, pero conseguí mantener los ojos abiertos a pesar de los puntitos que me danzaban delante de los ojos, y en los labios, una sonrisa ensayada.

Me erguí, con una mano de Gideon en la parte baja de mi espalda, a lo que siguió el caos. Y la cosa no hizo sino empeorar cuando apareció Cary. Los gritos eran ensordecedores. Vislumbré a Raúl junto a la entrada, controlando el tumulto con la mirada. Alzó un brazo y habló por el micro que llevaba en la muñeca, comunicándose con alguien a sus órdenes. Cuando me miró, mi sonrisa era genuina. Raúl respondió con un enérgico gesto de la cabeza.

En el interior nos recibieron dos coordinadores de eventos, que llevaron a buen ritmo la obligada sesión fotográfica, y a continuación nos acompañaron al ascensor que llevaba a la sala de recepciones.

Entramos en aquel vasto espacio en el que se encontraba la élite neoyorquina, una glamurosa reunión de hombres poderosos y mujeres elegantemente vestidas expuestas al efecto favorecedor de la tenue iluminación de las arañas de luz y una profusión de velas. Aromatizaban la atmósfera los grandes arreglos florales que adornaban todas las mesas del comedor, y una orquesta animaba el ambiente tocando alegres temas instrumentales que se mezclaban con el murmullo de las conversaciones.

Gideon me condujo entre grupos de personas que se arracimaban alrededor de las mesas, deteniéndose a menudo con aquellos que salían a nuestro paso con saludos y felicitaciones. Mi marido se había metido en la piel de su personaje público a la perfección: guapísimo, relajado, distante y con un discreto dominio del contexto.

Yo, por el contrario, me sentía agarrotada, con los nervios a flor de piel, aunque confiaba en que mi ensayada sonrisa mantuviera a raya mi nerviosismo. Gideon y yo no teníamos un buen historial de acontecimientos como ése. Siempre habíamos terminado peleándonos y separándonos. Ahora las cosas eran diferentes, pero aun así...

Deslizó la mano por mi espalda desnuda y me rodeó la nuca para masajearme los tensos músculos con delicadeza. Se detuvo a hablar con dos caballeros que se cruzaron en nuestro camino sobre las fluctuaciones del mercado, pero mi instinto me decía que estaba concentrado en mí. Yo iba a su derecha y él se desplazaba con suavidad, retrasándose un poco, de manera que el lado derecho de su cuerpo me rozara por detrás desde el hombro a la rodilla.

Cary me pasó por encima del hombro una copa fría de champán.

—Veo a Monica y a Stanton —me dijo—. Les diré que estamos aquí.

Seguí su camino hasta que se aproximó al lugar donde se encontraba mi madre con su radiante y bonita sonrisa. Charlaba, al lado de su marido, con otra pareja. Stanton estaba elegante y atractivo con su esmoquin, y ella brillaba como una perla con su vestido largo de seda color hueso.

—¡Eva!

Me volví al oír la voz de Ireland y abrí mucho los ojos al verla rodear la mesa más próxima. Por un momento, mi cerebro dejó de procesar cualquier cosa que no fuera ella. Estaba alta y esbelta, con aquel pelo largo y negro perfectamente recogido en un elegante moño. La raja lateral de su sofisticado vestido de terciopelo negro dejaba ver aquellas piernas kilométricas, mientras que el corpiño con una única hombrera recogía unos pechos que eran del tamaño perfecto para su cuerpo delgado.

Ireland Vidal era una chica de una belleza despampanante, con aquellos ojos de espesas pestañas del mismo llamativo azul de su madre y de Gideon. Y sólo tenía diecisiete años. Imaginar la mujer en que se convertiría cortaba la respiración. Cary no era el único que iba a arrasar.

Vino directamente hacia mí y me dio un fuerte abrazo.

—¡Ahora somos hermanas!

Yo sonreí y le devolví el abrazo, con cuidado de no derramar el champán encima de ella. Miré a Chris, que estaba detrás de ella, y él me respondió con una sonrisa. La expresión de su mirada cuando se volvió hacia Ireland reflejaba ternura y orgullo a la vez. Ya podían encomendarse a Dios los muchachos que pusieran los ojos en ella. Con Chris, Christopher y Gideon velando por la chica, antes tendrían que vérselas con tres hombres formidables.

Ireland retrocedió unos pasos y me observó.

—¡Vaya! Qué collar más impresionante. ¡Y esas tetas!... Yo quiero unas iguales.

Me eché a reír.

—Ya eres perfecta así como estás. Eres la mujer más guapa que hay aquí.

—Qué va. Pero gracias.

Se le iluminó la cara cuando Gideon se excusó de la conversación que estaba manteniendo y se volvió hacia ella.

—Hola, hermanita.

Unos instantes después ya estaba en sus brazos, estrechándolo con tanta fuerza como lo había hecho conmigo. En un primer momento, Gideon se quedó como una estatua, pero enseguida le devolvió el abrazo, suavizándose su expresión de una manera que me llegó al alma.

Yo había hablado con Ireland por teléfono después de la entrevista televisiva de Gideon, me había disculpado con ella por mantener nuestra boda en secreto y le había explicado la razón. Quería estrechar la relación con la chica, pero lo estaba haciendo con tiento. Sería muy fácil convertirme en el puente entre ella y Gideon, y no quería que fuera así. Ellos tenían que establecer su propia conexión, independientemente de todos los demás.

Mi cuñada empezaría pronto a estudiar en la Universidad de Columbia, como habían hecho sus hermanos. Estaríamos cerca y nos veríamos más a menudo. Hasta entonces, seguiría animando a Gideon a que fomentara su incipiente relación.

—Chris. —Me acerqué a él y lo abracé, contenta con el entusiasmo con el que él me devolvió el abrazo. Se había adecentado un poco desde que había estado en casa cenando, se había cortado el pelo y se había afeitado la barba.

Christopher Vidal era un hombre guapo y tranquilo de mirada afable. Había en él una amabilidad innata que se le traslucía en la voz y en cómo miraba a la gente. Fue lo primero que pensé cuando lo conocí, y nada había alterado esa primera impresión.

—Gideon. Eva. —Magdalene Perez se acercó a nosotros, guapa y seductora con un largo y elegante vestido verde esmeralda, del brazo de su novio.

Me alegraba ver que Magdalene había superado su atracción no correspondida por Gideon, que nos había causado problemas a él y a mí al inicio de nuestra relación. Dejándose llevar por el manipulador hermano de Gideon, se había comportado como una mala pécora. Ahora estaba feliz con su artista, era una mujer serena y encantadora, y poco a poco estaba convirtiéndose en una conocida de confianza.

Los saludamos a ambos afectuosamente, yo le estreché la mano a Gage Flynn, y Gideon besó a Magdalene en la mejilla. Yo no conocía muy bien a Gage, pero se le notaba a la legua que estaba coladito por Magdalene. Y sabía que Gideon se habría asegurado de que el tipo fuera lo bastante bueno para la mujer que desde hacía mucho tiempo era amiga de la familia.

Estábamos agradeciéndoles sus felicitaciones cuando mi madre y Stanton se unieron a nosotros, seguidos de Martin y Lacey, a quienes no habíamos visto desde el fin de semana en Westport. Observé, con una sonrisa, a Cary y a Ireland, que se reían por algo que sólo ellos sabían.

—Qué chica más guapa —dijo mi madre tomando un sorbo de champán, sin perder de vista a la hermana de Gideon.

—¿Verdad?

—Y Cary tiene buen aspecto.

—Eso mismo le he dicho yo.

Me miró con una sonrisa.

—Que sepas que le hemos ofrecido que se quede en el apartamento si quiere, o ayudarlo a buscarse algo más pequeño.

—Ah. —Dirigí hacia él la mirada justo en el momento en que asentía a algo que le decía Chris—. Y ¿qué dijo?

—Que tú le habías ofrecido un apartamento privado contiguo al ático de Gideon. —Se inclinó hacia mí—. Vosotros decidiréis lo que sea mejor, pero quise ofrecerle la posibilidad de que se quedara donde está. Siempre es bueno tener otras opciones.

Suspiré.

Ella me buscó la mano.

—A ver, Gideon y tú manejáis vuestra imagen pública a vuestra manera, pero tienes que ser consciente de lo que todos esos horribles blogs de cotilleos están diciendo acerca de que tú y Cary sois amantes.

De pronto, el frenesí de la alfombra roja cobró sentido. Nosotros tres llegando juntos.

—Gideon negó que te hubiera engañado nunca —continuó en voz baja—, pero se sabe que tiene..., llamémoslo así, apetitos sexuales atrevidos. ¿Te imaginas cómo circularán los rumores si vivís los tres juntos?

—¡Vaya, hombre! —Sí que lo imaginaba. El mundo había visto muy gráficamente que a mi marido le iban los tríos. No con otro hombre en el grupo, pero aun así. Esos días habían terminado, pero eso la gente no lo sabía, y no querrían creerlo, de todos modos. Era demasiado salaz.

—Antes de que digas que no te importa, cariño —prosiguió mi madre—, date cuenta de que a mucha gente sí le importa. Y si alguien con quien Gideon quiera hacer negocios piensa que es moralmente corrupto, eso podría costarle una fortuna.

En serio. En esos tiempos, no era probable, pero me mordí la lengua para no gastarle una broma a mi madre sobre su preocupación por el balance final de la empresa. De alguna manera u otra, todo se reducía siempre a eso.

—Te escucho —dije entre dientes.

Según se acercaba la hora de cenar, todos empezaron a buscar la mesa que tenían asignada. Gideon y yo estábamos delante, claro, dado que él iba a hablar. Ireland y Chris tenían sus tarjetas de comensal en nuestra mesa, al igual que Cary. Mi madre, Stanton, Martin y Lacey estaban en la mesa de nuestra derecha; Magdalene y Gage, un poco más atrás.

Gideon retiró mi silla para que me sentara pero, cuando me disponía a hacerlo, me detuve, al quedarme sorprendida de ver a la pareja que se encontraba unas mesas más atrás. Irguiéndome, miré a Gideon.

—Los Lucas están aquí.

Levantó la cabeza y los buscó con la mirada. Supe en qué momento los había vislumbrado por cómo se le tensó la mandíbula.

—Es cierto. Siéntate, cielo.

Me senté y él empujó mi silla, luego tomó asiento a mi lado. Sacó el teléfono y tecleó un mensaje.

—Nunca los había visto juntos —dije inclinándome hacia él.

Gideon levantó la vista hacia mí cuando su teléfono sonó con el zumbido de una respuesta.

—No suelen salir como pareja.

—¿Le has enviado un mensaje a Arash?

—A Angus.

—¿Sí? ¿Sobre los Lucas?

—Que les den. —Volvió a guardarse el teléfono en la chaqueta y se inclinó hacia mí, colocando un brazo en el respaldo de la silla y el otro en la mesa, enjaulándome. Luego acercó los labios a mi oreja—. La próxima vez que vengamos a un evento de éstos, te quiero con una falda corta y sin nada debajo.

Di gracias porque los demás estuvieran mirando hacia otro lado y no nos oyeran y porque la orquesta estaba tocando un poco más alto para obligar a los invitados a que se sentaran en sus asientos.

—Eres un maníaco.

Él bajó la voz hasta convertirla en un susurro seductor.

—Voy a deslizar la mano entre tus muslos y los dedos en tu suave y dulce coño.

—¡Gideon! —Escandalizada, lo miré y vi que me observaba con una sonrisa salvaje y ojos lujuriosos.

—Durante toda la cena, cielo —murmuró, acariciándome la sien con los labios—, voy a follarte con el dedo lentamente, dándole a ese prieto y perfecto conejo tuyo hasta que te corras para mí. Una y otra vez...

—¡Oh, Dios mío! —El tono grave y áspero de su voz era sexo y pecado en estado puro. Me estremecí sólo con eso, pero aquellas sucias palabras me tenían pegada a la silla—. ¿Qué mosca te ha picado?

Apretó los labios en mi mejilla en un beso rudo y rápido, y se irguió.

—Estabas muy tensa —repuso—. Ahora, ya no.

Si hubiéramos estado completamente solos, le habría dado un sonoro beso. Se lo dije.

—Me quieres —me soltó él, paseando la mirada por la sala cuando los camareros empezaron a servir las ensaladas.

—¿Ah, sí?

Volvió a centrar la atención en mí.

—Sí, locamente.

No tenía sentido discutir. Llevaba razón.

Estaban sirviendo el postre, una cúpula de tarta de chocolate con un aspecto delicioso, cuando una mujer con un clásico traje azul marino se acercó a nuestra mesa y se agachó entre Gideon y yo.

—Empezaremos con el programa dentro de quince minutos —dijo—. Glen hablará unos instantes y luego saldrá usted.

Él asintió con la cabeza.

—Muy bien. Estaré preparado para cuando usted me diga.

Ella sonrió y me di cuenta enseguida de que se había puesto un poco nerviosa al estar tan cerca de Gideon. Tendría la edad de su madre, pero las mujeres de todas las edades sabían apreciar a un hombre guapo.

—Eva. —Ireland se inclinó hacia mí—. ¿Quieres tomarte un descanso antes de que empiece el discurso?

Comprendí a qué se refería.

—Claro que sí.

Gideon y Chris se levantaron de la mesa y retiraron nuestras sillas. Como se me había quitado el brillo de labios durante la comida, le planté a mi marido un beso apretado en la mandíbula.

—Estoy deseando escucharte —le dije con una amplia sonrisa de expectación.

Él movió la cabeza a un lado y a otro.

—Hay que ver qué cosas te ponen.

—Me quieres.

—Sí, locamente.

Siguiendo a Ireland, serpenteé entre las mesas y pasé al

lado de los Lucas. Ellos nos observaron en actitud íntima, el doctor Terrence Lucas rodeando los hombros de su mujer con un brazo. Anne cruzó la mirada conmigo y esbozó una amplia sonrisa que me puso los pelos de punta.

Me llevé una mano a la cara y me pasé el dedo medio por la ceja en un sutil pero claro «que os jodan».

Ireland y yo habíamos avanzado unas cuantas mesas cuando ella se paró de repente y choqué contra su espalda.

—Perdona.

Como no continuaba, pasé delante para ver qué nos obstaculizaba el camino.

—¿Qué ocurre?

Se volvió a mirarme. Tenía los ojos empañados en lágrimas.

—Es Rick —dijo con voz temblorosa.

—¿Quién? —Empecé a darle a la cabeza, intentando hacer memoria. Parecía tan dolida, y tan perdida... Entonces caí.

—¿Tu novio?

Volvió la cabeza hacia adelante otra vez y yo traté de ver el lugar hacia donde dirigía la atención, buscando a alguien en las mesas atestadas de gente.

—¿Dónde? ¿Cómo es?

—Aquí mismo. —Hizo un gesto brusco con el mentón y vi que las lágrimas le rodaban por las mejillas—. Con la rubia del vestido rojo.

—¿Dónde?

Veía varias posibilidades, hasta que me centré en la pareja más joven. De un solo vistazo supe la clase de chico que era. Yo también me enamoraba de ellos. Seguros de sí mismos, con experiencia sexual, guapos a rabiar. Me sentí un poco mal pensando en la cantidad de chicos como ése por los que me había dejado utilizar.

Entonces me cabreé. Rick estaba dedicando a la chica de al lado una sonrisa de lo más sexi y arrogante. Desde luego, no eran sólo amigos. No cuando estaban follando con la mirada.

Cogí del codo a Ireland, conduciéndola hacia adelante.

—Sigue andando.

Llegamos al aseo de señoras. En el repentino silencio que había al entrar, oí que sollozaba. La llevé a un lado de la zona de tocador, dando gracias porque no hubiera nadie más, y le pasé unos pañuelos de papel que saqué de la caja que había en la encimera.

—Me dijo que esta noche tenía que estudiar —me contó—. Por eso le dije que sí a papá cuando me preguntó si quería venir.

—¿Ése es el chico que no quería hablarles de ti a sus padres por lo del padre de Gideon?

Afirmó con la cabeza.

—Están ahí con él.

Empezaba a recordar la conversación que habíamos tenido durante el lanzamiento del videoclip de los Six-Ninths. Los abuelos de Rick habían perdido una buena parte de su riqueza por las operaciones de inversión de Geoffrey Cross. Y les parecía de lo más *oportuno* que ahora Gideon fuera uno de los hombres más ricos del mundo, aunque era evidente para cualquiera que quisiera ver que él había levantado su imperio con su trabajo y su capital.

Pero, claro, probablemente Rick buscaba excusas para hacer malabarismos y salir con varias chicas a la vez. Después de todo, sus padres estaban allí, y Gideon era la atracción estelar. Me hizo plantearme si esa animadversión de la que le había hablado no sería una gilipollez.

—¡Me dijo que había roto con ella hacía meses! —gritó Ireland.

—¿Con la rubia?

Sorbiéndose los mocos, asintió de nuevo.

—Estuve con él anoche. No me dijo nada de que fuera a tomarse la tarde libre para venir aquí.

—¿No le dijiste que estarías aquí?

—No. Nunca hablo de Gideon. Con él no, desde luego.

¿Era Rick el típico jovencito idiota que se tiraba a todas las chicas que podía? ¿O estaba follando con la hermana de Gideon a modo de retorcida venganza? Desde luego, el chico era un capullo.

—No llores por ese cantamañanas, Ireland. —Le di más pañuelos de papel—. No le des esa satisfacción.

—Quiero irme a casa.

—Eso no servirá de nada. Sinceramente, nada servirá. Te dolerá durante una temporada. Pero puedes tomarte la revancha. Eso te sentaría bien.

Me miró, cayéndole aún las lágrimas.

—¿A qué te refieres?

—Tienes a uno de esos guapísimos modelos de Nueva York sentado a tu lado. Sólo tienes que decirle una palabra y Cary se convertirá en el amigo atento y enamoradísimo de ti con el que sales. —Cuanto más lo pensaba, más me gustaba la idea—. Podéis haceros los encontradizos con Rick y... «¡huy!..., holaaa. ¡Qué casualidad encontrarnos aquí!». ¿Qué va a decir? Él tiene a la rubia. Y así te marchas con el marcador igualado.

Ireland empezó a temblar.

—A lo mejor si hablara con él...

Magdalene entró entonces en el baño y se quedó parada, evaluando la situación.

—Ireland, ¿qué pasa?

Yo no dije ni media palabra; no me tocaba a mí contarlo.

—Nada. Estoy bien —respondió ella.

—Vale. —Magdalene me miró—. No quiero entrometerme, pero quiero que sepas que nunca les diría nada a tus hermanos si me lo pidieras.

—Llevaba unos meses saliendo con un chico —dijo Ireland entre lágrimas al cabo de unos instantes—, y resulta que está ahí fuera con otra. Una antigua novia.

Yo sospechaba que, para empezar, Rick nunca había roto con esa chica y se había dedicado a dar falsas esperanzas a Ireland, pero yo era muy cínica con esa clase de cosas.

—Oh. —La expresión de Magdalene era de comprensión—. Los hombres pueden ser tan gilipollas... Mira, si quieres marcharte sin que él se dé cuenta, te pido un coche ahora mismo. —Abrió el bolso y sacó el móvil—. Corre de mi cuenta. ¿Qué te parece?

—Un momento —tercié yo, y expuse mi plan.

Magdalene enarcó las cejas.

—Artero. ¿Por qué enfadarte cuando puedes vengarte?

—No sé... —Ireland se miró en el espejo y soltó una palabrota. Cogió más pañuelos de papel y se arregló el maquillaje—. Estoy horrible.

—Estás un millón de veces mejor que esa golfa de ahí fuera —le dije yo.

Dejó escapar una risa llorosa.

—La odio. Es una cabrona.

—Apuesto a que se ha fijado en algunos de los anuncios de Grey Isles de Cary —terció Magdalene—. Yo lo he hecho.

No hizo falta más. Aunque Ireland no se sentía del todo preparada para dar por perdido a Rick, sí que estaba abierta a darle celos.

Lo demás ya llegaría a su debido tiempo. Con suerte.

Pero, claro, había algunas lecciones que las mujeres tenían que aprender por las malas.

Regresamos a nuestra mesa justo cuando un caballero, que supuse que era Glen, subía la escalera hacia el estrado y se dirigía al atril. Me arrodillé junto a Cary, poniéndole una mano en el brazo.

Él bajó la mirada.

—¿Qué pasa?

Le expliqué lo que quería que hiciera y por qué.

Esbozó una sonrisa de oreja a oreja.

—¡Desde luego, chiquilla!

—Eres el mejor, Cary.

—Eso dicen todos.

Me levanté y volví a mi silla, que Gideon retiró para que me sentara. Mi trozo de tarta aún estaba allí, y lo miré con avidez.

—Han intentado llevárselo —susurró Gideon—. Pero yo lo he defendido para ti.

—Ay... Gracias, cariño. Eres tan bueno conmigo...

Me puso una mano en el muslo por debajo de la mesa y me dio un suave apretón.

Observé a mi marido mientras comía, admirando su aire de calmada relajación mientras ambos escuchábamos a Glen hablar de la importancia del trabajo que su organización llevaba a cabo en la ciudad. Cada vez que pensaba en dar discursos en nombre de Crossroads, se me ponía un hormigueo en el estómago. Pero acabaría cogiéndole el tranquillo, encontrando la manera de hacerlo. Aprendería lo que tuviera que saber para ser de utilidad tanto a mi marido como a Cross Industries.

Teníamos tiempo y tenía el amor de Gideon. Todo llegaría.

—Nos complace rendir homenaje a un hombre que no necesita presentación...

Dejé el tenedor en la mesa y, acomodándome en la silla, escuché a Glen ensalzar los muchos logros de mi marido y su generoso compromiso en beneficio de las víctimas de abusos sexuales. No escapó a mi atención que Chris miraba a Gideon con otros ojos. Y con orgullo. La mirada que le dedicó a mi marido no se diferenciaba de la que había visto que le dedicaba a Ireland.

La sala prorrumpió en un aplauso cuando Gideon se levantó con agilidad. Yo también me levanté, junto con Chris, Cary y Ireland. El resto de los que estaban en la sala siguieron el ejemplo y se pusieron también en pie para recibir a Gideon con una calurosa ovación en el estrado. Me miró antes de echar a andar, rozándome con los dedos las puntas de mi pelo.

Verlo atravesar el escenario era un placer en sí mismo. Su paso era suave y pausado, pero exigía atención. Era de una elegancia poderosa, y sus movimientos eran de tal belleza que era una delicia contemplarlo.

Colocó la placa que le habían dado encima del atril, sus bronceadas manos en marcado contraste con el blanco de los puños de la camisa. Entonces empezó a hablar con su dinámica voz de barítono, fluida y propia de una persona culta, haciendo de cada palabra una caricia diferente. No se oía ningún otro sonido en la sala, todo el mundo cautivado por su oscura belleza y su consumada oratoria.

Todo transcurrió demasiado deprisa. Volví a ponerme en pie en el momento en que él volvió a coger la placa, y aplaudí con tanta fuerza que me dolieron las manos. A continuación lo dirigieron hacia un lateral del escenario, donde lo esperaba un fotógrafo acompañado de Glen. Gideon habló con ellos, luego me miró a mí y me llamó con una mano extendida.

Me recibió al pie de la escalera, ofreciéndome el brazo para ayudarme a subir con mi vestido y mis tacones.

—Te deseo muchísimo en estos momentos —le dije con ternura.

Él se rio.

—Obsesa.

Bailamos durante una hora después de la cena.

¿Por qué no bailaba más a menudo con mi marido? Era tan hábil y sexual en la pista de baile como en la cama. Moviendo el cuerpo con hábil fortaleza, me llevaba con seguridad y con autoridad de experto.

Gideon conocía muy bien cómo fluíamos juntos y lo utilizaba en su beneficio, aprovechando todas las oportunidades para deslizar su cuerpo contra el mío. Yo estaba excitadísima y él lo sabía, en mi cara, su mirada tórrida y sabedora.

Cuando pude apartar de él la atención, vi a Cary bailando con Ireland. Se había burlado de mí cuando le había pedido que tomara clases de baile conmigo, pero había aceptado y no había tardado en convertirse en el favorito del profesor. Tenía un talento innato y llevaba a Ireland con facilidad, a pesar de la inexperiencia de ella.

Bailarín exuberante, Cary requería un amplio espacio, lo que hizo que Ireland y él se convirtieran en el foco de atención. Él, sin embargo, sólo tenía ojos para su pareja, desempeñando el papel de completo enamorado a la perfección. Aun con el corazón roto, Ireland no pudo sino dejarse cautivar por su absoluta e inquebrantable atención. La vi reír bastante a menudo, con las mejillas coloradas por el esfuerzo.

Me había perdido ese momento de «¡vaya!» con Rick que esperaba presenciar, pero vi el resultado. El chico bailaba con su amiga, lastimosamente incapaz de competir con Cary ni en habilidad ni en belleza. Ya no hubo más sonrisitas ni folleteo con los ojos, pues tanto él como la rubia no dejaban de mirar a Cary y a Ireland, quienes claramente se estaban divirtiendo mucho más.

Terrence y Anne Lucas bailaban también, pero tuvieron la sensatez de permanecer al otro lado de la pista.

—Vamos a casa —dijo Gideon en voz baja cuando terminaba la canción y nos fuimos parando lentamente—, y hacemos sudar a esos diamantes.

Sonreí.

—Sí, por favor.

Regresamos a nuestra mesa y cogimos la placa y mi bolso de mano.

—Nos vamos con vosotros —dijo Stanton, acercándose con mi madre a su lado.

—¿Y Cary? —pregunté.

—Martin lo llevará a casa —respondió ella—. Se están divirtiendo.

Tardamos tanto rato en marcharnos como en llegar, con tanta gente que no había podido saludar a Gideon y a Stanton hasta ese momento. Yo únicamente podía agradecer las felicitaciones, pero mi madre de vez en cuando hablaba con autoridad, añadiendo breves pero agudos comentarios a lo que Stanton decía. Le envidiaba ese conocimiento y me inspiraba en él. Tendríamos que hablar al respecto cuando llegara el momento.

La ventaja de que nos retrasaran durante tanto tiempo era que daba tiempo a que llegaran los coches. Cuando finalmente llegamos al nivel de la calle, Raúl nos informó de que la limusina estaba sólo a un edificio de distancia. Clancy me dedicó una breve sonrisa antes de decirles a mi madre y a Stanton que su coche estaba ya allí mismo.

Los paparazzi esperaban fuera. No tantos como antes, pero más de una docena.

—¿Por qué no quedamos mañana? —dijo mi madre, dándome un abrazo en el vestíbulo.

—Me parece bien. —Me eché hacia atrás—. Me vendría bien un día de *spa*.

—Qué idea tan buena. —Su sonrisa era brillante—. Me ocuparé de todo.

Me despedí de Stanton con un abrazo; Gideon le estrechó la mano. Salimos a la calle y empezó la lluvia de flashes. La ciudad nos acogía en su seno con los ruidos del tráfico de última hora y con el suave calor de la tarde. La humedad iba disminuyendo a medida que el verano daba paso al otoño, y yo estaba deseando pasar más tiempo al aire libre. El otoño en Nueva York era algo único, algo que sólo había disfrutado anteriormente durante cortas visitas.

—¡Al suelo!

Apenas había oído el grito cuando Gideon me agarró. Un estruendo me sacudió por completo, rebotando en la pared de ladrillo y sonándome en los oídos. Ensordecedoramente cerca... ¡Dios santo! Justo a mi lado.

Caímos contra la acera alfombrada. Gideon rodó para cubrirme con su cuerpo. Más peso al tirarse alguien sobre Gideon. Otro ruido. Luego otro. Y otro...

«Aplastada. Pesa mucho. Respirar. —Mis pulmones no podían expandirse. Me martilleaba la cabeza—. Oxígeno. ¡Dios!»

Pugnaba. Arañando la alfombra roja. Gideon me agarró con más fuerza. Su voz era áspera, perdidas las últimas palabras bajo el frenético zumbido de mi cabeza.

«Aire. No puedo respirar...». Y el mundo se oscureció.

14

—¡Dios mío, Eva...! —Pasé las manos frenético por su cuerpo laxo en busca de heridas mientras el conductor pisaba con fuerza el acelerador y la limusina salía disparada, impulsándome de golpe hacia atrás en el asiento.

Mi esposa yacía inerte en mi regazo, no respondía a mi desesperado examen. No se le veía sangre en el vestido ni en la piel. Pulso, fuerte y rápido, el pecho subiéndole y bajándole con cada respiración.

Me invadió tal alivio que sentí un mareo. La estreché contra mí, meciéndola con mimo.

—¡Gracias a Dios!

Raúl ladraba órdenes por el micrófono que llevaba en la muñeca. En cuanto calló, pregunté:

—¿Qué demonios ha pasado?

Bajó el brazo.

—Uno de los fotógrafos tenía una pistola. Clancy lo ha cogido.

—¿Hay alguien herido?

—Le han dado a Monica Stanton.

—¿Qué? —Los latidos de mi corazón, menos acelerados ya, se me dispararon otra vez. Bajé la vista hacia mi mujer cuando volvía en sí lentamente con un aleteo de los párpados.

—¡Dios mío! ¿Es grave? —pregunté.

Raúl exhaló ruidosamente.

—Espero noticias. No tenía buena pinta. Usted agarró a la señora Cross y la señora Stanton quedó expuesta.

«Eva».

Abracé a mi mujer con más fuerza, acariciándole la cabeza mientras cruzábamos la ciudad a todo gas.

—¿Qué ha pasado?

La suave pregunta de Eva, al doblar la esquina que nos conducía al garaje, me puso un nudo en el estómago. Raúl me observó con expresión adusta. Momentos antes había recibido una llamada y cruzado la mirada conmigo, confirmando el peor de mis temores con un gesto de la cabeza y un quedo «lo siento».

La madre de mi mujer había muerto.

¿Cómo iba a decírselo a Eva? Y, cuando lo hubiera hecho, ¿cómo podría protegerla hasta que supiéramos qué demonios estaba ocurriendo?

En el bolsillo de la chaqueta, mi teléfono no paraba de sonar. Llamadas. Mensajes. Tenía que atenderlas, pero primero estaba mi mujer.

Entramos en el garaje, pasando por delante del guardia de seguridad en su cabina de cristal. Yo no paraba de dar golpecitos con el pie en el suelo. Quería bajar del coche. Tenía que aislar a mi mujer.

—Gideon. —Se aferró a mi chaqueta—. ¿Qué ha pasado? He oído disparos...

—Falsa alarma —dije ásperamente, agarrándola con demasiada fuerza—. Era el petardeo de un coche.

—¿Qué? ¿Ah, sí? —Me miró pestañeando, haciendo un gesto de dolor cuando la atraje aún más hacia mí—. ¡Ay!

—Lo siento. —La había arrojado al suelo con rudeza, incapaz de moderar la violencia de la caída sin exponerla al peligro. Había sido algo instintivo, una brusca respuesta al apremio que había en la voz de Raúl—. Reaccioné de manera exagerada.

—¿De verdad? —Eva intentó sentarse—. Creí haber oído múltiples disparos.

—Algunas cámaras al caer, quizá. Hubo personas que se sobresaltaron y soltaron sus equipos.

El coche fue aminorando la velocidad hasta pararse, Raúl se apeó de un salto y le tendió la mano a Eva. Mi mujer bajó despacio y yo estaba justo detrás de ella, levantándola en brazos en cuanto me enderecé.

A grandes zancadas, me dirigí al ascensor del garaje y esperé mientras Raúl tecleaba el código. Un miembro de su equipo se quedó a nuestras espaldas, mirando en dirección contraria, con la mano en la chaqueta, sobre su arma, mientras vigilaba.

¿Bastaría con él si hubiera otro tirador al acecho?

—¡Eh!, que puedo caminar —dijo Eva, grogui todavía, con los brazos alrededor de mi cuello—. Y tienes que responder al teléfono. Esa cosa está enloquecida.

—Dame un minuto. —Entré en el ascensor—. Perdiste el conocimiento. Me has dado un susto de muerte.

—No podía respirar.

Besándola en la frente, volví a disculparme. No me sentí a salvo hasta que entramos en el salón de casa. Eché una mirada a Raúl.

—Saldré enseguida —le dije.

Llevé a mi mujer directamente al dormitorio y la acosté encima del edredón. *Lucky* ladró en su jaula, tocando la puerta con la pata.

—Todo ha sido muy raro. —Eva meneó la cabeza con gesto incrédulo—. ¿Dónde está mi bolso? Quiero llamar a mi madre. ¿A Clancy también se le fue la pinza?

Sentí un nudo en las entrañas. Había prometido no engañar nunca a mi mujer y sabía que esa mentira iba a hacerle mucho daño. A los dos. Pero... Dios, ¿cómo demonios se lo decía? Y, en caso de hacerlo, ¿cómo podría retenerla en casa cuando quisiera salir y ver la verdad por sí misma?

Los lastimeros gañidos de *Lucky* aumentaban mi angustia.

—Creo que tu bolso se ha quedado en el coche. —Le retiré el pelo de la frente, tratando de dominar el estremecimiento que amenazaba con sacudirme el cuerpo entero—. Pediré a alguien que vaya a buscarlo y lo suba.

—Vale. ¿Puedo utilizar tu teléfono?

—Primero tienes que descansar un poco. ¿Te duele algo? ¿Alguna magulladura? —Lancé a *Lucky* una mirada feroz, pero lo único que conseguí fue que golpeara la puerta con más furia.

Eva se palpó la cadera e hizo un gesto de dolor.

—Puede ser.

—No te preocupes. Le pondremos remedio.

Fui al cuarto de baño y saqué el teléfono para apagarlo. La pantalla era una interminable lista de llamadas perdidas y mensajes de texto. Vi cómo se oscurecía, me lo guardé en el bolsillo de los pantalones y, a continuación, abrí los grifos de la bañera. Aquellos que quisieran tener noticias podían ponerse en contacto con Raúl o con Angus.

Eché un puñado de sales de baño en el agua humeante, consciente del riesgo que suponía, pues rara era la vez que no me unía a Eva cuando se bañaba. Pero los baños calientes la sosegaban, le devolvían la calma. Sospechaba que dormía siestas durante el día para suplir las horas que nuestra vida sexual nos robaba de las noches, pero iba falta de sueño después del último fin de semana.

Si conseguía que se relajara y se metiera en la cama, quizá se quedara dormida. Eso me daría tiempo para averiguar qué había sucedido y si seguía habiendo peligro, para hablar con el doctor Petersen...

«Joder». Y Victor. Tenía que llamar al padre de Eva. Hacerlo venir a Nueva York cuanto antes. Cary. Él debería estar aquí también. En cuanto tuviera más información y un sistema de apoyo para mi mujer, entonces podría decírselo. Lo único que necesitaba eran unas horas.

Me obligué a no pensar en el pánico que me producía que Eva no me perdonara la demora.

Cuando regresé al dormitorio, estaba dejando salir a *Lucky*. Rio al ver el entusiasmo del cachorro, y aquel alegre sonido, que tanto amaba, me atravesó el pecho como una puñalada.

Besando a *Lucky* en la cabeza, me miró con ojos brillantes.

—Deberías ponerlo en su camita. Lleva mucho tiempo encerrado.

—Lo haré.

Acarició al perro en la cabeza antes de pasármelo.

—Oigo correr el agua —dijo.

—Un baño te sentará bien.

—¿Preparándome? —bromeó.

La expresión de sus ojos... Me mataba. Estuve a punto de decírselo, pero no conseguí que las palabras salvaran el nudo que tenía en la garganta.

En cambio, me di media vuelta y me dirigí por el pasillo al aseo que había junto al salón, donde estaba el trozo de césped artificial de *Lucky*. Lo dejé ahí; me pasé las manos por el pelo.

«Piensa, maldita sea.» Dios, necesitaba una copa.

Sí. Una copa. Algo fuerte.

Fui a la cocina, traté de pensar en algo que Eva también bebiera. ¿Un digestivo, quizá? El teléfono de casa. Mierda. Fui a desconectar el timbre y vi que ya se le había ocurrido a alguien. Al darme la vuelta, vi la cafetera.

Algo caliente. Relajante. Sin cafeína.

Té. Me acerqué a la despensa y busqué, revolviendo en

los estantes para ver si encontraba una caja de té que Angus guardaba en el ático. Alguna de esas porquerías de hierbas que él decía que limaban asperezas. Lo encontré, y a continuación llené una taza directamente del grifo de agua caliente. Puse dos bolsitas de té, un generoso chorro de ron y una cucharada de miel. Revolví, se derramó un poco en la encimera. Más ron.

Tiré las dos bolsitas de té al fregadero y me dispuse a regresar con mi mujer.

Por unos instantes, cuando vi que no estaba en el dormitorio, me entró el pánico. Luego la oí en el vestidor y solté el aire aliviado. Dejé la taza junto a la bañera, cerré los grifos y fui a donde estaba ella. La encontré sentada en el banco, quitándose los zapatos.

—Creo que el vestido se ha echado a perder —dijo, allí descalza, enseñándome el desgarrón que tenía en el lado izquierdo.

—Te compraré otro.

Me sonrió con una amplia sonrisa.

—Me mimas demasiado.

Era una puñetera tortura. Cada segundo. Cada mentira que decía. Cada verdad que me callaba.

El amor que había en sus ojos me hacía trizas. La confianza absoluta. El sudor me resbalaba por la espalda. Me deshice de la chaqueta y la tiré a un lado, me aflojé la pajarita y el cuello de la camisa para poder respirar.

—Ayúdame a quitarme esto —pidió, volviéndose para darme la espalda.

Le desabroché el vestido y se lo deslicé por los hombros, dejándolo caer al suelo. Luego le solté el sujetador y oí que dejaba escapar un suspiro de placer al sentirse liberada de su constricción.

La examiné y me dio rabia ver el moratón que le oscurecía la cadera y los rasguños del brazo que se había hecho en la alfombra roja.

Bostezó.

—¡Vaya!, sí que estoy cansada.

«Gracias a Dios».

—Entonces deberías dormir.

Me lanzó una vehemente mirada.

—No estoy *tan* cansada.

¡Caray! Ser destripado no podría doler más. No podía tocarla, ni hacerle el amor..., con aquel engaño entre nosotros, no.

Tragué saliva.

—Muy bien —dije—. Tengo que ocuparme de unos asuntos primero. Y coger tu bolso. Te he preparado algo de beber. Está junto a la bañera. Tú relájate, que yo volveré en cuanto pueda.

—¿Va todo bien?

Ya no podía mentir más, así que le dije una verdad sin importancia.

—He perdido tiempo de trabajo esta semana y tengo que resolver algunas cosas urgentes.

—Lo siento. Sé que es culpa mía. —Me besó en la mandíbula—. Te quiero, campeón.

Descolgó una bata de una percha, se la puso y salió. Yo me quedé allí, rodeado de su olor, con el cosquilleo de su tacto en las manos, el corazón acelerado por miedo y desprecio de mí mismo.

Lucky entró tan deprisa que rebotó en la puerta antes de venir a parar a mis pies. Lo cogí y le froté la cabeza.

Ésa era una pesadilla de la que él no podía despertarme.

Raúl me esperaba en el despacho del ático, hablando enérgicamente por su teléfono. Entré y cerré la puerta detrás de mí.

Terminó la llamada y se levantó.

—La policía está en el lugar del suceso. El tirador está bajo custodia.

—Y ¿Monica?

—Están esperando al forense.

No podía ni imaginarlo. Me dirigí a mi escritorio y me dejé caer pesadamente en la silla. Se me fue la mirada a las fotos de Eva que tenía en la pared.

—Se ha comunicado a los detectives de la policía que la señora Cross y usted estarán aquí en casa cuando llegue el momento de hacer declaraciones.

Asentí con la cabeza, y recé para que esperaran hasta por la mañana para hacernos esa visita.

—Desconecté el teléfono de la cocina cuando llegamos —añadió Raúl en voz baja.

—Ya me he dado cuenta, gracias.

Alguien llamó entonces a la puerta. Me puse tenso, esperando que entrara Eva. Exhalé con alivio cuando vi que se trataba de Angus.

—Vuelvo para allá —dijo Raúl—. Lo mantendré al corriente.

—Necesito el bolso de Eva, que está en el coche, y a Cary. Tráelo aquí.

Asintió con la cabeza y se fue.

Angus se acomodó en el asiento que acababa de dejar Raúl.

—Lo siento, amigo.

—Yo también.

—Tendría que haber estado allí.

—¿Y tener a otro ser querido en la línea de fuego? —Me puse en pie, estaba demasiado inquieto para permanecer sentado—. Fue una bendición que te encontraras en casa de los Lucas.

Se me quedó mirando un momento y luego bajó la mirada a las manos.

Tardé unos segundos en reparar en lo que acababa de

decir. Y otro más en darme cuenta de que nunca le había dicho que lo quería. De todos modos, confiaba en que sí lo supiera.

Inspirando profundamente, levantó la barbilla y volvió a mirarme.

—¿Qué tal está Eva?

—Tengo que ir a ver. Se está dando un baño.

—Pobrecilla.

—No lo sabe. —Me froté la nuca—. No se lo he dicho.

—Gideon. —Abrió mucho los ojos con la misma consternación que yo sentía—. No puede...

—¿De qué serviría? —salté—. No sabemos nada. Su madre ha muerto. No puedo dejar que vuelva allí y vea... aquello. ¿Por qué torturarla y ponerla en peligro? ¡Santo Dios, podría haber sido ella! Aún podría ser ella si no la protegemos.

Angus me observaba ir de un lado a otro con ojos que habían visto —y aún veían— demasiado.

—Voy a hacer unas llamadas. —Saqué el teléfono—. Necesito hacerme una idea clara de la situación antes de decírselo. Tratar de amortiguarle el golpe todo lo posible. Ha sufrido demasiado... —Se me quebró la voz. Me ardían los ojos.

—¿En qué puedo ayudar? —preguntó suavemente.

Recobré la compostura.

—Necesito disponer de un jet para el padre de Eva. Voy a llamarlo ahora mismo.

—Me ocuparé de ello. —Se levantó.

—Dame unos minutos para comunicarle la noticia, luego envíale un mensaje con la información cuando la tengas.

—Delo por hecho.

—Gracias.

—Gideon... Debería saber que el registro de la residencia de los Lucas fue satisfactorio. —Metió la mano en el bolsillo y sacó una memoria USB no más grande que una moneda de diez centavos—. La tenía guardada en una caja fuerte en el dormitorio, escondida debajo de las joyas en una caja. Ella escaneó todas las notas de él.

Lo miré sin comprender. Anne y Hugh eran la menor de mis preocupaciones en esos momentos.

—Todo son mentiras —continuó—. No mencionaba nada de lo que realmente sucedió. Lo que puede que le interese, cuando llegue el momento, es lo que decía sobre Christopher.

Angus dejó la unidad de memoria encima de mi mesa y se marchó.

Me quedé mirándolo. Luego me dirigí a mi escritorio, abrí un cajón y guardé allí el dispositivo empujándolo con la mano.

Tras volver a encender el teléfono, vi que había varios mensajes de texto y de voz de Cary, Magdalene, Clancy, Ireland, Chris...

Abrumado, fui a la pantalla de inicio.

Busqué el teléfono de la consulta del doctor Petersen y marqué. Me saltó la respuesta del sistema automático, por lo que seleccioné la centralita de urgencias fuera de horario y dije al operador electrónico que era una emergencia relacionada con una muerte y que quería que el doctor me llamara en cuanto pudiera.

El contacto fue frío y aséptico, sobre todo para algo tan desesperadamente personal. El desalentador procedimiento parecía un terrible insulto a mi hermosísima esposa y a la madre que ya no estaba entre nosotros. Y, sin embargo, en el fondo deseaba que la siguiente llamada que tenía que hacer se desarrollara con tan poca emoción.

Mientras oía la señal de llamada, me senté en el sillón. La última vez que había hablado con Victor había sido cuando lo había llamado desde Río de Janeiro para explicarle que la foto mía con aquellas dos mujeres se había tomado antes de que conociera a su hija. Él había recibido la información con fría cautela, haciéndome saber sin decirlo que yo no era lo bastante bueno para Eva. No pude discrepar. Ahora tenía que decirle que habían vuelto a arrebatarle a la otra mujer que le importaba, esta vez para siempre.

Eva creía que su padre seguía enamorado de su madre. De ser así, la noticia lo hundiría. Yo aún notaba la bilis en el fondo de la garganta y el gélido pánico que me había dejado en blanco en los primeros momentos posteriores al tiroteo. No me quedaría nada sin Eva.

—Reyes —respondió Victor con un tono de voz frío y alerta. Se oía ruido de fondo, de tráfico, quizá. Música a lo lejos. Miré el reloj y me di cuenta de que debía de estar de guardia.

—Soy Cross. Tengo algo que decirte. ¿Estás solo?

—Puedo estarlo. ¿Qué ocurre? —preguntó, captando la gravedad de mi voz—. ¿Le ha pasado algo a Eva?

—No, no se trata de Eva. —«Vamos, suéltalo. Directo y rápido». Así es como querría yo que me dijeran que mi mujer había muerto—. Lo siento. Han matado a Monica esta noche.

Hubo una terrible pausa.

—¿Qué has dicho?

Apoyé la cabeza en el respaldo del sillón. Me había oído perfectamente, se lo noté en la voz, pero no podía creerlo.

—Lo siento, Victor. No sabemos mucho más de momento.

Al otro lado de la línea, oí que se abría la puerta de un coche y luego se cerraba de golpe. Hubo una serie de transmisiones de una radio policial, seguidas de un silencio sobrecogedor que se prolongó durante unos largos minutos. Pero yo sabía que él seguía allí.

—Ha sucedido hace apenas una hora —expliqué quedamente, intentando llenar el silencio—. Salíamos todos de un evento, y un tirador entre la multitud abrió fuego.

—¿Por qué?

—No lo sé. Pero lo han detenido. Pronto sabremos algo más.

Su voz se tornó más dura.

—¿Dónde está mi hija?

—Está en casa, conmigo. No saldrá de aquí hasta que tenga la certeza de que no hay peligro. He dispuesto un vuelo para ti. Eva te necesitará, Victor.

—Déjame hablar con ella.

—Está descansando. Recibirás un mensaje de texto con la información del vuelo en cuanto esté confirmado. Será uno de mis jets. Podrás hablar con ella por la mañana cuando llegues.

Victor exhaló ruidosamente.

—De acuerdo. Estaré preparado.

—Te veré pronto.

Al colgar, pensé en el otro hombre que era como un padre para Eva. No podía ni imaginar por lo que estaría pasando Stanton; me trastornaba. Pero lo compadecía y lamentaba que cualquier cosa que pudiera ofrecer resultara inapropiada.

Aun así, le escribí un mensaje rápido:

Si puedo serte de alguna ayuda, no dudes en decírmelo.

Salí del despacho y me dirigí de nuevo al dormitorio principal. Me quedé a la puerta, dolorido y en carne viva por dentro al ver a Eva tumbada en el agua caliente con los ojos cerrados. Se había recogido el pelo en un moño alborotado. Los diamantes brillaban en la encimera. *Lucky* me dio con la pata en la espinilla.

—Hola —musitó ella con los ojos aún cerrados—. ¿Ya te has ocupado de todo?

—Todavía no. En estos momentos, tengo que encargarme de ti. —Me acerqué a ella y vi que se había tomado la mitad de la bebida—. Deberías terminarte esto.

Sus ojos se abrieron lentamente, soñolientos y tiernos.

—Está fuerte. Llevo un buen colocón.

—Estupendo. Ahora bébete el resto.

Eva accedió. No por obediencia, sino de la forma en que una mujer con motivos ocultos fingía cumplir una orden: porque le convenía.

—¿Vas a meterte conmigo? —preguntó pasándose la lengua por los labios.

Negué con la cabeza. Ella hizo un mohín.

—He terminado entonces. —Se levantó de la bañera, hilillos de agua resbalándole por sus coloradas curvas. Me dedicó una sonrisa seductora, sabiendo lo que me hacía—. ¿Seguro que no vas a cambiar de opinión?

Tragué saliva.

—No puedo.

Caminando con pasos pesados, cogí una toalla y se la tendí. Me di la vuelta, verla era un suplicio, cogí algunas cosas del botiquín y las coloqué en la encimera.

Ella se me acercó y se inclinó hacia mí.

—¿Estás bien? ¿Sigues pensando en tu madre?

—¿Qué? No —gruñí con la cabeza gacha—. Cuando te desmayaste... ¡Joder! Nunca me había asustado tanto.

—Gideon. —Se arrimó más a mí y me abrazó—. Estoy bien.

Suspirando, le di un rápido apretón y la solté. Me dolía tanto abrazarla, a sabiendas de lo que me guardaba.

—Deja que te eche un vistazo y me asegure.

Lucky se sentó con la cabeza ladeada, mirándome con curiosidad mientras le examinaba el brazo a Eva. Se lo limpié con una toallita desinfectante antes de aplicar una pomada en el enrojecido rasguño. A continuación, le puse una venda para que estuviera protegido. En el moratón de la cadera le di una generosa cantidad de árnica, dibujando suaves círculos con los dedos sobre la oscurecida piel hasta que el gel se absorbió completamente.

Mi roce y la atención que le estaba dedicando la excitaron, pese a que no era ésa mi intención. Apretando los ojos, me enderecé.

—A la cama, señora Cross.

—Mmm..., sí, vamos a la cama. —Me puso las manos en los hombros, pasando los dedos por los extremos sueltos de mi pajarita—. Me gustas con el cuello abierto así. Muy sexi.

—Cielo... Me haces trizas. —Le cogí las manos—. Aún tengo cosas que hacer.

—Vale. Me portaré bien. Por el momento.

Con su mano en la mía, la llevé al dormitorio. Eva protestó cuando saqué una camiseta de Cross Industries y se la pasé por encima de la cabeza.

—¿Y los diamantes? —preguntó.

Tal vez no volviera a ponérselos después de esta noche. ¿Dónde coño estaba el doctor Petersen? Necesitaba su ayuda para decir lo que tenía que decir cuando llegara el momento.

Le pasé los dedos por la mejilla, el único roce que me permitiría.

—Con esto estarás más cómoda —repuse.

La arropé en la cama y le retiré el pelo de la cara. Iba a quedarse dormida creyendo que en su mundo aún habitaba su madre y que su marido nunca le mentiría.

—Te quiero. —Le di un beso apretado en la frente, deseando que esas palabras resonaran en sus sueños.

Era muy posible que no las creyera cuando se despertara.

Cerré la puerta del dormitorio para dejar descansar a Eva y me dirigí a la cocina a por algo de beber, algo fuerte que pudiera aliviar el gélido nudo que tenía en el estómago.

Me encontré a Cary en el salón, sentado en el sofá con la cabeza entre las manos. Angus se hallaba al otro extremo de la mesa del comedor, hablando por teléfono en voz baja.

—¿Quieres tomar algo? —le pregunté a Cary al pasar a su lado.

Él levantó la cabeza y vi las lágrimas. El desconsuelo.

—¿Dónde está Eva?

—Procurando dormir. Es lo mejor.

Entré en la cocina, cogí dos vasos y una botella de whisky y serví una buena cantidad. Le pasé uno a Cary cuando se me unió en la isla.

Me tomé el mío de un trago. Cerré los ojos, noté cómo quemaba.

—Te quedarás en la habitación de invitados. —El alcohol hizo que mi voz sonara más áspera—. Te necesitará por la mañana.

—Nos necesitaremos unos a otros.

Me serví otra copa.

—Victor viene para acá.

—¡Joder, tío! —Cary se secó los ojos—. El pobre Stanton envejeció de repente. Se le vinieron encima como unos treinta años delante de mí. —Se llevó el vaso a los labios con mano temblorosa.

Me sonó el teléfono en el bolsillo y lo saqué. Respondí, aunque no reconocí el número.

—Cross.

—Gideon. Soy el doctor Petersen. He recibido tu mensaje.

—Un momento. —Me apreté el teléfono contra el pecho y miré a Cary—. Tengo que atender esta llamada.

Me indicó que adelante, con la mirada clavada en el líquido ámbar del vaso.

Me dirigí al dormitorio y abrí un poco la puerta, aliviado al ver que Eva dormía con el perro acurrucado a su lado. Salí y me encerré en el despacho.

—Discúlpeme. He tenido que salir de donde estaba para hablar a solas.

—Está bien. ¿Qué ha pasado, Gideon?

Me dejé caer en mi silla de trabajo y apoyé la cabeza en la mano.

—Se trata de la madre de Eva. Ha habido un incidente esta noche y ella ha resultado muerta.

—Monica... —Respiró profundamente—. Cuéntame qué ha sucedido.

Recordé entonces que Monica era —había sido— paciente del doctor Petersen también. Le transmití la misma información que le había pasado a Victor.

—Necesito que venga a mi casa —le pedí—. Tiene que ayudarme. No sé cómo decírselo a Eva.

—¿Cómo...? Perdona, Gideon. Es tarde y estoy confuso. Suponía que ella se encontraba contigo cuando sucedió.

—Estaba justo a mi lado, pero la tiré al suelo para protegerla. La dejé sin respiración. Se desmayó y, cuando volvió en sí, le dije que había sido una falsa alarma.

—Oh, Gideon... —Dejó escapar un hondo suspiro—. No ha sido lo más acertado.

—Fue la decisión correcta. No hay nada que ella pueda hacer en relación con lo sucedido.

—No puedes protegerla de todo, y mentir nunca es la solución.

—¡Puedo protegerla de ser un objetivo! —Me levanté de golpe, furioso porque su respuesta y la de Angus reflejaban mis peores temores con respecto a cómo reaccionaría Eva ante mi decisión—. ¡Mientras no sepa cuál es la amenaza, no dejaré que salga al exterior, que es exactamente donde ella querría estar!

—Esa decisión le corresponde a ella.

—Sería una decisión equivocada.

—Sea como sea, tiene derecho a llegar a esa decisión por sí misma.

Negué con la cabeza, a pesar de que el doctor no podía verme.

—Su seguridad no es negociable. Ella se preocupa por todo el mundo. Mi obligación es preocuparme por ella.

—Podrías contarle tus aprensiones —dijo el doctor Petersen en voz baja y suave—. Explícaselas.

—Para ella, su seguridad no sería prioritario. Querría estar con Stanton.

—Estar con otras personas que compartan su dolor puede...

—¡En estos momentos Stanton se encuentra junto al cadáver de su madre en una acera de la ciudad!

Las palabras y la imagen que evoqué eran atroces. Se me revolvió el estómago, con el alcohol que le había echado dentro. Pero necesitaba a alguien que cayera en la cuenta del alcance total de aquel horror y entendiera el porqué de mi decisión, que me diera alguna esperanza de que Eva lo comprendería.

—No me diga lo que sería mejor para ella en estos momentos —añadí fríamente—. No la dejaré ir allí. Si viera... aquello, viviría obsesionada para siempre.

El doctor Petersen guardó silencio unos momentos.

—Cuanto más esperes, más difícil será para los dos —dijo al cabo.

—Se lo contaré en cuanto despierte. Tiene que venir a ayudarme a hacerlo.

—Gideon...

—He hablado con su padre, que está en California. Llegará enseguida. Y Cary también está aquí. —Me puse a caminar de un lado a otro—. Tienen tiempo para asumirlo, así, cuando Eva se despierte, podrán darle el apoyo que necesita. Usted podrá ayudar también.

—¿No te das cuenta de que, para Eva, la mayor fuente de fortaleza y consuelo eres tú, Gideon? Al no revelarle algo de semejante magnitud y no ser sincero desde el principio, has puesto en peligro los cimientos sobre los que se apoya.

—¿Cree que no lo sé? —Me paré en seco delante de un *collage* de fotos de mi mujer—. Me... me horroriza que no me perdone.

El silencio del doctor Petersen permitió que esas palabras quedaran en el aire, burlándose de mi impotencia.

Aparté la vista de las imágenes de Eva.

—Pero volvería a hacerlo. Esta situación, los riesgos...

—Está bien. Tendrás que hablar con ella de todo esto en cuanto despierte. Sé sincero sobre tus sentimientos, y céntrate en eso más que en la lógica o en tus razones. Puede que no esté de acuerdo contigo ni con tu punto de vista, pero entender el impulso emocional que te ha llevado a obrar así ayudará.

—¿Usted lo entiende? —lo desafié.

—Sí. Lo que no quita que te habría recomendado un modo diferente de proceder, pero lo entiendo. Voy a darte un número de teléfono en el que podrás localizarme directamente.

Cogí un bolígrafo de mi mesa y lo anoté.

—Habla con Eva. Después, si aún quieres que vaya, me acercaré. No puedo prometerte que responda inmediatamente —siguió—, pero acudiré lo antes posible.

—Gracias.

Terminé la llamada y me senté a mi mesa. No podía hacer nada salvo esperar. Esperar a que Eva se despertase. Esperar a la policía. Esperar a las visitas que vendrían, a los amigos y a los familiares, que serían tan inútiles como yo.

Encendí el ordenador y envié un correo electrónico a Scott, diciendo que anulara todas mis citas y reuniones del resto de la semana y que se pusiera en contacto con la organizadora de la boda. Era probable que no hiciera falta informar a nadie, dado que los paparazzi ya estaban allí en el momento del tiroteo. Sería imposible tener un solo día de duelo en la intimidad.

La idea de lo que debía de haberse publicado online me enfurecía y me hacía sentir impotente. Gráficas fotografías de la escena del crimen. Teorías conspirativas y especulación salvaje. El mundo no dejaría de mirar por nuestras ventanas durante meses.

Aparté esos pensamientos de mi cabeza y me obligué a pensar en las cosas que aliviarían el estrés de Eva. Tenía planes que discutir con Victor, y hablaríamos de su familia, dado que estaba programado que llegaran el viernes.

Cuando quise darme cuenta, tenía ya el teléfono en la mano. Comprobé las llamadas perdidas y revisé los mensajes de texto. No había nada de mi madre, aunque imaginaba que Chris o Ireland le habrían contado algo a esas alturas. Su silencio no me sorprendió tanto como el mensaje de texto de Christopher.

Por favor, dale mi más sentido pésame a Eva.

Me quedé mirando el mensaje durante un buen rato, dando golpecitos en la pantalla cada vez que se oscurecía para mantenerla iluminada y delante de mí. Era ese «por favor» lo que me chocaba, una cotidiana expresión de cortesía que Christopher no utilizaba conmigo.

Pensé en las personas a las que había llamado por parte de Eva. Cary, que era como un hermano para ella. Victor, su padre. ¿A quién llamaría ella si la situación fuera a la inversa? ¿A Chris? Desde luego, a mi hermano no. ¿Por qué? No había dejado de preguntármelo durante todos esos años. Christopher podría haber significado mucho más para mí, haber sido un vínculo con la nueva familia que mi madre había creado.

Abrí el cajón y me quedé mirando la diminuta memoria USB que Angus había encontrado en casa de los Lucas. ¿Estaba ahí la respuesta?

¿Importaría ya si así fuera?

El momento que tanto temía llegó rápidamente. Estaba acostado en la cama con los ojos cerrados, notando el movimiento del colchón cuando Eva se dio la vuelta y oí su suave suspiro al acomodarse en la nueva posición. Si la dejaba, volvería a quedarse dormida. Podría darle unas horas más de paz.

Pero el vuelo de Victor había aterrizado ya en Nueva York. La policía podría llegar en cualquier momento. Por mucho que me empeñara en impedirlo, la realidad terminaría imponiéndose, lo que quería decir que el tiempo que me quedaba para darle la noticia a mi mujer estaba llegando a su fin.

Me incorporé y me pasé una mano por la cara, notando la barba incipiente que me oscurecía la mandíbula. Luego la toqué en el hombro, despertándola con todo el cuidado que pude.

—Hola. —Se volvió hacia mí con ojos soñolientos—. Sigues vestido. ¿Has estado trabajando toda la noche?

Me levanté y encendí la lámpara de la mesilla, incapaz de hablar de la situación sin estar de pie.

—Eva..., tenemos que hablar.

Parpadeando, se incorporó y se apoyó en un codo.

—¿Qué ocurre?

—Refréscate la cara mientras te preparo una taza de café, ¿vale?

Frunció el ceño.

—Pareces muy serio.

—Lo estoy. Y tú tienes que estar bien despierta.

—Muy bien. —Retiró el edredón y se levantó de la cama.

Cogí a *Lucky* y cerré la puerta del dormitorio al salir, luego lo dejé en el baño antes de preparar café para Eva y para mí. Día nuevo, misma rutina. Unos minutos más de fingir que nada había cambiado equivalían a una diferente forma de mentira.

Cuando regresé al dormitorio, Eva estaba poniéndose unos pantalones de pijama. Se había recogido el pelo en una cola de caballo y tenía una salpicadura de pasta de dientes en la camiseta. Normal. De momento, era la esposa a la que amaba más allá de toda razón.

Me cogió la taza y aspiró el aroma, cerrando los ojos de puro placer. Ese gesto era tan propio de ella, tan suyo, que me dolió el pecho.

Yo dejé mi café a un lado; de repente notaba el estómago demasiado revuelto como para contemplar la posibilidad de meter nada en él.

—Siéntate en esa silla, cielo —le pedí.

—Estás empezando a asustarme.

—Lo sé. Lo siento. —Le toqué la mejilla—. No pretendo alargarlo más. Si te sientas, te lo explicaré.

Eva se acomodó en uno de los sillones de lectura junto a las ventanas abovedadas. El cielo estaba pasando de oscuro noche a gris azulado. Encendí la luz que quedaba a su lado, luego cogí el otro sillón y lo coloqué delante de ella. Alargando una mano para tomarle la suya, me senté y le apreté los dedos con dulzura.

Respiré profundamente.

—Te he mentido. Defenderé esa decisión cuando haya acabado, pero de momento...

Ella aguzó los ojos.

—Suéltalo ya, campeón.

—Tenías razón respecto a los disparos que oíste. Uno de los fotógrafos abrió fuego contra nosotros anoche. Tu madre resultó herida. —Hice una pausa, me costaba decir las palabras—. No ha sobrevivido.

Eva se me quedó mirando, con sus ojos grandes y oscuros en su repentina cara pálida. La mano le temblaba de tal manera que dejó el café en un extremo de la mesita.

—¿Qué estás diciendo?

—Recibió un balazo, Eva. —Apreté sus manos, cada

vez más frías, percibiendo su pánico—. Fue mortal. Lo siento.

Empezó a respirar más deprisa.

—En estos momentos no tengo más explicaciones. Detuvieron al tirador y Raúl me ha dicho que el caso se les ha asignado a los detectives Graves y Michna.

—Son policías de homicidios —dijo ella con voz monótona.

—Sí. —Eran los mismos que habían investigado la muerte de Nathan Barker. Los conocía mejor de lo que habría deseado.

—Y ¿por qué alguien querría matar a mi madre?

—No lo sé, Eva. Podría haber sido al azar. Podría ser que el tirador hubiera errado el disparo. Podríamos llamar a Graves o a Michna, aún tienes sus tarjetas, ¿no? Puede que no nos digan nada, pero estoy esperando a que vengan a tomarnos declaración.

—¿Por qué? Yo no sé nada.

El miedo contra el que había estado luchando toda la noche me inundó. Esperaba rabia y lágrimas, una violenta explosión de emotividad. Sin embargo, Eva parecía desorientada, casi exánime.

—Cielo. —Le solté una mano para acariciarle la mejilla—. Cary está aquí, en la habitación de invitados. Tu padre viene desde el aeropuerto. Llegará enseguida.

—¿Papá? —Una solitaria lágrima le resbaló por la mejilla—. ¿Lo sabe?

—Sí. Se lo dije. Cary lo sabe también. Él estaba allí.

—Tengo que hablar con él enseguida. Era como una madre para él.

—Eva. —Me deslicé hasta el borde del sillón y la agarré de los hombros—. No tienes que preocuparte de nadie ahora mismo.

—¿Por qué no me lo dijiste? —Me miraba con expresión de no comprender—. ¿Por qué mentirme?

Empecé a explicarme, luego vacilé.

—Para protegerte —dije finalmente.

Ella apartó la mirada y la dirigió hacia un lado.

—Creo que sabía que algo malo había sucedido —repuso—. Creo que por eso no estoy sorprendida. Pero cuando nos marchamos..., ¿ella estaba...?

—Ya estaba muerta, Eva. No volveré a mentirte. Cuando te saqué de allí, no sabía si alguien más había resultado herido. Lo más importante era llevarte a un lugar seguro. Después...

—No importa.

Dilaté el pecho, mis pulmones se estremecieron.

—No había nada que pudieras hacer.

—De todas formas, ya no importa.

—Estás en *shock*, Eva. Mírame. —Como no lo hacía, la cogí en brazos y la senté en mi regazo. Estaba helada. La estreché contra mí para que entrara en calor, pero ella temblaba.

Me levanté, la llevé hasta la cama y retiré el edredón. Me senté en el borde del colchón y arrebujé las sábanas a nuestro alrededor, cubriéndola de los hombros hacia abajo. Luego la mecí, apretando los labios contra su frente.

—Lo siento, cielo. No sé qué hacer. Dime qué puedo hacer.

No me respondió y tampoco lloró.

—¿Has dormido? —me preguntó Chris suavemente—. Quizá deberías echarte un rato.

Miré hacia el otro lado de mi escritorio, sorprendido al darme cuenta de que mi padrastro estaba delante de mí. No lo había oído entrar, absorto como estaba mirando por la ventana sin ver.

Victor y Cary se encontraban en el salón con Eva, ambos incapaces casi de hablar, rotos de dolor. Angus estaba en algún lugar del edificio, trabajando con el personal del vestíbulo para controlar el aluvión de fotógrafos y reporteros acampados en la entrada principal.

—¿Has hablado con Eva? —Me froté los ojos, escocidos—. Su padre y Cary están destrozados, y ella...

¡Santo Dios! ¿Cómo estaba ella? No tenía ni idea. Parecía... distante. Como si no tuviera nada que ver con la angustia y la impotencia que desprendían aquellos dos hombres a quienes tanto quería.

—Está anonadada. —Tomó asiento—. Al final, acabaré acusando el golpe. De momento, lo está afrontando tan bien como puede.

—¡Al final... no es cuantificable! —repliqué—. Necesito saber cuándo, cómo..., qué hacer.

—Por eso tienes que cuidarte, Gideon. —Me escrutó con una afable mirada—. Para que puedas ser fuerte cuando ella necesite que lo seas.

—No me deja consolarla. Está demasiado atareada preocupándose por los demás.

—Es una distracción, estoy seguro —dijo quedamente—, algo en lo que concentrarse aparte de su propio dolor. Y, si sigues mi consejo, ahora debes concentrarte en ti. Es evidente que has estado despierto toda la noche.

Solté una risa carente de humor.

—¿Qué me ha delatado? ¿El esmoquin?

—Los ojos enrojecidos, la barba sin afeitar. No tienes el aspecto del marido con el que Eva cuenta para mantener la calma y hacer todo lo que pueda.

—Maldita sea. —Me levanté—. No me parece bien... actuar como si no pasara nada.

—No he querido decir eso. Pero la vida sigue. Y, para Eva, eso va a suceder contigo. Así que sé *tú*. En estos momentos estás tan aturdido como los de ahí fuera.

Lo estaba. El hecho de que Eva no viniera a mí en busca de consuelo..., era justo lo que temía.

Pero sabía que tenía razón. Si no tenía aspecto de poder apoyarla, ¿cómo iba a esperar que ella acudiera a mí?

Chris se levantó a su vez.

—Prepararé café mientras te das una ducha. Por cierto, he traído algo de comer. Unos pastelitos y sándwiches de una panadería que me ha recomendado tu hermano. Pronto será la hora del almuerzo.

No creía que pudiera comer nada, pero era un detalle por su parte.

—Gracias.

Vino conmigo hasta la puerta.

—Ahora resido en la ciudad, como ya sabes. Christopher se encargará de todo en el trabajo durante unos días, así que puedo echarte una mano aquí. Si necesitas algo, a cualquier hora, no importa, llámame.

Me detuve. Sentía una opresión en el pecho y me costaba respirar.

—Gideon. —Me apoyó una mano en el hombro—. Los dos lo superaréis. Tenéis familia y amigos...

—¿Qué familia?

Bajó el brazo.

—No, espera —dije lamentando que se hubiera apartado, lamentando haberle puesto esa expresión de dolor en la cara—. Oye, me alegro de que estés aquí. No lo esperaba, pero me alegro...

Me abrazó con todas sus fuerzas.

—Entonces, aprende a esperarlo —dijo bruscamente—. Porque esta vez no pienso quedarme al margen. Somos familia. Quizá ahora podamos empezar a pensar en lo que eso significa para todos. Para ti y para mí. Para tu madre, Christopher e Ireland.

Apoyé la cabeza en su hombro, pugnando por recobrar un mínimo de compostura. Estaba cansado, rendido. Mi cerebro no procesaba bien las cosas. Ésa debía de ser la razón por la que me sentía... ¡Joder! No sabía lo que sentía.

El padre de Eva y Cary estaban destrozados. Stanton..., ni siquiera imaginaba cómo debía de estar él. Lo que yo sintiera no importaba, no era comparable.

Tenso, con la mente trastornada, hablé sin pensar:

—Christopher necesitaría un trasplante completo de personalidad para que pudiera considerarlo familia.

Molesto, mi padrastro se apartó.

—Sé que Christopher y tú no os lleváis bien, pero...

—No por culpa mía, que quede claro. —Pugné por no hacer la pregunta, por volver a tragármela—. ¿Alguna vez te ha dicho por qué me odia?

¡Por el amor de Dios! ¿Por qué? ¿Por qué tuve que preguntarlo? Ya no debería importar. Y menos después de todos esos años.

Chris negó con la cabeza con incredulidad.

—No te odia, Gideon.

Me enderecé, deseando con todas mis fuerzas no temblar, no sabía si de cansancio, de emoción o de qué. El pasado había quedado atrás. Lo había dejado atrás, bien enterrado, que era donde debía estar. Ahora tenía a Eva...

Maldita sea. Confiaba en que aún tuviera a Eva.

Mi mujer nunca me había empujado a solucionar las cosas con Christopher, como sí había hecho con el resto de mi familia. Para ella, mi hermano había ido demasiado lejos, utilizado a Magdalene cruelmente, algo que Cary captó en vídeo. Tal vez a Eva le daba igual que arreglara mi relación con Christopher...

Pero tal vez estaría orgullosa de que lo intentara.

Y, si lo estaba, si le demostraba que era diferente, que había cambiado como ella quería... «Maldita sea.» Acababa de estropear todos los progresos que habíamos hecho al no contarle que Monica había muerto en el momento en que lo supe. Si arreglar las cosas con mi familia podía ayudar a que me perdonara por la mentira que le había dicho, entonces merecía la pena hacer el esfuerzo.

Me obligué a relajar las manos. Cuando volví a hablar lo hice con voz serena.

—Tengo que enseñarte algo.

Con un gesto invité a mi padrastro a sentarse a mi mesa. Cuando echó hacia adelante la silla, moví el ratón para que el monitor se activara. Las notas manuscritas de Hugh llenaron la pantalla.

Los ojos de Chris iban de un lado a otro, leyendo rápidamente. Supe en qué momento comprendió lo que estaba viendo. La espalda se le tensó.

—Ignoro cuánto de todo esto es verdad —le advertí—. Las notas de Hugh de sus sesiones conmigo son un montón de falsedades. Da la impresión de que elaboró un perfil de mí para utilizarlo como prueba en caso de que alguna vez presentáramos cargos contra él.

—Deberíamos haberlo hecho —repuso apretando los dientes—. ¿Cómo las has conseguido?

—Eso da igual. Lo que importa es que tiene notas de cuatro sesiones diferentes con Christopher. Una de ellas se supone que era una sesión de grupo conmigo. O es una invención, o yo la he olvidado.

—Y ¿qué crees tú que es?

—Realmente no lo sé. Hay... retazos de mi infancia que no recuerdo. —Recordaba más en sueños que cuando estaba despierto.

Chris se giró en la silla para mirarme.

—¿Crees que abusó de tu hermano?

Tardé unos instantes en apartar de mí aquellos recuerdos y responder.

—No lo sé, tendrás que preguntárselo a Christopher, pero lo dudo.

—¿Por qué?

—Según las fechas y las horas que aparecen en las notas de Hugh, las sesiones de Christopher iban detrás de las mías. Si esas marcas temporales son correctas, que sería lo más acertado si no quería dejar huellas, entonces no le quedaría nada. —Crucé los brazos. Intentar explicarlo me devolvía toda la amargura. Y el odio, tanto por Hugh como por mí mismo—. Era un cabronazo, pero..., mira, no puede decirse de manera más amable. Cuando terminaba conmigo, nunca le quedaba nada.

—¡Dios mío!... Gideon.

Aparté la vista del impacto y el resentimiento que se traslucían en sus ojos.

—Hugh le dijo a Christopher que él estaba viéndome porque mamá y tú temíais que yo lo matara.

Pensar en las otras personas que había en el ático era lo único que impedía que me pusiera a golpear las paredes. Dios sabía que más de una vez la había emprendido a puñetazos cuando era pequeño.

Recordando lo que podía de aquel tiempo, veía con qué facilidad Hugh podía haberle lavado el cerebro a un muchacho cuyo hermano mayor sufría frecuentes arrebatos de ira y destrucción.

—Seguro que Christopher no lo creería —afirmó.

Agotado, me encogí de hombros.

—Christopher me dijo en una ocasión, no hace mucho, que he deseado verlo muerto desde el día en que nació. Yo no tenía ni idea de a qué se refería, pero ahora...

—Deja que lo lea —dijo con tristeza, volviéndose hacia el monitor—. Ve a darte esa ducha. Tomaremos café cuando salgas. O algo más fuerte.

Me disponía a salir del despacho, pero me detuve antes de abrir la puerta. Volví la vista hacia Chris y lo vi totalmente concentrado en las palabras que tenía delante.

—Tú no conocías a Hugh como yo —le dije—. Hasta qué punto lo tergiversaba todo..., te hacía creer cosas...

Chris alzó la vista y me sostuvo la mirada.

—No tienes que convencerme, Gideon —repuso—. Me basta con tu palabra.

Enseguida miré para otro lado. ¿Se imaginaba lo que esas últimas cinco palabras significaban para mí? No podía decírselo; tenía un nudo en la garganta.

Asentí con la cabeza y salí.

Decidir qué ponerme me llevó más tiempo del debido. Elegí las puñeteras prendas pensando en Eva. Los pantalones grises que tanto le gustaban y una camiseta negra de cuello de pico. Hecho.

Alguien llamó a la puerta.

—Adelante.

Angus apareció en el vano.

—Los detectives de policía están subiendo —me informó.

—Muy bien. —Fui con él por el pasillo hasta el cuarto de estar.

Mi mujer estaba sentada en el sofá, vestida con un pantalón de chándal, un jersey amplio y calcetines. Apoyaba la cabeza en el hombro de Victor, y éste, la mejilla en la coronilla de ella. Ella pasaba los dedos entre el pelo de Cary, que estaba sentado en un cojín junto a sus rodillas. No podían estar más conectados. La televisión estaba encendida, sintonizada en una película que ninguno de ellos veía.

—Eva.

Volvió los ojos hacia mí lentamente.

Le tendí una mano.

—La policía está aquí.

Victor se irguió, obligando a que mi mujer se pusiera derecha. Un golpe enérgico en la puerta del vestíbulo nos puso a todos sobre aviso.

Me acerqué al sofá con el brazo todavía extendido. Eva se incorporó y se puso de pie, aún palidísima. Apoyó su mano en la mía y dejé escapar un suspiro de alivio. Le pasé un brazo por los hombros y la besé en la frente.

—Te quiero —le dije con dulzura, llevándola hacia la puerta.

Ella me rodeó la cintura y se apoyó en mí.

—Lo sé.

Giré el pomo.

—Adelante, por favor, detectives.

Graves entró primero, mirando inmediatamente a Eva con sus brillantes ojos azules. Lo siguió Michna, que, al ser más alto que su compañera, cruzó la mirada conmigo.

Me saludó con un gesto brusco de la cabeza.

—Señor Cross.

Eva se separó de mí cuando fui a cerrar la puerta.

—Nuestro más sentido pésame, señora Cross —dijo Graves, de esa manera que tenía la policía y que dejaba traslucir cuán a menudo pronunciaban esas palabras.

—Quizá recuerden al padre de Eva, Victor Reyes —añadí—. Y el escocés alto de ahí es Angus McLeod.

Ambos policías saludaron con un gesto, pero Graves tomó la delantera, como siempre.

—Detective Shelley Graves. Él es mi compañero, el detective Richard Michna. —Miró a Cary, con quien había hablado unas horas antes—. Señor Taylor.

Señalé la mesa de comedor.

—Vamos a sentarnos.

Mi mujer se alisó el pelo con manos temblorosas.

—¿Les apetece tomar un café? ¿Agua?

—Café, gracias —respondió Michna, retirando una silla.

—Yo lo traeré —terció Chris, entrando en el salón desde el pasillo—. Hola. Soy el padrastro de Gideon, Chris Vidal.

Tras saludarse con los policías, pasó a la cocina.

Graves se sentó junto a su compañero, dejando una gastada cartera de cuero encima de la mesa al lado del codo. Ella era delgada como un junco, mientras que él tiraba a corpulento. La detective tenía el pelo moreno y rizado, recogido en una cola de caballo tan austera como su cara de rasgos zorrunos. A Michna el pelo le empezaba a encanecer y a ralear, lo que hacía que destacaran sus ojos negros y sus rasgos duros.

Graves me miró cuando retiraba una silla para mi mujer. Le devolví la mirada y se la sostuve, y él reconoció oscuramente mi crimen. A cambio, le mostré mi determinación. Sí, había cometido actos inmorales para proteger a mi esposa. Reconocía haber tomado esas decisiones, incluso aquellas que me llevaría a la tumba.

Me senté junto a Eva y, tras acercar mi silla, la agarré de la mano. Victor se acomodó en el otro extremo, con Cary a su lado. Angus se quedó detrás de mí.

—¿Podrían ustedes dos relatar cómo discurrió la tarde desde el momento en que llegaron al evento? —preguntó Michna.

Empecé yo, dolorosamente consciente de la atención que Eva prestaba a cada palabra que decía. Ella se perdió sólo los últimos momentos, pero yo sabía que esos minutos eran cruciales.

—¿No vio al tirador? —insistió Graves.

—No. Oí gritar a Raúl y tiré al suelo a Eva. El protocolo del equipo de seguridad consiste en evacuar a la primera señal de peligro. Nos sacaron de allí en dirección opuesta y no miré atrás. Mi único interés era mi mujer, que en ese momento estaba inconsciente.

—¿No vio caer a Monica Stanton?

Eva me apretó la mano. Yo negué con la cabeza.

—No. No supe que habían herido a nadie hasta minutos después de haber abandonado el lugar.

Michna miró a Eva.

—¿En qué momento se desmayó, señora Cross?

Ella se humedeció los labios, que empezaban a agrietársele.

—Me di fuerte contra el suelo. Gideon se me echó encima para que no me moviera. No podía respirar, y luego alguien cubrió a Gideon. Pesaban mucho... Creí oír dos, quizá tres disparos. No estoy segura. Cuando recuperé el conocimiento, estaba en la limusina.

—Muy bien —dijo el detective—. Muchas gracias.

Graves abrió la cartera y sacó una carpeta. La abrió y extrajo una foto policial que dejó encima de la mesa, de cara a nosotros.

—¿Alguno de ustedes reconoce a este hombre?

Yo me acerqué más. Rubio con ojos verdes. Barba recortada. Aspecto normal.

—Sí —respondió Angus a mi espalda. Me volví a mirarlo—. Es el tipo al que espantamos en Westport, el que estaba haciendo fotos.

—Vamos a necesitar una declaración suya, señor McLeod —advirtió Michna.

—Por supuesto. —Se irguió y cruzó los brazos—. ¿Es el que disparó a la señora Stanton?

—Sí. Se llama Roland Tyler Hall. ¿Alguna vez ha tenido contacto con este hombre, señor Cross? ¿Recuerda haber hablado alguna vez con él?

—No —respondí, rebuscando en la memoria sin encontrar nada.

Eva se echó hacia adelante.

—¿Estaba acosándola? ¿Tenía algún tipo de obsesión? —quiso saber.

Hizo las preguntas con voz queda, su callado dolor dejando traslucir una furia glacial. Era la primera chispa que veía en ella desde que le había dado la noticia. Y llegó en el momento en que recordé que había otra cosa que le ocultaba: el misterioso pasado de su madre. Una complicada historia que podía ser la razón de que Monica estuviera muerta.

Graves empezó a sacar más imágenes, comenzando con las fotos de Westport.

—No era con su madre con quien Hall estaba obsesionado —declaró.

«¿Qué?». El terror que sentí me devolvió al temor que no me había abandonado durante toda la noche.

Había muchas imágenes, era difícil concentrarse en una sola. Había numerosas fotos de nosotros sacadas a la puerta del Crossfire. Algunas de eventos, que parecían las típicas que tomaban los paparazzi. Otras hechas fuera de la ciudad.

Eva tiró de la esquina de una y la sacó, ahogando un grito al ver una foto de mí besándola apasionadamente en una abarrotada acera a la puerta de un gimnasio CrossTrainer.

Esa foto había sido la primera de nosotros que se había hecho viral. Yo había respondido a las preguntas de la prensa asegurando que aquélla era la mujer de mi vida, y que ella me había hablado de Nathan y de su pasado.

Había otra ampliamente difundida que nos había pillado discutiendo en Bryant Park. Y otra en el parque de otro día en la que nos abrazábamos. Ésa no la había visto nunca.

—No las vendió todas —dije.

Graves negó con la cabeza.

—Hall tomó la mayoría de las fotos para sí mismo. Cuando andaba mal de dinero, vendía unas pocas. Llevaba meses sin trabajar y vivía en su coche.

Tras apartar la primera capa de fotos para exponer las que estaban debajo, me di cuenta de que muchas de las veces que Eva y yo habíamos divisado a un fotógrafo se trataba de Hall.

Me eché hacia atrás, soltando a mi esposa para rodearla luego con el brazo y arrimarla a mí. Hall había estado muy cerca de mi mujer, y ni siquiera lo sabíamos.

—¿Puedo verlas? —dijo Victor.

Las empujé por encima de la mesa, deslizándose primero la capa de arriba. Las fotografías que quedaron expuestas me hicieron erguirme en la silla. Saqué la publicitada imagen de Magdalene y de mí que había desencadenado la tristemente famosa pelea con Eva en Bryant Park. Y otra de Corinne y yo en la fiesta de Vodka Kingsman.

La respiración se me aceleró. Solté a Eva y me senté al borde de la silla para pasar las fotos con ambas manos.

Cary se inclinó hacia adelante para mirar por encima del hombro de Victor.

—¿Ese tipo tenía mala puntería? ¿O confundió a Eva con Monica?

—No estaba acosando a Eva —dije firmemente, dándome cuenta horrorizado. Saqué la foto del club en la que estaba yo con las dos mujeres. Tomada en mayo, había sido antes de que Eva llegara a Nueva York.

Graves respondió a mi interrogante mirada con un gesto de la cabeza.

—Hall está obsesionado con *usted*.

Lo que significaba que yo no sólo había ocultado lo que sabía sobre la vida de Monica, sino que, además, era indirectamente responsable de su muerte.

15

Me acerqué a la mesa, apoyé la mano sobre la espalda de Gideon y sentí la tensión. Su piel estaba caliente bajo el suave algodón de su camiseta y tenía los músculos endurecidos.

Chris entró procedente de la cocina con una bandeja con cuatro tazas humeantes de café, otra más pequeña de leche semidesnatada y un cuenco de azúcar. La dejó cerca de Michna, pues el resto de la superficie de la mesa del comedor estaba cubierto de fotografías.

Los detectives le dieron las gracias y cada uno de ellos cogió una taza. Graves tomaba el café solo. Michna le añadió un poco de leche y azúcar.

Yo solamente había visto a Michna durante la investigación de la muerte de Nathan. A Graves la conocía a un nivel más personal. Había luchado con ella en las clases de Krav Maga de Parker. Creía gustarle o, al menos, pensaba que le caía bien. Además, estaba segura de que era el amor de Gideon hacia mí lo que la había llevado a cerrar el caso de Nathan, pese a que ella seguía teniendo preguntas sin respuesta.

Me reconfortaba el hecho de que los dos detectives estuviesen al cargo.

—A ver si lo he entendido bien —dije abriéndome paso entre la pena que me había estado nublando la mente todo el día—. ¿Este hombre acosaba a Gideon?

Mi padre apartó las fotos.

—¿Hall iba a por mi hija o a por Cross? —inquirió.

—Hall cree que Cross lo ha traicionado —respondió Graves—. Por haberse casado.

Yo me quedé mirándola. No llevaba joyas ni maquillaje, pero era de lo más cautivadora. Pese a haber sufrido golpes por la rutina de su trabajo, seguía mostrando pasión por la justicia, aunque sobrepasase los límites de la ley.

—¿Si no podía tener a Gideon, nadie más podría tenerlo?

—No exactamente. —Miró a Gideon—. Hall cree que tiene un *destino* enlazado al de usted, una especie de pacto cósmico, y que su matrimonio rompe ese pacto que hay entre los dos. Matarlo a usted era el único modo de evitar que su vida fuera en una dirección que él no quería.

—¿Se supone que eso tiene algún sentido? —preguntó Cary a la vez que apoyaba los codos sobre la mesa y se llevaba las manos a la cabeza.

—La fijación de Hall no era sexual —explicó Michna con aspecto desaliñado y cansado tras haber pasado la noche en vela. Aun así, era profunda y desconcertantemente observador. Su compañera iba directa al grano. Él examinaba la periferia—. Ni siquiera romántica. El tipo asegura que es heterosexual.

Graves sacó otra fotografía del expediente y la dejó sobre las demás.

—Los dos conocen a esta mujer.

Anne. Las palmas de las manos se me humedecieron de pronto. El cuerpo de Gideon se tensó como un arco.

—Joder —murmuró Cary con los puños apretados cayendo sobre la mesa con un golpe seco que me sobresaltó.

—La vi anoche —dijo Chris mientras se sentaba junto a Gideon—. Estaba en la cena. Es difícil no fijarse en ese cabello tan pelirrojo.

—¿Quién es? —preguntó mi padre con voz firme y neutra.

—La doctora Anne Leslie Lucas —contestó Graves—. Es la psiquiatra que estaba tratando a Hall, aunque se reunía con él en un segundo despacho, lejos de su consulta principal, bajo el alias de doctora Aris Matevosian.

Gideon dejó escapar un resoplido entre dientes.

—Conozco ese nombre —dijo.

Graves fue directa al grano, mirándolo fijamente.

—¿De qué?

—Un momento. Se lo enseñaré. —Se apartó de la mesa y salió por el pasillo.

Lo observé alejarse y vi cómo *Lucky* salía tras él. El cachorro había estado pegado a mí durante la mayor parte de la mañana, como si pensara que yo lo necesitaba ahora más que Gideon. Algo había cambiado. Y como el barómetro emocional de *Lucky* era más preciso que el mío en ese momento, tenía que prestarle atención.

—¿Alguien me va a explicar quién es la doctora Lucas y su relación con Hall y Monica? —preguntó mi padre.

—Dejemos que Cross nos informe —respondió Michna.

—Tuvieron una relación sexual hace un tiempo —intervine con la esperanza de quitarle a Gideon de los hombros la carga de tener que contarlo. Se sentía avergonzado por lo que había hecho. Yo lo sabía.

Levanté las rodillas hacia el pecho y las rodeé con los brazos para darme calor. Sabía que tenía que elegir con cuidado las palabras. Contar toda la verdad resultaría difícil, teniendo en cuenta la poco favorecedora imagen que mi padre se iba a formar de mi marido.

—Ella terminó confundiendo las cosas y quiso dejar a su esposo —continué—. Así que Gideon cortó. Ella no ha podido superarlo ni pasar página. Se presentó una vez en mi edificio y ha tratado de acercarse a Cary en un par de ocasiones disfrazada con una peluca, fingiendo ser otra persona.

Graves me observaba con una mirada perspicaz.

—Hemos revisado su demanda. Usted y Cross se enfrentaron a ella, por separado, en dos ocasiones distintas.

—Maldita sea, Eva. —Mi padre me fulminó con la mirada con los ojos inyectados en sangre y los párpados enrojecidos—. ¿Por qué hiciste eso?

—¿Sabes una cosa? —le espeté—. Yo sigo sin entender nada. Esa mujer estaba acosando a mi mejor amigo y a mi marido. Le dije que se apartara.

Gideon regresó con el teléfono levantado en el aire para mostrar una fotografía que había hecho.

Michna examinó la imagen.

—Una receta para Corinne Giroux firmada por la doctora Aris Matevosian. ¿Por qué tiene usted esto?

—Hubo un tiempo, hace un par de meses, en que Corinne se volvió un poco errática —contestó Gideon con voz monótona—. Descubrí que había estado viendo a una terapeuta que le había recetado unos antidepresivos que le provocaban constantes cambios de humor. Le saqué una foto a la receta para saber con quién debía ponerme en contacto si seguía teniendo problemas.

Me rodeó con el brazo para que me echara sobre él. En el momento en que lo hice, sentí que se hundía pesadamente sobre la silla, como si abrazarme supusiera para él un enorme alivio. Deslicé mi brazo alrededor de su cintura y noté cómo sus labios se apretaban contra mi frente.

Su pecho retumbaba sobre mi oído al hablar:

—Así que Anne era la psiquiatra de Hall... —dijo con la voz ronca por la fatiga—. ¿Por qué usar un alias?

—Se tenía por una mujer lista —contestó Graves sin rodeos—. Nosotros lo somos más que ella. Y tenemos a Hall, que está muy trastornado pero también se muestra muy colaborador. Ha confesado nada más sentarnos con él. Él también ha sido lo suficientemente listo, o paranoico, como para grabar todas sus sesiones con la doctora Lucas. Hemos encontrado esas grabaciones al registrar su coche.

—¿Ha sido ella la que lo ha incitado a esto? —pregunté para asegurarme de que no la malinterpretaba.

—No creo que Hall pensara que estaba tratando con una persona que llevara segundas intenciones —respondió Michna—. Pero tenía un trabajo, un lugar donde vivir y ningún interés especial en Cross. Anne Lucas lo cameló.

Graves se dispuso a recoger las fotos con la ayuda de su compañero.

—Hall le contó que había dejado los estudios después de que la estafa piramidal de Cross dejara arruinados a sus abuelos. No era algo por lo que él le guardase rencor, pero la doctora Lucas le hizo pensar que su vida y la de Cross encerraban un cierto paralelismo.

—¿Puede ir ella a la cárcel por eso? —Me apreté con más fuerza contra Gideon—. Lo que hizo... es en parte la causa por la que mi madre está... muerta. No puede irse de rositas sin más, ¿no?

—La hemos detenido hace una hora más o menos. —Graves me miraba a los ojos con determinación—. Cuando llegue su abogado intentaremos sacarle algo.

—La oficina del fiscal determinará los cargos —añadió Michna—. Pero las grabaciones de Hall, además de las de las cámaras de seguridad tanto de la doctora Lucas como de Hall saliendo y entrando de su otra consulta, nos proporcionan una causa probable.

—Manténgannos informados —pidió mi padre.

—Por supuesto. —Graves volvió a guardarlo todo en su cartera y miró a Gideon—. ¿Vio usted a la doctora Lucas en la cena?

—Sí —respondió él a la vez que acariciaba mi brazo arriba y abajo—. Eva me la señaló.

—¿Alguno de los dos habló con ella? —preguntó Michna.

—No. —Gideon bajó los ojos hacia mí con una mirada inquisitiva.

—Yo le hice una peineta desde lejos —confesé al recordarla en mi mente borrosa—. Ella sonreía con suficiencia. Quizá por eso había ido allí, para poder ver lo que pasaba.

—Cielo. —Gideon me abrazó contra su cálido cuerpo y el olor de su piel.

—De acuerdo. Por ahora tenemos lo que necesitamos —concluyó Graves—. Tomaremos declaración al señor McLeod sobre el incidente de Westport y nos marcharemos. Gracias por dedicarnos su tiempo.

Dando por terminada la reunión, nos levantamos todos de la mesa.

—Eva. —Graves esperó a que nuestras miradas se cruzaran. Por un momento, no era una simple policía—. Lo siento mucho.

—Gracias. —Cohibida, aparté los ojos de ella.

¿Le extrañaba no verme llorar? Dios sabía que a mí sí. Por muy loca que mi madre me volviera a veces, la quería. ¿No? ¿Qué tipo de hija no siente nada cuando su madre muere?

Angus ocupó la silla que Gideon había dejado y empezó a contar lo que había ocurrido en Westport.

Mi marido me agarró de la mano y me apartó unos metros.

—Necesito hablar un rato contigo.

Fruncí el ceño y asentí.

—Claro.

Me llevó consigo en dirección al dormitorio.

—Cross.

Los dos nos giramos al oír la voz de mi padre.

—¿Sí?

Papá estaba junto al salón con expresión dura y los ojos encendidos.

—Tenemos que hablar —dijo.

—Estoy de acuerdo —contestó Gideon—. Dame solamente cinco minutos con mi esposa.

Continuó adelante sin darle a mi padre la oportunidad de objetar nada. Yo lo seguí hasta nuestro dormitorio con *Lucky* corriendo por delante de nosotros. Vi cómo Gideon cerraba la puerta con los tres dentro. A continuación, me miró fijamente.

—Deberías echarte un rato —le dije—. Pareces cansado. —Y eso me preocupaba. No recordaba haberlo visto nunca tan agotado.

—¿Me ves? —preguntó con voz áspera—. ¿Me estás mirando de verdad?

Mi extrañeza aumentó. Lo miré de los pies a la cabeza. «Ah, se ha vestido para mí. Pensando en mí», me dije.

—Sí.

Extendió la mano en mi dirección y me acarició la cara. Sus ojos atormentados me miraban fijamente.

—Me siento como si fuese invisible para ti.

—Te estoy viendo.

—Yo... —Dejó escapar un profundo suspiro, el pecho se le movía como si acabara de correr varios kilómetros—. Lo siento, Eva. Siento lo de Anne..., lo de anoche...

—Lo sé. —Por supuesto que lo sabía.

Estaba muy enfadado. Mucho más que yo. ¿Por qué? Mi autocontrol no había sido nunca tan bueno como el suyo. Salvo ahora. Desde el momento en que había sabido la verdad, había sentido que en algún lugar dentro de mí aparecía una firmeza heladora. No la comprendía, pero estaba haciendo uso de ella. Para enfrentarme a la policía, y a mi padre, y a Cary, que necesitaban que me mantuviese fuerte.

—Maldita sea. —Se acercó a mí y sujetó mi cara entre las manos—. Grítame. Abofetéame. Por el amor de Dios...

—¿Por qué?

—¿Que por qué? —Se me quedó mirando como si estuviera loca—. ¡Porque todo esto es culpa mía! Anne era mi problema y no supe detenerla. No pude...

—Tú no eres el responsable de sus actos, Gideon —respondí enfadada, frustrada al ver que pensaba eso—. ¿Por qué crees que sí? No tiene lógica.

Sus manos bajaron hasta mis hombros y me sacudió ligeramente.

—¡Eres tú la que no piensa con lógica! ¿Por qué no te has enfadado por no contarte lo de tu madre? Te volviste loca cuando contraté a Mark y no te lo dije. Me dejaste... —La voz se le quebró—. No vas a dejarme por esto, Eva. Lo superaremos. Buscaremos la forma de hacerlo.

—No voy a dejarte. —Le acaricié la cara—. Tienes que dormir, Gideon.

—Dios...

Me abrazó y tomó mi boca, sus labios sobre los míos. Yo lo rodeé con los brazos y le acaricié la espalda para tranquilizarlo.

—¿Dónde estás? —murmuró—. Vuelve conmigo.

Puso la mano sobre mi mentón y apretó suavemente con dedos temblorosos, incitándome a abrir la boca. En el momento en que lo hice, su lengua se deslizó en el interior y me lamió con desesperación. Con un gemido, me levantó con fuerza contra su cuerpo, introduciéndome con insistencia la lengua en la boca.

El calor estalló dentro de mí. La calidez de su piel febril penetró en mi ropa y se introdujo en mi carne. Desesperada porque algo me descongelara, lo besé yo también, acariciando su lengua con la mía.

—Eva... —Las manos de Gideon se movían por todo mi cuerpo, deslizándose por mi espalda y por mis brazos.

Me puse de puntillas para intensificar el contacto de nuestras bocas. Mis manos se introdujeron por debajo de su camisa y él suspiró y arqueó el cuerpo hacia el mío para huir del frío de mis dedos. Yo seguí tocándolo, acariciando su piel, buscando el calor.

—Sí —jadeó dentro de mi boca—. Dios, Eva. Te quiero.

Lamí sus labios, chupé su lengua cuando él lamió los míos. El sonido que emitió fue tanto de dolor como de alivio, y colocó las palmas de las manos sobre mis nalgas para apretarme contra su cuerpo. Yo me aferraba a él, perdida dentro de él. Gideon era lo que necesitaba. No podía pensar en otra cosa cuando me abrazaba.

—Dime que me quieres —susurró—. Que me vas a perdonar. La semana que viene..., dentro de un año..., algún día.

—Te quiero.

Apartó su boca y me abrazó con tanta fuerza que me costaba respirar. Mis pies colgaban sobre el suelo, con mi sien apretada a la suya.

—Lo solucionaré todo —prometió—. Buscaré la forma.

—Shhh... —Estaba allí, en el fondo de mi mente, la consternación. El dolor. Pero no sabía si era por Gideon o por mi madre.

Cerré los ojos, concentrada en aquel olor suyo tan familiar y que tanto adoraba.

—Bésame otra vez —le pedí.

Gideon giró la cabeza y sus labios buscaron los míos. Yo ansiaba que penetrara más, con más fuerza, pero él me lo negaba. Aunque sus primeros besos habían sido voraces y apasionados, éste fue suave, tierno. Gimoteé a modo de protesta, con mis manos metiéndose entre su pelo para acercarlo más.

—Cielo. —Me acarició con la nariz—. Tu padre está esperando.

Dios. Yo quería a mi padre, pero su angustia y su rabia desesperada lo estaban minando, y a mí me estaba machacando. No sabía cómo consolarlo ni tranquilizarlo. Había un vacío dentro de mí, como si no me quedara nada que pudiera ofrecer a nadie. Pero todos me necesitaban.

Gideon me dejó de nuevo en el suelo y estudió mi cara.

—Permíteme estar a tu lado. No me excluyas.

—No es mi intención. —Aparté los ojos hacia el baño. «Hay una toalla en el suelo. ¿Por qué está ahí?»—. Algo va mal.

—Sí. Todo —dijo él con expresión seria—. Todo es una mierda. No sé qué hacer.

—No. Algo va mal dentro de mí.

—Eva, ¿cómo puedes decir eso? No hay nada malo en ti. —Volvió a coger mi cara entre las manos y la movió para que lo mirara.

—Te has cortado. —Toqué la pequeña mancha de sangre seca de su mentón—. Eso tampoco lo haces nunca.

—¿Qué está pasando en esa cabecita tuya? —Me envolvió con un abrazo—. No sé qué hacer —repitió—. No sé qué hacer.

Gideon seguía agarrando mi mano cuando regresamos al salón.

Mi padre levantó la vista desde el sofá y se puso de pie. Unos vaqueros gastados. Una camiseta descolorida de la Universidad de San Diego. La sombra de la barba incipiente en su fuerte mentón recto.

Gideon se había afeitado. ¿Por qué no lo había pensado cuando vi su corte en el mentón? ¿Por qué no me había dado cuenta de que se había quitado el esmoquin?

Algunas cosas acudían a mí con extraña claridad. Otras permanecían perdidas en medio de la niebla que inundaba mi mente.

Los detectives se habían ido. Cary estaba acurrucado junto al brazo del sofá, profundamente dormido, con la boca entreabierta. Pude oír que roncaba suavemente.

—Podemos pasar a mi despacho —dijo Gideon mientras me soltaba de la mano para indicar el pasillo.

Con un leve asentimiento, mi padre rodeó la mesa.

—Tú primero —dijo.

Gideon empezó a andar. Yo me dispuse a seguirlo.

—Eva. —La voz de mi padre me detuvo y me giré—. Necesito hablar con Cross a solas.

—¿Por qué?

—Tengo que decirle ciertas cosas que no tienes por qué oír.

Yo negué despacio con la cabeza.

—No.

Él soltó un resoplido de frustración.

—No vamos a discutir sobre esto.

—Papá, no soy una niña. Lo que sea que tengas que decirle a mi marido tiene que ver conmigo, y creo que debería estar presente.

—Yo no pongo ninguna objeción —dijo Gideon volviendo a mi lado.

La expresión de mi padre se tensó, sus ojos moviéndose de uno a otro.

—Está bien —asintió finalmente.

Los tres entramos en el despacho de Gideon. Chris estaba sentado a la mesa, hablando por teléfono. Se incorporó y se puso de pie cuando entramos.

—Cuando termines —le dijo a quienquiera que fuera con quien estuviera hablando—. Te lo explicaré cuando te vea. De acuerdo. Hablamos luego, hijo.

—Necesito mi despacho un minuto —le dijo Gideon cuando colgó.

—Claro. —Nos miró a los tres con expresión de preocupación—. Sacaré unos platos y cosas para almorzar. Todos tenemos que comer algo.

Chris salió del despacho y mis ojos se volvieron hacia mi padre, que estaba contemplando el *collage* de fotos de la pared. La del centro era yo, durmiendo. Era una imagen íntima, la clase de foto que un hombre toma para recordar las cosas que ha hecho con su amante antes de que se quede dormida.

Miré las demás fotografías. Me fijé en la mía con Gideon en un evento, que ahora supe que había tomado Hall. Aparté la cabeza al sentir un hormigueo que me recorría la espalda.

¿Miedo? Hall se había llevado a mi madre de mi lado, pero a quien de verdad quería era a Gideon. Ahora yo podría estar lamentando la muerte de mi marido. Sentí un calambre en el estómago al pensarlo y me encorvé hacia adelante.

—Cielo. —Acudió a mi lado en un instante e hizo que me sentara en una de las dos sillas que había frente al escritorio.

—¿Qué te pasa? —Mi padre también se acercó con ojos desolados. Estaba asustado por mí, más preocupado de lo necesario.

—Estoy bien —los tranquilicé, aunque busqué la mano de Gideon y la apreté con fuerza.

—Tienes que comer —dijo él.

—Y tú también —repliqué—. Cuanto antes acabéis los dos, antes podremos hacerlo.

La simple idea de la comida me daba náuseas, pero no lo dije. Ya estaban los dos bastante preocupados por mí.

Mi padre se incorporó.

—He hablado con mi familia —le dijo a Gideon—. Aún quieren venir para acompañar a Eva. Y a mí.

Gideon se sentó a medias en el borde del escritorio y se pasó una mano por el pelo.

—De acuerdo. Los traeremos en avión directamente hasta Carolina del Norte. Tendremos que acordar el plan de vuelo.

—Te lo agradecería —contestó mi padre a regañadientes.

—Está bien. No te preocupes.

—Entonces ¿por qué pareces preocupado tú? —le pregunté a Gideon al ver su ceño fruncido.

—Es sólo que... Ahora mismo la calle es un manicomio. Podemos hacer que tu familia entre por el garaje, pero si llega a saberse que están en Nueva York, puede que tengan que enfrentarse a los medios de comunicación y a los fotógrafos en su hotel o en cualquier otro sitio de la ciudad al que vayan.

—No vienen de turismo —espetó mi padre.

—No es a eso a lo que me refiero. —Gideon suspiró agotado—. Sólo estoy pensando en voz alta. Lo solucionaré. Déjalo de mi cuenta.

Me imaginé lo que debía de haber abajo, en la puerta. Imaginé a mi abuela y a mis primos enfrentándose a algo así. Negué con la cabeza y tuve un momento de lucidez.

—Si quieren venir, deberíamos ir a los Outer Banks, como habíamos planeado. Ya tenemos las habitaciones reservadas para ellos. Allí estaremos tranquilos y tendremos privacidad.

De repente deseaba estar en la playa, notar el viento en mi pelo, las olas rodeando mis pies desnudos. Allí me había sentido viva. Quería volver a sentirlo.

—Habíamos contratado un servicio de catering. Habrá comida y bebida para todos.

Gideon me miró.

—Le diré a Scott que hable con Kristin. Lo habíamos cancelado todo.

—No han pasado más que unas horas. Probablemente el hotel no ha reservado todas esas habitaciones en tan corto espacio de tiempo. Y la comida ya estará medio preparada.

—¿De verdad quieres ir a la casa de la playa? —me preguntó en voz baja.

Asentí. Allí no había recuerdos de mi madre, como sí los había en la ciudad. Y, si quería salir a dar un paseo, nadie me molestaría.

—De acuerdo —dijo Gideon—. Yo me encargo.

Miré a mi padre con la esperanza de que ese plan le pareciera bien.

Estaba a mi lado, con los brazos cruzados, mirándose los pies.

—Lo que ha pasado lo cambia todo —dijo por fin—. Para todos nosotros. Quiero mudarme a Nueva York.

Sorprendida, miré a Gideon y, después, de nuevo a él.

—¿En serio?

—Tardaré algún tiempo en arreglar lo del trabajo y vender la casa, pero voy a ponerlo todo en marcha. —Me miró—. Necesito estar más cerca de ti, no al otro lado de este maldito país. Eres lo único que tengo.

—Pero, papá, tú estás loco por tu trabajo.

—Lo estoy más por ti.

—¿En qué vas a trabajar? —preguntó Gideon.

Había algo en su tono que atrajo mi atención hacia él. Se giró un poco para mirarnos mejor. Levantó una pierna hacia la mesa y cruzó las manos sobre ella. Miraba a mi padre con avidez. No había en su rostro la sorpresa que yo sentía.

—De eso es de lo que quería hablar —dijo mi padre con expresión seria en su hermoso rostro.

—Eva necesita un jefe de seguridad en exclusiva —se le adelantó Gideon—. Estoy abusando hasta el límite de Angus y de Raúl, y mi esposa necesita su propio equipo de seguridad.

Me quedé con la boca abierta mientras asimilaba lo que mi marido había propuesto.

—¿Qué? No, Gideon.

Él me miró sorprendido.

—¿Por qué no? Sería lo ideal. No puedo confiar en que nadie te vaya a proteger mejor que tu propio padre.

—Porque es... raro, ¿vale? Mi padre se basta solo. Resultaría incómodo que estuviera en la nómina de mi marido. No es..., no está bien.

—Angus es lo más parecido a un padre que he tenido

nunca —respondió él—. Y tiene el mismo trabajo. —Levantó la mirada hacia mi padre—. No lo tengo en peor estima. Y, como jefe de una empresa de la que tengo participación mayoritaria, también puede decirse que Chris trabaja para mí.

—Eso es distinto —insistí.

—Eva. —Mi padre me apoyó una mano en el hombro—. Si a mí me parece bien, deberías aceptarlo.

Lo miré con los ojos muy abiertos.

—¿Hablas en serio? ¿Se te había ocurrido esto antes de que él lo mencionara?

Asintió, aún con gesto lúgubre.

—Llevo pensándolo desde que me llamó para contarme... lo de tu madre. Cross tiene razón. No confío en nadie más que en mí mismo para mantenerte a salvo.

—¿A salvo de qué? Lo que pasó anoche... no es algo habitual.

No podía pensar lo contrario. ¿Vivir con el miedo de que Gideon pudiese estar en peligro en cualquier momento? Eso me volvería loca. Y, desde luego, no podría soportar tener a mi padre en la línea de fuego.

—Eva, te he visto más en la televisión, en internet y en las revistas que en persona durante todo este último año y, durante la mayor parte de ese tiempo, he estado viviendo en San Diego. —Su gesto se endureció—. Dios no quiera que corras nunca ningún peligro, pero no puedo correr el riesgo. Además, Cross está planeando contratar a alguien de todos modos. Podría ser yo mismo.

—¿De verdad lo estabas pensando? —pregunté mirando a Gideon.

Él asintió.

—Sí. Lo tenía en mente.

—No me gusta.

—Lo siento, cielo. —Por su tono supe que tendría que hacerme a la idea.

Mi padre se cruzó de brazos.

—No voy a aceptar ninguna ventaja ni compensación por encima de lo que les pagues a los demás.

Gideon se puso de pie y rodeó el escritorio. Luego abrió un cajón para sacar unos papeles sujetos por un clip.

—Angus y Raúl están de acuerdo en que te muestre sus salarios. También he redactado con qué puedes contar, para empezar.

—No me lo puedo creer —protesté—. ¿Tenías pensado todo esto y no me lo has dicho?

—He estado haciéndolo esta mañana. No ha surgido antes, y no iba a decir nada a menos que tu padre hablara de mudarse a la ciudad.

Así era Gideon Cross. Nunca se le pasaba una.

Mi padre cogió los papeles, leyó detenidamente la primera página y, después, miró a mi marido con incredulidad.

—¿Esto es de verdad?

—Piensa que Angus lleva más de media vida conmigo. También tiene bastante formación en operaciones encubiertas y militares. En pocas palabras, se lo ha ganado. —Gideon vio cómo mi padre pasaba a la otra página—. Raúl lleva menos tiempo conmigo, así que no se encuentra en la situación de Angus... todavía. Pero también tiene bastante formación y talento.

Mi padre soltó un suspiro cuando pasó a la siguiente página.

—Vale, esto es...

—Más de lo que probablemente esperabas, pero esa hoja de cálculo te ofrece la información que necesitas para estimar la compensación ofrecida en comparación con mis otros jefes de seguridad. Puedes ver que es justa. Está calculada con la expectativa de que accederás a recibir mayor formación y pedirás los permisos, las licencias y los registros necesarios.

Vi que mi padre echaba los hombros hacia atrás y levantaba el mentón a la vez que la expresión empecinada de su boca se suavizaba. Lo que fuera que hubiese visto lo consideraba un desafío.

—De acuerdo —dijo.

—Habrás visto que se incluye una asignación para alojamiento —continuó Gideon con absoluta actitud de empresario poderoso a pesar de su tono despreocupado—. Si lo deseas, hay un apartamento junto al que era de Eva que está disponible y amueblado.

Me mordí el labio inferior al saber que estaba hablando del apartamento que él había ocupado cuando Nathan había supuesto una amenaza. Nos habíamos visto allí a escondidas durante semanas mientras fingíamos que ya no estábamos juntos.

—Lo pensaré —dijo mi padre.

—Otra cosa en lo que debes pensar es en el hecho de que tu hija es mi mujer —continuó Gideon—. Desde luego, tendremos presente el papel personal que tienes en la vida de Eva y lo respetaremos. Sin embargo, respetar tu posición como padre significa que no seremos descarados, pero no que no tengamos nuestra intimidad.

«Dios mío». Me encogí de hombros avergonzada y fulminé con la mirada a Gideon. También lo hizo mi padre.

Papá tardó un largo rato en relajar la mandíbula y responder:

—Lo tendré en mente mientras considero todo esto.

Gideon asintió.

—De acuerdo. ¿Hay alguna otra cosa de la que debamos hablar?

Mi padre negó con la cabeza.

—Ahora mismo, no.

Me crucé de brazos mientras pensaba que yo sí tendría que decir algo más en algún momento.

—Cielo, ya sabes dónde encontrarme cuando estés lista

para entrar al ataque. —Mi marido me ofreció la mano—. Mientras tanto, vamos a darte algo de comer.

El doctor Petersen apareció alrededor de las tres con expresión algo nerviosa. Atravesar a la multitud que se agolpaba en la acera para entrar en el vestíbulo había resultado claramente difícil. Gideon le presentó a todos mientras yo miraba, tratando de interpretar su reacción al conocer a las personas sobre las que había oído cosas tan íntimas.

Habló conmigo brevemente para ofrecerme sus condolencias. Le había gustado mi madre y, a menudo, para disgusto mío, se mostraba algo indulgente con respecto a su comportamiento neurótico. Vi con claridad lo afectado que estaba por su pérdida, y eso hizo que me preguntara cómo me estaría viendo él. Evidentemente, él no podía saber cómo me sentía. Me esforcé por responder a sus preguntas sobre cómo me encontraba.

Petersen habló con Gideon durante mucho más rato cuando se retiró con mi marido al comedor, donde conversaron en voz baja.

Pero no demasiado tiempo. Gideon se giró hacia mí y supe que su conversación había terminado. Acompañé al doctor al vestíbulo y lo vi salir, pero no antes de haber visto mi bolso en una mesita rinconera.

Cuando recuperé mi teléfono, vi las docenas de llamadas perdidas y de mensajes. Megumi, Will, Shawna, el doctor Travis..., incluso Brett. Abrí los mensajes, y ya había empezado a enviar respuestas cuando el teléfono vibró en mi mano con una llamada. Leí el nombre en la pantalla, levanté los ojos hacia Cary y vi que estaba hablando con mi padre. A continuación, fui por el pasillo hacia el dormitorio.

A través de las ventanas pude ver cuánto había avanzado la tarde. Oscurecería dentro de pocas horas y el primer día sin mi madre habría terminado.

—Hola, Trey.

—Eva, yo..., probablemente no debería entrometerme en un momento así, pero he visto la noticia y te he llamado antes de que me diera tiempo a pensar que era una mala idea. Sólo quería decirte cuánto lo siento.

Me senté en uno de los sillones de lectura, negándome a pensar en lo que los titulares debían de estar diciendo en ese momento.

—Gracias por pensar en mí —repuse.

—No doy crédito a lo que ha pasado. Si hay algo que pueda hacer, por favor, dímelo.

Dejé que el peso de mi cabeza cayera contra el respaldo y cerré los ojos. Recordé el hermoso rostro de Trey, sus amables ojos color avellana y el pequeño bulto de su nariz que indicaba que se la habían roto en el pasado.

—Oye, Trey, no quiero que te sientas culpable, pero debes saber que mi madre significaba mucho para Cary. Era como una madre adoptiva para él. Lo está pasando muy mal en este momento.

Suspiró.

—Lo siento mucho.

—He querido llamarte... antes. —Acurruqué las piernas y me senté sobre ellas—. Para ver cómo estabas, pero también..., bueno, hay algo más. Quería decirte que sé que tienes que hacer lo que sea mejor para ti. Dicho lo cual, si estás pensando que quizá te gustaría tener algo con Cary, deberías decidirte pronto. Esa puerta se está cerrando.

—Deja que adivine: se está viendo con alguien —dijo con frialdad.

—No. Justo lo contrario. Está dedicándose un tiempo a sí mismo, a reconsiderar lo que quiere. Sabes que rompió con Tatiana, ¿no?

—Eso es lo que dice.

—Si no confías en que él te esté diciendo la verdad, lo mejor es que hayáis roto.

—Lo siento. —Emitió un leve sonido de frustración—. No era eso lo que quería decir.

—Cary se está reconciliando consigo mismo, Trey. Muy pronto estará listo para pasar página. Deberías pensarlo.

—Lo único que hago es pensar en ello. Aún no sé cuál es la respuesta.

Me froté el espacio que había entre mis cejas.

—Quizá no te estés haciendo la pregunta adecuada. ¿Estás más feliz con él o sin él? Si te respondes a eso, creo que lo demás quedará más claro.

—Gracias, Eva.

—Por si te sirve de algo, tú y yo tomamos un camino parecido. Gideon y yo siempre dijimos que íbamos a conseguir que funcionara, pero eso fue..., no sé... —Busqué las palabras entre la niebla de mi mente—. Una bravuconería. Tozudez. Fue parte de nuestro problema, sabíamos que era un castillo de naipes. No estábamos dando los pasos para convertirnos en una pareja sólida. ¿Eso tiene sentido?

—Sí.

—Pero los dos hicimos grandes cambios, lo mismo que ha hecho Cary por ti. Y grandes concesiones.

Noté que mi marido entraba en la habitación y abrí los ojos.

—Ha merecido la pena, Trey —añadí en voz baja—. Ya no se trata de querer hacerse ilusiones. Seguimos sufriendo golpes, hay gente que nos sigue complicando las cosas, pero cuando decimos que vamos a superarlo todo, no hay nada como la verdad.

—¿Me estás diciendo que le dé a Cary otra oportunidad?

Extendí la mano hacia Gideon y sentí una suave excitación en mi pecho cuando se acercó a mí.

—Lo que te estoy diciendo es que te van a gustar los cambios que está haciendo. Y, si te reúnes con él en mitad del camino, verás que el viaje ha merecido la pena.

Chris se marchó para cenar con Christopher poco después de las seis. Por alguna razón, él y Gideon intercambiaron una larga mirada cuando mi marido lo acompañó a la puerta. Sin embargo, lo dejé pasar sin pedir ninguna explicación. Su relación había cambiado. El recelo con el que solían verse había desaparecido. De ningún modo iba yo a cuestionarlo ni a hacer que Gideon pensara mucho en ello. Había llegado el momento de que tomara decisiones con el corazón.

Mi padre y Cary se fueron alrededor de las nueve y se dirigieron a mi antiguo apartamento, pues allí había espacio para los dos y no el suficiente en el ático.

¿Dormiría mi padre en la cama donde le había hecho el amor a mi madre por última vez? Y, si lo hacía, ¿cómo iba a soportarlo? Cuando Gideon y yo estuvimos separados, tuve que quedarme en casa de Stanton. Mi habitación guardaba demasiados recuerdos de Gideon, y lo último que necesitaba era atormentarme con evocaciones de lo que quería más que a nada pero que temía no poder tener.

Mi marido recorrió el ático apagando luces y *Lucky* lo siguió todo el rato. Yo veía a Gideon moverse con un caminar más pesado de lo habitual. Estaba muy cansado. No tenía ni idea de cómo había podido aguantar todo el día, teniendo en cuenta lo ocupado que había estado durante la mañana coordinándolo todo con Kristin, respondiendo a las ocasionales llamadas de Scott y poniendo al día a Arash sobre la visita de la policía.

—Cielo. —Extendió su mano hacia mí.

Me quedé mirándola un momento. Durante todo el día me había estado ofreciendo su mano, un gesto que, en realidad, era muy simple pero poderoso. «Estoy aquí. No estás sola. Podemos pasar por esto juntos».

Me levanté del sofá donde estaba sentada, entrelacé mis dedos con los suyos y dejé que me llevara al dormitorio y, después, al baño. Allí, realicé casi la misma rutina que él. Me lavé los dientes y la cara. Gideon añadió el paso de tomarse una de las pastillas que el doctor Petersen le había recetado y dejé que me desvistiera antes de deslizarme otra camiseta por la cabeza. Luego me arropó con un beso tierno y lento.

—¿Adónde vas? —le pregunté cuando se apartó.

—A ningún sitio. —Se desnudó con rápida eficacia y se dejó puesto el bóxer. A continuación, se metió conmigo en la cama, ayudó a *Lucky* a subirse y, después, apagó la luz.

Se dio la vuelta hacia mí, me agarró de la cintura y me apretó contra sí, adaptando su cuerpo al mío. Yo solté un pequeño gemido al sentir su calor y me estremecí a la vez que él combatía el frío de mis huesos.

Cerré los ojos y me concentré en el sonido y en la sensación de su respiración. En pocos segundos, cayó en el ritmo regular del sueño.

El viento sopla entre mi pelo mientras camino por la playa y mis pies se hunden en la arena a la vez que las olas borran cada paso. Delante de mí, veo las erosionadas tejas de la casa de la playa que Gideon compró para los dos. Está posada por encima de la marea sobre altos pilotes, y desde sus muchas ventanas se ve el mar. Las gaviotas dan vueltas, sueltan graznidos por encima de mí con sus rápidos chapuzones y planean inmóviles como en una danza en la brisa teñida de sal.

—No me puedo creer que vaya a perderme el banquete.

Giro la cabeza y veo a mi madre caminando a mi lado. Lleva el mismo vestido elegante con el que la vi por última vez. Está muy guapa, realmente impresionante. Los ojos me queman cuando la miro.

—Todos nos lo vamos a perder —le digo.

—Lo sé. Con todo lo que me he esforzado para prepararlo. —Me mira y las puntas de su pelo ondean sobre su mejilla—. Conseguí darle algunos toques de rojo.

—¿Ah, sí?

Eso me hace sonreír, a pesar del dolor. Me quiere de la mejor forma que puede hacerlo. Sólo porque no sea siempre del modo que yo quiero que lo haga no significa que no lo valore.

—Aunque la verdad es que es un color llamativo para una boda. Ha sido difícil.

—En cierto modo, es culpa tuya, ¿sabes? —replico—. Por haber comprado ese vestido rojo que me puse la primera noche que salí con Gideon en plan cita.

*—¿*Eso *fue lo que te inspiró? —Niega con la cabeza—. La próxima vez deberías elegir un color más suave.*

—No va a haber una próxima vez. Gideon es el hombre de mi vida. —Cojo una concha y, a continuación, la vuelvo a lanzar al agua, de donde ha venido—. Ha habido veces en las que no estaba segura de que lo conseguiríamos, pero ya no me preocupa. Éramos nosotros nuestros peores enemigos, pero hemos soltado el lastre que nos retenía.

—Se supone que los primeros meses deben ser los más fáciles. —Mi madre baila un poco por delante de mí y me dedica una elegante pirueta—. El cortejo, los fabulosos viajes, las centelleantes joyas...

Suelto un bufido.

—Para nosotros no ha sido fácil. El principio ha sido lo más escabroso. Pero cada día se ha ido volviendo más llano.

—Vas a tener que ayudar a tu padre para que encuentre a alguien —dice. Esta vez, el tono aniñado y alegre ha desaparecido de su voz—. Lleva mucho tiempo solo.

—Eres difícil de igualar. Él sigue queriéndote.

Me lanza una triste sonrisa y, después, mira hacia el agua.

—Yo conseguí a Richard. Es un hombre muy bueno. Ojalá pueda volver a ser feliz.

Pienso en mi padrastro y me preocupo. Mi madre lo era todo para él. ¿Dónde va a encontrar la alegría ahora que ella no está?

—Nunca seré abuela —dice pensativa—. He muerto joven y en la flor de la vida. No es tan malo, ¿no?

—¿Cómo puedes preguntarme eso? —Dejo que las lágrimas fluyan.

He pasado todo el día buscando en mi alma la razón por la que no podía llorar. Ahora que las lágrimas han aparecido, las agradezco. Siento como si de pronto se hubiese abierto una presa.

—No llores, cariño. —Se detiene y me abraza, y el aire que respiro se inunda de su perfume—. Ya verás que...

Me desperté ahogando un grito, con el cuerpo retorcido por una fuerte sacudida de sorpresa. *Lucky* gimoteó y me dio con sus patitas, amasándome el vientre. Yo le acaricié su cabeza aterciopelada con una mano y, con la otra, me froté los ojos, pero estaban secos. El dolor de mi sueño ya se había diluido en un recuerdo lejano.

—Ven aquí —murmuró Gideon, y su voz fue como un faro cálido en medio de nuestro dormitorio iluminado por la luna.

Sus brazos me rodearon y volvieron a atraerme hacia su cuerpo.

Me giré hacia él, busqué su boca y la encontré y me zambullí en su interior con un profundo y delicioso beso. La sorpresa hizo que se quedara inmóvil por un momento y, después, la palma de su mano se apoyó en la parte posterior de mi cabeza, sujetándome a la vez que él tomaba el control.

Enredé mis piernas con las suyas y sentí la áspera mata de pelo, la deliciosa calidez de su piel y los poderosos músculos que había debajo. El suave y rítmico acariciar de su lengua me calmó y me excitó. Nadie besaba como Gideon. El persuasivo deseo de su boca era ardientemente sexual, pero también tierno, reverente. Sus labios eran tan firmes como suaves, y se sirvió de ellos para provocarme, para rozar los míos con delicadeza.

Metí la mano entre los dos y agarré su miembro, acariciándolo con un deseo que respondía al suyo. Se agrandó con mi tacto y se alargó hasta que su ancho capullo apareció bajo la cintura elástica de su bóxer. Soltó un gruñido y su cadera embistió contra mi mano.

—Eva...

Oí la pregunta que había en el modo en que pronunció mi nombre.

—Hazme sentir —susurré.

Deslizó la mano por debajo de mi camiseta y sus dedos se movieron como una ligera pluma por mi vientre hasta que tocó mi pecho. Apretó y la carne deseosa se hinchó antes de que sus hábiles dedos me agarraran el pezón. Con un gran conocimiento de mi cuerpo, Gideon lo movió en círculo y tiró de la dura punta. Aquella presión implacable me provocó oleadas de deseo.

Gemí excitada, desesperada. Apreté las piernas alrededor de él para poder frotar mi sexo húmedo contra su pierna.

—¿Se está quejando tu precioso coño, cielo? —Mordisqueó la comisura de mis labios y sus palabras me sedujeron—. ¿Qué es lo que necesita? ¿Mi lengua..., mis dedos..., mi polla?

—Gideon... —gimoteé con descaro cuando se apartó.

Mis brazos se extendieron hacia él cuando se levantó por encima de mí. Emitió un leve siseo de consuelo y dejó a *Lucky* con cuidado en el suelo. Después, puso las manos sobre mi cadera para bajarme la ropa interior por las piernas.

—Todavía no me has respondido, Eva. ¿Qué quieres que meta en tu coñito glotón? ¿Todo lo que he dicho?

—Sí —susurré—. Todo.

Un momento después, mis piernas estaban levantadas en el aire y su oscura cabeza bajaba hacia la sensible carne de mi entrepierna.

Contuve la respiración expectante. Como estaba doblada, no podía ver...

El caliente y húmedo terciopelo de su lengua se deslizó entre los tiernos pliegues de mi sexo.

—Oh, Dios. —Combé mi cuerpo hasta convertirlo en un rígido arco.

Gideon ronroneó. Yo me removí en un intento por levantar la cadera hasta el éxtasis de su traviesa boca. Sujetó mis piernas para dejarme inmóvil a la vez que me saboreaba al ritmo que él deseaba, lamiéndome por encima y alrededor de la resbaladiza abertura..., mofándose de mi ansia de sentir su lengua dentro de mí. Colocó sus labios alrededor de mi palpitante clítoris y su boca chupó mientras su lengua acariciaba ese punto tan sensible y placentero.

—Por favor... —No me importaba suplicar. Cuanto más le daba, más me devolvía él.

Pero me hacía esperar mientras me saboreaba, su pelo rozaba la tierna piel de la parte posterior de mis muslos y su lengua me masajeaba el clítoris con una leve presión.

Apreté las manos contra mi cara.

—Cómo me gusta... No pares...

Abrí la boca cuando él lamió más abajo e introdujo una pequeña parte en mi interior... Después, más abajo, bordeando la roseta que se estremecía bajo su sedosa caricia.

—¡Ah! —jadeé, casi loca por aquella oleada de sensaciones tras haber pasado horas adormecida.

Su gemido hizo que me atravesara un escalofrío. Mi cuerpo se sacudió cuando por fin me dio lo que quería, su lengua dura entrando en mi escurridiza fuente de calor con un embate lento y delicioso.

—Sí... —jadeé—. Fóllame.

Su boca era exquisita, el manantial de todo placer y tormento. Y su lengua se retorcía en su sensual asalto, zambulléndose entre mis delicados y apretados músculos.

Gideon me engullía con tensa concentración, con tanta avidez y ansia que yo me retorcía con el increíble éxtasis que me invadía todo el cuerpo. Sentí una presión y, después, su dedo pulgar se introdujo por la parte de atrás y empezó a follarme la tierna abertura. Esa sensación de plenitud contrastaba con los envites rítmicos de su lengua. Mi coño se puso en tensión. Estaba acercándome al precipicio del orgasmo.

Grité su nombre con mi cuerpo en llamas, mi piel caliente y húmeda. Estaba llena de placer, ardiendo con él. El clímax me destrozó, me hizo añicos. Pero Gideon era incansable, y su lengua se deslizó hacia arriba para atacar mi clítoris. Un orgasmo se mezcló con el siguiente.

Gimoteando y corriéndome con fuerza una y otra vez, apreté los puños sobre mis ojos.

—No más —supliqué con voz ronca y mis piernas temblando mientras mi coño lanzaba espasmos con otra oleada—. No puedo soportar más.

Sentí que el colchón se hundía cuando él se movió y me sujetó los tobillos con una mano. Oí el chasquido del elástico de su bóxer al bajárselo.

—¿Cómo lo quieres? —preguntó amenazante—. ¿Lento y suave? ¿Rápido y duro?

Dios mío...

Pude responder a través de mis labios resecos.

—Muy dentro. Fuerte.

Se colocó sobre mí y echó mis piernas hacia atrás hasta que quedé doblada por la mitad.

—Te quiero —dijo entonces en un tono fuerte y áspero.

El exuberante capullo de su gruesa polla se introdujo en mi sexo, acariciando los tejidos ya hinchados y tiernos.

Doblada, con las piernas unidas por mis bragas alrededor de las rodillas, sentí cómo se tensaba dentro de mí, tan grande. Su cintura me presionaba y mi carne sensible ardía con la fuerza de su dominación. Aún tenía que darme más.

Pronunció mi nombre con un gemido y balanceó la cadera, entrando y saliendo, metiendo su miembro más adentro.

—¿Lo notas, cielo? —preguntó con la voz ronca por el deseo.

—Tú eres lo único que noto —respondí entre gemidos, ansiosa por moverme, por recibir más. Pero él me mantenía inmóvil a la vez que su cuerpo me follaba con una habilidad destructiva.

Lo sentía... tan duro..., con sus embates incesantes y pausados.

Mis dedos se agarraron a las sábanas. Mi sexo ondeaba frenéticamente alrededor de su polla, agarrando la ancha cabeza con una codicia voraz. Cada vez que se retiraba me sentía vacía, y cada deslizamiento de su grosor me provocaba un placer que recorría mis venas como si fuese una droga.

—Dios, Eva...

Gideon se cernía sobre mí bajo la luz de la luna como un enigmático ángel caído.

Su hermoso rostro estaba endurecido por el deseo, y sus ojos me miraban relucientes. Sus brazos rígidos por el implacable apetito, su torso cincelado por la tensión de sus músculos.

—Si sigues succionando mi polla con ese coño tuyo tan prieto vas a conseguir que me corra. ¿Es eso lo que quieres, cielo? ¿Quieres que te llene del todo?

—¡No! —exhalé rápidamente, deseando que mi sexo calmara su dureza ansiosa.

Movió la cadera para empujar de nuevo dentro de mí y suspiró entre dientes mientras yo lo recibía en mi interior.

—Joder, Eva. A tu coño le encanta mi polla.

Se agarró al cabecero y se colocó encima de mí, con mis piernas atrapadas entre ambos. Completamente expuesta y recostada para darle placer, me desesperaba por no poder hacer nada más que mirar cómo enderezaba la cadera y hundía dentro de mí los últimos centímetros de su verga.

El sonido que salió de mi cuerpo fue como un fuerte lamento, con un placer tan intenso que casi me dolió. En la distancia, oí que Gideon maldecía, y sentí cómo su poderoso cuerpo se estremecía.

—¿Estás bien? —espetó con los dientes apretados.

Traté de contener la respiración y mis pulmones se expandieron cuanto pudieron.

—Eva —dijo mi nombre con un gruñido—. ¿Estás... bien?

Incapaz de hablar, agarré sus caderas y mis dedos se aferraron a sus calzoncillos. Tuve un momento para pensar en lo sensual que era aquello, que Gideon no se hubiese molestado en desvestirnos a ninguno de los dos...

Entonces, empezó a follarme, bombeando su cadera con un ritmo incesante mientras su larga polla se zambullía y salía desde la base hasta la punta con rápidas embestidas. Apoyaba todo su peso en los brazos y en las puntas de sus pies y se introducía en mí, clavándome al colchón con su rígido miembro.

Me corrí con tanta fuerza que la visión se me nubló, y mi cuerpo recibió un placer tan intenso que me quedé inmóvil, suspendida en medio de las fuertes oleadas de sensación erótica.

Estaba desbordada por la ferocidad de mi orgasmo. Sentí un hormigueo de la cabeza a los pies. Gideon se detuvo cuando estaba introduciéndose, triturándome, proporcionándole a mi cuerpo la dura longitud de su verga para que yo lo amarrara. Mi sexo se movía con espasmos de éxtasis alrededor de la deliciosa dureza, aferrándose a ella con ansia.

—Joder —espetó—. Qué bien me estás ordeñando la polla.

Me agité con fuerza tratando de respirar.

En el momento en que me hundí en el colchón, saciada, sacó su polla de mi temblorosa raja y se levantó de la cama.

Me sentí despojada y levanté la mano hacia él.

—¿Adónde vas?

—Espera. —Se quitó del todo el bóxer.

Seguía empalmado, con la polla orgullosamente levantada, humedecida por mi orgasmo, pero yo no me había mojado con el suyo.

—No te has corrido —señalé.

Me sentía demasiado lánguida como para ayudarlo a que me quitara la ropa interior. Él deslizó entonces una mano por debajo de mi espalda, me levantó y me quitó la camiseta por la cabeza.

Sus labios me rozaron la frente.

—Tú lo querías rápido y fuerte. Yo, lento y suave.

Se puso encima de mí de nuevo, esta vez acomodándose entre mis brazos y mis piernas abiertos. En el momento en que noté su peso, su calor, su deseo, me di cuenta de lo mucho que deseaba también que lo hiciese lento y suave. Entonces, aparecieron las lágrimas por fin, liberadas por el calor de su pasión y la calidez de su amor.

—Lo eres todo para mí —dije con las palabras entrecortadas por las lágrimas.

—Eva...

Movió la cadera, metió la punta de su verga dentro de mi coño y empujó con suavidad, tomándose su tiempo y moviéndose con cuidado para llenarme de él. Sus labios se movían sobre los míos y la caricia de su lengua era, de algún modo, más erótica que el deslizamiento de su polla.

—Abrázame —susurró mientras curvaba los brazos bajo mis hombros y colocaba las palmas de las manos en la parte posterior de mi cabeza.

Me agarré a él con más fuerza. Sus nalgas se flexionaron contra mis pantorrillas a la vez que se introducía en mí y las manos se me llenaron de su sudor al acariciarle la espalda.

—Te quiero —murmuró secándome las lágrimas con los dedos—. ¿Lo sientes?

—Sí.

Vi cómo el placer inundaba su rostro al moverse dentro de mí.

Lo agarré mientras gemía, todo su cuerpo estremeciéndose con un orgasmo.

Le limpié las lágrimas con mis besos mientras lloraba en silencio conmigo.

Y dejé escapar mi pena bajo el cobijo de sus brazos, sabiendo que, en la alegría y en la pena, Gideon y yo éramos uno solo.

—Este lugar es increíble. —Cary apoyó las manos en la barandilla que rodeaba la cubierta que daba a la playa. Las gafas de sol cubrían sus ojos mientras el viento jugaba con su pelo—. La casa es estupenda. Me siento como si estuviéramos lejos de todo el mundo. Y las vistas..., joder, impresionantes.

—¿Verdad? —Apoyé el trasero contra la barandilla mirando hacia la casa. A través de las puertas correderas de cristal, vi a la familia Reyes pululando por la cocina y por la enorme sala como si fueran abejas, con Gideon prisionero de mi abuela y de mis dos tías.

Para mí, aquella alegría estaba teñida de aflicción. Mi madre no había formado parte nunca de aquel extenso grupo de personas y ya nunca más tendría la oportunidad de hacerlo. Pero la vida seguía adelante.

Dos de mis primos pequeños corrían con *Lucky* alrededor del sofá, mientras que los tres más mayores estaban con Chris entretenidos con unos videojuegos. Mi tío Tony y mi padre hablaban en el rincón de lectura mientras mi padre mecía sobre sus rodillas a su mimada sobrinita.

Gideon temía a las familias como a ninguna otra cosa, y su rostro de rompecorazones reflejaba confusión y consternación cuando veía todo aquel caos a su alrededor.

Como lo conocía bien, también vi un atisbo de pánico en sus ojos, pero yo no podía salvarlo. Mi abuela no lo perdía de vista.

Cary miró para ver qué era lo que había llamado mi atención.

—Estoy esperando a que tu hombre salga corriendo como un descosido de un momento a otro.

Me reí.

—Por eso le he pedido a Chris que venga, para que Gideon pueda tener un poco de apoyo.

Nuestro grupo —Gideon, Cary, mi padre, Chris y yo— habíamos llegado a la playa sobre las diez de la mañana. Eran poco más de las doce cuando trajeron a la familia de mi padre con un montón de provisiones, para que mi abuela pudiera preparar su famoso pozole. Ella decía que era popular porque consolaba a las almas más sufridoras. Fuera verdad o no, yo sabía de primera mano que su ejecución de aquel clásico guiso mexicano estaba deliciosa.

—Chris lo ha dejado para que se las arregle solo —dijo arrastrando las palabras—. Lo mismo que tú.

—Y ¿qué puedo hacer? ¡Dios mío! —sonreí—. Mi abuela acaba de darle un delantal.

Yo me había puesto un poco nerviosa cuando habían aparecido todos. No había pasado mucho tiempo con la familia de mi padre cuando era pequeña, y sólo había hecho un par de viajes con él a Texas después de empezar en la Universidad de San Diego. Cada vez que los visitaba, los Reyes se habían mostrado un poco reservados conmigo, lo que hacía que me preguntara si es que me parecía demasiado a la mujer que todos sabían que le había roto el corazón a mi padre. Habían visto una vez a mi madre y no habían dado su visto bueno. Decían que mi padre apuntaba muy alto y que su amor por ella no podía terminar bien.

Así que, cuando mi abuela fue directa a Gideon nada

más llegar y le cogió la cara entre las manos, yo contuve la respiración a la vez que él.

Mi abuela le había apartado el pelo de la cara, le había girado la cabeza de un lado a otro y había dicho que veía muchos rasgos de mi padre en él. Gideon entendió sus palabras en español y le contestó en el mismo idioma. Consideraba que lo que ella había dicho era un gran cumplido. Mi abuela estaba encantada. Desde ese momento, había estado hablándole en su propio idioma a gran velocidad.

—Trey me llamó ayer —dijo Cary en tono despreocupado.

Lo miré.

—¿Sí? Y ¿qué tal fue?

—Preciosa..., ¿le dijiste algo para que me llamara?

—¿Por qué piensas eso? —pregunté en un intento por parecer inocente.

Él me lanzó una mirada de complicidad y su boca se retorció con gesto irónico.

—Entonces es que lo hiciste.

—Sólo le dije que no vas a estar esperando toda la vida.

—Sí. —Cary también trataba de aparentar inocencia. Esperé que a mí se me hubiese dado mejor que a él—. Sabes que no me opongo a un polvo por compasión. Así que gracias por hacer de celestina.

Le di un suave golpe en el hombro.

—Dices muchas tonterías.

Algo había cambiado en Cary las últimas semanas. No había vuelto a sus habituales mecanismos de defensa autodestructivos y, como las cosas le iban bien sin necesidad de ellos, yo tenía la esperanza de que no recayera.

—Cierto. —Compuso su resplandeciente sonrisa, y era auténtica, no la fachada arrogante que tan bien conocía—. Aunque lo de follar con Trey es una idea bastante tentadora, la verdad. Supongo que probablemente también lo sea para él, así que me aprovecharé.

—¿Os vais a ver?

Asintió.

—Va a venir conmigo al funeral en casa de Stanton el lunes.

—Ah —suspiré con dolor.

Clancy había llamado a Gideon y se lo había dicho esa misma mañana.

¿Debería haberme encargado yo del funeral y habérselo evitado a Stanton? No lo sabía. Aún estaba tratando de asimilar el hecho de que mi madre se había ido de verdad. Después de haber pasado horas llorando la noche anterior, un pesado sentimiento de culpa se había adueñado de mí. Había muchas cosas que le había dicho a mi madre de las que me arrepentía y que ya no podía retirar. Muchas veces había pensado en ella con frustración y falta de respeto.

Ahora, al recordarlo, resultaba irónico que su principal defecto hubiera sido quererme demasiado.

Como la había querido mi padrastro. De forma desmesurada.

—He intentado hablar con Stanton —dije—. Pero todo el tiempo me salta el buzón de voz.

—Yo también. —Cary se rascó el mentón sin afeitar—. Espero que esté bien, aunque supongo que no será así.

—Creo que pasará algún tiempo antes de que ninguno de nosotros esté bien.

Permanecimos en un cómodo silencio durante un momento antes de que Cary hablara.

—He estado hablando con tu padre esta mañana, antes de que saliera para el aeropuerto, sobre sus planes de mudarse a Nueva York.

Arrugué la nariz.

—Me encantaría tenerlo cerca, pero no puedo evitar pensar en lo raro que sería que trabajara para Gideon.

Cary asintió despacio.

—Tienes razón.

—¿Qué opinas tú?

Se movió para mirarme.

—Bueno, el simple hecho de estar esperando un hijo me ha cambiado la vida, ¿no? Así que, si multiplico eso por los veinticuatro años que tienes tú, diría que un padre cariñoso haría lo que fuera para que las cosas le fueran mejor a su hijo.

Sí, definitivamente, algo había cambiado en Cary. A veces sólo se necesita una fuerte sacudida para que uno se ponga en la dirección correcta. Para Cary, había sido la idea de ser padre. Para mí, conocer a Gideon. Y para Gideon, la posibilidad de perderme.

—En fin —continuó mi amigo—. Me ha contado que Gideon le ha ofrecido una asignación para alojamiento y que estaba pensando que le gustaría quedarse en el apartamento conmigo.

—¡Vaya!

Había muchas cosas que asimilar en esas palabras. Una, que mi padre se estaba tomando en serio la idea de trabajar para Gideon en Nueva York. La segunda, que mi mejor amigo estaba pensando en su vida sin mí. No estaba segura de qué sentir al respecto.

—Me preocupaba que mi padre lo pasara mal al quedarse en la habitación en la que él y mi madre..., ya sabes.

Creo que yo no podría quedarme en el ático si no tuviera a Gideon. Allí habían pasado demasiadas cosas entre nosotros. No sabía si podría soportar el recuerdo de lo que ya no tenía.

—Sí, yo también me lo había preguntado. —Cary me tocó el hombro con una sencilla y reconfortante caricia—. Pero ya sabes, los recuerdos son lo único que en realidad ha tenido Victor de Monica.

Asentí. Con el paso de los años, mi padre habría tenido que preguntarse más de una vez si el amor había sido siempre unilateral. Después de aquella tarde con mi madre, quizá se había dado cuenta de que no era verdad. Ése sería un buen recuerdo al que poder agarrarse.

—Así que estás pensando en quedarte allí —dije—. Mamá me contó que te había ofrecido esa opción.

Me lanzó una sonrisa teñida de melancolía.

—Lo estoy pensando, sí. En cierto modo, resulta más fácil si tu padre se queda también. Le he advertido que es probable que haya un bebé de vez en cuando por la casa, y me ha dado la impresión de que podría gustarle.

Volví a mirar al interior de la casa y vi que mi padre hacía gestos tontos para divertir a mi primita. Él era el único de sus hermanos que sólo había tenido una hija, y ya era adulta.

Comprobé extrañada que Gideon se acercaba hacia la puerta principal. ¿Adónde iba con un delantal atado a sus vaqueros? Abrió la puerta y se quedó inmóvil durante largo rato. Me di cuenta de que alguien debía de haber llamado, pero no podía ver quién era porque Gideon me tapaba la vista. Por fin, se hizo a un lado.

Cary dirigió la vista hacia donde yo miraba y frunció el ceño.

—¿Qué hace aquí?

Cuando entró el hermano de Gideon, me pregunté lo mismo. Entonces, Ireland apareció detrás de él con una bolsa de regalo en la mano.

—¿Qué es eso? —preguntó Cary—. ¿Un regalo de bodas que no puede devolver?

—No. —Vi el dibujo de la bolsa, que claramente era demasiado colorido y festivo para una boda—. Es un regalo de cumpleaños.

—Mierda —murmuró Cary—. Me había olvidado por completo.

Cuando Gideon cerró la puerta sin que su madre apareciera, me di cuenta de que Elizabeth no había ido al cumpleaños de su primogénito. Una fuerte mezcla de compasión y dolor me invadió e hizo que apretara los puños.

¿Qué coño le ocurría a esa mujer? Gideon no había tenido noticias de su madre desde que se había enfrentado a ella en su despacho. Teniendo en cuenta la fecha que era, no podía creer que se mostrase tan desconsiderada.

Eso me hizo pensar en que yo no había sido la única que había perdido a su madre en los últimos días.

Chris se puso de pie y se acercó a sus hijos. Le dio un abrazo a Christopher mientras Ireland abrazaba a mi marido. Lo miró sonriendo a la vez que le ofrecía la bolsa. Él la cogió y se giró para señalar hacia el lugar donde yo estaba, en la terraza.

Ireland, encantadora con su vestido de playa con dibujos delicados, vino afuera con nosotros.

—¡Vaya, Eva! Esta casa es estupenda.

La abracé.

—¿Te gusta?

—¿Cómo no me va a gustar? —Ireland abrazó a Cary y, después, su encantador rostro se puso serio—. Siento mucho lo de tu madre, Eva.

Sentí en los ojos el escozor de unas lágrimas que ya no me quedaban tan lejos.

—Gracias.

—No puedo imaginarme cómo estarás —dijo—. Y eso que ni siquiera me gusta mi madre en estos momentos.

Extendí la mano para acariciarle el brazo. A pesar de lo que yo pensara de Elizabeth, no le deseaba a nadie el remordimiento que yo sentía en esos instantes, y menos aún a Ireland.

—Espero que lo solucionéis, sea lo que sea —señalé—. Si yo pudiera volver a tener a mi madre, retiraría muchas de las cosas que dije y que hice.

Y, como decir eso en voz alta me dio ganas de llorar, me disculpé enseguida, me dirigí hacia la escalera y bajé corriendo a la playa y, después, al agua. Me detuve cuando mis tobillos quedaron sumergidos y dejé que la brisa del mar me secara las lágrimas.

Cerré los ojos y deseé que el dolor volviera a meterse en la caja donde yo lo había guardado durante el resto del día. Era el cumpleaños de Gideon, una ocasión que yo quería celebrar porque había llegado a este mundo y, después, a mi vida.

Me sobresalté cuando unos cálidos brazos musculosos envolvieron mi cintura y me estrecharon contra un cuerpo duro y familiar.

Gideon apoyó el mentón sobre mi cabeza. Sentí como si mi pecho se expandiera y se contrajera con un profundo suspiro cuando coloqué mis brazos sobre los suyos.

—Me sorprende que mi abuela te haya dejado escapar —dije cuando me hube recuperado lo suficiente como para poder hablar.

Él soltó una pequeña carcajada.

—Dice que le recuerdo a tu padre. Y, bueno, ella me recuerda a ti.

Con lo cual supuse que era apropiado que me hubiesen puesto su nombre.

—¿Porque no dejo que te escapes de mis brazos?

—Porque, aunque ella me asusta, parece que no puedo alejarme.

Conmovida, giré la cabeza y apoyé la mejilla sobre su corazón para escuchar sus fuertes y constantes latidos.

—No sabía que iban a venir tus hermanos.

—Yo tampoco.

—¿Qué te parece que Christopher esté aquí?

Noté que se encogía de hombros.

—Si no se comporta como un cretino, no me importa.

—Muy bien. —Si la inesperada aparición de su hermano no molestaba a Gideon, no iba a dejar que me preocupara a mí.

—Tengo que contarte algunas cosas —dijo—. Sobre Christopher. Pero ahora no es el momento.

Abrí la boca para contradecirlo, pero me quedé callada. Gideon tenía razón. Deberíamos haber renovado nuestros votos ese día, rodeados de amigos y familiares. Deberíamos estar celebrando su cumpleaños y estar tan felices de que no quedara sitio para penas ni remordimientos... En lugar de ello, el día se había ensombrecido por una tristeza que teníamos que ocultar. Aun así, no tenía sentido añadir más situaciones desagradables.

—Tengo una cosa para ti —le dije.

—¡Mmm! Menuda tentación, cielo, pero hay demasiada gente aquí.

Tardé un momento en darme cuenta de que se estaba burlando de mí.

—Dios mío, eres un salido.

Metí la mano en mi bolsillo y envolví con mis dedos su regalo, que estaba bien protegido por una bolita de terciopelo negro. También tenía una bonita caja, pero había decidido llevar el regalo en mi bolsillo con la esperanza de poder ser espontánea y dárselo cuando viese el momento oportuno. No quería entregárselo junto a sus otros regalos.

Me giré para mirarlo a la vez que sacaba su presente y se lo tendía con las dos manos abiertas.

—Feliz cumpleaños, campeón.

Levantó la mirada desde mis manos a mi cara. Había un brillo en sus ojos que solamente le veía cuando le regalaba algo. Eso siempre hacía que deseara regalarle más cosas, dárselo todo. Mi marido merecía ser feliz. Mi misión en la vida era asegurarme de que siempre lo fuera.

Gideon cogió la bolsita y desató el cordón.

—Sólo quiero que sepas —empecé a decir tratando de ocultar mi nerviosismo— que es muy difícil comprarle un regalo a alguien que lo tiene todo, incluido un buen trozo de la isla de Manhattan.

—No esperaba nada —repuso—, pero siempre me encantan tus regalos.

Exhalé con un suspiro.

—Bueno, puede que no quieras usarlo, cosa que me parece muy bien. Es decir, no te sientas obligado a...

El reloj de bolsillo Vacheron Constantin se deslizó sobre la palma de su mano, con su carcasa pulida centelleando al recibir la luz del sol. Me mordí el labio inferior y esperé a que la abriera y mirara el interior.

Gideon leyó en voz alta las palabras que tenía grabadas: «Tuya por siempre jamás, Eva».

—Se le puede poner una fotografía pequeña sobre la inscripción. Tenía planeado que fuese una foto de la ceremonia de renovación de votos, pero... —Me aclaré la garganta cuando él me miró con tanto amor que hizo que todo mi ser se agitara—. Es muy típico, lo sé. Pero pensé que, como te pones chalecos, quizá lo usarías. Aunque sé que llevas reloj en la muñeca, así que es probable que no. Sin embargo...

Me besó para que me callara.

—Lo conservaré como un tesoro. Gracias.

—Ah. —Me lamí los labios para saborearlo—. Me alegro. En la caja hay una faltriquera para llevarlo.

Metió con cuidado el reloj en su bolsita y se lo guardó en el bolsillo.

—Yo también tengo una cosa para ti.

—No seas grosero —le respondí devolviéndole la broma—. Tenemos público.

Gideon miró hacia atrás y vio que muchos de nuestros familiares habían salido a la terraza. La empresa de catering había llenado la cocina exterior de bebidas y cosas para picar, y todos empezaban a asomarse por ella mientras el cerdo del pozole se cocinaba en el horno.

Levantó un puño y, después, lo abrió para mostrarme la preciosa alianza que tenía en la mano. Unos grandes diamantes redondos en un engarce en carril rodeaban todo el anillo, lanzando destellos de múltiples matices.

Me cubrí la boca con la mano y los ojos se me volvieron a llenar de lágrimas. La brisa salada nos envolvía y nos traía los lastimosos gritos de las gaviotas que planeaban sobre las olas. El movimiento rítmico del oleaje contra la playa me envolvía los pies y me dejaba encallada en ese momento.

Extendí la mano hacia el anillo con dedos temblorosos.

La mano de Gideon se cerró y él sonrió.

—Todavía no —dijo.

—¿Qué? —Le di un empujón en el hombro—. ¡No te burles de mí!

—Pero yo siempre cumplo —añadió con un ronroneo.

Le lancé una mirada de odio, y su sonrisa de suficiencia desapareció.

Me acarició la mejilla con los dedos.

—Me siento muy orgulloso de ser tu marido —dijo en tono solemne—. Mi mayor logro ha sido ver en tus ojos que soy merecedor de ese honor.

—Oh, Gideon. —Me deslumbraba. Me sentía abrumada por él, llena de amor—. Yo soy la afortunada.

—Me has cambiado la vida, Eva. Y has conseguido lo imposible: me has transformado. Ahora me gusta ser quien soy. Nunca pensé que eso sucedería.

—Siempre has sido maravilloso —repliqué en tono ferviente—. Te quise nada más verte. Ahora te quiero más.

—No existen palabras para expresarte lo que significas para mí. —Volvió a abrir la mano—. Pero espero que, cuando veas este anillo en tu mano, recuerdes que, en mi vida, brillas tanto como los diamantes y que eres infinitamente más valiosa.

Me puse de puntillas a pesar de que me hundía sobre la arena mojada, busqué su boca y casi lloré de alegría cuando me besó.

—Eres lo mejor que me ha pasado nunca.

Sonreía cuando me cogió la mano y deslizó el anillo en mi dedo, colocándolo al lado del precioso diamante Asscher que me había regalado en nuestra boda.

Unos aplausos y vítores nos sobresaltaron. Miramos hacia la casa y vimos a nuestras familias alineadas a lo largo de la barandilla, mirándonos. Los niños bajaban corriendo por la escalera detrás de *Lucky*, que estaba ansioso por llegar hasta Gideon.

Yo comprendía bien ese sentimiento. Durante el resto de nuestras vidas, siempre iría corriendo hasta él.

Respiré hondo y dejé que la esperanza y la alegría hicieran desaparecer la culpa y la tristeza, sólo por un momento.

—Es perfecto —murmuré. Y mis palabras se perdieron con el viento. Sin vestido, sin flores, sin formalidades ni rituales. Sólo Gideon y yo, comprometidos el uno con el otro, teniendo cerca a las personas que nos querían.

Él me levantó entonces del suelo, me hizo girar en el aire y yo solté una carcajada de puro placer.

—¡Te quiero! —grité para que todo el mundo lo oyera.

Mi marido me dejó de nuevo en el suelo y me besó apasionadamente. Después, con los labios pegados a mi oído, susurró:

—Crossfire.

16

Resultaba difícil ver cómo Eva trataba de consolar a Richard Stanton, que era una sombra del hombre con el que habíamos pasado el fin de semana en Westport. Entonces, había estado lleno de una energía vibrante y parecía más joven de lo que realmente era. Ahora, en cambio, tenía un aspecto frágil y encorvado, con la carga de la pena sobre sus anchos hombros.

Una gran cantidad de ramos de flores blancas cubrían cada superficie disponible de la amplia sala de estar del ático de Stanton y perfumaban el ambiente. Había fotografías de Monica a mansalva dispersas alrededor de los ramos en las que aparecía la madre de Eva en los mejores momentos de su vida con él.

Victor estaba sentado con Cary y Trey en la zona más reducida y apartada de la planta principal. Cuando llegamos, hubo un momento en el que el padre de Eva y Stanton se quedaron inmóviles, mirándose el uno al otro. Sospeché que cada uno estaba resentido por lo que el otro había tenido de Monica: Victor había tenido su amor; Stanton, a la mujer.

Sonó el timbre de la puerta. Seguí con la mirada a Eva y a Martin cuando fueron juntos a abrir. Stanton no se movió de su sillón orejero, claramente sumergido en sus pensamientos. Yo había sentido su dolor cuando nos había abierto la puerta y su cuerpo se había sacudido visiblemente al ver a Eva.

Me alegraba saber que mi mujer y yo íbamos a salir hacia el aeropuerto justo después. Durante un mes, estaríamos lejos de la ciudad y del foco de atención. Esperaba que, a nuestro regreso, Stanton pudiera soportar ver a la hija que tanto se parecía a su madre, a la mujer que él había amado.

—Cross.

Giré la cabeza y vi a Benjamin Clancy. Al igual que la detective Graves, los ojos de Clancy expresaban conocer lo que yo había hecho para que Nathan Barker dejara de ser una amenaza para mi esposa. Al contrario que Graves, Clancy me había ayudado a ocultar mi implicación, limpiando la escena del crimen y preparando otra sin relación para culpar a un hombre muerto que había pagado con su vida por otros delitos y que no iba a pagar por el mío.

Enarqué las cejas en una pregunta silenciosa.

—Necesito que hablemos un momento. —Señaló hacia el pasillo que había detrás de él sin esperar mi respuesta.

—Pase usted delante.

Lo seguí a la biblioteca y vi las estanterías de libros que cubrían las paredes. La habitación olía a cuero y a papel, y la paleta de colores era de una mezcla masculina de coñac y verde. Cuatro espacios con sillones y una barra bien surtida invitaban a los visitantes a que se pusieran cómodos y no se marcharan.

Clancy cerró la puerta cuando entramos y se sentó en uno de los dos sillones que había delante de la chimenea apagada. Yo me senté en el otro.

Fue directo al grano.

—La señora Stanton ha dejado un diario que ha estado escribiendo durante veinticinco años y una memoria auxiliar con apuntes electrónicos. Me había pedido que se los diera a Eva en caso de fallecimiento.

—Me aseguraré de que los reciba —dije conteniendo mi curiosidad.

Él se inclinó hacia adelante y apoyó los codos sobre las rodillas. Ben Clancy era un hombre corpulento, con brazos y piernas de grandes músculos. Llevaba su pelo rubio oscuro con un corte militar y en sus ojos la mirada fría y letal de un enorme tiburón blanco. Sin embargo, éstos se llenaban de calidez cuando miraba a Eva, expresando el cariño de un hermano mayor con afán protector.

—Tendrá que decidir usted cuál es el mejor momento para dárselos —dijo—. Y quizá decida que nunca los vea.

—Entiendo. —Así que yo tendría que revisarlos. La idea de hacer algo así me incomodaba.

—Aparte de eso —continuó Clancy—, ahora tiene una nueva responsabilidad financiera de la que tendrá que ocuparse en nombre de Lauren. No es poca cosa, pero podrá encargarse de ello sin problema.

Me puse en tensión cuando oí ese nombre, y mi alerta creció cuando continuó.

—Usted empezó a investigar su historia después de que los Tramell murieran —dijo.

—Pero usted lo hizo desaparecer casi todo. —De todo lo que habíamos hablado hasta ese momento, eso era lo único que tenía sentido.

—Lo que he podido. Investigué su pasado cuando el señor Stanton comenzó a tomarse en serio la relación. Cuando me enfrenté a ella, me dijo lo que estoy a punto de contarle a usted. El señor Stanton no sabe nada de esto. Me gustaría que siguiera siendo así. Él era feliz. No le importaba quién fuera ella, así que no tiene por qué saberlo.

Fuera lo que fuese, había convencido a Clancy. Ya veríamos si me convencería a mí.

Hizo una pequeña pausa.

—Conseguirá más información a partir de los diarios. Yo no los he leído, pero la historia de Lauren es más apasionante que la árida información que yo le voy a dar.

—Comprendido. Adelante.

—Lauren Kittrie se crio en una pequeña ciudad a las afueras de Austin, Texas. Su familia era pobre. Su madre la abandonó a ella y a su hermana gemela dejándolas con su padre, que trabajaba de peón en un rancho de la zona. Era un hombre muy ocupado y no mostró mucho interés en educar a dos hermosas y testarudas niñas, ni tampoco se veía capaz de hacerlo.

Apoyé la espalda en el sillón y traté de imaginarme a dos Monicas adolescentes. La imagen me parecía de lo más sorprendente.

—Como podrá suponer, se hicieron notar —continuó—. Hacia el final de su etapa en el instituto, llamaron la atención de unos ricos estudiantes universitarios de Austin. Unos gamberros con la peligrosa actitud de quienes se creen con derecho a todo. El cabecilla era Jackson Tramell.

Asentí.

—Se casó con él.

—Eso fue después —dijo con voz monótona—. Lauren supo tratar a los hombres desde el principio. Quería salir de la vida que habían tenido sus padres, pero reconocía un problema en cuanto lo veía. Ella lo rechazó muchas veces. Su hermana, Katherine, no era tan lista. Pensaba que Tramell podía ser su billete de ida para salir de allí.

La inquietud hizo que me revolviera en el sillón.

—¿Cuánto de todo esto es necesario que yo escuche?

—En contra del consejo de Lauren, Katherine salió con él. Cuando su hermana no regresó a casa ni esa noche ni al día siguiente, Lauren llamó a la policía. Un granjero de la zona encontró a Katherine en su campo, apenas consciente gracias a una tóxica combinación de drogas y alcohol. La habían atacado con violencia. Aunque no se demostró, se sospechaba que habían estado implicados varios individuos.

—Dios mío.

—Katherine estaba mal —siguió Clancy—. Las drogas alucinógenas que tenía en su organismo, mezcladas con las lesiones físicas tras la violación de la pandilla, le provocaron un daño cerebral permanente. Necesitaba de cuidados las veinticuatro horas durante un período indefinido de tiempo, algo que su padre no podía permitirse.

Inquieto, me acerqué a la barra pero, a continuación, me di cuenta de que una copa era lo último que deseaba.

—Lauren fue a ver a la familia Tramell, les habló de su hijo y de lo que sospechaba que había hecho. Él lo negó, y nadie fue capaz de demostrar que estuviese implicado debido a la falta de pruebas físicas en aquella época. Sin embargo, él vio la oportunidad y la aprovechó. Era a Lauren a quien quería, así que hizo que sus padres pagaran los gastos de los cuidados básicos de Katherine a cambio de la propia Lauren y de su silencio en cuanto a la violación.

Me giré y me quedé mirándolo. El dinero podía ocultar una multitud de pecados. El hecho de que Stanton hubiese podido ocultar el pasado de Eva con expedientes sobreseídos y acuerdos de confidencialidad lo demostraba. Pero el padre de Nathan Barker había dejado que pagara por sus delitos. Los Tramell se habían quitado de en medio para ocultar los de su hijo.

Clancy se incorporó en su sillón.

—Jackson quería sexo. Lauren acordó con sus padres que aceptaran el matrimonio, pues creía que eso garantizaba de algún modo que Katherine estuviese siempre cuidada.

Cambié de opinión en cuanto a la copa y me llené un vaso de whisky por la mitad.

—Durante unos meses, la situación entre Lauren y Jackson fue estable. Vivían...

—¿Estable? —Una áspera carcajada me estalló en la

garganta—. Acababa de venderse al hombre que había orquestado la violación de su hermana gemela. Dios mío...

Me bebí la copa.

Monica —o Lauren— había sido más fuerte de lo que ninguno de nosotros habíamos imaginado. Pero ¿merecía la pena que Eva lo supiera teniendo en cuenta el horror del resto de la historia?

—La situación fue estable —repitió Clancy—. Hasta que conoció a Victor.

Lo miré a los ojos. Justo cuando uno cree que algo no puede ir a peor, siempre llega lo peor.

Clancy apretó la mandíbula.

—Se quedó embarazada de Eva. Cuando Jackson descubrió que el bebé no era suyo, trató de ocuparse de ello... a puñetazos. Aunque vivían en la casa de los padres de él, los Tramell nunca se entrometían en las discusiones de ellos dos. Lauren temía por la vida de su hija.

»Le pegó un tiro. —Me pasé las manos por el pelo deseando poder sacar de mi mente aquella imagen con la misma facilidad—. La forma sin determinar de la muerte..., ella lo mató.

Clancy se quedó en silencio para dejar que yo asimilara aquella revelación. No era yo el único que había matado para proteger a Eva.

Empecé a pasearme por la estancia.

—Los Tramell ayudaron a que Lauren saliera impune. ¿Por qué?

—Durante el tiempo en que ella estuvo con Jackson, documentó todo lo que después pudiera utilizar en contra de él. Los Tramell apreciaban su reputación, y también la de Monica, su hija, que pronto tendría su puesta de largo. Sólo querían que Lauren y todos los problemas que ella había causado desaparecieran. Lauren se marchó con su ropa y con la convicción de que, al dar ese paso, los cuidados de Katherine quedaban bajo su completa responsabilidad.

—Así que todo aquello no sirvió de nada —murmuré—. Volvía a estar en el punto de partida.

Entonces, toda aquella información cobró sentido.

—Katherine sigue viva.

Eso explicaba que Monica se hubiera casado siempre con hombres ricos y su preocupación por el dinero. Durante todos esos años, había tenido que soportar que su hija la considerara una frívola, pero ella se lo había tragado todo en lugar de contar la verdad.

Por supuesto, yo también había esperado que Eva no se enterara nunca de lo que yo le había hecho a Nathan. Temía que me tomara por un monstruo.

Clancy se puso de pie con rapidez a pesar de su corpulencia.

—Y, como he dicho al principio, los cuidados de Katherine son ahora responsabilidad suya. Si le revela algo de esto a Eva o no, es algo que tendrá que sopesar usted.

Me quedé mirándolo.

—¿Por qué me confía todo esto?

Se colocó bien la chaqueta.

—Vi cómo se lanzó usted sobre Eva cuando Hall abrió fuego. Eso, junto con la forma en que se encargó de Barker, indica que usted haría lo que fuera por protegerla. Si cree que lo mejor para ella es saberlo, dígaselo cuando llegue el momento oportuno.

Y, con un brusco movimiento de la cabeza, salió de la habitación.

Yo me quedé allí para ordenar mis pensamientos.

—Hola.

Me giré al oír la voz de Eva. Miré hacia la puerta y vi cómo se acercaba a mí.

—¿Qué haces aquí? —preguntó. Estaba de lo más hermosa, vestida con un sencillo vestido negro—. Te he buscado por todas partes. Clancy ha tenido que decirme dónde estabas.

—He tomado una copa —le contesté contándole parte de la verdad.

—¿Cuántas? —Por el ligero brillo de sus ojos, supe que no le molestaba—. Llevas aquí un buen rato, campeón. Tenemos que llevar a papá al aeropuerto.

Sorprendido, miré el reloj y me di cuenta de que llevaba bastante rato sumergido en mis pensamientos. Me costó volver al presente y dejar de pensar en la trágica historia de Lauren. No podía cambiar el pasado.

Pero sí tenía claro lo que tenía que hacer. Me ocuparía del bienestar de su hermana. Me ocuparía de su querida hija. En esos aspectos, honraría a la mujer que Monica había sido. Y, un día, si me parecía oportuno, se la presentaría a Eva.

—Te quiero —le dije a mi esposa a la vez que le cogía la mano.

—¿Estás bien? —me preguntó, pues conocía mis estados de ánimo.

—Sí —le acaricié la mejilla y la miré con una tierna sonrisa—. Vamos.

Epílogo

—Qué raro elegir un hotel así para una luna de miel.

Giro la cabeza y veo a mi madre acostada en la tumbona que hay a mi lado en cubierta. Lleva un biquini color púrpura y tiene la piel ligeramente bronceada y firme, con las uñas pintadas de un elegante color carne.

Me inunda la felicidad. Estoy contenta por volver a verla.

—Es una broma entre los dos —le explico mientras admiro el océano Pacífico resplandeciendo por detrás de la franja de bosque esmeralda que tenemos delante—. Le dije a Gideon que tenía una fantasía con Tarzán, así que nos ha buscado una lujosa casa encima de un árbol.

Me quedé encantada cuando vi la suite del hotel suspendida sobre el suelo en lo alto de un viejo baniano. La vista panorámica desde la terraza es indescriptiblemente hermosa, algo que Gideon y yo disfrutamos cada vez que salimos de nuestro frondoso emparrado.

—Entonces, tú eres Jane... —Mi madre niega con la cabeza—. No pienso decir nada al respecto.

Sonrío, encantada al ver que aún puedo dejarla con la boca abierta de vez en cuando.

Con un suspiro, ella echa la cabeza hacia atrás y cierra los ojos mientras toma el sol.

—Me alegro de que tu padre haya decidido mudarse a Nueva York. Me tranquiliza saber que va a estar a tu lado.

—Sí, bueno... Me estoy haciendo a la idea.

Es más difícil aceptar que mi madre era una persona comple-

tamente distinta de lo que yo creía. Pienso si sacar a relucir todo eso. No quiero echar a perder el placer de volver a pasar un rato con ella. Pero las entradas de su diario las escribió como cartas dirigidas a mí, y no puedo evitar el tener que responder.

—He estado leyendo tus diarios —digo.

—Lo sé.

Responde como si nada. Yo siento rabia y frustración, pero decido dejar todo eso de lado.

—¿Por qué no me contaste antes nada de tu pasado?

—Quise hacerlo. —Gira la cabeza hacia mí—. Cuando eras pequeña, pensé hacerlo algún día. Luego, Nathan... hizo lo que hizo y tú te estabas recuperando. Y conociste a Gideon. Siempre pensé que encontraría el momento.

Sé que eso no es del todo verdad. La vida sigue. Siempre habrá alguna excusa para seguir esperando. Mi madre no había esperado que llegase el momento en que yo pudiera aceptar todo lo que ella había hecho por su hermana. Esperó todo lo que pudo.

Había que ser una mujer fuerte para tomar las decisiones que ella había tomado y dar los pasos que ella había dado. Me alegraba saber su historia pero, más aún, comprender cuál era la fuente de su fragilidad. Mi madre había sido una mujer atormentada por el camino por el que la vida la había llevado. El hecho de matar a Jackson se había convertido en una obsesión para ella, porque lo había odiado con absoluta desesperación y se alegró de que hubiese muerto, aunque sintiera el horror de su asesinato.

Dejar a mi padre había supuesto para ella la destrucción de una parte fundamental de sí misma, lo mismo que el hecho de vivir como si su hermana Katherine no existiera. Mi madre se había separado de dos trozos de su corazón y, sin embargo, había conseguido salir adelante. Su sobreprotección cobraba ahora sentido. No podía imaginarse la vida también sin mí.

—Gideon dice que vamos a ir a ver a Katherine cuando regresemos —le digo—. Estamos pensando en traerla a vivir más cerca, para que pueda formar parte de nuestras vidas.

Yo me estoy haciendo a la idea, sabiendo que mi tía es la hermana gemela de mi madre.

Ella me mira con una triste sonrisa.

—Se alegrará de verte. Lleva años oyendo hablar de ti.

—¿En serio?

Sé por los diarios que mi madre rara vez pudo ir a ver a Katherine en persona, pues su marido prefería mantenerse cerca de su encantadora esposa. Tuvo que contentarse con cartas y postales, pues los correos electrónicos y las llamadas dejaban rastro.

—Por supuesto. No puedo evitar fanfarronear. Me siento muy orgullosa de ti.

Las lágrimas inundan mis ojos.

Ella levanta la cabeza hacia el sol.

—Durante mucho tiempo estuve furiosa por lo que había sufrido Kathy. Nunca pude recuperar a la hermana de antes. Pero luego me di cuenta de que su mente la ha protegido de aquella noche infernal. No lo recuerda. Y, por muy simples que sean ahora sus pensamientos, en todo ve un motivo para sentir una alegría infantil.

—Nos ocuparemos de ella —le prometo.

Mi madre extiende la mano y yo la agarro.

—¿Hay champán en las casas de los árboles? —pregunta.

Yo me río y le aprieto los dedos.

—Por supuesto.

Me desperté lentamente, elevándome poco a poco desde las profundidades del sueño hasta la absoluta conciencia. La veteada luz del sol se filtraba por la malla antimosquitos que rodeaba la cama. Me estiré y deslicé mi brazo buscando a mi marido, pero no estaba tumbado a mi lado.

En lugar de eso, encontré a Gideon de pie junto a la ventana, en el rústico rincón que utilizaba como despacho, hablando por teléfono. Por un momento, me humedecí al verlo. Desaliñado y sin afeitar, estaba tan absolutamente sensual que casi no podía contenerme. El ver a *Lucky* tumbado a sus pies no hizo más que aumentar mi apetito.

Gideon vestía tan sólo unas bermudas, con la cremallera subida y el botón desabrochado, de forma que pude darme cuenta de que no llevaba ropa interior. Eso era todo lo que había llegado a vestirse durante nuestra luna de miel. Algunos días, lo único que llevaba encima era el sudor, lo cual le daba una apariencia y un olor tan sensual que me aseguré de que siguiera estando así.

En cuanto a mí, me había sorprendido descubrir que mi equipaje estaba lleno de un montón de vestidos estrechos y sin tirantes y una clara ausencia de ropa interior. En cualquier momento, podía verme inclinada hacia adelante, con la falda subida y alguna parte de la anatomía de mi marido deslizándose en mi interior. Llevábamos dos semanas de luna de miel y, para entonces, Gideon había entrenado mi cuerpo para esperar su deseo. Podía excitarme en cuestión de segundos y satisfacernos a los dos casi en el mismo tiempo.

Era todo de un hedonismo delicioso e insaciable.

Entre cada encuentro de sexo loco y animal, regresábamos de vuelta al mundo. Veíamos películas y jugábamos a las cartas. Gideon me enseñaba a jugar bien. En algunas ocasiones, él tenía que trabajar y, cuando lo hacía, yo leía los diarios que mi madre me había dejado. Él había tardado un par de días en hablarme de ellos pero, cuando lo hizo, fue el momento oportuno.

También hablamos mucho de ello.

—Lo que exigen es inadmisible —dijo Gideon al teléfono mientras me miraba vestida con mi corta bata de seda—. Hay margen de maniobra en todos los aspectos. Hay que volver a llevarlos hasta ese punto.

Le lancé un beso al aire, me aparté y fui a la cocina.

Miré hacia la cubierta exterior mientras se hacía el café,

hacia el bosquecillo de árboles que había detrás y el océano que quedaba más allá. Quizá fuéramos a la playa ese día. Teníamos un lugar para nosotros solos. Por ahora únicamente deseábamos estar el uno junto al otro.

Sentí un hormigueo por la espalda cuando oí las patas de *Lucky* corriendo por el suelo de madera. Debía de estar siguiendo a Gideon, al que adoraba. Mi marido sentía también algo más que cariño hacia el cachorro. Las pesadillas eran cada vez menos frecuentes pero, cuando ocurrían, venía bien que *Lucky* estuviese cerca.

—Buenos días —murmuró Gideon rodeándome con sus brazos.

Me apoyé contra él.

—Creo que, en teoría, ya es por la tarde.

—Podríamos volver a la cama hasta la noche —ronroneó acariciándome el cuello con la nariz.

—No puedo creer que no me haya aburrido ya de ti.

—Cielo, si te aburres, tendré que esforzarme más.

Me estremecí ante la imagen que apareció en mi mente al oír esas palabras. Gideon era un amante vigoroso siempre pero, desde que estábamos en nuestra luna de miel, lo había sido aún más. Juraría que su cuerpo era ahora aún más esbelto y musculoso que antes, sólo por el ejercicio que realizaba al hacerme el amor. Desde luego, yo estaba más contenta con mi cuerpo de lo que lo había estado desde hacía años.

—¿Con quién hablabas? —pregunté.

Respiró hondo.

—Con mi hermano.

—¿En serio? ¿No es ya la tercera vez en las últimas dos semanas?

—No te pongas celosa. Tú eres mucho más atractiva que él.

Le di un codazo.

Gideon me había contado lo de los expedientes de

Hugh y que Chris había hablado con Christopher. No sabíamos qué cosas se habían dicho durante aquella conversación. Era algo privado entre padre e hijo. Pero, fuera lo que fuese, Christopher se había puesto en contacto con Gideon dos veces —tres con ésa— para pedirle consejo.

—¿Siempre es de trabajo de lo que quiere hablar?

—Sí, pero de las cosas que pregunta... ya sabe la respuesta.

—¿Algo personal?

Chris le había asegurado a Gideon que no le había contado a su hermano nada de las violaciones, y mi marido no estaba dispuesto a cambiar eso. Christopher le había causado mucho sufrimiento a lo largo de los años sin haberse disculpado, y Gideon no iba a perdonarlo sin más en un futuro próximo.

Se encogió de hombros.

—Que si estamos pasándolo bien..., que qué tal tiempo hace... Ese tipo de cosas.

—Está tratando de acercarse de la mejor forma que puede, supongo. —Yo también dejé a un lado el asunto—. ¿Quieres ir a la playa?

—Podríamos...

Me giré entre sus brazos y levanté los ojos hacia él.

—¿Tienes alguna otra cosa en mente?

—Me gustaría consultar contigo un par de cosas antes de dejar el trabajo por hoy.

—De acuerdo. Déjame que antes tome mi dosis de cafeína.

Yo sonreía mientras preparábamos los cafés. Cuando llegamos a su despacho, encendió el ordenador portátil.

La imagen de la pantalla no necesitaba más explicaciones. Aparté la silla y me senté.

—¿Más diseños para el GenTen?

Hasta ahora había visto una docena de conceptos distintos para la publicidad. Algunos de los mensajes eran inteligentes, otros demasiado inteligentes y, otros, simplemente vulgares.

—Retoques finales —me explicó mientras colocaba una mano en el respaldo de la silla y la otra sobre la mesa, rodeándome con su piel cálida y su delicioso aroma masculino—. Y algunas indicaciones nuevas.

Lo revisé y estuve de acuerdo con la mayoría, pero negué con la cabeza ante una.

—Ésa no.

—A mí tampoco me gusta —dijo Gideon—. Pero ¿a ti por qué no te funciona?

—Creo que está enviando el mensaje equivocado. Ya sabes, que la esposa/madre/empresaria agobiada sólo puede encontrar la tranquilidad distrayendo a la familia con el GenTen. —Lo miré—. Las mujeres son capaces de realizar todas esas tareas fácilmente. Les enseñaremos a que participen de esos juegos con la familia o a que disfruten del GenTen a solas.

Asintió.

—Ya te dije que no volvería a preguntártelo pero, ya que estamos hablando de mujeres que lo tienen todo..., ¿sigues estando de acuerdo con la idea de dejar tu trabajo?

—Sí. —No vacilé antes de contestar—. Sigo queriendo trabajar —maticé—, y ayudarte en cosas en las que no necesitas ayuda no va a hacer que me sienta satisfecha durante mucho tiempo, pero encontraremos algún sitio donde yo encaje.

Torció el gesto con ironía.

—Valoro tu opinión. De lo contrario, no te la pediría.

—Ya sabes a qué me refiero.

—Lo sé. —Pulsó la almohadilla táctil de su portátil para abrir una presentación—. Éstos son algunos de los proyectos que ahora mismo tienen más prioridad. Cuando dispongas de tiempo, revísalos y dime cuáles son los que más te interesan.

—Todos te interesan a ti, ¿no?

—Por supuesto.

—De acuerdo.

Prepararía unas listas, los clasificaría por interés, conocimientos y habilidades necesarias. Después, cruzaría los datos. Y, lo más importante, lo hablaría con Gideon. Eso era lo que más me gustaba de compartir con él su trabajo, explorar su mente, tan fascinante y perspicaz.

—No quiero retenerte —dijo en voz baja moviendo una mano hasta mi hombro y haciéndola descender por el brazo—. Quiero verte volar.

—Lo sé, cariño. —Agarré su mano y la besé.

El límite estaba en el cielo con un marido que me amaba de esa forma.

El sol se escondía por el horizonte incendiando el océano.

Gideon volvió a llenar nuestras copas de champán, y un poco de aquel líquido dorado se derramó por el borde cuando el yate se balanceó suavemente sobre las olas.

—Esto es muy agradable —dijo mirándome con una lenta y relajada sonrisa.

—Me alegra que te guste.

Me sorprendía verlo tan contento y relajado. Siempre había considerado a Gideon como una tempestad. Rayos y truenos, una energía fuerte y hermosa que podía ser tan peligrosa como cautivadora. Apenas controlada, como el remolino de un tornado.

Ahora lo habría descrito como la calma después de la tormenta, y eso lo convertía en una fuerza de la naturaleza aún más grande. Ahora ambos estábamos... centrados. Nos sentíamos seguros y comprometidos. Tenernos el uno al otro hacía que todo nos pareciera posible.

Y todo aquello hizo que se me ocurriera la idea de cenar en un barco.

—Ven aquí, cielo. —Se puso de pie y extendió la mano hacia mí.

Nos llevamos el champán de la mesa iluminada con velas hasta la suntuosa *chaise longue* para dos. Nos acomodamos en ella y entrelazamos nuestros cuerpos.

Su mano recorría mi espalda de arriba abajo.

—Estoy pensando en cielos azules y mares tranquilos.

Sonreí. Muchas veces, nuestros pensamientos iban por caminos parecidos.

Subí la mano y la llevé a su nuca, pasándole los dedos por la seda alborotada de su pelo.

—Le estamos pillando el gusto a esto.

Gideon bajó la cabeza para besarme y su boca se movió suavemente, lamiendo despacio con su lengua y reafirmando el vínculo que había entre nosotros y que se hacía más fuerte cada día. Los fantasmas de nuestros pasados parecían ahora como leves sombras que empezaban a disolverse incluso antes de que renováramos nuestros votos.

Algún día desaparecerían para siempre. Hasta entonces, nos teníamos el uno al otro. Y eso era lo único que necesitábamos.

booket

www.booket.com

www.planetadelibros.com